水帘洞传奇

漆寨芳 著

吉林文史出版社
JILINWENSHICHUBANSHE

图书在版编目（CIP）数据

水帘洞传奇 / 漆寨芳著. -- 长春：吉林文史出版社，2019.8

ISBN 978-7-5472-6567-3

Ⅰ.①水… Ⅱ.①漆… Ⅲ.①长篇小说-中国-当代 Ⅳ.①I247.5

中国版本图书馆CIP数据核字（2019）第176623号

水帘洞传奇
SHUILIANDONGCHUANQI

著　　者：漆寨芳
责任编辑：钟　杉　王　新
封面设计：四川悟阅文化传播有限公司
出版发行：吉林文史出版社有限责任公司
地　　址：长春市净月区福祉大路5788号　邮编：130118
电　　话：0431-81629363（总编室）　0431-81629372（发行科）
网　　址：www.jlws.com.cn
印　　刷：成都市兴雅致印务有限责任公司
经　　销：全国新华书店
开　　本：210mm×145mm　1/32
印　　张：10
字　　数：258千字
版　　次：2020年1月第1版　2020年1月第1次印刷
定　　价：49.80元
书　　号：ISBN 978-7-5472-6567-3

印装错误可与印刷厂联系退换。

前 言

本书艺术地展示了丝路明珠——武山水帘洞风物和传奇故事，以流传于甘肃武山、陇西、甘谷、通渭四县的民间传说故事为素材，将水帘洞景点鲁班沟、莲花山、粉潭寺、显圣池、拉梢寺、千佛洞、说法台、水帘洞石窟群等表现得生灵活现，富有情趣。尤其是麻线娘娘的故事，给人一种乡野民俗，亲近可爱之感。同时将修造拉梢寺的尉迟将军和比丘尼的爱情故事跃然纸上，纯情善良、热烈奔放、坚贞不屈，和麻线娘娘的故事一道构成了水帘洞可歌可泣的爱情悲剧。还有一段让世人淡忘的历史——李自成兵败后，残余部下兵退陇西，进驻千佛洞，千佛洞遭到了毁灭性的创伤。期间又有李自成麾下将军和水帘洞俗家女弟子的爱情故事穿插，让水帘洞爱情传奇终于以喜剧的形式画上了句号。

小说文笔流畅，情节生动，文字通俗，洗练明快，素雅兼备，妙趣横生，读后会增进对渭河流域民俗文化的了解。

《水帘洞传奇》（二十回本）在1995年被武山县委统战部内部印刷，流传陇上，一直传到了海外，在社会上产生了一定的影响，为武山水帘洞景区的宣传起到了积极的作用。20年来，作者在广泛听取了读者意见和建议后，对其进行了反复修改，又续写了二十二回，终于成为一部完整的风物传奇小说（四十二回），与读者见面了。

目录 CONTENTS

第一回	鲁班还尘采宝地	杨柳化身占洞天	001
第二回	大势至瑶池遭贬	斗战胜遣送宇寰	008
第三回	花果山猴王忆旧	乱石峡分辨菩萨	014
第四回	黄蜂洞群魔聚会	粉潭寺仙姑搬兵	020
第五回	盗天书佛妖混战	降甘露菩萨显灵	027
第六回	大势至护经守洞	斗战胜上界交差	035
第七回	鸠摩罗什立千佛	尉迟将军访水帘	041
第八回	错姻缘一见钟情	呱呱店初遇秀珍	050
第九回	赠柳剑情深义重	断柳剑义断情绝	055
第十回	相思断肠悲古筝	品茶论酒谈空门	061
第十一回	十载莲一夜开放	二九女打彩择婿	068
第十二回	父盼女福禄富贵	女随郎夜奔水帘	073
第十三回	路迢迢披星戴月	惶恐恐误做官娘	078
第十四回	秦州女遁入空门	水帘唱千古情歌	083
第十五回	比丘尼独走红尘	痴家奴肇事生端	089
第十六回	师父惨遭刀剑死	弟子悲享红尘乐	093

第十七回	风雨亭旁听风雨	尼姑庵内叙情缘	098
第十八回	天书洞永固千秋	大势至再见观音	102
第十九回	圆功德再走人间	觅善地四海云游	110
第二十回	李家沟樵夫救鹿	正月圆菩萨托梦	114
第二十一回	遭贼劫李氏逃难	密林间真秀降生	120
第二十二回	善良人年年有余	勤俭家五谷丰登	127
第二十三回	假僧人化缘行骗	三岁女知理咏经	133
第二十四回	遭横祸父母仙逝	赖兄嫂勉强度日	140
第二十五回	兄嫂托媒嫁真秀	纺线消日知前因	149
第二十六回	强逼婚真秀遭打	送干粮显露灵机	160
第二十七回	嫂贪财出谋划计	避红尘真秀逃婚	169
第二十八回	显灵机棍帚生根	水帘洞菩萨降坛	180
第二十九回	开慧眼救苦救难	涤民心除恶施善	189
第三十回	抗流贼县衙招兵勇	救饥民水帘洞舍粥	199
第三十一回	守城池县令中箭	攻东门先锋坠河	207
第三十二回	藏贾连道姑多情	疼弟子道长伤心	216
第三十三回	水帘洞为女择婿	乐善镇密议攻城	225
第三十四回	城南遭火殃寺院	渭北遇水解祸端	234
第三十五回	贾连大战水帘洞	道士开戒报仇怨	244
第三十六回	苦南山猁人暴乱	息战事鞭打贾连	252
第三十七回	闯王军攻占宁远	水帘洞星夜嫁女	264
第三十八回	山大王就任知县	巩昌府贡生守城	274
第三十九回	宁远侯县令遇刺	巩昌温贡生自刎	285
第四十回	报师仇张杰兴兵	救水帘贾连弃城	292
第四十一回	千佛洞伏兵困张杰	宁远城二次失守	299
第四十二回	煮豆燃萁七佛沟	水帘悲歌千古留	306

第一回　鲁班还尘采宝地
　　　　杨柳化身占洞天

　　路转洞邃峰如莲，
　　殿古栏雕凌空栈。
　　涧松鸣泉磬钟脆，
　　珍树红纱挂楼前。

　　此首诗，唱的便是陇上名胜武山水帘洞风光。山色山姿已灿然眼前，古殿栏光、凌空飞栈、碧松清泉确也如临其境，然而这只是后人的吟咏。不知经过了多少世事沧桑，花开花落，树长木枯，土生石烂，荣荣败败，旺旺衰衰，总没能磨平那突起的剑峰与飘逸的雕塑。水帘洞在现实与虚构、真实与传奇中永生千百年。也是因缘时会，如今以我笨口拙笔搁下二郎神担山赶日曾歇于此不提，只从鲁班还尘采宝地传起。

　　话说鲁班终南山学艺三年，深得仙师指点，学到了那绝妙技艺之后下得山来。他遵照师训，不负师恩，用仙师传给他的斧子、刨子、凿子、锯子给世人修造了数不胜数的楼阁、房屋、家什，还收了不少入室真传弟子，把木工技艺传遍了神州大地。

　　鲁班在尘世圆了功德，经太上老君引荐，来到天宫，被玉皇大帝封为木艺祖师，准他自造了一座天国宫殿，取名叫清静宫。此宫乃金砖铺地，玉瓦盖顶，花园亭台十分壮观。

王母娘娘念其在人间的功德，又将蟠桃园内七七四十九名仙女赏赐给他。从此清静宫内日日夜夜载歌载舞，欢乐祥和，真乃歌舞升平，好不逍遥自在。鲁班就在上界安享起荣华富贵来了。

　　心平自乐，光阴如梭，不觉已过了数十年。有一日，鲁班宴罢小憩，在众仙女的伺陪下去花园赏花散心。穿过长廊，来到八角亭，他忽感到有些困倦，便在亭内驻足，望着亭子旁的演艺厅，不禁心里一阵阵颤动。此演艺厅乃当年玉皇大帝为他特意敕建的，在这里他曾以高超绝伦的木工技艺征服了上界众仙，博得了玉皇大帝的赞赏。屈指算来已有十多年没有进去过了，他好想进去看看。便精神一振，推开捶背揉肩的侍女，大步流星朝演艺厅奔去。

　　棕红色的大门紧锁着，锁上锈迹斑斑，门上落满了尘埃，阶下野草丛生，有一群胆大的蜘蛛将一张磨轮那样大的蛛网高挂在门龛，那些自投罗网的飞虫还在上面挣扎着。鲁班凝神好久，不由长叹一声，顿时一种虚度岁月的悲哀便悠悠而来，且难以自控。此时，忽地一股无名之火冲上心来，遂喝退侍女，命侍卫拿来钥匙，又令众仙女清扫尘埃。锁已锈死，侍卫已无法再将它打开了。鲁班在旁看得清楚，他便伸出双手，使出挥神斧的力气，手指在锁上只那么一弹，锈死的锁打开了，随着一声沉闷的轰响，棕红色的大门戛然敞开，鲁班健步跃向演艺厅。然而，厅前的大院长满了芨芨草和蒺藜，不留心，被缠膝的蔓草绊了个趔趄，险些栽倒。本来强壮的身子被多年来悠闲的宫内生活养得肥胖而臃肿了，怎比得上当年下终南山时血气方刚的精神状态呢？他又一次生气了，斥责侍从道："一群无用的东西！怎么不将演艺厅按时清扫？该当何罪！"一贴身侍卫慌忙跪曰："回祖师爷的话，十年前您吩咐过的，没有您的指令，任何人不能擅自走进演艺厅。"鲁班一愣："我是这样说的吗？"

　　"回祖师爷，您是这样吩咐的。小的们怎敢有半点虚假。"

鲁班踏着荒草惆怅地走进演艺厅，对众随从道："尔等都退下，让我在此清静清静。"侍从和众仙女便徐徐退出大门，在外等候。

鲁班见随从都退去，急急忙忙地抓抓他原来用过的锯子、摸摸斧子、看看凿子，从内心感到何等的熟悉而亲切。可是，已好些年没动用过它们了，手也生了，行动也不那么灵巧了。一看到锯齿锈得如老人的豁牙，斧子、凿子那锋利的刀刃也被锈蚀得不像样子，心里有一种说不出的难受。他想起当年在终南山上仙师赠他这些工具时的情景，不由得流出了几滴热泪。他伤感地跪伏在这些锈死的工具前，抱拳啜泣着说："师父在上，徒儿对不起你，荒废手艺这么多年。"这时，从遥远旷达的冥冥寰宇间，传来了师父沉重的声音："是啊，徒儿，你荒废手艺这么多年，可惜呀，可惜！不过你知错能改，尚还来得及。下界的百姓想着你，需要你，等待你，你抛开荣华富贵，去人间走走吧，走——走——吧！"声音渐渐远去，鲁班向声音传来的方向虔诚地三拜九叩后起身，立即收拾工具，决心离开天宫，重新回到人间去。

还如当年在终南山学艺时一样，他依然挽起袖子，在磨刀石上磨起工具来。夜以继日，磨得膀子都酸麻了，两手起了血泡，又高又厚的磨刀石，磨得像一道弯弯的月牙。磨了七天七夜，斧子、刨子、凿子又变得锋利无比，一件件都闪闪发光。特别是锯齿，更是吹毛断发，还有量天直尺、量地角尺、混元墨斗等一切都拾掇得齐齐备备。收拾好了工具，鲁班上朝参见玉帝。灵霄宝殿内轻歌曼舞，丝竹箫歌，悠扬悦耳，仙果玉液，香气袭人。此刻，玉皇大帝正和王母娘娘品味着蟠桃仙果，观看着仙女优美的舞姿，文武众神敬立殿下。鲁班走进宝殿，拜过玉皇大帝和王母娘娘。玉皇大帝兴致正浓，赐座给鲁班，启开金口："难得祖师有空上殿，朕今天高兴，爱卿就陪朕喝几盅吧。"鲁班欠身道："臣上殿，一来感谢皇恩浩荡赐臣厅殿，二来嘛……为臣有一事相

003

求，还望圣上恩准。"

"祖师有何大事，在朕面前不必吞吞吐吐，可直言相告。"

"谢圣上，恕臣直言了。臣本下界凡夫俗子，赖木工技艺营生，承蒙圣上垂爱，召进天庭，赐官加封，名列仙班，享尽上界荣华。只是臣进得天庭以来，在演艺厅献过技艺之后，便再也没有动过一斧一凿，荒废了技艺，岂不徒有虚名？臣想还尘下界，再为众生干一番事业，以报圣上天恩。"

玉帝听罢，圣颜一惊："朕自掌统天庭以来，还未遇见过像你这样抛却神仙日子，自去下界讨苦之人。莫非朕有待你不周之处？"鲁班慌忙跪下，道："圣上休怒，臣绝无他意，只是臣做惯了木匠艺活，闲着怪不自在，只想为民做点实事而已，真的别无他意。"

玉帝听了鲁班之言，叹了口气道："既然你执意要下凡，朕恩准便是。"鲁班起身谢过玉帝，坐回原处。玉帝对鲁班这一举动十分敬佩，即命九天仙女琼浆甘露伺候饯行，并感叹道："像祖师这种心系万民之举着实是难能可贵啊，谁还能为下界众生着想，为民造福呢？祖师去得人间，要牢记朕一句话，将技艺传遍人间，桑梓万代，与百姓共享天年。"言罢，玉帝亲自把盏为鲁班斟酒三杯。鲁班谢过天恩，双手捧酒，一饮而尽，然后辞别玉帝和众文武大仙，走出灵霄宝殿，驾云复归清静宫，收拾了工具行囊，独自来到南天门。

守门天神早得玉帝天旨，打开天门，送他出去。鲁班身背工具，脚踏五彩祥云飘来漫去，想寻一块精灵福地作为落脚之处，这个地方一定要有上好的林木供他采用。他便从东到西，从南到北，仔细觅寻。他在云端鸟瞰，见普天下民众对自己至诚敬奉，各处的鲁班庙香火旺盛，香客络绎不断，自觉好不开心。原来，人间还记挂着他，这更坚定了他将要造福于民的决心。

鲁班跑遍五岳名山,没有落下云头,并非他看不上那些地方,而是他发现这些地方的百姓已经掌握了木匠技艺。他要寻找一个落后与贫穷的地方,或者对木工技艺陌生、半通不精,或者是先前他的足迹没有踏到之处住下来,尽心开化,只有这样才能将他的技艺传播于四海。怀着这样的心情,鲁班驾祥云飘荡了一个来月。有一日,终于来到一个地方,这里奇峰林立,林海苍茫,荒疏的村落,民众只有简陋的草房,他按下云头细细审视一番,这正是自己理想的开化之处。他再一细看,林立的奇峰刀削斧劈一般,簇拥着一朵怒放的莲花,花蕊直插云霄,八座山峰恰如八片花瓣,紧围着插进云霄的蕊峰,亭亭玉立,造化奇妙无比。

鲁班走了这么多日,寻得这么一块天然宝地,惊喜若狂,便情不自禁地赞道:"真乃一方难得的通灵宝地!"于是降落云头,双脚踏上莲花蕊峰,低头向万丈悬崖望去,只见得一片松涛云海,山花烂漫,飞禽走兽欢快奔放的美妙景象,又听见一阵咕咕咚咚、哗哗啦啦的流水声。这一切吸引了他,他将工具箱放在蕊峰之巅,顺着水声寻来。原来此水出自蕊峰腰间,宛若一条素练凌空飞泻而下。再一细察,这银亮亮的水如珠帘一般遮住了蕊峰脚端的一眼石洞。鲁班撩起水帘入洞,洞内十分宽坦,只见洞正中有一石碣,碣上刻着十个大字,乃是:"花果山福地,水帘洞洞天。"石地上摆有石桌石凳,一张石床,两边有石锅、石碗、石盅,洞的后边,还有可供饮食的一眼清泉,有鹿獐同宿,鸟语花香,确是一处绝妙的洞天福地。鲁班察看了水帘洞天后,已深知此乃当年美猴王出世修炼过的水帘洞,他随即返回蕊峰之巅,欢心地指着脚下的山沟说:"就叫你为鲁班沟吧!"这时,沟底发出了响亮清脆的回音。从此这条沟就叫作鲁班沟了。而后,他又目视四野山崖说:"你形如莲花露放,就叫莲花山吧!"他话音刚落,群峰发出悦耳动听的回声,似在感谢鲁班的赐名之恩。从此这些山峦就统称莲花山了。

鲁班给这些山沟定了名,便化作俗人,背着木匠箱云游

民间了。

　　话说南海观世音菩萨甘露瓶中的杨柳枝过腻了海上生活，很想为自己觅得一处风光秀美的清雅之地逍遥一番。她便趁菩萨不留意，假化为观音菩萨，四处寻找想象中的佛门净地。有一日，她来到了西土莲花山上空。一睁媚眼，见莲花山峰直入云海，好不喜欢。她想，这不就是一块理想的佛门净地吗，还到何处去找！莲花山乃佛座灵源所在，真乃是"踏破铁鞋无觅处，得来全不费功夫"，此乃天助我也。假观音菩萨便落下云头来到莲花蕊峰，四下一望，只见苍松翠柏，郁郁葱葱，奇峰怪石，形态各异，真是人间一块风水宝地，且远离市镇村庄，有脱俗入净之仙灵祥气。她便选定此间为逍遥修炼之地了。于是循着半崖飞泻而下的水帘，一眼找到了鲁班去过的洞穴，钻入洞穴中，她在石凳上一坐，口中念念有词，顺手一指，幻化出一座莲台，打坐其上，闭目养起神来。这时，一双凤凰从山中飞来，在水帘洞门口嬉戏飞腾，无数形态各异、羽毛五颜六色的鸟儿停站在洞外的山崖树枝上欢快地鸣唱，灵便的猿猴在古松枝上跳荡飞跃，引得丹顶鹤、梅花鹿围在洞前狂欢奔逐，好不热闹。

　　再说鲁班在人间走了一天，日落时分，又回到了莲花山蕊峰顶。将工具箱搁在岩石上，坐了歇脚。忽地见一道祥光冲开水帘，从洞口飞出。鲁班一惊，心里暗想：莫非有神佛来到此处？便快步来到洞前，将手中神斧一挥，撩开水帘进洞。只见南海观世音菩萨在洞内莲台打坐，看来也是刚刚落脚到此。鲁班便上前施礼道："不知菩萨到此，下仙有失远迎，见罪了！"假观音菩萨睁开睡眼，显得很是傲慢。一看是仙界木艺匠祖师鲁班，便还礼道："鲁班祖师，此处原为一方净土，不属你的地盘，怎敢见罪呢！"鲁班听罢，不由得一愣，心想："你身为救苦救难的观世音菩萨，不去人间行走，普度众生，却来到此荒山避净之地，又占了我的洞府，这是何意。况且出言不逊，有失菩萨行善本分。"鲁班便道："观音菩萨有所不知，我尊玉皇恩准，已辞别天宫，

回到尘世，以己薄艺，造福桑梓，开化万民，此沟叫鲁班沟，此山唤莲花山，我已落脚在此了。怎的不是我的地盘呢！你放着南海普陀山不住，却来到这水帘洞，请问菩萨有何见教？"鲁班这一问，只见菩萨凤目含笑，启动玉口道："祖师说得极是，此山唤莲花山，此沟叫鲁班沟。莲花山理应为佛门修行净地，这洞我叫水帘洞，水帘便是菩萨之灵，理应这莲花山归我佛家福地了。况你身为木艺祖师，洞中不便舞斧弄凿，污染圣地，这鲁班沟嘛，就归你了吧。"鲁班一听，气得口里冒火，鼻子里生烟，呵斥道："观音，我本敬你乐施好善，不想你徒享美名，竟如此无理！"菩萨不改笑容，又行了个佛礼道："祖师之言差矣，就以你方才所说，这莲花山就不应归你的。"鲁班虽然恼怒，为了仙师之名声，也只好忍气吞声地把这块宝地让给了假菩萨。

鲁班拂袖走出水帘洞，重新来到蕊峰之巅，满腔怒火未消，坐了一阵，他再也无法忍受这夺地之辱，一气之下，舞起锯子，将蕊峰从中间向下狠狠一锯，就把莲花山蕊峰锯成了两半。从此，人们站立崖下就可看到一线天直竖在眼前。拉了这一锯后，鲁班还不解气，又挥起利斧，用力向蕊峰劈去，只听得"咔嚓"一声，一块崖石腾空飞起，直向南面飞去，最后落到四川峨眉山上。这块石头后人便叫它飞来石。鲁班使了这一锯一斧后，背起工具箱，云游四海去了。

要知鲁班去向何处，这杨柳枝变成的菩萨见他毁了莲花山蕊峰后又怎么待他，且看下回详表。

第二回　大势至瑶池遭贬
　　　　斗战胜遣送宇寰

　　话说鲁班一气之下毁了莲花山蕊峰，背起工具箱要走，却被南海观世音菩萨抛出一条金黄色丝带隔断去路。鲁班大怒，挥动神斧用力劈向横在眼前的这条金色障碍，斧子落处却是菩萨含笑的玉姿，他便收住斧子，高声喝道："观音，莲花山已被你占去，为何阻我去路？"

　　"祖师也好生无理，你怎的如此将好好的莲花山宝地毁了？"菩萨不言则罢，一言语更使鲁班义愤填膺："嗨！你身枉为菩萨。菩萨理应以善为本，助人为乐，为甚夺人之美，口是心非！快快放我过去，不然我去告见佛祖评理。"菩萨听鲁班要去见佛祖，恐怕坏了自己大事，便收起金丝带，上前施一礼微笑着说："我和祖师只是开个玩笑，怎么又当成真的了？你就去吧，别再到处采什么风水宝地了，快到民间去施展手艺才是正理！"鲁班怎能咽下这口气，他收起家什，化作一朵祥云直向西方飞去。菩萨见鲁班奔向西天，估计还是到佛祖面前告状去了，她心中一惊，暗叫一声不好。这假冒菩萨之事一旦败露，触犯我佛律条，后果不堪想象。想到此，忙飞身化作一阵轻风追上鲁班，连忙赔礼道："祖师请勿动怒，方才都怪我失礼，多有得罪，这事若闹到佛祖面前，于你我都不利，反被众仙耻笑，毁了咱俩名声，还请祖师三思！"鲁班细一思量，自己原本为造福百姓才启奏玉皇大帝恩准下天界的，如果为争点地盘闹到佛祖面

前，实非好事。想到这里，他也就放弃了去见佛祖的念头，而且，再这样相持不下，恐伤了两家和气，双方都不太好。他便哀叹一声道："也罢！如今我看在佛祖的面上，权且让你这么一回。不过，有个条件，这鲁班沟永远归我了。"观音心想，只要你鲁班不去见佛祖就行。便笑着说："就依祖师吩咐。"

这观音和鲁班达成君子协议之后，驾云去水帘洞了。鲁班也就身背工具箱回归尘世，去了却自己造福万民的夙愿。从此，这莲花山水帘洞便成了佛门圣地，鲁班沟只留了一个空名，鲁班云游四海，每年只回来一次，这是后话，暂且不表。

话说这杨柳枝化身的假观世音菩萨寻得这处灵光宝地之后，自觉过得悠闲自得、舒适安逸，十分理想。正当她在莲花山上与鲁班相争的时候，上界大势至菩萨触犯佛戒遭贬，斗战胜佛孙悟空奉佛祖如来法旨，遣送大势至菩萨落尘。

是月，正值西天佛法盛会，万佛聚集，佛祖登宝殿讲经说法。开讲之前忽然记起了去年在蟠桃会上，王母娘娘曾说要亲来宝殿听他讲法，于是，便派大势至菩萨速去瑶池，请王母来西天赴会。大势至菩萨领了佛旨，来到天宫，由宫女引见，来到王母驾前时，王母娘娘正和宫女们在御花园下棋消遣。大势至菩萨行礼毕，呈上佛祖请柬。这王母并非真心想去听讲佛法，而只是好奇，去凑凑热闹，乘机显示一下自己万乘之尊。她看完请柬后，即令众仙女摆驾启程。大势至慌忙上前劝道："请王母净身更衣后再去吧！"王母一听，脸色一沉，心里顿觉不悦，想我乃天国之母，平日连玉帝都敬我三分，你大势至凭什么来指教我呢？便冷笑一声道："请问菩萨，哀家之身难道是不干不净吗？"大势至秉性虔诚忠厚，执意劝王母道："今日是佛法盛会，娘娘沐浴更衣，乃我佛赴会之规典，还望娘娘慎思。"王母听后，更为不悦。她想：去吧，大势至劝教于我，已扫了雅兴；不去吧，一来出于好奇，二来佛祖特邀，有碍情面。便勉强答应

去洗澡更衣,让大势至在此候她。大势至应了,王母便起身去了瑶池。

话说大势至菩萨在花园等了好长时间,王母迟迟未回来,他等得急不可耐了,佛祖和众菩萨也都等急了。不管他在外怎么干着急,王母却和众仙女们在瑶池尽情游乐戏水,好像忘了赴会时辰。大势至菩萨东张西望,只听得阵阵嬉戏之声从瑶池隐隐传来,大势至着急又无可奈何,不得不走近瑶池,背着身子躲在一丛樱桃树下轻声禀道:"请王母娘娘速速更衣赴会,免得误了时辰,佛祖降罪于弟子……"王母正玩得开心,闻大势至催促之声,心中勃然大怒,厉声斥道:"一个小小的佛门弟子,也来仗势欺人。"即喝守池天兵将大势至菩萨捆绑起来。王母娘娘更衣后,天兵将大势至押至王母驾前,"你身为菩萨,不尊清规,偷看哀家洗澡,欺辱哀家。莫以为你是西方菩萨,别人就管你不得?哀家今日定要送你去见佛祖,讨个公道!"

大势至菩萨就这么不清不白地被王母送至佛祖面前。王母又添油加醋,说大势至在瑶池偷看她洗澡,并用言语羞辱她,请佛祖按佛法论处云云。大势至乃诚实之人,心里深感委屈,只是有苦难言,只得口喊佛号,请佛祖查明定罪。

佛祖听王母之言,也动了气来,训斥道:"大势至你身为佛家菩萨,不守清规,竟做出这等下流之事,既损我佛声誉又损娘娘名声!佛家圣地怎能容你,今贬你再去下界磨炼修行,到功果圆满之日,再作论处。"佛祖圣言一出,大势至有口难辩,只好认罚。佛祖便命斗战胜佛孙悟空将大势至遣送尘世人间。

且说斗战胜佛孙悟空领了佛旨,押解大势至走出雷音宝殿,驾祥云离开西天佛地。这孙悟空自护送唐僧去西天取经,将我佛真经取回东土大唐,佛祖论功行赏,被封为斗战胜佛后,从未离开过西天佛地。如今他奉佛旨意,要将大势至押出佛门,也知大势至菩萨乃忠诚之人,王母乘机加害,心里很是不平,就解去法绳,对大势至说:"菩萨别难过,

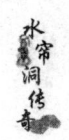

这也是你一段劫数，非人力所能挽回。俺老孙带你去人间好好玩玩，散散心，畅快畅快。这佛实在不好做，连俺都快闷死了！"大势至愁眉不展道："悟空，我实在是冤枉！"悟空搔搔脖子，嗯了一声，火眼金睛滴溜溜一转，嘿嘿一笑："你给俺老孙说说。"大势至便将她如何去请王母，如何劝王母净身更衣，王母又如何在瑶池消遣耽误时辰，他又怎样去催等细细说了一遍。悟空不听则罢，一听怒从中来："真有这等事？好个王母，身为天庭母后，整日在天界放荡不羁，专横欺人，竟用这般手段来陷害菩萨！佛祖也被这王母欺骗了，轻信这等言语，致使好人受屈。俺老孙平生最看不惯这等行为。待俺这就前去瑶池为菩萨评理，看她王母有何话说！"这悟空虽已成佛，但忠勇本性难改，说罢就要重返西天去见佛祖，找王母娘娘评理去。

　　大势至慌忙一把拉住，怕悟空此去惹事，反而加重自己的苦难，劝悟空道："千万不可造次，去也无用，佛口无戏言，再说王母面前，我佛也有碍情面。"悟空左思右想，怎么也难以忍受下去，道："嘿嘿，大势至，你也太小看俺老孙了。想当年俺大闹天宫，名扬四海，连玉皇大帝都吓得屁滚尿流，难道我还会怕王母不成？"大势至暗自叫苦，这是造化，该我倒霉，平白遭人陷害，偏又遇着这么个火暴脾气的斗战胜佛，当初他九反天宫，今若劝他不住，将事情弄大，后果将不堪设想！正在这万般无奈之际，孙悟空已将如意金箍棒从耳朵里拔出，迎风一晃，碗口粗细，提在手中，哈哈笑道："这玩意儿也快生锈了，这么多年不用它了，手也真有点痒痒呢！"悟空说着要走，大势至赶紧一把拉住他，道："斗战胜佛，请息怒，你已不是昔日的孙大圣了，如今皈依佛门，就要遵佛法规，怎能重开杀戒与人争斗呢？"悟空一听，细细一想，火气也就降了三分，深深地叹了一口气。心想，自己如今是斗战胜佛，已非当年齐天大圣，便愤愤地将金箍棒在手中转了几转，说："那……那天条佛法难道就不讲公理了吗？"

大势至苦苦一笑："斗战胜佛！你我还是专心修行，少问天庭是非为妙。如今世道变了，不能和从前相比，咱这类苦行僧对王母尊贵之辈是没啥法子的，咱还是佛心为宽，尊佛法旨吧。"悟空若有所悟，便不再作声。

大势至劝说住孙悟空后，二人便驾云在天宇之中飘荡。大势至为自己还俗投胎苦思冥想，需得找个善良人家才是。于是问悟空道："当年你随唐僧西天取经，行遍人间诸国，知民间善恶风土，请斗战胜佛为我寻一民风淳朴之地，我去投生，也算你完了一件大的功德，你也好去佛祖面前交差。"

"菩萨，勿急，此事还须仔细寻找，切不可像当年天蓬元帅一样，犯了天条，不问青红皂白，投了个母猪胎，得个猪头人身，成为我二弟猪八戒的样子，遗恨一生。"悟空这么一提醒，大势至也就有了主意，"别说猪胎，恶人家我也是不愿去的。"

"是啊，听俺老孙的，早投人间早受罪，不如待俺老孙领你多逛些日子，四处走走，逍遥自在。不然，日后再难得相逢了，还是件憾事呢！"于是，大势至菩萨便跟随孙悟空在天地间云游。

他俩透过云层鸟瞰人间，看哪处地方适合大势至菩萨落脚。在北方，他们看到下界众生争权夺利，正在战争，只见烟尘滚滚，杀声震天动地。听说是为了满足国王的美色之欲，要到另一个部落选美，伤了和气才起的狼烟，万人厮杀，血流成河，白骨遍地。这样的地方正需要佛法普度，让众生改恶从善，平等互爱。但大势至恐这里缺少教化，野性难改，自己去了也无济于事。悟空一想，也罢，若到了这样的地方，便是苦海无边了，便携菩萨游至西方天宇。这里虽然没有战争，却看到众生利欲膨胀，尔虞我诈，弱肉强食，众生的头伸在钱眼里，父子不让，兄弟不亲，朋友不诚，跟山中动物一般。他俩便又到南方，看到的众生生食鱼蟹虾虫，鹿兔牛羊大肆捕杀，用其他动物生命维持自我，太私欲了，佛主张世界一切生灵都要博爱，哪能随意杀生呢？此情此景，大势至看得一清二楚，不由得慈悲之心大发，他对悟空道："斗战胜佛，走了这么多地方，我的主意已变了。身居佛门，理应到最苦难的地方救苦救难，度化生灵。依我之见，随便任何一个去处都行。苦难越大，越能显示出我佛法之力量！"悟空嘿嘿一笑，看着大势至道："你真如此想吗？俺让你投个哈巴儿狗胎，整天跟主人狂吠，行不？"大势至苦着脸说："休拿我开心了，斗战胜佛，快出个好主意吧！"悟空道："菩萨，既然你不愿去做哈巴狗，就听俺老孙的。去东土，俺老孙给你找个好地方。"说完，便拉着菩萨衣袖驾云朝东土而去。

要知悟空领大势至菩萨去了东土何地，且看下回表述。

第三回　花果山猴王忆旧
　　　　乱石峡分辨菩萨

　　话说斗战胜佛孙悟空和遭贬的大势至菩萨脚踏五彩祥云来到东土，大势至看到悟空欢喜异常，问道："你这般高兴，想必一定觅到什么好去处了？"悟空笑嘻嘻地说："菩萨，你难道忘了俺老孙的前身？这东土有一个极好的地方，俺老孙曾在那里做过美猴王，也过了一段无拘无束、逍遥自在的生活。如今离开那地方好多年了，不知那块宝地变得怎么样了。"悟空说着流露出伤感之情。大势至菩萨已知道他说的乃是花果山水帘洞了，便取笑道："斗战胜佛回忆起齐天大圣的威风来了！"悟空一听，道："唉！来到此处，不由老孙想起当年朝游花果山，暮宿水帘洞，美酒天天饮，仙果随便吃，五日一大宴，三日一小聚的往事和我那些可爱的众子孙来，俺十分地惬惶呀。自打俺西天取经，修成正果这些年，就不知他们的生死了！"说至此处，眼睛里有点湿润了。

　　大势至见引得悟空忆旧伤心，也就不再说什么，二人默默继续前行。走了一程，这悟空虽已是佛身，却猴性重现，跳来荡去，叽叽喳喳。性情一好转，就滔滔不绝地讲述起他当年美猴王称霸之事来。眼看快来到花果山了，悟空高兴地对菩萨说："难得能来一趟东土，不如趁此机会俺老孙领你去看一看花果山，游一游水帘洞洞府。要是你看上那块地方，不如就在那儿落脚。"大势至多年前就听说过这花果山水帘洞了，便答应了悟空。

去花果山，悟空可是轻车熟路，闭着眼也能一脚不错地走进去，更别说他一个筋斗就能翻到花果山上。大势至紧随着悟空，只见两朵红云如箭，指向中原西部。不一会儿，一条素带似的河流就在他们脚下。大势至听见河水的哗哗声甚是欢喜，喊住悟空道："依我之见，咱先在这河畔看看。"悟空道："甚好，正合俺的意思。这条河名叫渭河，发源于渭源，汇入黄河，直奔东海。它的上游有个小镇叫乐善镇，从那里过渭河向北不远处便是俺老孙的老家花果山水帘洞福地。"大势至见和悟空不谋而合，随同悟空按下云头，双脚踏上了渭河滩头的黄土地。悟空也将金箍棒收在耳中，穿戴整齐，和菩萨来到这乐善镇街头。悟空发现这小镇和先前大不一样了，少了原来的许多林木，多了现在的民房村落。街市商贾贸易兴盛，行人川流不息，田间男耕，屋中女织，好一派田园风光！正行走间，遇一扛锄老农，悟空上前行一礼，念声"阿弥陀佛"，道："请问老人家，这地方可是乐善镇？"老农打量他俩身穿佛衣，行佛家礼数，知是佛家弟子，也就很恭敬地行了一礼，道："长老，此地正是乐善镇，不知二位欲云游何方？"悟空道："贫僧想去花果山水帘洞一游。"老人脱口道："不远，顺镇北过渭河即到。"悟空转身对菩萨说："如此说来，快到俺家了呀！"老农见悟空言说老家，觉得有些奇怪，就问道："长老是哪里人氏？莫非家住党口村？"悟空听了不解。他不知道党口村在什么地方，便道："老人家，你刚才所说的党口村在什么地方？"老农言道："过了渭河第一个村子名叫贾家庄，从贾家庄到石滩坪进响河沟，过党口村才是花果山。这党口村是花果山脚下的一个小村。"悟空一愣神，花果山下也住有人家了？真是世事沧桑，万变莫测，今非昔比。他便行礼谢过老农，领大势至朝渭河而去。

这是一条不大不小的河，从渭源鸟鼠山流来，河水夹带着上游大量的泥沙，永无清澈之日，一眼望去，黄浪滔滔。

　　悟空引大势至来到河边，大势至被这翻滚着黄泥沙的河水迷住了，奇怪地问悟空："这水有没有清澈见底的日子呀？"悟空道："大概是没有的吧，从前我也不常来，不甚了解。"大势至就更奇了，道："那么，你老家离这儿有多远呢？"悟空道："费不了老孙半个筋斗！"大势至恍然大悟道："我知道了，那时你在花果山称王，只与天庭交往，与民间是无染的。"悟空道："对，对，俺老孙时常云中来云上去，不大留意地上的变化。"大势至一笑道："那么，你身为猴身原形，大概是不敢来民间的吧！"悟空知道大势至在羞辱他，就反问："俺有何不敢！连玉皇大帝见了俺都让几分呢！"大势至又道："可你怕人们捉了拉去耍弄呢。"悟空正色道："你休得胡说，你乃戴罪之身，还是快快寻找落脚之地要紧。"

　　悟空来了气，指着大势至菩萨的短处说了一句，大势至便住了嘴。他清楚斗战胜佛刚正不阿，可也怕他万一恼怒起来给自己穿小鞋。便嘻嘻一笑，小心翼翼地说："佛者，慈悲为怀。你总不能因我半句玩笑而动怒吧。"悟空道："菩萨，你错了。佛祖胸怀本应能容纳四海吧？佛祖之灵本应能洞察万物吧？可他也听信王母谗言，贬你下了凡！"大势至哑口无言，惶惶地说："这……"再就没有了下文。悟空这才嘿嘿一笑，摆摆手说："没法说就甭说了，俺老孙分辨是非曲直，和他们不一样，不一样的！"大势至忙施一礼，道："谢斗战胜佛大量宽怀！"悟空就连忙扶住了大势至菩萨，说："哎，别这样，别这样，俺老孙刚才是和你闹着玩的呢！快随俺到花果山水帘洞去也！"

　　大势至随孙悟空过了渭河经龙泉，步行在响河沟里，这沟每日晨曦初露时会发出钟鸣之声，声响响彻沟壑，故名响河沟。这沟两边全是荒山，路上行人稀少，走了不多时辰，果见有一村庄横在眼前。上前一打听，果真到了党口村。悟空站在村口，左顾右盼，深感山川依旧，面目全非。睹物思情，想当年自己在花果山称王时，方圆哪有村庄？如今，这响河沟两岸,已是杨柳轻拂、郁郁葱葱,党口村人欢马叫,炊烟袅袅,一派田园景象图。悟空叹了口气道:"花果山可能也变样了,不知俺那些猴儿猴孙们日子过得如何?"大势至见孙悟空眉头紧锁,苦苦深思,便向村口玩水的孩童打听:"娃们,你们可知道这花果山上的猴儿们现在何处?"村童上下打量他一番,摇了摇头,众口齐声道:"花果山上从来都没有见过什么猴子。"悟空一听,伤心得没有再说什么,都怪自己随师父西天取经回东土之后,受封号在西方做佛享乐,没顾得上把儿孙们安置个好的去处,如今山下住着这么多农户人家,哪有他们的生存之地呀!

大势至见悟空愣着不动,上前劝慰道:"别悲伤了,咱们快走吧。"悟空长叹道:"俺早已不理凡尘的事了,只好如此罢了吧。"说完,移着沉重的脚步同大势至向花果山走去。

花果山当初是松柏参天,桃园片片,猿鹿争鸣,鸟语花香。可是,眼前的花果山荒芜了。自悟空离开西去,猴儿们怕遭人围猎,抓住后当把玩的玩具,便四处逃散,一个不剩了。当初那花果飘香的桃林也荡然无存,唯一可见的是一座险峻的山峰耸立着,四下空旷幽静。见到此种情景,孙悟空心中难过而沉重,还言什么洞天福地?他原想领大势至菩萨来选花果山为安身之地的,现在满目萧条,岩石裸露,也就无多大兴致了。转而又想身已为佛,理应身在三界外,不必过多伤神。便对大势至道:"菩萨,咱们去水帘洞看看吧!"二人加快脚步,眼看快到山顶了,却寻不着洞口,也听不见水声。这是怎么回事呢,莫非走错了路不成?悟空这么一想,对大势至道:"看来此中有些不对头,好好一个水帘洞怎么会不翼而飞呢?等我唤来土地神问个明白。"大势至道:"问一问土地神也好。"

悟空大喊一声:"斗战胜佛在此,土地为何不来叩见?"随着一声喊,只见半山腰中冒出一股青烟,烟中土地神战战兢兢地跪在悟空面前,道:"斗战胜佛请息怒,确是

小神无脸见您。""此话怎讲?"悟空问道。土地深施一礼道:"佛爷有所不知,您在之日这花果山是何等的兴盛,自您走后,已无人经管,树倒猢狲散,便成了这么个破败的样子。小神身为本地土神,实在罪该万死!"悟空听言,道:"土地,你掌管一方山水,食天宫俸禄,不为百姓看好地方,倒也学得油腔滑调,拍马溜须。好好的一个水帘洞府为何不见了?快从实说来!"土地叩头如捣蒜,连声说:"说来话长呀!三百年前,二郎神担山赶日曾歇于此,发现花果山,想一担儿挑了以报他和您的昔日之仇。然而,此山是您的宝地,他怎能挑得动。就趁机来了个移花接木,将水帘洞移到花果山后边的莲花峰去了。"悟空不听则罢,一听二郎神杨戬竟这般无理,忽地火冒金星,怒睁圆眼,暴跳如雷,着实把土地神吓得连滚带爬,仓皇而逃了。他从耳孔里抽出金箍棒,迎风一晃,倒提在手中,立时要去天宫找二郎神算账。大势至连忙上前,一把拉了悟空,道:"千万不可造次,如今你可不比当年大闹天宫斗杨二郎之时,今身为斗战胜佛,一切要遵佛法规,如果闹将起来,那还了得!"悟空仍气得嗯嗯直叫,金箍棒在手中舞得呼呼作响,愤愤难忍地说:"难道就这么罢了不成!"大势至耐心相劝:"我看算了,如今你我已身在佛门,四大皆空,与人无争,不应再逞什么强,况且咱们有佛祖使命在身,小不忍则乱大谋也!"经大势至这么一劝,万般无奈,悟空只好消气忍火了。但想起自己多年率上万儿孙们,历尽千辛万苦,白手创建的这么好的福地,如今这般凋零破败,着实令人难忍!大势至见菩萨消减了怒气,便道:"既然水帘洞被二郎神移到莲花峰,我们何不去莲花峰走走呢!"悟空点了点头,答应了。

悟空和大势至下得花果山来,顺沟而进,见沟底立一石碑,上书"鲁班沟"三字,觉得奇怪:"这里怎么又叫鲁班沟?记得从前这里不叫这个名儿的。"大势至略一思索,答道:"也许是木艺祖师鲁班在此间居住,用他的名字给这山沟命名的吧!"悟空道:"不对呀,玉帝老儿给他在天庭造

了个清静宫,王母又将蟠桃园内七七四十九名守园仙女赐予了他,他每日在清静宫歌舞升平,过着逍遥自在的日子,哪能在这里居住呢。"大势至道:"这个你可有所不知,这鲁班生来勤奋,天庭再好,他也未必贪图享受。听说他请求玉皇大帝放他回到人间为民造福。玉帝见他心诚,就许准了他。"悟空一听,很觉奇怪,心里寻思,真有这等奇异之事,有谁有福不享,而自讨苦吃?大势至方才所言,俺在西天还从未听说过。便问道:"鲁班下界之事,你是怎么知道的?"大势至嘻嘻一笑,道:"你枉为圣佛,这已是陈年旧事了,已有几十年的光景,难道你没听说过?"悟空道:"真未听说过这事。自从过去闹过天宫之后,得罪了不少人,我也从来不去那儿,这种事儿当然就不甚了解了。"

他俩边走边说,忽见一道佛光极为耀眼,大势至定睛一看,道:"像是南海观音菩萨在此。"悟空问:"这又奇怪了,她来此做甚?"大势至拉着悟空说:"我俩快去拜见观音!"

就在大势至和孙悟空循着佛光往前行时,那佛光又不见了。这时,悟空觉得好生奇怪,"俺老孙平生最敬佩的是南海观世音菩萨,她却为何有意躲俺呢?"他将金箍棒就地一舞,鲁班沟两侧的林木呼呼作响,山崖震开了裂缝,狂飞的乱石如雨泻一般,哗啦啦落了一沟,此地后人便叫它乱石峡。悟空这一来,把正在躲避的杨柳假观音吓呆了,她深知这位神通广大的斗战胜佛的厉害,便战战兢兢来见斗战胜佛和大势至菩萨。

要知这假观音是否被悟空和大势至识破,且看下回详表。

第四回　黄蜂洞群魔聚会
　　　　粉潭寺仙姑搬兵

　　话说孙悟空挥舞金箍棒，使观音菩萨显身来见。悟空心直口快，一见面就问："观音菩萨，你来此处有何贵干？"那菩萨被问得粉脸赤红，不好意思地瞅瞅大势至菩萨。大势至菩萨慧眼一睁，就看出眼前这个南海菩萨是假扮的了，他没有道破玄机，转眼问悟空："斗战胜佛，你看这位观世音菩萨怎样？"假观音见他二人紧追逼问，情知已难瞒过去，就说："二位佛菩萨在上，我在南海无事，便出来在这山中小住几日，清静清静。不知二位不在西方伺奉佛祖，来此何干？"

　　悟空欲揭破这假观音，又想，人家也没有惹咱，不必去得罪人家。因悟空圆睁火眼金睛，早已识破她是南海观世音菩萨手中杨柳瓶内的杨柳枝化身之事，便接话道："此地曾是俺的老家，今和大势至随便来走走。"南海菩萨一笑说："也是，也是，故地重游嘛，不知大势至菩萨来此何干？"这大势至为人襟怀坦白，便道："前些日子我佛讲经说法，要我去请王母，因我劝她更衣净身，惹怒了她，便在瑶池咬我一口。佛祖听信她言，降罪于我，贬我落尘受苦，斗战胜佛是奉佛旨遣送我来的。"

　　这南海菩萨听罢，也甚怜悯，见大势至为人忠诚老实，颇受感动，便好言劝了一番。又将这水帘洞让给了她。就说："这莲花山是我从鲁班手上夺来的，如你觉得还能住下

去，就让与你吧，我便回南海去了。"言罢，转身要走。

怎知悟空上前一步，拦住这假观音："菩萨，你好是不对，这水帘洞原是俺的，你就这样随便相送，也不问俺这主人是否同意？我知鲁班生性直爽，你怎忍心和他相争？快说与俺俩听听。"

这假菩萨本来就怕悟空，心想水帘洞是住不成了，顺水推舟把洞府让给大势至得个空头人情，好乘机脱身，没料到悟空会纠缠不休，问起鲁班的事来。便道："这个，因其中有个缘故，不便说与你俩听的。"悟空嘿嘿一冷笑，围着南海观音菩萨绕了一圈，道："不说也罢，等俺老孙见了佛祖定会弄个明白的。"假菩萨一听，恐怕把事情闹大，急道："斗战胜佛，千万别让佛祖知道，我说与二位就是。"这假菩萨就一五一十地把自己怎么逃出南海，来到莲花山上，又怎么和鲁班相争之事细细说了一遍。悟空一听愤愤地道："杨柳精，你不在南海跟观音菩萨好好修行，却假冒观音，在此兴妖作怪，损害观音名声，该当何罪？鲁班被你赶走后去了何处，从实招来！"杨柳枝连忙哀求道："还请斗战胜佛看在我主菩萨面上，就饶我一命吧！鲁班自同我相争后，一气之下不知去向。因这沟是他占了的，便立了这碑。"

悟空瞅一眼大势至，问道："这等背主犯法之事，当何处置？"

大势至道："我看姑且就饶她这一回吧。"

悟空愤愤地说："俺平生最恨这种冒牌货，到处招摇撞骗，祸害人类。当年在西天取经的路上，我不知扫除了多少妖孽。如果今天遇上俺老孙先前的性格，早已将你揪到南海观音菩萨跟前去了。哼，这个南海观音，她积德行善，普度众生，却管不住手里瓶中的杨柳枝，让其成精在这里兴妖作恶，看她有何话说！"

大势至一面劝悟空，一面给杨柳精使眼色道："还不快谢过斗战胜佛，速速回南海去！"杨柳精连声道谢，化作一阵轻风不见了。

　　与此同时，鲁班沟西崖上的黄蜂洞里热闹非凡。黄蜂魔王正在宴请狼王、蛇精、鼠怪和萤火大王，把整个黄蜂洞弄得乌烟瘴气，杯盘狼藉，酒气熏天。这些妖魔怪精猜拳行令，热闹了一番后，黄蜂魔王喝退众小妖，邀请众魔王至内室，拿出独家特产的黄蜂蜜汁说："列位，请喝一杯我家特酿的蜜汁，解解酒，清醒了好共谋大事。"蛇精很小心地伸出舌头，去舔杯中之物。他太机灵了，唯恐黄蜂魔王用计害他。鼠怪见状，眼珠子一转，胡子向上翘了两翘说："蛇精兄，不要处处设防，我们还要共谋大事业呢！"萤火虫大王早就忍不住了，一口气喝了个杯底朝天，摸摸黏糊糊的嘴唇说："哎，别再互不信任了，喝吧，喝吧，实在好喝，甜得要命！"狼王老谋深算，耳朵两摆，张开血盆嘴，对着黄蜂魔王道："黄蜂兄弟，这么可口的琼浆，何不让我喝个痛快呢？再来一坛！"黄蜂魔王为了笼络众妖，就又慷慨地抬出一大坛蜜汁来，狼王顿时眉开眼笑，端起坛子喝了个痛快淋漓。毕了，摸摸嘴巴，胡子沾成了蜜片，他摇着头，号叫着道："黄蜂兄，你这蜜汁怎的越喝越苦了？"黄蜂魔王嗡嗡答道："狼兄，这蜜汁原是不能多喝的，少喝则香甜，过量就苦辣了。俗话说，蜜多不甜嘛！"狼王咂着嘴点头称是。蛇精这才一舌头一舌头地品尝起残留在坛底的蜜汁来。

　　黄蜂魔王见众魔王清醒了许多，这才坐于上首，圆眼球滴溜溜扫了一圈，道："众位不辞辛劳聚在我黄蜂洞，其目的就是想得到水帘洞对面那天书洞里的天书。今天我先露个底，据可靠消息，天书洞中所藏天书是唐僧取经回东土时，猪八戒偷懒，趁师父和师兄弟不注意的时候扔掉的几卷经书，粉团仙姑捡到经书后在天书洞下侧修造了粉潭寺，日夜守护着。我想得到此经书蓄谋已久了，但此洞防守严密，无法着手，今日邀请大家前来共同出谋献计，想一个万全之策如何？"

　　黄蜂魔王言罢，狼王先开了口："黄蜂兄，那几卷破经书到底有啥用呢？你给咱先讲讲，要是没用，就不要白费劲了！"狼王这么一说，蛇精、鼠怪、萤火大王都一齐要黄蜂魔王说一说经书的用处。黄蜂魔王佯装神秘状，低声说："这几卷经书，全是佛门修成正果的秘诀。听说其中一卷就是关于下界生灵如何修行得道的圣经。要是我们将此几卷经书弄到手，照着法儿去修炼，就用不着再住这不见天日的洞穴做魔王了。到那时，我们就会成佛成仙，去西天、去天宫享受荣华富贵，掌管天地人间了！"众魔王听黄蜂魔王这么一说，不禁喜上心来，有谁不愿成佛成仙呢？于是各自喜笑颜开，绞尽脑汁，谋划如何攻克天书洞，把经书弄到手。

众魔王各尽其能，考虑再三，定出一个计划。狼王胆大，心狠手辣，行动迅速，就派他带领众狼妖去粉潭寺对付粉团仙姑；鼠怪的特长是挖洞，可带领众鼠妖兵将从崖下向半壁的天书洞打洞，开通道路；蛇精善于钻洞，可带领众蛇妖在鼠怪开通道路后把经书弄回来；萤火大王警戒东方，黄蜂魔王警戒西方并兼任统兵元帅。方案决定，众魔王好不欢喜，统带妖兵妖将摩拳擦掌，专等时辰来到，进兵天书洞。

话说众魔王在黄蜂洞内商议攻克天书洞，盗取天书之策的时候，粉潭寺内的粉团仙姑已察明了众魔王的意图。

这天，粉团仙姑和往常一样，早早起来，迎着初升的朝阳走出寺院，先到粉潭泉边梳洗更衣，而后到天书洞周围巡察了一番，见一切如旧，洞门依然封得严严实实，也就放心地回到了寺院。这粉潭寺内的潭水是很有灵性的，在这鲁班沟内，不管什么地方，是什么妖怪兴风作浪，潭水都能显出其原形来。粉团仙姑回到寺院，极目远眺，发现寺院对门的黄蜂洞妖雾缭绕。粉团仙姑便急急来到粉潭泉边，她看到了黄蜂洞内群魔的身影，听到了他们的密谈。粉团仙姑一惊，此事非同小可，怎样才能除掉妖魔，保住天书洞的经典，一时拿不定主意，靠她个人的力量是无法抵挡这些妖魔鬼怪的。就在她为此苦思冥想的当儿，粉潭泉内忽现出了斗战胜佛孙悟空和大势至菩萨的身影，而且还在黄蜂洞不远的山崖右上角发现了八仙之一的张果老和他的坐骑毛驴。

023

　　粉团仙姑见状大喜，自言道："此乃天助我也。事不宜迟，我何不去搬请孙悟空、大势至和张果老呢！"于是，便唤来仙童仙女，吩咐道："你们好好守住寺院，我去去便来。"言罢，化作一朵粉红色的云朵飘然而去。

　　话说孙悟空识破假观音，正和大势至菩萨边走边叙。悟空道："俺老孙一直敬重南海观世音菩萨，过去取经路上，她曾帮了俺许多忙。这些年，虽同在佛门，见面却很少，她如何不小心让杨柳枝随便离身，冒假名胡作非为呢！等俺有空见了她，一定得好好地说她几句。"大势至只是叹息，并不言语，她为自己遭贬愤愤不平。想道：佛祖听王母一番谗言，而贬我到尘世重新修炼，想必这南海观音疏忽大意让杨柳枝钻空的事佛祖一定是不知道的，忙在悟空面前为南海观音说了几句好话，"杨柳枝的行径也许南海观音还不知道，以她的品行，决不会让身边之物外出生孽的，这事，还要你我守口如瓶才能了事。"悟空点头称是。

　　鲁班沟淌着的这条溪水清澈明透，涓涓淙淙，弯来转去，从水帘洞起，转了72道湾才出沟流入渭水，行人走这条路也得有72步跳才能到达。悟空和大势至跳来跃去，说说笑笑，正行走间，突然一朵红云自空中徐徐而降，一仙姑身着粉红色衣裙跪在面前。悟空一把将大势至拉至身后，大声喊道："何方妖孽，为何拦路？"仙姑口念佛陀，道："斗战胜佛在上，我本是此地天书洞下侧粉潭寺内粉团仙姑，并非妖孽。"悟空哈哈一笑，道："粉团仙姑！嗯，嗯，那你不在寺内修行，来此何干？"粉团仙姑道："二位圣佛有所不知，我在粉潭寺内为的是保护我佛重要经典，如今经典有难，我无奈只得求助二位了。"悟空瞥一眼大势至，道："你听，我佛经典怎能寄于她处？"便问道："我佛圣经，从不外传，当年俺老孙历尽千辛万苦，保唐僧西天取经，那经书是我佛祖恩赐于东土的，取回后，全部放置在长安大雁塔内，你寺内如何也存有经卷？"

　　粉团仙姑道："斗战胜佛请听，当年是你护送师父从西

天取回真经的。可是,回归东土途中,你那二师弟八戒挑担儿累了,便将几卷经书偷着扔掉了。也是我佛缘分,碰巧小仙路过此地,便捡了经卷,藏入天书洞内。又恐自己离去,经卷失落,便于此地修造了粉潭寺,日夜用心守护着。"

悟空闻言,高声道:"咦,怎有这等怪事?哎呀,二师弟,你偷懒也就罢了,怎能干出这等无义之事呢?"又问仙姑:"仙姑今日拦路,是告诉经书下落的吗?"粉团仙姑急道:"是呀,如今这儿将要出大事了。只因此地近年来出了个魔头叫黄蜂魔王,一直想得到佛经。由于天书洞地势险要,我又把守得严密,他才未曾得手。近日里,他又骗聚各地魔王,商议要攻取天书洞,盗去那至上的佛家经书!"

悟空听完,气得睁圆金睛火眼,怪叫一声:"嗨,这还得了,俺到了西天,想不到这花果山妖魔鬼怪闹翻了天,竟然打起佛经的主意来!也罢,俺老孙这金箍棒已经快生锈了,今日不妨一用,看这些妖精有几个脑袋!"悟空跳将起来,对仙姑言道:"请仙姑放心,只要俺老孙在,经书谁也盗不去,你只管前面带路便是。"

粉团仙姑听言,叩个头,虔诚地施一礼,道:"群魔商议攻打天书洞的时间就在今夜三更,请二位圣僧先到小仙寺内休息,寺内备有素斋便饭恭候。"悟空听了哈哈一笑:"嗯,吃饭事小,还是保护经卷要紧。既然时间尚早,我俩先去水帘洞转一程再说,仙姑请先回寺内去吧!"言罢,悟空便和大势至直往沟涧深处去找水帘洞。

却说粉团仙姑虽已请了斗战胜佛和大势至菩萨,但还是放不下心来,群魔妖多势众,不可轻视。她又朝张果老拴毛驴的莲花山崖涧飘去。

张果老是偶尔骑驴从天上路过,低头看到莲花山水帘洞山势奇特,气象万千,便临时决定来游山的。他将毛驴拴在山崖洞间,把在乐善镇农户家讨得的几捆稻草丢给驴后,便游莲花峰去了。粉团仙姑来到拴毛驴的所在,四下一看不见张果老,她心里着急,忙作一道彩虹直上云霄。这道彩虹远

望如彩练腾空，蔚为壮观。

张果老原是将驴儿拴在崖洞间，去游莲花山蕊峰去的，蕊峰游毕，又驾云来到渭河南面温泉一游。这温泉水质纯轻柔和，时常热气缭绕，每逢日出，居高视之，宛如天宫瑶池。如沐浴水间，迷人心醉，令人遍体生津，能医百病。张果老解衣进池洗了个痛快，洗完澡后，再去南山棋盘山与牧羊人下棋消遣。这棋盘山上有一巨石，几丈见方，坦荡如砥，为天然棋盘，四周长满青枫和迎春柳，一到秋季，满山的沙棘果香溢万里。山脚下清澈的聂河淙淙流淌，河水一半温热，一半清凉，温热之水色白，清凉之水纯青，山清水秀，是一块清幽雅静的避暑胜地。

张果老正在棋盘山上与牧童下棋，忽闻天空有仙风拂来，抬头眺望，粉团仙姑的彩虹云练就清楚地被他辨认出来。原来这粉团仙姑镇守天书洞之事，在仙界内已是众所周知的。张果老一想，粉团仙姑不在寺内护卫天书，来此何干？正思虑间，那道彩云团已飘到他身边。

张果老还未开口，粉团仙姑就已跪拜在面前，泣声道："师父，徒儿找得你好苦哇……"张果老一惊，双手扶起仙姑："仙姑别急，细细讲与我听。"粉团仙姑施礼站起身来，未开言已泪如泉涌。

粉团仙姑为何流泪，张果老将如何相助，看下回细细表述。

026

第五回　盗天书佛妖混战
　　　　降甘露菩萨显灵

话说那粉潭寺内守护天书洞佛家真经的粉团仙姑，从粉潭泉水探得黄蜂魔王和众妖王攻打天书洞盗天书的消息，她先求助于来鲁班沟寻找水帘洞的孙悟空和因瑶池之事遭贬的大势至菩萨，而后来到温泉棋盘山上找到了八仙之中的张果老，还未开言，先泪如泉涌。

你道这仙姑为何要哭？原来张果老是她的师父，有什么事儿她都要请教师父的，只是守洞护经一事，师徒俩意见不一。佛经原为佛门信仰之经典，仙者为道教之尊，佛道二教分属两个教门。粉团仙姑身为仙家，却要守护佛家经典，张果老因此想不通，曾好言相劝，但仙姑坚持己见，定要住持在粉团寺内，日夜操劳，守护佛经。她曾在师父面前发过誓愿："这几卷佛家经典既被我捡到，便是与我有缘。为了这个缘分，徒儿定要好生看守，等西方佛门追寻时完璧归赵。想到唐僧取经时历尽千险，还不是为了取回真经造福众生？经书来之不易，怎能以佛仙各有教门而撒手不管呢！要是经书丢失，我就对不起天地日月了，在这里称仙又有何用？我为此事即使粉身碎骨，也心甘情愿！"当时，张果老曾责备仙姑背叛师门，日后别来见他。粉团仙姑也就真的再没有见过师父。今日事出无奈来寻师父，回念师父昔日之恩情，就心酸落泪了。

师父对她是恩重如山的。她原是陇西郡人，因自幼父母

在战乱中亡故，举目无亲，七岁便到处飘零，讨饭为生。在一个大雪纷飞的严冬，流浪到渭河畔，饥饿冻倒在雪地上，师父骑驴经过发现后，便收留了她，起名粉团。日后又度化成仙，名为师徒，实乃父女之情。而自己却为护经卷和师父闹翻，惹师父生气。想到这些，仙姑便泣不成声痛哭起来……

　　张果老一见多日不曾相见的徒儿跪倒在面前，又惊又喜，停了手中的棋子，双手扶起仙姑，正色道："你不在粉潭寺内看守你那宝贝经卷，找我何干？"仙姑忍住泪，上下打量着师父，见恩师白发苍苍，老态龙钟，又风尘仆仆，心里好生难受。知道师父虽然爱她，但还在生她的气，便拉住师父撒娇地说："师父，徒儿知你还在生气，但这一次是有人要取徒儿的性命了，徒儿不来求师父，求谁去呢？"

　　果然，张果老听罢，怒气顿生，道："何方妖人，敢害我徒儿？"仙姑走近师父，道："近日来，黄蜂洞群妖聚会，商议要攻我天书洞，盗取那几卷经书，徒儿我寡不敌众，前来请师父协助，万望师父助徒儿一臂之力。"张果老听言，叹息道："当初我曾多次劝你，不要去管那些佛家经书，你执迷不悟，如今却招来这么一场灾祸，唉！"仙姑听师父口气，急了："师父，徒儿已经没有退路了，我宁可粉身碎骨，决不让佛经落入妖魔之手。只是徒儿单枪匹马，道行浅薄，恐难抵挡得住，恳求师父出马相助吧。徒儿在半路上碰到了斗战胜佛和大势至菩萨，二人答应相助徒儿，师父就去为徒儿做主吧。"仙姑说完，长跪不起。

　　张果老被粉团仙姑的一片护经诚心所感动，上前扶起粉团仙姑，摸着白须，哈哈大笑道："本仙眼力不差，徒儿有今日之举，也不枉我当年在渭河滩头救你一场。当初我见你品貌不俗，是一个有智慧的女子，后又跟随师父多年，做事专心致志，忠正诚实，前几番为师阻你护经之事，乃是有意考验你。如今你正义护经，除暴灭害，乃替天行道之举！为师我身为八仙之一，怎能任这群魔头横行人间，祸害百姓呢！"仙姑听完师父之言，喜不自胜，愁云顿消，只见她忙施一礼，上前扶住师父，一朵红云便腾空而起。粉团仙姑请得师父张果老离开了温泉棋盘山，向莲花山飞奔而去。

夕阳染红了莲花山，平日清静的粉潭寺内热闹非凡。仙童仙女进进出出，忙忙碌碌。斗战胜佛孙悟空引大势至探得了被二郎神移至莲花山蕊峰崖壁的水帘洞之后，应粉团仙姑之邀，赶来粉潭寺。仙姑为悟空和大势至备了素斋，又为师父张果老备了道门斋饭。这悟空虽已成佛，却在饮食上无甚忌戒，见席间无酒肉，心里不悦，仙姑看在眼里，速吩咐仙童摆上酒肉仙果。一时间，这莲花山粉潭寺内佛仙喜聚，同欢共饮。这在佛道两教门中也是少有的事，却为水帘洞未来佛道兴盛奠定了基础。正是粉团仙姑和大势至所为，这块宝地延续至今仍是佛地道住，这是后话，按下不表。

且说张果老酒足饭饱之后，为徒儿担起了主事之职。他对悟空说："斗战胜佛是斩妖除魔的高手，当年西行路上不知有多少妖魔鬼怪败在你的手下，今日调遣之事，就请你吩咐好了。"仙姑也忙随着师父的话说："还望斗战胜佛做主。"悟空嗯嗯叫着，眨眨火眼，搔搔鬓角，咧嘴笑道："噢，就这几个狼鼠萤蛇黄蜂之辈，无甚打紧，俺老孙平生见得多了，别担心，你们都在此好生休息，看俺老孙去收拾他们。"

大势至听孙悟空之言，正色道："不可轻敌，你在上界多年，未知近年来世事变化，如今的妖魔可不比从前，他们比过去精灵得多了。攻打天书洞是他们精心策划的，况且你我已身在佛门，不可乱开杀戒，只能善言相劝，让其改邪归正，方为上策！"悟空哈哈笑道："菩萨，对恶魔是不能讲慈悲的。想当年俺师父唐僧一路上不听俺老孙之言，乱讲慈悲，善恶不分，吃尽了苦头。依俺说，降妖除怪，还要靠俺老孙这如意金箍棒呢！"张果老插嘴道："对，还是斗战胜佛之言有理，对妖魔决不能心慈手软，不能猪圈门上讲经书！"

029

张果老的几句话说到悟空心里去了,他暗自欢喜,但当着大势至之面也不好言语。他也知大势至并非袒护妖魔,只是他久在西天为佛,心地慈悲,实不愿杀生而已。悟空醉眼蒙眬,嘻嘻笑着说:"诸位放心便是,俺老孙自有安排。"大家听言,也就不再言语了。

且说妖魔们要得到经卷,必须先攻取粉潭寺,然后才能进天书洞,这是粉团仙姑早已料到的。但在她和师父们商议如何应敌时,她的意见被否定了。大势至说:"妖魔势众,定会兵分几路,要防备他们牵制粉潭寺,攻取天书洞这一招。"张果老听了点头称是,悟空便接着大势至言语:"这样吧,你们守住寺院,俺一人去天书洞对付群魔足矣。"

再说黄蜂洞内群魔等到太阳落山,夜幕降临后才出动。魔兵总帅黄蜂魔王嗡嗡嚷嚷调兵遣将,来到粉潭寺所在的洞窟脚下。在此,他按计令狼王为先锋带领众狼兵攻向粉潭寺,自己带领其他魔兵妖将杀向天书洞,到了崖壁脚下,他令萤火魔王去警戒东方,命鼠怪从崖脚直向半壁的天书洞打洞,命蛇精准备好,只等鼠王得手后,立即去盗取经卷。调遣已毕,黄蜂魔王领黄蜂妖兵二万,向西方警戒去了。

就在蛇精休息待命,鼠怪领众鼠兵打洞之时,鼠怪阵营内生出了事端。鼠怪正在支起的临时魔帐坐镇督战,一鼠兵进帐禀报:"大王,请您去看看,崖下有一自然洞穴直向崖壁顶端伸去。"鼠怪听报大喜,即喝令鼠兵带他去看看。这小鼠兵一阵风似的领鼠怪来到崖脚下,鼠怪定睛一看,果然有一洞穴伸向天书洞方向。他高兴得鼠须抖动,望着星月灿烂的天空,自语道:"真是天助我也!孩儿们,沿着洞口直往里钻,看看是不是真能通向那天书洞。"众妖兵听大王号令,争先恐后、你推我搡地全都涌进洞去。过了半晌,还是禀报过鼠怪的那名鼠兵再次来请鼠怪进洞:"大王,这洞直通到半壁的一个洞穴,我们认不出它是不是天书洞,请大王亲自去看看。"鼠怪一听,心生邪念:"我何不独自去天书洞取了经卷呢?"他便吩咐这小妖道:"攻天书洞,你功劳最大，事情成功了，将重重地赏你。本王要进洞去了，你在此用心守住洞口，谁也不要让他进来。"小妖道："谢过大王，小的听令就是！"鼠怪转身飞快地钻进了洞穴。

你道这自然洞穴是怎么回事？原来是孙悟空用金箍棒捅开的半截儿石洞，那名小妖也是悟空变的。悟空见已将鼠怪轻而易举地骗进了石洞，便现了原身，在洞中叫骂道："你们这群小小的鼠辈，胆敢盗取佛门经典，俺老孙今日要将尔等斩草除根，一网打尽！"鼠怪才到洞内，就听到外面的叫骂声，暗叫不好！方知遇上了大闹天宫的孙悟空，顿时吃惊不小！但细一思量，奇了，这孙悟空去西天之后被封了佛位了，怎能在此处？鼠怪疑心不定，折转身子向洞外边冲边嚷："别拿孙悟空的名头来吓唬我，你到底是何方鬼怪，多管闲事，坏我功名！"

然而，只听"噗"的一声，一道金光迎风落下，鼠怪情急，一个乌龙摆尾大转身，但金箍棒已落到尾巴根儿上，他怎能经得住这千钧一棒，被打得屁滚尿流，眼冒金星，一条鼠尾已齐根被砸断。鼠怪强忍疼痛，抱头向洞内窜去，一看，几千名鼠兵全都横死在洞里，血流如注。鼠王既气又恼，要拿悟空，可又奈何不得他。此时，进退均已无路可走，只呆呆地望着刚才还活蹦乱跳，此时血肉横飞的小妖尸体浑身发抖。

你道众小妖们是怎的在眨眼间全都死了的？这是孙悟空用猴毛变成假悟空的形象，入洞杀死妖兵的。孙悟空见一棒下去只敲掉鼠怪一条尾巴，便在洞口高声叫骂："鼠怪，快快出来领死！"谁知这一骂，将睡在崖下草丛中的蛇精骂醒了。蛇精情知有变，急急顺崖根循着骂声蜿蜒而来。悟空正抬头叫骂，忽然，闻到一股腥臭之味顺风刮来。他火眼圆睁，定睛一看，原来是一条绿色大蟒蛇在作怪。悟空假装没有看见，继续对着洞中喝道："鼠怪听着，俺斗战胜佛封你等鼠辈，今后只能藏于这一棒之深的洞中，以后不能再长有尾巴！"

从此，这莲花山地域便有了一种像鼠不是鼠的无尾动物，只住崖下尺把深的洞穴，后人称它青太子，这是后话。

却说蛇精循着隐身妖法顺地皮爬行，已被悟空火眼金睛发觉，只见悟空口中念念有词，说声"变"，悟空变成一只金翅大雕，从一声雷动处，腾空而起，一只五彩羽毛遍体闪光的金翅雕勇猛地向蛇精扑去。蛇精腰身一挺，伸出一条利箭般的毒舌，射出喷泉般的毒雾，金翅雕大怒，撑开两膀，紧握利爪，张开铁钩似的大嘴铺天盖地从天而降，直扑蛇精。只听一声惨叫，一条巨蛇已身首异处，黑血溅满崖石。

在东方担任警戒任务的萤火虫大王和在西方警戒的黄蜂魔王听到蛇精这一声撕心裂肺的惨叫声，便知不妙，便蹿起一股青烟向悟空扑来。悟空见群魔王妖雾翻滚，呐喊着挥舞兵器向自己涌来。哈哈笑道："阿弥陀佛，俺老孙今天要大开杀戒了。"言罢，张开佛口，吹出一阵清风，将黄蜂魔王和萤火大王的兵将刮得天昏地暗，一个个头脑昏晕，四散逃去。黄蜂魔王哪管部下死活，驾一股黑雾落荒而逃。悟空收起法形，手提金箍棒追赶而去。

暂且搁下悟空追赶黄蜂魔王、萤火虫大王之事不提。再说狼魔王率众狼妖去攻打粉潭寺。寺内张果老和大势至菩萨专候妖魔上门，粉团仙姑率众仙童仙女紧守寺门。狼王领妖兵到了，他龇牙咧嘴，挥舞着狼牙棒在寺门口骂阵。张果老在寺内听得，放出毛驴与狼魔作战。这毛驴已得道千年，四踢翻卷着云朵，冲将出去，闯入妖阵，连踢带咬，早把狼妖阵营撞了个东倒西翻。闯得毛驴儿性起，心想：这几百年来从没碰上这么一个好机会展示一下自己，今儿个有了。只听得一声驴叫，震耳欲聋，铁蹄便朝狼王双眼踢去。"驴仙住手！"大势至站在寺门大声喊道，一面急请张果老收回坐骑。因他观战时慧眼一睁，认出了狼王，叫声不好，对张果老道："这是我门下守院的狼狗，怎的在此间胡作非为呢？待我收服它！"说完，腾云而起，大喊一声："畜生，还不快快回去等待发落。"只见狼王就地一滚，现了原形，拜别菩萨乘风向西方而去。张果老见状，收回毛驴，眯着眼睛道："原来菩萨和狼王是一家，难怪狼王这等威风，是有佛家做后台呀！"一语说得大势至面红耳赤，躬身赔礼道："大仙有所不知，因我在瑶池遭贬，家中对它看管不严，这畜生才趁机作乱的。"张果老一笑道："菩萨不必当真，我是随口说说而已。"又对仙姑道："有斗战胜佛在此，大势至菩萨又收了狼王，想必已无要紧事儿了，徒儿要好生修行，佛经可托斗战胜佛送回西天，我也去了。"说完，跨上毛驴，腾空向东而去。由于张果老来去匆匆，所驮草料未曾用完，现还存放在水帘洞显圣池之上的半崖洞壁中。

大势至收了狼王，和粉团仙姑出了寺院，正欲去天书洞为悟空助阵，只听得鲁班沟内声音嘈杂，直向黄蜂洞而去。大势至已知是悟空在穷追败兵，也就和仙姑一同去了黄蜂洞。

黄蜂魔王和萤火大王率众逃进黄蜂洞，紧闭洞门，任悟空怎么叫战也不敢再言语。正在无可奈何之时，大势至和仙姑到了。黄蜂洞千层百页，防卫严密，悟空用金箍棒将洞口敲得飞沙走石，大势至口念佛法，用七星佛光去凿洞门。粉团仙姑驾红云施道家破石法，还是攻不开洞门。正当他们在洞口商量破门之策时，萤火大王趁机又喷出萤火。这火飞烟翻卷，火舌狂舞，气味难闻，已在洞外燃烧起来，风助火势，火借风力，很快蔓延四周，向野山荒崖而去。眼看这火就要烧遍莲花山了。悟空一生最怕火，西天取经时在火焰山就吃尽了火的苦头，猴屁股上的毛都被火烧光了。大势至也看着妖火无可奈何。粉团仙姑急忙作法调来寺内粉潭泉水灭火，只见烈焰直蹿，如火上浇油，越烧越旺。就在这时，南海观世音菩萨到了。

南海观世音菩萨是听杨柳枝回南海后禀报而来的。一来看看遭贬的大势至菩萨，二来谢谢斗战胜佛及时识破杨柳枝，替她灭下很多事端。南海观音才到莲花山，就见妖风四起，妖火燃烧。她在云端用杨柳枝蘸甘露瓶中甘露洒向妖火，一霎间烟消火灭。直到现在，当你过了显圣池，穿过乱石峡，还能看到黄蜂洞四周被萤火大王放火烧过的痕迹，后人叫该地火烧岘。这是后话不提。

　　且说孙悟空同粉团仙姑、大势至菩萨三人正在无计可施的时候，忽然天降甘露灭了妖火，心中大喜，抬头一看，南海观世音菩萨就在眼前，便急忙上前行礼，道："多谢菩萨前来相助，等俺老孙灭了这群妖魔再来拜会菩萨！"说着，提了金箍棒，又奔黄蜂洞而去。

　　要知悟空怎的前去除妖，且看下回再表。

第六回　大势至护经守洞
　　　　斗战胜上界交差

　　话说悟空提了金箍棒又奔黄蜂洞，大势至和粉团仙姑见过南海观音后也一同随了去。他们来到洞口，见洞口崖壁上黑压压爬着一层萤火虫，大势至道："这是南海观音的甘露水，一洒它就现了原形了。"悟空嬉笑着乐得直搔耳朵，"还是观音菩萨厉害。"他用金箍棒捣着洞门吼道："黄蜂老妖，俺老孙在此，还不快快出来受法！"

　　你道这黄蜂魔王是何等妖王？当年悟空在花果山水帘洞当齐天大圣时，这黄蜂怪已在黄蜂洞中修行了三百余年。悟空虽九反天庭，却是奈何不得它。原因是这黄蜂魔王多年来练就了一种毒液阵，非常厉害。那萤火王被南海观音毁了千年道行，蛇精和鼠怪被斗战胜佛打败之后，纷纷向黄蜂魔王求救。黄蜂魔王连遭失利，恼恨这从天而降的斗战胜佛毁了他即将成功的计划。气得他眼珠子突碌碌直转，不住嘴地叫骂悟空："你这弼马温，该死的猴头，先前还不和我一样占山住洞为王。只因你造化好，遇着唐僧，才成正果，要不然你今天还不如我呢，今日为何无故前来干预我等修成正果？"

　　悟空听黄蜂魔王的叫骂，气冲牛斗，他用金箍棒敲击洞门，山崖都在抖动，那洞却岿然不动。你却不要小看这洞，它非铁非铜非木非石所造，而是这黄蜂几千年来用蜂蜡一滴滴铸成，柔而坚固，能凸能凹能伸能缩，坚韧无比。悟空的金箍棒捣去正如铁棒遇到了橡胶。悟空问大势至："你见过这等玩意儿的门吗？俺老孙在世上还是头一次见呢！"大势至说："你比我见多识广，你都不认得的东西，我哪里认得！"这时粉团仙姑插嘴说道："黄蜂魔洞的门是非常特别的。此门经过几千年的修造，用蜂蜡一滴一滴铸成，又经千年日月光华的养炼和风云雨露的凝结，要硬，金属非比；要柔，世间无物匹敌！"悟空听言，灵机一动，计上心来，蹦跳着连声喊："有了，有了，看俺老孙的。"大势至道："有啥法子？快快使出来。"

悟空收了金箍棒，口吐三昧真火向洞门喷去。果然，金箍棒奈何不得的洞门，一遇着真火便哗啦啦烧将起来。不一会儿，烧剩的蜡渣就铺满了洞口。你道这洞门能被悟空烧毁，为何萤火大王的妖火就烧不坏它呢？原来萤火大王的是妖火，与鬼火无异，没多大力气的。再说萤火大王哪有黄蜂魔王的道行深。悟空口吐的是真火，能把崖石熔化，海水烧干，蜂蜡洞门就更不禁烧了。

话说黄蜂魔王见悟空口吐真火烧了洞门，便喝令众小妖，使起五毒俱全的蜂尾箭向洞外雨点般射来。悟空见状，急拦过大势至和粉团仙姑，舞动金箍棒，如一朵金色莲花滚动，把黄蜂毒箭唰唰唰全都打落在地，而后拔下一撮毫毛，吹口气，喊声变，化成无数个悟空挥舞着金箍棒，直冲向洞内与众魔妖厮杀。黄蜂魔王见势不妙，急现原形，化一小蜂，飞出洞去。小蜂飞出洞门，已被悟空一眼看穿，他摇身变成一只黄雀鸣叫着追赶小黄蜂。黄蜂魔王见势不妙，心想要是被悟空追上，一嘴吃了他，那还了得。急忙恢复原形与悟空棒来枪往，战了几十个回合，黄蜂魔王已头昏目眩，枪法散乱。悟空舞了一个棒花，喊一声"着"！魔王使的黑缨尖枪已被打成两截。魔王无法招架，就地一滚，化为一只褐色大黄蜂，跪地求饶。悟空正欲一棒结果了它，忽又记起大势至菩萨之言，身在佛门，还是少杀生为好。便用身上一根毫毛化为铁链，锁住了黄蜂双翅，进洞去捉众小妖了。

且说蛇精上次在天书洞崖下用金蝉脱壳之计，褪下蛇衣，逃走真身后又来黄蜂洞聚会。他已被悟空吓破了胆，见悟空擒住黄蜂魔王，进洞而来。急忙变作一条小蛇藏在岩缝中。

悟空东张西望，只见蜂魔小妖均已散尽，正欲退出洞去，忽地粉团仙姑走进洞来。蛇最怕胭脂粉，闻着仙姑身上散发出的香粉味，再也忍受不住了，跳到洞中，显出原形。只见一条人头蛇身的怪物，口似血盆，眼如闪电，向仙姑扑来。悟空一急道："仙姑小心，待老孙收拾它！"这时仙姑已将自己胭脂八宝盒抛在空中，一股兰麝馨香笼罩洞中。蛇王昏迷过去，脚和手已成人形，只有头和身尾变成蛇样。仙姑缓缓走来，伸出玉手，捉了这蛇不像蛇、人不像人的东西走出洞来。蛇精变化的这种有手有足的小东西，就是我们今天在莲花山周围常常见到的蛇虎胎子。

话说孙悟空用铁链锁住了原身的黄蜂魔王，粉团仙姑捉着蛇王现身的怪物和大势至一起去见南海观世音菩萨。南海观音洒甘露灭了妖火，只因悟空和大势至急着去黄蜂洞。观音就驾云到莲花山一游。她睁开慧眼一看，好一座莲花山群峰。只见浮云缭绕山头，苍松翠柏布满山腰，百鸟和鸣，猿鹿奔跳，真是一块修行的上乘宝地，难怪杨柳枝也迷上了这里。兴致一来，便盘腿打坐在蕊峰上，闭目养起神来。斗战胜佛带着粉团仙姑与大势至菩萨同来见南海观音菩萨。观音念声佛陀，道："大势至菩萨，听说你在瑶池遭贬，我特来看你，不知你有何打算？"

不提此言则罢，一提悟空的话就多了。只见他行一礼道："菩萨，大势至遭贬全是王母污我佛清白。可佛祖又轻信她言，你何不为大势至在佛祖面前评评理！"观音口念佛陀，道："斗战胜佛，你该知道我佛大慈大悲，至高无上，佛祖是永远无错的，既然佛祖贬大势至下凡，也有佛祖的难处。得罪天庭于我佛无益，身为佛菩萨，该有悟性。"悟空听言，愤愤不平道："口口声声佛为真理而生，为救苦救难而存。做这等事，真理却又在何处？"

大势至一听，着了忙，劝悟空道："斗战胜佛，为佛应无私、无贪、无争、无怒，你刚才之言为我存偏袒之心，既然佛祖贬我下凡，是我修行不深，功德未圆，我正好借此机会苦苦修行，圆满功德，救苦救难，普度众生才是。"

悟空也就不再言语。南海观音菩萨见悟空息了争强斗胜之心火，欲要再教化悟空几句，细一思量，也就作罢。原来南海观音心想悟空乃聪慧之佛，只是心直口快，为人正直，以后在修行中将会大彻大悟，慢慢明白此中道理。观音便笑着对悟空道："斗战胜佛，我从南海来，还有一心愿，是专程来谢你的。"悟空闻言道："菩萨谢俺怎的？"南海观音念声佛陀，道："只因我粗心大意，让杨柳枝逃离南海，假我之名来此莲花山，赶走木艺祖师鲁班，占水帘洞，欺骗众生，是我之罪过也。多亏斗战胜佛辨出真假，迫使杨柳枝回了南海，少了我多少麻烦。为此，我也得谢谢你呀！"悟空被观音诚心相谢的一番话说得心里甜滋滋的，刚才的怨气也就散去。并回谢道："要讲谢，俺得首先谢谢观音菩萨。想当年，俺保师父去西天的路上不知求过菩萨多少次，菩萨不知为俺师徒解救了多少苦难。若非菩萨，俺悟空也难成正果。今日菩萨说谢的话，俺实在担当不起！"

南海观音道："斗战胜佛差矣，西去路上所做之事是我应该做的，目的是让你师父取回真经，传教于东土，那是功德无量之事！"悟空哈哈笑道："那咱就谁也别谢谁。"言罢，瞅一眼观音，又说："俺今日又有一事请教于观音菩萨。"

观音微笑着说："讲来我听！"

悟空对着静立一旁的粉团仙姑喊："仙姑，还不快来见过菩萨！"仙姑便急急下跪，口称："天书洞护经弟子粉团拜见菩萨！"

南海观音睁开慧眼，见一身着粉红道袍，眉清目秀的绝色女子跪在膝下。又观得她身入道门已成小仙，便念一声阿弥陀佛道："你入道成仙，为何称作护经弟子呢？"

悟空抢先一步说："仙姑，对观音菩萨细细讲来！"粉团仙姑便将她如何被张果老渡化成仙，又如何捡得猪八戒偷懒丢了的经卷藏入天书洞，在此守护多年。未了，又将群魔盗天书，她如何搬取救兵，除邪斩魔之事细细说了一遍。南海观音一听，感到粉团仙姑对我佛至忠至诚，对经典以性命相护，深受感动，便道："仙姑，随菩萨去南海教化众生如何？"

粉团仙姑闻言大喜，连忙拜谢观音菩萨。

悟空此时在旁欢笑不已，对南海观音说："此乃俺老孙求菩萨第一件事尔。"南海观音闻言，问悟空："那第二件事呢，请讲。"

悟空此时将大势至向前一拉，道："大势至菩萨该去何处？这原是佛祖派俺老孙遣送来的。你俩同为菩萨，得想个好法子，出个好主意，让大势至有个好去处才是。"

南海观音长叹一声，道："大势至是不能离开莲花山的。过不了多日，有从西土佛国来的高僧路过这里，说法讲经，雕塑我佛形象。大势至菩萨得在此地等这高僧来了又离去后，方能投凡胎以圆功德。"

悟空一惊："观音菩萨，那要等到何年何月何日呀？"大势至镇静地说："这是天意，斗战胜佛不必争辩了。"悟空只好作罢。

南海观音欲要带粉团仙姑起身去南海，却见仙姑又跪拜下去，对菩萨道："弟子还有一事放心不下。"南海观音听言惊问："入身为佛，应无心尔，哪有放不下心的事儿？"

仙姑道："我随菩萨去了南海，天书洞内的经卷谁来守护？"

南海观音听言，佛心大悦，道："你处处为佛事，操佛心，真是我佛的造化呀！有大势至菩萨在此护经守洞，你就放心好了。"

大势至听言，忙上前道："仙姑只管放心去吧！有我在此，天书洞佛经料也万无一失。"粉团仙姑这才放下心来，告别粉潭寺，跟随南海观音去了。

从此，粉潭寺内静谧如初。历经无数日出日落，风吹雨淋，灾祸战乱，寺院已影迹全无。现在去水帘洞只能听其名，饮粉潭泉水，忆这段传奇故事了。闲话不必多说，留着你去水帘洞慢慢寻找好了。

且说南海观音带粉团仙姑去了南海，莲花山上只剩了斗战胜佛孙悟空和大势至菩萨。悟空望着寂静的旷野，很是伤感，怎知为了寻故地，又牵出来这么多事端。而这当年花果溢香、山清水秀的自在之地，如今变成了这般模样，再加之大势至遭贬要在此间等那西土来的高僧，还要接粉团仙姑的班护经守洞，大势至是苦难深重的。想着这些，悟空伤感不已。

大势至却不然，他见悟空愁云满面，便劝道："少想身外事，能去掉很多烦恼的。如今按南海观音说的，我就暂在此落脚了。你也去吧，回西天复命，免得佛祖惦记咱们！"

悟空细细一想，也只有这样了，他欲辞别大势至而去，怎奈那被锁着的黄蜂还拴在自己身后嗡嗡乱叫。悟空便对黄蜂说："俺老孙要带你去西天，受佛法教诲去也！"黄蜂一听，连连请求宽恕。大势至见状，便让悟空放了黄蜂，"放了它，随它去吧！"悟空也就依了大势至之言，松开铁锁放了黄蜂。黄蜂已被悟空废了道行，几千年的修炼之功毁于一旦，便沿花果山嗡嗡飞去了。

悟空一甩衣袖，化作一朵祥云腾空而去，大势至依依相别，翘首目送悟空。

要知后事如何，请看下回表述。

第七回　鸠摩罗什立千佛
##　　　　尉迟将军访水帘

话说大势至菩萨孤单单地在莲花蕊峰站立良久，直到斗战胜佛隐入西边天际，这才下得山来。走进天书洞，将那几卷佛经收拾好存放在洞顶。而后，幻化一座莲花台打坐其上，闭目禅坐，等那西土高僧的到来。

大势至菩萨坐禅在天书洞，遥眺西方，望眼欲穿。不知等了多少年，这一日，印度高僧鸠摩罗什自西过武威去长安途中，到了莲花山，此处才又热闹起来。

鸠摩罗什为了讲经，从印度来到中国，先在敦煌石窟住了些时间，后继续东行，他要去当时中原最繁华的都城长安。

这天，独步而行的鸠摩罗什沿渭水到了武山境内。自从印度启程，他就这样过着日夜奔波的头陀生活。持钵乞食，风餐露宿，讲经说法，教化众生。然而，从没有这样困倦过，这一日，从渭水边一农户家化得剩粥一碗，填饱了肚子，在河滩上一片柳林中倒头就睡了。朦朦胧胧，高僧鸠摩罗什被一比丘僧所领，走进一峡沟。此沟两面悬崖峭立，石崖缝隙间满是白皮松柏，沟底一条小溪曲曲折折，叮叮咚咚。直往沟涧深处，遂见沟路渐宽，又听呼呼风起，他便离开地面，飘游在半空中了。鸠摩罗什俯下身来看时，脚下峭立的石峰恰如一朵初放的莲花，最中间并排耸立的笋状石崖好似莲花的蕊。领路的比丘僧说："此山名叫莲花山，此是蕊峰，崖壁间有一洞，水帘掩门，是一个极好的去处。水帘洞对面的峭壁上有一石洞，叫天书洞，内藏我佛经典四卷，大势至菩萨就在天书洞禅坐护经。高僧既已云游至此，何不前去看看？"说着，比丘僧将他猛地推了一把，喊声："去吧！"鸠摩罗什出了一身冷汗，飘荡荡便一个跟头栽了下来……

他呼喊着抓住了一件什么东西，一骨碌翻身坐起，原来是一场梦。手中紧攥着一根柳树枝。此时，日已西斜，落日的余晖将渭河水映成了淡红色。他为刚才的梦境称奇，便拜倒在地，朝西天念了声佛陀，道："此乃我佛指引，贫僧这就去寻找梦中胜地莲花山水帘洞，朝拜大势至菩萨！"

鸠摩罗什便忆着梦中情景，渡渭河，入响河沟，经党口村，进鲁班沟。月上树梢的时候，来到莲花山蕊峰脚下，借着月光细细观看，这里果真同梦中所见分毫不差。

然而，荒山野岭，鹿鸣狼嚎，夜鸟啼鸣，令人毛骨悚然，到何处去投宿呢？腹中饥饿难忍，又无村户人家可化斋饭。鸠摩罗什放眼四顾，悬崖峭壁在寒残的月光中秃然挺立。他便对着蕊峰对面的崖壁拜了几拜，念道："大势至菩萨既然在此，贫僧便在您的膝下歇了。"鸠摩罗什叩拜已毕，半崖间猛然一声巨响，震得山摇地摆，星月晃动。这一声巨响，将崖壁上一天然石洞中的几个比丘僧招引了来。

比丘僧们正在做晚课，水帘洞对面崖壁间发出的巨响震灭了洞中的烛灯，只见星月晃动，一道耀眼的佛光在石洞外亮起。洞中住持见奇，便领众比丘僧循着巨响声发出的方向寻来。

当比丘僧们来到水帘洞脚下时，见一僧人背对水帘洞，面朝崖壁禅坐诵经。住持便提起袈裟上前施礼询问。鸠摩罗什连忙还礼道："贫僧鸠摩罗什，从佛国印度而来，要去长安讲经说法。"鸠摩罗什既是来中原讲经说法，自然是懂中土语言的。

那住持听了鸠摩罗什回话，忙上前叩回大礼。众比丘全部都跪拜行礼，礼毕，住持说："我等是后面千佛洞中的弟子。我乃住持，法号释弘明。高僧既已到此，就请到贫僧洞中歇歇脚再东行吧！"鸠摩罗什起身，行礼，随了释弘明师徒向千佛洞而去。

你道这千佛洞是怎样一个去处，为何称作千佛洞的？原来这里并非洞穴，只是它的东西北三面呈半环形千尺悬崖，只有南面留一窄口，有三五丈宽。向里，北面的崖壁最高最险，这崖壁下有一深五六丈，宽二三丈，高八九丈的天然三角形洞穴。从窄口处向这北边的三角洞看，洞口顶端石缝有一尊天然形成的大石佛，微微颔首，做俯视人间众生之状，大石佛的胸前脚下有千尊小石佛，神态各异，妙趣横生。

鸠摩罗什到了千佛洞，拜过石佛，饱食了一顿素食，畅饮了一壶清茶，而后与释弘明师徒谈经说法，不知不觉已到了天明。

在一夜的长谈中，鸠摩罗什得知这个地方真的就是他梦游之地莲花山水帘洞。至于水帘洞对面崖壁间的天书洞释弘明师徒一概不知晓。鸠摩罗什悟出这是凤缘，便生了在此多住些时间的想法，他要将佛陀说法教化的精神发扬光大。

鸠摩罗什见千佛洞空旷开阔，便和释弘明商议，在千佛洞塑造佛祖释迦牟尼像，在洞口崖壁绘画诸佛、罗汉、菩萨像。释弘明大师和众比丘僧听鸠摩罗什有这样的打算，自是高兴不已。便从渭河滩头运来了黏性很好的白绵土，从山上伐来柔硬适中耐雕的梨木。鸠摩罗什在山林植被中用土法提取了各色颜料，花了近两年时间，在千佛洞泥塑了佛祖释迦牟尼像，在洞口崖壁凿崖绘画了上千位罗汉、菩萨。从此，千佛洞不光是洞顶自然形成的石佛了，鸠摩罗什几乎将佛国印度全部的佛像都绘画在这里了。

释弘明大师感谢不已，对鸠摩罗什说："高僧施给我们的功德是无量的，让我们见到了栩栩如生、大慈大悲的佛菩萨。只是贫僧在此，只念《金刚经》《心经》和《血盆报母经》，连《持诵必要》都是残缺不全的，千佛洞在高僧亲手操办中变得这般繁荣，四方众生顶礼朝拜者甚多，香火旺盛无比。贫僧今日是受众生之托，请求高僧说法讲经的。"鸠摩罗什听了，心里暗自高兴，释弘明大师的请求正合他意。他云游四海，其目的就是讲经说法，教化众生，将我佛发扬光大。便对释弘明道："住持所言，正合贫僧之意。"

释弘明便欢喜地行了大礼，将高僧答应讲经说法的消息传播到了四方。

千佛洞西侧五华里处有个村叫漫湾里。漫湾里有户姓张的人家，掌柜叫张腊喜，腊月生的，便叫了腊喜这个名。他已年近六旬，儿孙满堂，生来信佛，为俗家弟子，在村里有很高的威望。

张腊喜听到鸠摩罗什要讲经说法，就领了漫湾里三十来户人家的成年男女到千佛洞邀请高僧，去他们村里讲经说法。

鸠摩罗什正在洞里诵经禅坐，住持师父释弘明告明漫湾里俗家弟子张腊喜率众信士弟子在洞口求见，请高僧去他们村里讲经说法。鸠摩罗什眉开眼笑，随释弘明出了洞口。只见洞口那么多的弟子跪拜于地，鸠摩罗什念声陀佛，行佛礼，道："起来吧，快快请起！"张腊喜代表众乡邻对鸠摩罗什道："高僧答应到我们村去，弟子们方才起来。"鸠摩罗什道："众弟子有这么虔诚的心愿，贫僧怎敢不去呢！"

漫湾里的男女众生听到鸠摩罗什答应了他们的请求，便叩拜起身，请鸠摩罗什这就随他们去。鸠摩罗什微笑着说："再过三天，就是四月初八，这一天是佛祖释迦牟尼的生日，浴佛节了，就定在这一天吧。"张腊喜和众乡邻再次拜过鸠摩罗什，又被释弘明师父邀请进千佛洞歇息，拜了诸佛后，回村去了。

鸠摩罗什要去漫湾里讲经说法的消息很快就传开了，一直传到了渭河岸边。康家庄村邻众生又邀请高僧到他们村里去，和漫湾里人一样，也是拜在千佛洞口不肯起来。但鸠摩罗什已答应去漫湾里，就对康家庄众生说："难得大家一片诚心。信佛如佛在，只有心愿到了，贫僧在他村说法讲经，就如在贵村一样的。"康家庄众生听高僧这么一说，也就都欢天喜地地回去了，只等四月初八的到来。

四月初八这天，风和日丽，万里晴空。鸠摩罗什穿木棉袈裟，手持佛珠，在释弘明和众比丘的陪同下来到了漫湾里。

村里的打麦场上人山人海，四乡五邻的人们早已在此恭候着印度高僧的到来。当鸠摩罗什出现在打麦场上的时候，全场的人们以礼叩拜，鸠摩罗什以礼相还。而后，鸠摩罗什盘腿坐在麦场上方的高土堆上，慈眉善眼环视着众生。十指合心，静默了片刻之后，高僧鸠摩罗什将手中念珠轻轻转动着说："今日正值我佛释迦牟尼的诞辰，贫僧在此讲法，不是贫僧一个说，而是请大家问，贫僧答。"鸠摩罗什的话音一落，俗家弟子张腊喜便向他提出了第一个问题："高僧从佛国来，请您给我们解答一下时时困扰在我们心里的一个问题。人总是要死的，生老病死，不管哪种方式总是免不了死亡，随着年龄增长，我一天天感到畏惧。您说，应该怎样对待这个死呢？"

鸠摩罗什看看大家，说道："人生是无常的，人什么时候死是没有定数的。人间没有比老、病、死更可畏惧的东西，当初我想到这个问题，就无法应付，就不能安定生活，所以我毅然出家了。佛陀说，世间没有不死的人，我要求得不死的方法，所以才出家，去追求一个永恒的生命。我去脱离了痛苦，我知道一切欢喜原来充满着世界。但你们是不懂的，你们仍然陷在生老病死的深渊里。你们和我住在两个世界。佛陀说得多么明白呀，要解脱生老病死的困惑和苦恼，就要把生活安住在涅槃的崇高境界里，离开无常迷惑和苦恼。要进入清净自由解脱的涅槃，唯有修学八正道，八正道是正见、正思维、正语、正业、正命、正精进、正念、正定，这就是去向正道之路……"

鸠摩罗什说法时，大家都全神贯注地倾听，佛陀的归城，以无价的真理之宝，赠送给大家。张腊喜及在场的人，除了欢喜信受之外，每一个人都感觉到鸠摩罗什来到这个地方，是他们无比的荣耀。

这时，又有一个千佛洞的比丘僧问道："您能不能告诉我，怎样去战胜烦恼色欲呢？"

鸠摩罗什看了一眼比丘僧众，又看了看听众，将手中的念珠转了转，说："在人间，最强大的就是烦恼和色欲的诱惑，最可怕可畏的也是烦恼和色欲。人要想战胜烦恼和色欲的话，那就得用诚实忍耐的弓，锐利智慧的箭，头戴正思和正念的盔，身披无我的甲。

"学道的男子，迷恋俏丽的女人；学道的女人，醉心于英俊的男子，淫欲就会关闭人们的智慧心，就不易明白真理。

"生存在这个世界上的女人，无论在走路的时候，站立的时候，坐着的时候，睡觉的时候，都希望别人注视她的姿容。她们描眉画唇，施粉争妍，薰衣竞俏，一切都像花瓶似的，供别人欣赏。别人赞扬的是衣履美缺，其实与她并无关系，她也为之喜欢荣耀。有时，她们让人家画像，有时从人家面前经过，都想用自己的魅力吸引和缚住对方，她们对不动心的僧侣，也是同样有如此企图。

"生在这个世界上的男人，无论见到什么女人，也喜欢看上几眼，他们的眼睛好像就是专门为看女人而生长的。为了女人的一句话，他宁愿使生命和名誉付之一炬。做一切事情，好像也是为女人而做的。

"你问我怎样才能战胜烦恼与色欲，那么，我告诉你，你务必记好：女人的眼泪，女人的微笑，要看作和敌人一样；女人俯下去的姿势，垂下去的手腕，要看作是收魂摄魄的铁钩；女人的秀发，化妆的面容，要看成是捆缚人的铁链。谨慎管住自己的心，不要允许它放肆！"

讲这话的鸠摩罗什，知道麦场上聚集着的既有男人也有女人。但这已成为事实，无论怎样，谁也不能违背事实。他不是不懂得人情的人，而是懂得怎样做人，怎样做一个完美的人。他说道："贫僧讲这些，并非是我佛轻视女人，这只是针对烦恼、色、欲而言。我佛普救的是众生，众生包括世间一切生灵，但主要的是人类。人是有男有女的，这只是性别之分，我佛对待男女生灵是同等看待的，在佛陀面前，男女是平等的。"

鸠摩罗什说时，大家都平心静气地听着，没有一个人说话，都被高僧的高论所迷住了。接着，他又讲了出家的程规、守戒的十种利益、不能做的六种损财害命的事和亦当礼敬的六方。最后，应大家之邀，鸠摩罗什讲述了释迦牟尼的涅槃。

"西山上高悬着一轮满月，在二月十五日的午夜时分，它显得更美更大。但谁也未去注意，大家只沐浴在佛陀的慈光中。我们的救主佛陀，看看时间要到了，他又慈祥地对诸比丘和皈依的弟子们做最后的叮咛：'诸弟子，你们不要悲哀，我要是能在世间就是把肉体的生命活上数千万年，永远和你们共同生活在一起，这该多么好啊！但是，有生就有死，有会合就有离别，这是不变的道理！在人世间，现在已有四圣谛和十二因缘法。大家都会明白，我进入涅槃，也常在法性中照顾你们，还有什么可悲哀的地方呢？我所要度的众生皆已度尽，还未度的众生，皆已做了得度的因缘。现在已没有让肉体继续存在的必要，你们随我的教法而行，就是我佛陀的法身常在之处！'

"多么有权威的声音啊！佛陀就这样安静地进入了涅槃。这时，裟罗双树都变成了白色，一片乌云遮蔽了月光，狂风从四方吹起，山川震撼摇动，火焰从地中冒出，清流都滚沸起来。无人摇鼓打锣，悲叹传报，弟子们搥胸顿足，痛哭失声，百兽从山中狂奔而来，群鸟集在林间乱飞乱鸣——这一切，都是为三界导师佛陀的涅槃致哀！"

鸠摩罗什用悲壮的声音，将佛陀的涅槃讲述了一遍，大家以敬重的心情倾听着。

鸠摩罗什在千佛洞一住就是三年光景，他将诵持佛教的必要性连同精深的佛学法理留在了千佛洞。但他终未找到托梦于他，领他走进这块地方在天书洞坐禅的大势至菩萨。这也不为奇怪，鸠摩罗什是以博学广闻的高僧身份四海云游的，凡身哪能见到菩萨。在失望之时，为了给人间留下佛的形象，用佛高大慈祥的容颜教诲人、感化人，他决心将水帘洞修造一番。在洞内绘了佛、罗汉、菩萨像，好让对面崖壁间的大势至菩萨看着欢心，以圆他梦中之愿。

水洞帘修造完毕，鸠摩罗什只得恋恋不舍地离开莲花山，将那场微妙之梦连同那声巨响一起带到了长安。

再说大势至菩萨。自鸠摩罗什来到千佛洞后，时时在注视着他。这是因为，南海观音曾对她说过，佛国高僧到此后，她就可投生凡俗，圆功德了。鸠摩罗什在千佛洞内塑绘了众佛，也有她大势至菩萨的牌位，她欢喜不已。也该到她投生的时候了，怎奈天书洞内的经典无人守护。要是又有妖魔偷盗，岂不枉费了粉团仙姑的一片良苦用心。于是，大势至菩萨放弃了马上投生的念头，既然千佛洞这般繁荣，定有虔诚的比丘出现，她要等一个比丘，将天书洞交付给他看守。这样，经典也会流传人间。大势至便继续禅坐洞内，伺机选择可靠虔诚的比丘。

又过了数年。一个仲秋，鲁班沟走来一队人马，全部素衣装束，唯有队伍中间一匹枣红大马上坐着一员武将，金盔银甲。马后有一乘小轿摇摇晃晃。这队人马来到水帘洞脚下停住，将军下了马，小轿落下，走出一位身着素装的俏丽女子。脚步匆沉地向水帘洞跋涉而去。将军领着队伍站在那里目送，只见那女子头都没回地径直走进水帘洞。将军这才长叹一声，令随从将一些日常生活用品抬进洞去。

这将军便是柱国大将军、陇右大都督、秦州刺史尉迟迥，走进水帘洞的是尉迟迥将军的情妹，名叫秀珍。

大势至菩萨在天书洞将这一幕全都看得清楚。她慧眼一睁，见那女子虽姿色艳丽无比，却是前因造定的佛门弟子，心中暗自一喜。再看尉迟将军，虽披甲佩剑，却也慈眉善眼，是个大智大觉之人，也就更为欢心了。

尉迟将军为何要送情妹出家水帘洞，这和他俩后来合建拉梢寺有着密切的关系，已是前因造定，在此暂且不表，看下回细细说来。

第八回　错姻缘一见钟情
　　　　　呱呱店初遇秀珍

　　话说尉迟将军和民女秀珍相识相爱的那个夏天异样地奇怪，百草皆花，百鸟皆对，渭河滩头的红柳梢也挂穗穗飘香。将军和民女虽是一段错爱姻缘，却是一首醇如美酒的情歌。

　　那是夏日的一个午后，一只野兔从滩头的草丛间蹦起，耸着耳朵，圆晶晶的眼睛滴溜溜转动，它在偷听身边不远处的那簇红柳下的悄悄话哩。

　　"秀珍，我要娶你为妻。"

　　"可，这……行吗？"

　　"我不管尊卑贵贱，门当户对，我就要娶你做我尉迟的妻子！"

　　野兔儿将它的短尾巴翘了翘，调皮地绕着柳簇儿转了个圈后蹦走了，它走得悠闲自得，毫无惧怕。它知道柳下的男女比它还要胆小，那么漂亮的女娃，眼神战战兢兢的，羞死人哩。

　　兔子是白色的，尉迟早已看见了，凭他的功夫，随便摸一颗石子扔过去就有野味儿十足的兔子汤喝了，可他没有。在这样的时刻出现这么一只美丽的小白兔，他很高兴。一定是他和秀珍的情谊感动了月宫的嫦娥，拂起了广袖，放玉兔下凡。白玉无瑕，无瑕的玉是完美无缺的，这兔儿纯白得没一丝杂毛，这不正是他对秀珍的情爱吗？忽然间，他看着蹦蹦跳跳的玉兔儿变成了红色，在黄昏中拉成一条红红的丝线，将自己和秀珍捆在一起了，连得紧紧的，永不分离。

秀珍是秦城呱呱店主的女儿，虽然是小店铺，却生意兴隆，家景也富裕。她家的呱呱在秦州是独家经营的小吃，一年下来也能赚上千两银子哩！

尉迟出生于名门世族，父亲一生征战沙场，到了他，凭着自幼苦练的一身武艺，受封为柱国大将军、陇右大都督，派秦州做了刺史。秦州为都城长安的门户，是兵家必争之地，明帝宇文毓派他驻守，是对他的信任。做刺史的第一天，他就想逛逛秦州城的热闹，前任刺史留给他的跟班想讨好他这新任刺史，就领着他在城里着实逛了一圈。

秦城不算太大，窄溜溜一道城池被两面山峦夹得气喘吁吁。尉迟将军卸了戎装，身着便服，在跟班的导引下一条街道一条街道地走动。他厌恶虚张声势，摆官架子。他还年轻，他要卸去行头，像普通老百姓一样走一走、转一转，体察民情。

秦城有条河叫作耤河，河岸不宽不窄，河水不深不浅，流得不急不缓，顺城而去。耤河边上有一长溜农家宅院，虽然简陋，却不乏整洁。随从们伴着将军在耤河边逛了一阵，来到这农家住宅区。将军有点饿，很想找个地方歇歇，随便吃点什么食物。手下人就献出了秀珍家的呱呱，说秦城小吃中呱呱最是陇上扬名的，而这梨家呱呱店是正宗祖传的。出身世代官家的尉迟将军对民间小吃偏爱至极，一听"呱呱"，光这名儿也有十分的新鲜，很想亲口尝尝，品味"呱呱"的独特之妙味。

梨家是秦城的老户，由于祖上的懒惰，才为儿孙后代创下了这条致富养家之路。那是秀珍祖太爷辈上，有个叫梨七的祖宗，生性懒惰，又娶了个懒婆娘阿莲。阿莲是独生女，自幼娇惯坏了，一点儿守家的本事也没学，白白长了一副好看的身姿。梨七娶阿莲进门后两口子厮守着祖上的家业，什么活儿也不干，父母兄弟见他俩好吃懒做，怕坐吃山空，就把他俩分了出去，给了几亩田地、一匹草驴、三间房子。梨七另立门户后很想改变一下品行，庄稼人不伺弄土地就是等着往死里饿。他也牵着驴，扛着锄头，春耕秋收。阿莲守在家里，只能看守门户，饭也做不出来，常常是梨七忙完地里的还要做饭烧炕伺候老婆。天长日久，梨七也烦了，一烦就吵架，一吵架就有邻里乡亲的来劝架看热闹，劝几回，邻居们也就习以为常了，没人去劝了，各人都有各人的事务要做，哪来那么多的闲工夫为懒婆娘磨嘴唇斗牙齿。听到他两口子吵吵闹闹，村邻就嘀咕："娶阿莲，是梨七前辈子没行好事，还不如一封休书打光棍儿快活呢！"梨七呢，他不这样想，二十五六岁时才娶的婆娘，不容易呀，再懒也说是屋里有人呢，早早晚晚进了家，门是开着的。休了咋办？要房三间，要地几亩，谁家的勤快姑娘肯嫁给他呢，娶寡妇也娶不进门了。他下决心要教婆娘学做饭。

最容易做的农家饭要数馓饭了。烧开水后把面粉一把把抓紧去用擀面杖什么的搅拌均匀，和打糨糊没啥两样。熟了后佐以辣椒呀酸菜呀，就能填饱肚子。梨七就从做馓饭教起，阿莲也学得快，三两次就会了，梨七也就省去了下地回来的烟熏火燎泪涟涟，一日三餐，只要阿莲洗手入厨，他准能吃饱馓饭。

江山易改，本性难移。阿莲的懒惰虽不是娘胎里带来的，也是铁疤钉在身上了。一天做三次饭，再洗三次锅，那多麻烦，还不如三顿饭洗一次锅。馓饭免不了要把锅底烧煳，煳了的锅巴带着焦香味儿，秦州人叫它呱呱。焦呱呱确实难以下咽，阿莲就一次次将它装进瓦罐里藏起来，省得梨七说她浪费粮食。

秋天多雨，这一天虽是阴雨霏霏，梨七还是牵着那头草驴上了山坡。不知是驴儿失蹄还是人牵得不小心，只见驴儿一个趔趄，就地一个滚儿，直滚下山坡去了。等梨七连滚带爬来到驴儿跟前时，驴已七窍流血，一命呜呼了。梨七哭哭啼啼请邻里乡亲把驴抬到耤河湾剥了皮，收了肉拿回家中。

庄稼人失去了牲口是不幸的事，梨七就指着这头驴过日子，驴死了，他心疼得厉害，一头躺倒在炕上起不来了。阿莲虽懒，这几日却屋里屋外的活儿干得挺像样儿的，她顿顿煮驴肉吃，六七天的时间一头驴就只剩一张皮了。

驴肉吃完了梨七也想开了，想开了就起床另想过日子的办法。这一天，梨七把驴皮拿到集市上卖了，准备做点糊口养家的小买卖，回到家时已是饥肠辘辘了。阿莲又犯懒了，整天坐在巷道口和邻居老太太们谝闲。梨七说饿，阿莲就说："瓦罐里还有前些日子剩的馓饭呱呱呢，煮驴肉的油汤我都舀了进去，油花花厚厚一层，饿了弄点吃去。"

梨七就这么一吃，吃出了秦城的独家风味——驴油呱呱。驴油辣子拌呱呱，那味儿天下少有，秦州一绝。无路可走的梨七就豁然开朗，开了个小吃店，专营驴油呱呱。因为呱呱的做法是婆娘懒出来的，也就不能外传，只在梨家代代相传着。

尉迟将军被随从领进去的这家呱呱店就是梨家老宅。梨家现在是秦城数得上的富户了，光这呱呱店就比祖上的十倍家业有余。一张张枣木餐桌油光耀眼，店小二在桌与桌的夹缝中穿来穿去，吆喝声此起彼伏，客人来来往往，又添了罐罐茶和高粱酒，生意红火极了。尉迟将军初来乍到，是没人认得的。他拣一张桌子坐下，就有一女子笑盈盈地，提壶茶向他走来，道个万福，脸上飞红流情地笑笑，启动樱桃小口，用纯得和耤河的水一样的秦地方言问他："客官，喝茶里嘛喝酒呢？"随从欲要回答，将军一摆手制止了，说："茶是什么茶？酒是什么酒？"

"秦州罐罐茶，配红枣儿、桂圆儿、枸杞儿，喝了清热解毒驱乏提神健胃增食呢！"那女子丁零零一串言语，妙如珍珠落玉盘。将军抬头看时，女子却低下了头，不露庐山真面目，将军便接着问："你那酒呢？"

"引得耤、渭两河水，种得耤、渭两岸粮。马跑泉的水煮，红高粱酿的。"她没抬头，回了将军的话后定定站在那里，羞而不露，娇而不媚，光那乌油油的发辫，柳条儿柔美的身段，就把那个年轻英俊的将军逗得心里蹦兔儿了。

"先喝罐罐茶，后品高粱酒。不过我是奔着呱呱来的。"将军说。

"要吃呱呱就别喝茶，茶凉，呱呱更凉。"女子窥视着英俊的将军，神情绵绵，目光带钩。

"就听你的，吃呱呱！"将军很快乐。

女子去了，小二端来了呱呱，将军细品慢咽嘴嚼着这独特风味。可惜，那女子再未露面，给尉迟迥留下了缺欠。随从跟班是个善于奉承的人，见主人出了呱呱店门还不住地回头顾盼，就说那女子叫秀珍，店主的千金，幼读诗书，在秦州城里可称得上是知书达理、才貌兼备的女子。平时不易露面，今儿是将军贵客，来给将军……随从说得正投入，将军就翻了脸，"谁叫你说这些来着？"随从讨了个没趣，说："小的不说就是了。"可他心里明白，将军已恋上了秀珍，他暗暗地笑了笑，闭上了嘴。

尉迟将军的确看准了这女子，他不急，茶还没品，酒还没喝，他有的是机会和这店主千金见面的。郎有意，女是否有情？欲知端的，下回细细表来。

第九回　赠柳剑情深义重
　　　　　断柳剑义断情绝

　　话说尉迟将军把父母从老家接到了秦州，他是个孝子，要让父母亲在这夏不热、冬不冷的秦地来安度晚年。老尉迟将军年过七旬，现已退隐乡里，生活也是幸福的。儿子接他来秦州，他就来了，一是想领略异地风光，二是为儿子的婚姻大事。老尉迟为小尉迟选择了一门亲事，是老家府台的千金，大家闺秀，门当户对，是一对上好姻缘。

　　话说老将军向儿子谈起婚事，儿子总是以公务繁忙，不能脱身为由拖拉。老将军身经百战，饱尝沙场官场险恶，对儿子的终身大事着实也操着一番心，见儿子爱理不理的样子，很是生气。论本事，儿子比他强，年纪轻轻就位居刺史；论孝道，儿子对他一直是唯命是从。就这桩婚事上父子俩怎么也坐不到一起，直到后来父亲逼得紧了，儿子索性跪在他面前口称孩儿不孝，不能遵父母命顺父母心，望父母恕罪云云。老将军被气个半死，等他回过神来，看着儿子还跪在面前，又心中不忍，拉儿子起来，让他三思三思再三思，过两天再回他的话。儿子是否三思三思再三思了，他不得而知，而老将军思来想去就想到了儿子也许早有意中人了，有了也得禀明父母呀！他了解儿子，不可能没有父母之命，媒妁之言就私订终身的。之后，他又发奇想，总不会是个风尘女子吧？若是，儿子就不敢跟他们说了。像他这样的家庭，将门之后，怎能被淹没在风尘之中呢！不会的，但他最终还

055

是差人去暗中调查了，也盯梢了，看儿子常常出入哪些场合，和何许人打交道。结果就盯出了事儿。

尉迟迥虽然还没到茶饭不思、睡卧不宁的地步，却总想着去梨家呱呱店里喝罐罐茶、品高粱酒。周朝立，战乱平，政通人和，秦州秩序井然。他自上任刺史以来，还没啥大的事儿发生，也落得个清静自在。不是他寻花问柳，也到有个家室的时候了，前些年为求功名，没心思顾及婚事，着实也是没有他看得上眼的女子。自从见到梨秀珍，就有了"似曾相识燕归来"的感觉，秀珍就是自己寻寻觅觅多年的伴侣呀！这一天，他又去了呱呱店，没带随从，一身便服。

店铺里较以前寂静了些，小二们东倒西歪，抬杠谝闲，尉迟将军进得门，那股驴油香味就热乎乎扑面而来。他还没张声，就有小二嬉笑着脸迎了过来："客官，您请坐！想吃，还是要喝？"

"一盘驴肉，一壶高粱酒。"尉迟吩咐着，眼睛却滴溜溜在寻找，找牵他肠挂他肚勾了他的魂的女子。秀珍平时是不进店铺门的，那天是客人多小二们忙不过来，她才来帮忙的。像今天这样冷清的场景，小二们也闲得没事干，哪有她帮的忙呀！尉迟迥不见秀珍的影子，酒也就吃得没味儿，懒洋洋的一块驴肉抿一口酒，不慌不忙享用着，等着。

店铺有个侧门，挂着翠色的珠帘儿，火红的阳光照着帘子，呈现着脆脆的绿色。穿过这层翠绿，就看见后院的花园。青砖透眼的花墙怎么也圈不住园里的石榴枝，纽疙瘩般的青石榴才从花瓣中脱落出来，嫩得迷人；疯长着的蔷薇藤缀满紫的、红的、白的花儿，就像银河中的星星。尉迟迥这是第二碗酒下肚，已有了三分醉意，便付了酒钱，撩起珠帘，直朝花园走去。园子不大，也没有华丽的装饰，是中等人家有讲无究的那种布置。站在花园旁边，目光穿透浓荫的石榴树，尉迟迥看到了碧绿的莲叶，那是养在几口缸里的，圆圆的叶片儿漂浮在水面上，给人一种自在的享受。他很想脱去外套，来几路拳脚，此情此景给了他抑制不住的激情，他便想走过去。可是，就在这时，响起了一串中年人的声音："公子，请到寒舍用茶。"

尉迟迥一愣，循声望去，眼前是位五十开外的男子，一身丝绸衣衫，慈眉善眼，对着他笑的眼睛成了一条缝。他想，这就是呱呱店里的梨掌柜了，就随了那一声"请"向客厅走去。

尉迟刚坐下，秀珍就端了茶来。刹那间，他的心就打起鼓来了，比出征的战鼓更显震荡。秀珍也开朗，送上茶的同时对他说："那天没让您喝茶，今天就补上吧！"

"啊……姑娘好记性，我才来过一次，就让你认下了呀！"

"您那随从我常见，我就知道您是官府里的人。"

"是吗？恕小民有眼不识泰山。"梨掌柜急忙起身，打躬作揖。

"您老客气了。"尉迟将军起身还礼。

"请坐，坐着吧！"梨掌柜作揖道，"敢问大人尊姓？"

"复姓尉迟，单名一个迥字。"他答道，抿了一口茶，瞅一眼秀珍，好像在赞叹这茶真香呀！

"啊呀呀，您就是新任柱国大将军、陇右大都督、秦州刺史尉迟将军哪！真让小店蓬荜生辉呀！"

"嘻嘻嘻……"父亲大呼小叫惊慌失措，秀珍却笑了。她笑父亲少见多怪，都督呀、刺史呀、柱国大将军啦，还不都是咱呱呱店里的食客呀！喝了茶品了酒不见得就能多给几个子儿。

"你笑什么？退下！"父亲瞪了秀珍一眼，又将笑脸转向尉迟迥，"小民就这么个独生女儿，惯坏了的。"

"好直爽的性格，让人喜欢。就请姑娘一道喝茶如何？"将军没有官架子，使秀珍父亲轻松了许多，喝茶中他命下人备酒宴请将军。尉迟谢绝了，说："改日吧，今天已喝了三碗了，再喝就醉了。"

"酒多伤脾胃,人家不喝就算了咉!"秀珍娇滴滴一句,说得尉迟将军心一咯噔。

"好一张利嘴。"将军说。

"爹娘就养我一个,既要做女儿又要充男子,没个三言两语的功夫哪行呀!"秀珍依着父亲,顽皮劲儿让人心疼。

"放肆,怎么能对将军这样说话?"父亲好像是生气了。

"别……别责怪她了,她这性格逗人喜欢。和枪剑打交道的人,喜欢直来直去。"尉迟迥一句喜欢的话,倒把秀珍说得红了脸,羞答答地跑进了闺房。

此后,尉迟将军隔一差二地常来,秀珍父亲明知不可高攀,但还是没有阻拦女儿和将军的交往。要是女儿真的跟了这位英俊年轻的未婚将军,女儿就是将军夫人,自己跟着沾光不说,还是光宗耀祖的事儿。秦州有句喜话说"生了儿子中状元,生了女儿戴凤冠",看来祖上的懒名声,自己的呱呱店就要烂铁换金店了。

此后,他俩常来常往,浪漫远远超脱了前人。店里人多嘴杂,尉迟将军邀秀珍到野外去,他喜欢一个人单独狩猎,不过这些时日来他的"猎物"是秀珍。

气势磅礴的凤凰山被耤河和渭河夹在中间,森林茂密,鹿兔成群,紫色的苜蓿花铺满浅山坡,忙忙碌碌的蜜蜂穿梭其间,整个山坡都被甜透了。秀珍穿件粉红色裙子,一双苜蓿花色的绣鞋,头上不佩任何饰物,只将那油亮亮的乌发用一条红绸束成一股。尉迟也是便服,背着一副弓箭。就这样,将军讲他那让人胆战心惊的厮杀场面,姑娘唱秦地情意绵绵的山歌:

哎——凤凰山上落凤凰(嘞),
浪妹子瞅上了(那个)郎哥哥(吆),
折枝身边的苜蓿花(紫吆),
(那个)就是妹子(吆),

哥（呦），是蜜蜂儿落蕊尖——

　　有时他俩就躺在苜蓿丛里、红柳簇下，默默地望着天空飞翔的鸟儿，但这沉默往往是短暂的，之后，就会有笑语歌声冲破它。秀珍喜欢将军舞剑，自己也要学着舞。尉迟折根红柳枝，拔出腰间佩剑给她削制了一把木剑，教她耍剑。旷野清风，苍山翠林，就有了这么一对儿女在某一个特定的时间里飘然起舞。秀珍无拘无束的性格，就如旷野西风，遒劲而刚烈，把这个英俊的青年将军卷入其中不能自拔，死心塌地地爱上了她。

　　与老将军的几回对阵，小将军虽未一败涂地，却显出了力不从心。当老将军得知儿子爱上秦城民女时，仰天长叹，沉默良久后捋捋胡子，拂袖入了内房。不一会儿就有母亲出来和儿子说话，大意是父亲不反对儿子纳妾，要执意娶这秦城女子也好，就做二房吧。

　　"我不会纳妾的，娶一房妻室，恩恩爱爱就满足了。"他对母亲说。母亲现出爱莫能助的神情，将跪着的儿子扶起来，说："君臣父子，纲常第一。父亲为你择定了姻缘，怎能抗拒呢！"

　　小将军无言，睁着迷茫的眼睛，从母亲手中挣开，出了府第。他和秀珍的约会时间到了，他要去凤凰山赴约，就有了前回所表的红柳树下的悄悄话被小兔子偷听了的情景。

　　自和秀珍相识到相爱，这是将军对情妹第一次说出要娶她为妻的话。秀珍盼着这一天的到来，又怕这一天，她是民间女子，出身于呱呱店，和名门将后能成眷属吗？她怀疑自己。听到尉迟说"我不管什么门当户对，贵贱尊卑，就要娶你"的话，她感到惧怕又欢喜。

　　"老将军是不可能同意的。"她忧伤地说，双手紧紧拥着尉迟迥，怕他会和那只玉兔一样突然间消失得无影无踪了。

　　"实话实说吧，父亲为我择好了一女子。他老人家性格倔强，经他的手的事，要更改，比登天还难呀！他答应了你做二房，可是，我不会娶二房三房的，我只要一个，恩恩爱爱地生活下去就心满意足了……"尉迟还在说着什么，秀珍没听清楚，她也听不下去了，松开少女的绵绵情丝，缓缓地离开了红柳丛，踏着甜蜜蜜的紫苜蓿花漫无目地地走去。太阳就在这一刻失去了光泽，森林变得凶猛异常了，呼啸的松涛就像要吞灭世界似的。

"秀珍——别走呀！秀珍——回来呀——回来——"尉迟追赶着秀珍，呼喊着。他拽住她美丽的裙子，解释道："我是告诉你实情，要你帮着拿个主意的，你怎么就……"

民女的自尊受到了伤害，在这段姻缘中他是主动的，而她却是被动地接受着。"有什么主意让我拿呢，我是民间女子，呱呱店的女子，不能毁了老将军的名声。"秀珍泪眼汪汪，举起尉迟送的那把红柳木剑一折两段。她仰天长叹，拂起衣袖揩了眼泪，而后傻笑着跑下山去。

"回来，回来……"尉迟失望的呼唤声在山岭间回荡。

秀珍真就那么断剑绝情？要知小将军能否追她回来，看下回细细表述。

第十回　相思断肠悲古筝
　　　　品茶论酒谈空门

　　话说梨家呱呱店的女子秀珍是雀儿性格，向来叽叽喳喳，蹿出蹿进的。这几天把自己关在闺房里不露面了，这可急坏了梨家老两口儿。就这么个女儿，要是有个三长两短的，让他老两口怎么活。就这懒祖宗传下来的呱呱店也没了后人了，还谈啥改换门庭光宗耀祖呢！梨掌柜就让老伴去女儿房间探个究竟，是病了还是怎么了？

　　梨掌柜老伴站在门口喊了好一阵子，才听见女儿下床来开门的碎步声。细心的母亲从女儿缓而有力的脚拍中听出没啥大病，就双手合十念声阿弥陀佛。门开了一条缝，秀珍清清楚楚地看见母亲双目微闭、双手合十的姿态，疲惫不堪的精神呼地一振，轻轻地喊了一声"娘！"

　　母亲高兴地答应着："哎！"便随女儿进了闺房，把女儿从头到脚细细端详了好一阵子，说："女儿呀，你是怎的了？咋就锁在这楼里不出来了呢？你有三顿没吃饭了，你知道我和你爹心里有多难受呀！乖女儿，先跟娘下楼去，吃了饭，有事儿咱再慢慢商量。听话，跟娘吃饭去！"

　　母亲这一串心疼的话，把秀珍说软了，满腔的忧伤聚集在那双杏核儿眼睛里，化成一颗颗珍珠滚落了，"女儿命苦呀，娘……"她扑进母亲怀里，啜泣着。

　　女儿长大了，会有一些意想不到的事儿发生，到底是什么事儿呢？做母亲的无从知晓。母亲了解女儿，自幼性格爽直，有啥说啥。于是她掏出丝帕，边给女儿擦眼泪边问："到底出啥事了，说出来娘给你做主。"

秀珍哭得更欢了，把母亲的眼圈也哭红了。她摇着头，摇得像拨浪鼓似的，哽咽着，"不、不、不呀！"她向来的爽直性情不见了，面对母亲啥也不说。等她哭够了，才对母亲说："娘，回去吧！照看爹爹吃饭去，我一个人再清静一夜，明早我再陪爹娘吃早饭。"

母亲悬挂着的心哪能放下呀！问："身体不舒服了？"女儿摇摇头。又问："有人欺负你了？"女儿还是摇摇头。"是爹娘让你伤心了吗？""什么都不是的，娘，啥事儿都没有，你就回去吧。"她把母亲扶到门口，"跟爹说，我好好的，啥事也没有。"

这个夜，在梨家是漫长的。品茶喝酒的客人变少时，呱呱店的门就咣当一声关上了。月亮圆圆，蝉鸣石榴树，倒让人觉得意乱心烦。老两口怎么也睡不着，便喝茶想心事。

秀珍的闺楼名不副实，针线活儿也有一些，但她很少去做，她把更多的时间用在读书写字上，在父母眼里她是女儿，可她就想做个儿子，有朝一日女扮男装，拿出男儿的本事光宗耀祖，让父母高兴一番。自从和尉迟一见钟情，她的想法就变了，女儿家特有的灵秀之气开始萌动了。面对现实，她是不可能继承梨家香火的。世事沧桑，弱肉强食，但她一定要守住祖上的这份家业，让父母安享晚年。尉迟迥文韬武略，人品好，长得帅，与他成了眷属，这一切的忧虑就随风飘去。她善良的心里还没装进门当户对的世俗观念，或者说她太自私只想到自己而没去想尉迟迥。现在她的梦醒了，就如那昙花，在夜里一现，还没迎来黎明的曙光就凋谢了。

梦破了，那还有什么睡意。于是，她就倚着闺窗和月儿说话，听多子的石榴在蝉鸣中疯长。她的酥手拨响了清脆的古筝：

蝉儿鸣,月儿圆,人离散。
有言道:有情人儿成眷属。
为何偏的个依闺窗,
泪眼孤单单?
人说是石榴最多子,
多子多伙伴。
恭耳惊听窗纱响,
错把清风当情郎。
郎呀,你不比蝉儿,
又不如石榴树,
要是都学了你我,
夏夜吆,就太悲凉。

这是秀珍心灵的散曲,伴着汩汩流淌的心泉在歌唱。月儿躲进了云层,蝉儿哑了歌喉,蜡烛也流着泪颤抖起来,夏夜跟着秀珍在默默地流泪。

忽地,秀珍想起了双手合十、闭目念着"阿弥陀佛"的母亲,她就心里颤动起来。这一生假若没有了尉迟迥,还不如出家为尼安静自在呢。女儿家是水做的,污泥浊水是可恶的、苦难的,然而那叮叮咚咚的山泉呢?那是天地日月之精华,是纯净、自由、快乐的呀!这样想着,她就被母亲那近乎暗示的祷告启发了。人心是有限的,容纳一个人就够了,何必再去自找麻烦寻那第二个第三个呢?

这夜,秀珍就这么迷迷蒙蒙地熬到了天明。

早晨,阳光明媚。梨家宅院又恢复了往日的生机,梨掌柜和老伴兴高采烈地围着女儿转。母亲做了过节才吃的饭菜,有秀珍最爱吃的烤鸭子和凉拌驴肉。父亲开封了一坛陈年老窖高粱酒,秀珍和以前一样说笑自然,似乎昨天就是一场梦,天亮了,梦没了。

饭间,父亲小心翼翼地问女儿到底出啥事儿了,母亲也投来同样的目光。秀珍见父母亲问,知道无法回避,就说:

"吃完饭再说，饭间说出来，怕就坏了母亲这桌好菜的味儿。"

饭后，秀珍给母亲沏了茶，给父亲斟了酒，这才坐在父母中间，说："尉迟家不同意我和尉迟的事，就这。"她说得轻轻松松，满不在乎的。两位老人互望一眼，表情颓丧极了，母亲抿一口茶，父亲呷一口酒，看着女儿这满不在乎的样子，老人很悲伤。谁家的闺女说起婚事来是这个样子的，是家教不严，女儿太放肆吗？就她这男孩性格也是不能入名门贵族的，尉迟家里既然不同意就拉倒，说不定还是件好事呢。假若勉强成了亲，到头来弄个前不前、后不后的事情也是父母的麻烦。一杯酒下肚，他就心平气和了，对女儿语重心长地说："秀珍呀，这件事上你也得有个教训了。女儿家，就得有个女儿家的样子，你整天疯疯癫癫地乱窜，失体统了。尉迟是将门之后，当然讲究门当户对，咱是庶民百姓，得找个百姓平民过日子，才能安安稳稳，一辈子也能恩爱幸福的呢。"

"你父亲的话有道理，咱这呱呱店还指望你守呢。我们的意思是给你招个赘门女婿，我俩老了也有个依靠。"母亲的话也满是道理，养儿育女，就指望老有所依，天下父母心也。

秀珍只是品茶，似乎这清明之物无限的韵味使她陶醉了。就如这浑浊世界，繁杂生活，那味儿是一时间无法品得来，需你历尽一叶茶成熟的季节，才知那凄风苦雨、晨霜落雪的艰辛，然后懂得清香淡雅之韵味。"爹、娘！"秀珍像换了个人似的，"你们说的女儿全懂了。"

"懂了就好。要学会保护自己，安慰自己。能这样我们也就放心了。"父亲喝着酒说。

秀珍点点头，克制着，尽量不使脆弱在父母亲面前流露，"店里客人多了，咱干活吧！"她说。

梨家呱呱店天天这般热闹，那些山里庄稼人难得进一趟城，来了就要吃一嘴自己喜欢的城里名食，高贵的吃不起，唯这呱呱虽和家里的馇饭锅巴没啥不同，可坐在城里吃，那味儿就和家里全然有别了，吃一碗，便宜又充饥，回家也能说：“那梨家呱呱绝顶香。”于是，庄稼汉们进了城，都大呼小叫地喊："吃梨家呱呱去！"至于品茶喝酒的客人，就是那些有钱的人了。梨家的茶也很出名，茶叶是台湾高山茶，配上好的桂圆和宁夏枸杞、陕北的红枣为佐料，又有家传秘方，就说红枣吧，梨家根据一日的用量，用铁器爆烙一定的时间，提味儿不说，性味儿也变了，别处的茶馆是没有这招数的。高粱酒也是秀珍娘的拿手好活儿，味醇正浓香，酒色也亮，喝一口润肺舒胃，回味无穷。所以，秦城这么大，梨家的茶座客满盈门。

这天午后，尉迟迥来到了秀珍家，自那日不欢而散，他就失了魂落了魄，内心犹如关着只猛虎，总想冲破那红墙绿瓦，到无拘无束的原野里去。人说相思会断肠，才几天没见秀珍，就如隔了几年，一出门，鬼使神差，脚尖就指向这里来了。进了呱呱店，小二们都认得他，招呼坐了，问他要点什么，他摇摇头，什么也不要，就那么愣坐着看别人大碗大碗地吃呱呱，一杯一杯地喝酒，一盅一盅地品茶。坐了一阵，他就出门到花园边。这时，秀珍来了，把他领进客房里，相对而坐，默默无言，似乎这无言以对是最好的见面礼。

说什么好呢？尉迟想。那天他说的是实心话，本想要得到秀珍几句安慰的话，没想到秀珍没说半句他想听到的话就断了木剑，让他伤透心了。

还有什么好说的呢？秀珍想，我爱你是真的，可我不想让你为我和父母闹翻，父母一重天，天命谁能抗得过呢？我这命，就这样子，我生于平民百姓家，不能嫁你。可我的心早已是你的了，我自有办法安排我的一生。

敞开心扉吧，秀珍，为了你，我愿和父母对立下去，直到娶你为妻。我知道父母，最终他们是要依我的，因为他们太爱我了。

只要你真心爱着我，我就满足了，尉迟。两情若是久长时，又岂在朝朝暮暮。强扭的瓜不甜，我既然不受尉迟家欢迎，到最后也不可能有幸福的。人都是父母养的，谁又都要做父母的，我怎能让你违背父母，落那让他人唾骂的坏名声。我知道你是孝子，就别拗了，我的心永远属于你，就别强求了，我知道该怎么做。"

这是心灵的对白，只有恋人才能感觉到的心声。看那一双水汪汪的眼睛，你就会明白一切的。

"喝杯酒吧。"尉迟说。

"我喝茶吧。"秀珍说。

几碟小菜，一碗醇醇的高粱酒，一杯清淡的春蕊茶，他俩各品各的味儿。似乎这万物之灵的茶和酒是启迪心灵的钥匙，包含了生命的哲学。

"酒是醇美的，悲有它，喜有它，迎有它，送有它，哭有它，笑有它，生有它，死有它，一醉能解千愁，醉了人就糊涂，人生难得糊涂。酒是醇香的、纯净的，不能掺杂任何一点儿虚情假意。一粒高粱落地，要经多少风风雨雨，吸取大地阳光的精华才能成熟。要成一滴醇美的酒，又要经炉火蒸熬，挥汗如雨的酿造，再重归于地窖，受囚禁之苦，再次吸取泥土之灵气，才成这杯中之物，才这么醇香可口，让人醉，让人笑，让人哭，它是多么的不容易呀！来之不易的才是最美的，酒如此，生命如此。男女情爱亦如此。"尉迟迥细细品味着高粱酒，把品出的味儿诉说给秀珍听。

"我卖茶，也喝茶，却从未敢轻言自己喝出什么味来。我女孩儿家，茶又是那样富于精灵之气，怕说得拙了，辱没了茶的清名。听你论酒，我也就觉着品出茶的一两分味儿来了。一杯茶立于面前，它清淡吗？不，那是释迦牟尼的缥缈，涌荡着一种微妙的不可抵御的魅力，它的芳香是对生命最为理想的阐释。试想面前这杯茶，它生于山野，我们品尝它，思想也便生于纯粹的自然，达到那种率直无饰的韵致。一叶茶渺小吗？不，佛说，一叶一菩提。在茶清苦的缭绕中，我们便听到了人世间惊涛拍岸、雨打竹林、风吼松涛这汹涌浩荡的回声。茶教会我们领悟灵魂的意动，教给我们从生命的空虚进入世界的空灵，教给我们从让人惊叹的世界发现生命的真谛。于是，我就品出了自己的味儿，想随这茶而去了。"秀珍把自己和这茶融为了一体，是茶的清幽淡雅启开了她被爱情蒙蔽了的心。

"难道你要随了茶而去，皈依于释迦牟尼的境地吗？"尉迟迥吃惊地问。

秀珍点点头，平静如一泓碧水。

"你怎么能有这样想法，你让我怎么活？"

"我们爱着，所以我非这样做不可，我不能让你为了一位民间女子而毁了前程。"

"你是要我死了这条心？"

她点点头，眼眶已湿润，她在极力控制着自己的感情。

尉迟迥连喝三大碗高粱酒，摇摇摆摆、似狂似癫地离开了梨家呱呱店。欲知后事如何，看下回便知分晓。

第十一回　十载莲一夜开放
　　　　二九女打彩择婿

话说梨家呱呱店后花园里有几缸莲花，养了十个年头，连年叶茂而花不开，这个夏天突地吐苞绽蕾，开花了。梨家店里上下人皆兴奋异常，常常对着店里来的客人夸莲之美，就有品茶喝酒的客人到园子里观赏这秦城少有的花种。

这一天，秀珍在闺楼上弹古筝，解心烦，把《西凉曲》涂改成了她的心曲。

忆榴花西飞，叹不能依君。单衫杏子红，又鬓染霜色。西飞往何处？两目空对日。日暮伯劳飞，风吹乌臼树。树下君门前，门中露翠细。开门君不至，出门红柳簇。红柳凤凰坡，柳红女儿容。伴君舞凤剑，和歌唱情缘。木剑佩青丝，剑柄色香玉。恨君含君节，折剑惊飞鸿。鸿飞满秦城，望君多保重。妹去望不见，心在君身边。佛法十二条，条条为君念。胸阔天自高，莲花摇空绿。莲花梦悠悠，君愁妹亦愁。东风知妹意，吹梦到秦州。

一曲终了，筝哑唇闭，她忽听得赏花客人对着艳放的莲花，说起秦地西边的莲花山。说莲花山恰如这艳放的莲花朵儿，山姿俊美，风景秀雅，蕊峰间有一水帘洞，一到雨季，洞檐前就有水帘瀑泻而下，恰似竹帘掩门，洞内有一老尼诵经念佛。水帘洞对面的峡谷中又有一石洞，洞檐洞壁满是天然而成的石佛像，这洞就叫千佛洞，里面也住有僧人念佛。天下名山僧占了，此言一点儿也不差，要是能有机缘，在那水帘洞中住些时日，也算是不枉来人世间一趟。说者无意，听者有心，秀珍听见了，心中暗自喜欢，既然水帘洞住着个尼姑，何不去投在她的门下呢？她暗自拿定了主意。

十年未开之莲忽然开放，是种预兆，一个象征，释迦牟尼不就打坐于莲台吗！它超凡脱俗，在浑浊中独现清名，不妩不媚不娇，淡雅深沉。没有佛缘的人是感觉不到这一层的，他们只会观赏、把玩或去品头论足，被它的色泽姿态醉到。梨家老两口却又不同于常人，秀珍和尉迟迥的婚事吹了，莲花却红艳艳地开了，这不正是提醒他俩，女儿该出嫁了吗？人们惯于将女子比做花儿，秀珍在他俩的眼里就如这水灵灵的莲花。像他们这样的人家，虽然攀不上秦州刺史，但在秦地不愁没有好女婿。家庭富裕，女儿漂亮，自幼读诗书，十二三岁学针线活，十四五岁学做店里的生意，能苦能甜，能耕能读，尉迟将军看得上的女子，在秦城当然是最优秀的了。梨掌柜把自己的想法告诉了老伴儿，老两口一拍即合，"趁着园中莲花正艳，择个吉日，咱搭彩楼打彩择婿，也让老尉迟看看咱庶民百姓虽不能和将军联姻，也要阔气一番，让女儿百里千里挑一女婿呢！"

梨家放出秀珍要打彩招婿的消息后，便在一日间传遍了秦城，传到了乡间那些富家子弟的耳朵里。那些个花花公子哥们有品茶喝酒吃呱呱时见过秀珍背影或者照过半个面的，现在细细想来，梨家女子却也姿色出众、窈窕迷人，便都精心准备，做那鸳鸯梦。梨掌柜又专门请了个先生总理择婿事务，未来女婿不但要人品好，还要有真本事，武的就把花园中的莲花缸搬出来，文的自然是先生出个上联让他对。这上联是："秦州有莲，十载未开今夏忽绽放。"先生说出后，梨掌柜琢磨了一袋烟的工夫："今夏忽绽放的忽字改一改，改成'初'字如何？"先生拍手称"妙"，就这么定了。梨掌柜又说："还有几日时间，先生你就推敲推敲，联中一定要含莲花，藏我赘婿嫁女之意。再出一备用联，以防那第一联泄密。"

先生是秦城著名的读书人，他思忖良久，又说出一副联来："莲开梨园，千金不卖，清灵质厚赘进门。"

"千金不卖，就是我女儿要赘婿进门，此联更是妙极了！"梨掌柜一巴掌拍定后，唤店小二给先生送上十两银子，先生自然是客气一番后装进了衣袖。

尉迟听到秀珍要搭彩楼择婿，心急如焚，再去和父母商议，他不能错过这个机会了，他要去接秀珍的绣球。老尉迟将军听了儿子的话半晌没言语，等跪在面前的儿子抬眼窥视时，只见老将军脸色苍白，昏倒在太师椅上。尉迟迥大呼小叫，惊动了母亲，刺史府顿时乱作一团，大夫把手切脉，用药、针灸都没把老将军唤醒。解铃还须系铃人，小尉迟亲手端了汤药，轻轻地呼唤着："父亲——"一小勺一小勺地喂药，才见老将军慢慢地睁开眼睛，却又疲惫不堪地挥挥手，示意旁人全都退去，而后才对着老伴和儿子说："堂堂柱国大将军、陇右大都督、秦州刺史要去呱呱店接绣球招婿，我还有啥脸面去见人，死了也不能向列祖列宗启齿呀！"说完，闭上眼睛，再也不想看见儿子了，他挥挥手让儿子出去。尉迟迥惶惶不安地退出父亲的房间。

尉迟迥是山穷水尽了，但他不能就这样了结这段姻缘，他要在这最紧要的时间里再会秀珍。地点如能还在凤凰山那苜蓿坡上红柳簇中，如还能舞剑歌唱，他就心满意足了。这一次，他动用了贴身随从王六，赏他一串钱去梨家呱呱店喝酒，吩咐他一定要把这封信亲手交给秀珍，再讨个回信来。王六知主人心事，更喜一串赏钱一顿酒菜。

梨家呱呱店这几日异常热闹，呱呱都做不出锅了，一天下来茶叶都卖了两三竹笼，高粱酒更是陈的卖空，新的都来不及再窖了。自祖上创业以来，从没这么红火过，梨家老头子这回真是发了女儿财了。更难能可贵的是一平民女子的身价得到了充分的显示，未到吉日，梨家已福禄盈门，这和梨老头子最初只想和尉迟家争口气的打算是有过之而无不及的了。世间事就这么蹊跷，秀珍因不能与尉迟将军成就姻缘而伤心烦恼，梨家因不能高攀尉迟家而自卑恼火；秀珍却因为与尉迟将军相爱过而身价百倍，梨家因有被尉迟将军爱着的女子而显威扬名。

王六的出现并未引起任何人的注意，城里各衙门的差役后生跑梨家是络绎不绝的，其中不乏偷窥刺史情妹芳容的，也有揣着心事来碰桃花运的。当然那些有身份的公子哥却是有胆无量来的，刺史大人想娶的女子，不看也知定是花容月貌，只可惜是招赘门女婿，而且给刺史大人做二房都不愿，凑这个热闹有什么用。

王六要了一碗酒、几碟小菜，慢慢地吃，焦急地等，等秀珍的出现。可是，这几日的秀珍是足不出绣楼，王六等得没了希望的时候，眉头一皱，计上心来。他唤小二再来两碗酒。小二唱着喏添了一碗后摇了摇头，说："客官，您是喝多了，一个人要两碗……您已经喝了两碗了呀！"

"再满一碗，你陪我喝！"王六一把拽住小二的胳膊硬拉他坐下。

"不行的，客官，店里有规定，小二不许陪客人喝酒，犯了规我这个月的工钱就没了！"小二妄想挣开王六，解释着说。

"爷出钱，你喝酒，这点面子也不给？"王六显出生气的样子，冲小二吼道。

"不行的，客官，我还指望着挣钱养活妻儿老母呢，就饶了小的吧！"小二哀求着。

王六松开手，呵呵一笑，从钱袋里一摸，掏出一把铜子，硬往小二怀里一塞，说："拿着，我有一事相求。"

"这……怎么好收大爷的钱呢！"小二笑着捏着铜子，略一估量，有他三天的工钱多，"不知大爷有啥事？"

"知道尉迟刺史吧，这封信交给你家小姐，而且还要讨个回信给我，"王六把信给小二手中一放，拍了拍小二的肩说："办成了还有赏钱呢！"

"这事不难，你等着。"小二走了。梨家人很随和，尤其是秀珍，她和铺子里的伙计都很融洽，从没把他们当下人看，下人都喜欢为她做事，她那性格又很少计较什么男女有别，授受不亲之类的戒规，常常和小二们一起到店里干活，所以王六托小二，小二毫不推托就去了。

店小二做事也认真，王六喝完新添的这碗酒时，他已来了，交给王六一封信，说是秀珍写的，要面呈尉迟将军。

王六走后，尉迟迥坐卧不宁，他在处理这几天积压下来的公文，却心不在焉，错漏百出，索性就到耤河畔散心去，也好远远地看看梨家的热闹。王六醉醺醺一摇三晃走出梨家店来，他一眼就看见了，便赶忙回府，他不想在公共场合接收秀珍的信件，要是有出乎他所预料的事，就无法收拾了。

这封信简单极了，只有五个字："花儿，莲叶儿。"尉迟迥看了足足半个时辰，他不能理解，是约会地点？那怎么猜得出来呢，莲花只有她家园子里有，在莲花下相约可能吗？是说情谊的，她是花儿，我是莲叶儿？可是我给她的信是约她去凤凰山，让她定个时间的呀！不能理解，他就在这天傍晚去了梨家花园，他感觉秀珍是约他到莲花旁边相见。

尉迟迥才到花园旁，就见秀珍面对莲叶发愣，尉迟迥轻轻地唤声秀珍，就奔过去。这个傍晚，他俩互诉相思，各表情怀。原来，"花儿，莲叶儿"是秀珍表志的言语。最后，尉迟迥依了秀珍，定下一个时间和一个惊动秦城的行动。

要知是怎样一个行动会惊动秦城，下回细细表述。

第十二回　父盼女福禄富贵
　　　　　　女随郎夜奔水帘

　　话说那梨家花园里的莲花通情达理，很有灵性，主人这些日子的忙忙碌碌似乎都被它尽收蕊间，一天胜似一天地娇艳起来。莲叶儿也不安于清瘦，疯长得碧绿厚实，翠色欲滴。这下可把梨家老两口乐坏了，私下里暗暗惊叹奇花珍贵，是梨家兴旺发达之兆，说不定闺女这回打彩真能打个王孙公子或者员外郎君呢。老婆子还真真切切地回忆起往事来，把秀珍降生时做的那个梦重温了一遍，说："秀珍这女娃还真是月宫嫦娥降世呢，我那梦真真切切是只小白兔窜进家门，银光四射的，醒来后就生下了秀珍。"
　　"女娃是福疙瘩，光这几日，咱店里的进银就相当于一年的呀！"老头子眉眼里的虮子都笑裂了嘴，"再说这莲花吧，栽在那缸里十年了，突然开放，越开越艳，就没凋谢的意思。这征兆是不言而喻的。等着吧，有你老婆子享不完的富贵哩！"
　　生子望成龙，养女望成凤，平民百姓的这种奢望更为强烈，梨家老两口的梦也就愈做愈高贵了，胜过当初被尉迟迥造访时的美梦。父亲天天掐着手指头子丑寅卯地算离择定的吉日七月十二还有几天。七月是个单数，七暗合着妻，没有儿子，他们把女儿择婿看成儿子娶妻，单加单不就成双成对了吗。而且，女儿生得如出水荷花一般，又有那个梦，会不会是七仙女下凡也难说清，所以择定个七。十二是二六之数,又合六六大顺的吉语;十二又是满年的月数,最大的双月数,天有九重,年有十二月嘛!

这几日的秀珍也乖巧,日夜守在阁楼上不露面,倒让父母亲省心,也觉安稳,想必是女儿从尉迟迥身上吸取了教训,安分了,明理了,知道自己是待嫁的大姑娘了。可是秀珍呢,她在做什么,只有清风明月知晓。她并没绣那彩绣球。

她用秦城最好的蚕丝,绣了件莲花肚兜,几张莲叶,形状姿色和自家花园里的一模一样,不过多了一对戏水鸳鸯,图案惟妙惟肖,逼真极了。她思前想后,在这就要了断尘缘的时候,只有用这一种方式表达对尉迟的真诚了,肚兜是穿在胸前贴着心窝子的,脖带和系腰带她用丝绸编得轻柔温存,她想那就是自己柔绵的手臂,永远搂抱着情郎,让他时时刻刻去体味。

七月十一的子夜,缺边的月儿皎洁明朗,热闹了一天的郡城除去偶尔两三声人语犬吠外,一切都在甜甜的梦乡之中。梨家呱呱铺早已关了门,忙碌了一整天的伙计躺倒身子就呼噜迭起,不理世事了。唯有秀珍爹娘翻来覆去睡不着,似乎那丝褥绸被上生了刺,弄得使唤丫头手足无措,策应不及。天亮就是吉日,梨家将赘门怎样一位女婿,是搬动莲花缸的武夫,还是对了对联的书生;或者是个文武双全的呢?"老婆子,你说绣球是打中文的好还是武的好呢?"梨掌柜忍不住问老伴,老伴翻了个身,嘻嘻一笑,说:"看你女儿选中文的还是武的,选中谁谁就好。"

"选中的人要是搬不动莲花缸或者对不出对联呢?"他又多了一层心事。他这样设计,打绣球是给女儿一点儿自择权,万一女儿选中的他看不上眼,对对联和搬缸是他留下的退路。

"车到山前必有路,唠叨个啥呀,明日要早起呢。"老伴拉了被子蒙了头,强逼自己眯上了眼睛。

也就在这个时候,秀珍的闺楼下有黄鹂的叫声,就见秀珍轻轻开了门,提了个包裹,穿身粗布衣服,抱了她那心爱的古筝,蹑手蹑脚地走下楼来。那黄鹂鸣处站着个大男人,他就是尉迟迥的贴身随从王六,奉将军命令来送秀珍上路的。父母亲逼得太紧,女儿还没想出个不让父母伤心的脱身法,这"吉日"就到了,她只有这样偷偷地离开梨家。

王六带的那顶小轿就停在梨家院子的后门,秀珍下了楼,轻轻地拉开门。这都是她早已准备好了的,夜定后,护院家丁查过最后一次门,她就偷偷地下楼将那窄窄的门板上挂着的黄铜锁打开了,王六就是从这后门进来的。秀珍急急忙忙上轿,王六压低声音喊声"起轿",小轿就晃悠着向前走了。缺边的月儿把它的光芒铺满四野,土路黄腾腾地亮,给他们免除了打灯笼的惊险。秀珍就这样悄无声息地离开了自己的家,向另一个可知而不可料的新家走去。而这时她的父母亲正带着难以抑制的亢奋在梦乡中甜笑呢!

去水帘洞的路是斜插进凤凰山脊梁的,尉迟将军骑匹枣红马就在半山腰等候。他知道是自己把秀珍逼上了这么一条路,要是他没有闯进这天仙般美丽、男孩般豪爽、水一样纯净的女孩的生命,或许她早已绣好了彩球,正揣在怀里甜睡,等天一亮抛出去,打中个如意的郎君,开始她幸福甜美的生活。偏偏就遇了他,一个将军,一个民女;一个高在天上,一个低在地上,酿成这杯苦酒让她独自品尝。而他上有君王,公务在身,不能因儿女情误了军国大事;又有父母健在,虽也抵抗了几个回合,但父命不能不从,又怎能因了儿女情毁了尉迟家的名声。他左右为难,前思后想,父亲的办法是折中的,秀珍不依,自己也于心不忍。正和偏是有差别的,虽说事在人为,到时候可以以偏居正,可秀珍太善良,不做妻妾之争的事儿,不伤害那位未曾谋面的姐姐,给她的生命酿造苦痛。

小轿晃悠着,秀珍的心也在晃悠着。尉迟,你就安安心心做个好刺史,为国为民建功立业吧。我永远是你的人,做一回情人和做一生伴侣有什么两样呢!我这命也就只有苜蓿丛中、红柳树下的那一丁点儿幸福，把我能给你的全都给了你，我已心满意足了。现在，剩下的是去禅释这不幸之中的幸福，为你也为我自己而空门对孤灯，忠守身心，用木鱼点击清淡的岁月。

小轿和战马相遇了，他们各自听到了对方的心声。一位民间平凡女子，有一位将军牵挂着，应该知足了。秀珍的表白让尉迟迥伤透了心，他却无能为力，就在这紧要关头，东部边境又有齐兵骚扰，黄昏时接到圣旨，命他在征东元帅帐前听令，他不想把这消息传给秀珍，他知道她虽身去佛门，心却是和自己系在一起的。

小轿从尉迟身边擦过，将军示意王六不要声张，机敏的秀珍还是感觉到了，问："是将军吗？"

"是将军，将军一直在这里等着你呢！"王六回道。

秀珍便隔着轿帘诵起一首诗来："洪生资制度，被服正有常。尊卑设次序，事物齐纪纲。容饰整颜色，磬折执圭璋。堂上置玄酒，室中盛稻粱。外历贞素谈，户内灭芬芳。放口从衷出，复说道义方。委屈周旋义，姿态愁我肠。"

尉迟听了，知道秀珍是借诗嘲讽礼教，正是那门第尊卑害了他们，但是这些圣人们遗留下来的规矩又有谁能削弱其锋芒呢？他半晌不语，低着头，尔后也借诗作答："高树多悲风，海水扬其波。利剑不在掌，结友又何多！不见篱间雀，见鹞自投罗？罗家得雀喜，少年见雀悲。拔剑削罗网，黄雀得飞飞。飞飞摩苍天，来下谢少年。"

秀珍听着听着，泪珠儿就在双颊滚落了。她是黄雀投进了礼教的罗网，"拔剑削罗网"的少年啊，你在哪里呢？

月儿蒙蒙，山路蒙蒙，世界万籁俱寂，只有轿夫的脚步有节奏地响着，将军的马蹄声也倾注着悲凉。快到山顶了，秀珍让轿停下来，请将军留步，将军不肯，执意要送她到水帘洞。秀珍无奈，只好随他的意了。既然是相伴而行，各自的心里就都有话要说，又碍着王六和轿夫，都不能开口。

万物有常，唯这人心无常，天下竟有这样刚烈的女子。

尉迟迥戴着负罪的枷，渐渐明白了秀珍的执着。她是着实不想在这混浊世界做男人们的玩物，女儿家是和男人们一样的人，她的选择是对污浊世界的抗议，也是对尉迟迥的警觉，要是往后他纳妾招小，秀珍这颗诚心就被辜负了。而秀珍这时什么都不想，内心空空如也，就如一页白纸。

听到半山腰村庄的雄鸡唱晓了，秀珍再一次让尉迟迥回去，不然一夜之间刺史和民女双双失踪，那将是满城风雨的事，尉迟的名声就彻底毁了。尉迟听了，也觉得有道理，就打住脚步，道声"珍重"，而后回马扬鞭，向城里飞驰而去。

王六命轿夫加把劲儿，天亮之前翻越凤凰山，小轿就飞也似的晃悠起来。

秀珍夜逃，父母准备的打彩择婿之事又将如何呢？欲知详情，下回再表。

第十三回　路迢迢披星戴月
　　　　　　惶恐恐误做官娘

　　话说梨家老两口早早起来，派人把早已请到的老先生唤醒，伺候他洗漱完毕，吃茶用早点，又让店里的班头带着小二们把昨天装扮的彩楼细细查看一番，看看是否还有遗漏之处。一切都妥当了，这才让老伴上楼去帮女儿打扮，准备用早餐。老伴笑得脸似桃花，上了闺楼。才上去，又如一张烂抹布似的下了楼，疯疯癫癫地跑到大厅里，嘴唇打着战，喊："他爹，秀珍她……她不见了！"老头子一听，脸"唰"地一下子青透了，胡子也抖了起来，"能到哪里去呢？走，上楼仔细看看！"老两口就风风火火地上了楼。只见屋里收拾得干干净净，任何物件都原封未动，唯独古筝不见了。老头子走到书桌旁，看见了砚台底下压着的一块丝帛，急忙拿起看时，只见写着四句诗：

　　　　出门朝西走，
　　　　家园留身后，
　　　　为洗混浊道，
　　　　尼庵未牵念。

　　老头儿粗一看，细一想，就对老伴说："秀珍再也不会回来了，这首诗是说出家为尼，走后道念呀！"
　　老伴一听，两眼昏黑，就翻倒在地了。打彩择婿也就变为抢救秀珍娘了,在外人看来似乎是老母突发疾病,择婿不进行了。那些个做着桃花梦的公子哥们也就空喜欢了一场,有人还嘟哝着老母暴病也不挑时候,偏偏要在女儿打彩择婿时躺倒,真没劲!

梨家老两口知道女儿的性格,也就断了指望,让那些美好的愿望都随风而去吧。梨家有的是银子,老伴就张罗着给掌柜的娶了一房小妾,来给梨家传宗接代。也是梨家不该绝后,才一年时间就生出一个壮壮实实的男孩。这是题外话,在此不再啰唆。

话说尉迟迥回到府邸,呆坐到天明,他怎么也放心不下秀珍,便备些银两,披甲佩剑,又跨上了战马。为了避疑,他在秦城拣最热闹的地方走了一圈,让人知道秀珍走了,而他还在。而后,他策马扬鞭向秀珍去的方向飞奔而行。他急追猛赶,一路未曾歇息,直到乐善镇才赶上那顶土黄色小轿。

秀珍她们行至乐善镇,已是人困马乏无力再向前行了,便停下来歇息。王六找了家小吃店,大家进店吃了一碗臊子面。肚子安排妥当,乏气也缓过来了,就在他们起身要去过渭河的木筏时,尉迟迥到了。一见面,秀珍悲喜交加,喜的是尉迟迥对自己是这般恋恋不舍,心里有她,也不枉这人生青春;悲的是他这样牵牵挂挂,怎么能了断红尘之念啊!她娇嗔地问他:"你怎么又来了呢?"

"我放心不下,这乱世之道,哪一天安宁过?自东晋以来,国家分为南北两朝,北魏又成东西两半,东魏被齐所灭,我周朝才取了西魏天下,可齐国又虎视眈眈地盯着我朝。边境不宁,内必慌乱,我怕路上遇见歹人。"尉迟迥说。北周明帝宇文毓登基不久,那些绿林豪杰,为官的为民的都还没顺应明帝,先朝官绅们更有不服朝纲的,难免尉迟有这样的牵念之心。

"你就放心地回去吧,天下如此之大,就单单来抢我这个穷女子!"秀珍劝他。

"姑娘花容月貌，要是真有不测，我王六的三脚猫功夫是没有办法的，将军既然来了，就送姑娘到水帘洞吧。"王六是被尉迟一番话说怕了，他知道这段路不好走，过了渭河，要进响河沟，那可是崇山峻岭，林木茂密，正是藏贼养盗的地方呀！

秀珍就没再说啥，被尉迟扶进了小轿。

这乐善镇地方官耳朵真灵，尉迟将军才到就急急忙忙地迎了来，那个为首的县丞一见他，就"咣当"一声，巴儿狗般趴在地上叩头参拜，口称："不知柱国大将军、陇右大都督、秦州刺史大人驾临，有失远迎，下官罪该万死！"

尉迟迥却只是冷冷地说了声，"起来吧！"

"谢大人，"县丞起身，笑盈盈的脸就如一张抹了油泡了蜜的干饼子，"不知大人来乐善镇是……"他留了半截，等尉迟说，可他没能等到，就说："下官好伺候呀！"

"去水帘洞进香，有木筏的话找一只来。"尉迟是命令的口气。

秀珍看着这一切，很好笑，和尉迟好了一场，还从未见过他有这样的威风，这些地方官巴结奉承，他的权力很大吗？一定很大的，秀珍暗自想着。

县丞听将军要木筏，连声说："有，有！"转身对旁边的下属横着脸说："给将军伺候木筏，快去！"又转过身来笑容满面地对将军说："镇衙虽小，还望将军赏脸，小憩会儿再走吧！"

"我们就在前面河岸等着，你快弄木筏来。"他没给县丞赏脸，挥挥手，让王六起轿。王六一下子高大起来，喊声"起轿"，小轿就向渭河晃去。

那县丞精明透顶，巴结上司的能力很高。他不但找来了渭河滩摆渡的上等小船，还在船上备了一桌酒席，请尉迟迥一行上船。小船轻轻漂荡在水中，饮酒、观景、行路，给沉闷的行程增添了些许的乐趣。七月的渭河景色着实迷人，两岸杨柳依依，高粱捧着沉甸甸的穗头，玉米抱着胖墩墩的棒子,翠鸟啁啾,小燕飞梭,让人心旷神怡。地头间更有各种蔬菜绿油油的一片片相连,勤劳的农人们在地里躬耕,让人看着充实,看着喜欢。秀珍被这田园风光迷住了,接着是心花怒放。她也算是跟尉迟迥做了一回"官娘子",受人膜拜了一次。这种感觉只在心里停留了片刻,她就立刻回到了现实中。小船悠悠地行进着,等靠了岸,酒席已毕。上岸时,县丞端出一盘白花花的银子,让尉迟笑纳,以备进香时用。

"无功不受禄,我俩素昧平生,一面之交,送此厚礼,不敢受呀!"尉迟迥没看银子,两只眼睛就盯着县丞那干饼子脸,逼得他低下头去。

"下官实在没别的意思,大人和夫人进香,小的理应这样,不成敬意,恳请大人笑纳。日后下官有求大人的了,也好开口。"县丞啜嚅着说。

"明帝登基,重整朝纲,这种腐败之举,日后可再也行不得了。比如这渭河吧,如能筑堤拦洪,疏通水道,那将是你最好的政绩,还送什么礼,巴结什么人,朝廷一定会重用你的。"

"大人教导,下官铭记在心。不过下官敢问大人几时回来,好派船接应?"

秀珍坐轿,尉迟骑马,继续前行,秀珍家虽有钱,但也没见过这么多的银子,她很好奇,就问:"你为啥不收了那些银子?"

"乐善镇地盘大,一个县令顾不过来,朝廷就在县令之下设了县丞,掌管一镇之事。这两年地方官乱加赋税,百姓怨声载道。一个小小的县丞哪来那么多的银子,你当那白花花的银子是他的吗?那是搜刮的民脂民膏呀!"

"他送你银子干啥呀?"秀珍再问。

"他们这群人,见着比自己大的官能给自己好处的官就送。送我,是讨好我,想让我这柱国大将军、陇右大都督、秦州刺史提拔他,也就是向我买官了。"

"我明白了!"秀珍长叹一声,对为官的又生了几分厌恶。还是出家好，跳出三界外，不染红尘。"做官太累，又危险，你可要当心，好自为之呀！"

　　尉迟点点头，便都无语，只管向密林深处行去。要知后事如何，下回细细表来。

第十四回　秦州女遁入空门
　　　　　水帘唱千古情歌

　　话说秀珍的小轿随着尉迟将军的枣红马已到莲花山下。路转峰回，他们仰止山姿山色，只见响河沟溪水潺潺，两畔山坡清风润松。林立的群峰刀削斧劈一般，簇拥着一朵怒放的莲花，花蕊直刺云霄，周围八座峰峦恰如八片花瓣，紧聚着蕊峰，在缭绕的迷雾中亭亭玉立，真乃一方难得的通灵宝地。再看眼前，松涛林海，山花烂漫，飞禽走兽欢快奔跑的景象让人陶醉。又听得一阵咕咕咚咚、哗哗啦啦的水流声，他们便顺着流水声寻去，原来此水出自莲花山蕊峰腰间，宛若一条素练凌空飞泻而下，银亮亮如珠帘一般遮住了蕊峰脚端的一眼石洞，洞内有一古殿，殿内住着一位老尼姑。这便是莲花山水帘洞——秀珍要去的地方了。

　　尉迟迥被这如画山色灌醉了，这些年南征北战，也到过好多名山胜水，但他从未这样详观细品过它们的美丽，生命都在枪尖上挑着，哪有闲情逸致去观赏呀！今天虽然心事重重，可一到这莲花山水帘洞福地，任何心事就都去了，能在此地安乐生活，那将是人生的一大快事。他深深地爱上了这山这水，不光是心上人要留在这里，他疆场征战的破碎的心也很需要在这如诗如画的山水自然中调养和休整。他呆坐在马背上发愣，秀珍见了好笑也好奇，问：“你怎么了？”

　　"啊，没什么，我是被这山水的美丽迷住了。"说着，他们下了马，也落了轿。尉迟让王六和轿夫们原地歇着，他背了包袱同秀珍一起向水帘洞走去。

这是斜插进密林深处的一条小路,路上铺满了各色各样的野花,人间哪有这般秀美华丽的地毯呢!这似乎是为迎接秀珍,上天特意布置的。路旁的小鸟也用悠扬的声音唱着迎宾曲。就在她俩行至半道时,水帘洞里响起了清脆悦耳的磬钵之声,这是老尼姑在诵经,她知道会有一位天姿国色的女子来投她的门下吗?

木鱼咚咚,鼓磬之声渐近,浓烈的焚香味儿也能闻到了。秀珍很虔诚,一声不响,头也不回,走在尉迟迥前面,随着她的脚步声,红尘恩怨在她的身后远去。山门就在眼前,虚掩着,门顶几面旗幡在舞动。她缓缓地转过身来,接了尉迟迥手中的包袱,说:"就到此吧,回去吧……"

尉迟迥张张嘴,什么也没说出口来,一双虎目渐渐暗淡下去,有泪水在眼眶里涌动着。他克制着自己,声音低沉却不乏热切地说:"你选择了这道门槛,我啥也不再说了。你在此地的费用我会按时派人送来的,说不定有那么一天,我也会做出和你一样的选择。保重吧!"尉迟迥一低头,没敢再看秀珍一眼就朝山下跑去。

小轿空了,尉迟将军的心也空了,沉甸甸的秋天似乎也空洞无物。花香鸟鸣,小溪流水,似乎共含悲哀,和他一道为失去心上人而垂首无语。王六见他这般沮丧,很想安慰他几句,一时竟没有合适的话语。他这人忠厚老实,很少和女人交往,连平常女人都读不懂,何况对秀珍这样的女子。"将军,秀珍姑娘为啥就非要出家不可呀?"他还是忍不住问了。

尉迟迥说:"回去问那几盆莲花吧。"

"莲花能问出话来?小人就更不懂了。"王六摇摇头。

"莲花通人性!"尉迟迥说,扬鞭催马,把王六丢在了身后,他不想再听到任何人关于秀珍的言论,他心烦意乱。

话说秀珍踏进山门,穿过那水帘,走向菩萨殿。殿门敞开着,她站在门口,听跪在释迦牟尼塑像前的老尼诵经。听着听着,她也就跪了下去,仰视佛像,双手合十,心中默念道:"弟子秀珍今日投在佛陀门下,恳请收留。"

那老尼诵完经,匍匐在地叩了头作了揖,这才起身,慢慢转过脸来看秀珍。秀珍也看老尼,只见老尼头发霜白,面色红润,"师父在上,请受弟子一拜。"秀珍恭恭敬敬地叩了三个长头,这才说:"弟子不求福不消灾,弟子要在这水帘洞为尼,请师父收下弟子吧。"

"起来吧。"老尼很平静,就像事先早已知道秀珍要来似的。她把秀珍上上下下、前前后后仔细端详了一阵,笑着摆了摆头,说:"施主花容月貌,青春妙龄,为何要皈依佛门呢?"

"请师父收下弟子,弟子再慢慢讲来。"

"佛门乃是净地,看你神色,俗缘未了,还是离去的好。"

"不!"秀珍再次"扑通"一跪,"师父,看在菩萨的面上,收下弟子吧,弟子是诚心诚意的呀!"

"何以见得呢?"

秀珍将父母如何要她择婿,她又如何受了莲花的感召连夜逃出家门,给老尼姑细细地讲述了一遍,只是一字未提尉迟迥。

老尼也精,眼珠子突碌碌两转,想:"此女姿态娇媚,容貌俊俏,为何不遂父母之愿,成家立业,却偏偏要入佛门呢?定有些不能言说的微妙之处吧!"她笑了笑,慈眉善目地说:"男大当婚,女大当嫁,乃天经地义。你一气之下才生此佛念,现在回头也来得及。"

"师父之言在理,可弟子诚心向佛,不愿误入混浊世界。"

"是吗?有什么想不开的,说出来,我佛慈悲为本,救苦救难,也许能为你消除苦难的。"

秀珍一想,如不说出个子丑寅卯来,老尼是不肯收留自己的,可是说出来吧……她又着实不想让老尼知道尉迟迥,灵机一动，想出个理由来，"父母要我择婿赘门，为老人养老送终。可是，秦城又有一富家子弟死皮赖脸地要娶我做小，就是我随个善良夫君也未必有安稳日子过，那无赖狗仗人势，我们家拿他没办法，弄不好要殃及父母。要那样在污泥浊水中生活，还不如出家念佛的安宁。"

"你见过莲花吧，它出淤泥而不染，难道人就不如一草花木？"

"弟子正是受了莲花的启发，才到莲花山水帘洞的。这世界太浑浊太无聊，要抵得上草木的洁净，也不容易。可是佛境是洁净的，为了不染，我就来了。"

"这么说来，你是不安于人妾才要进这佛门的了。这世界原本只有男人和女人，他们是平等的；后来就有了尊卑贵贱之分，男女之别。男人呢，把女人当作把玩的物件来消遣；女人呢，也贱骨头，同侍一夫，还要明争暗斗，求他的宠爱。世间多少悲伤事，皆都源于情仇中。不做小的好，同为人，男人为啥那么霸道呢！"老尼陷入了深深的沉思，那双眼睛深邃无底，贯通了她整个人生，又牵动着什么。秀珍的话似乎触及了她的伤痛，是不是和她入佛门的前因有关呢，也未可知。她没再说什么，就收留了秀珍。

老尼姓什名谁，何处人氏，秀珍不便过问，她也从不向弟子谈起，秀珍就称她师父。师父也不问秀珍姓名，一直唤她弟子。这样，一老一小两个女人的真实身份和姓名，外人就更无法知晓了，人们习惯把师父叫老尼，把弟子叫比丘尼。老尼年岁多少，比丘尼芳龄几何，也就由着别人去猜想了。

秀珍既已为尼，也就心安理得地接受了比丘尼的称谓，真实姓名渐渐被淡忘了。这莲花山水帘洞右侧有一七佛沟，其间亦有一天然洞穴，摩崖悬塑七尊佛像，崖壁上绘有千佛画像，故而又叫千佛洞。它和水帘洞近在咫尺间，同为佛门弟子，那里的僧人和这水帘洞的老尼却很少往来，性别的差异连佛门弟子都相隔得远了，你看这了得不！

水帘洞内新来了个比丘尼，盈丽清秀得如花似玉，千佛洞的比丘一下子活跃了许多，不顾住持的禁戒总要找借口到水帘洞来。比丘尼虽不将这帮小沙弥放在眼里，来来去去无所谓，然老尼却显出烦躁不安来。这个黄昏，比丘尼跟着师父诵完晚课，而后师父教她《诵经必要》，阐释佛陀留下的"八正道"，在讲到"正思维"时老尼就和眼前的现实相联系了，她的目的是告诫弟子。她说："在佛陀面前男女是平等的，男和女只是性别之分。可是在人世间，最强大的诱惑是烦恼和色欲。学道的男子迷恋俏丽的女人，学道的女子醉心于英俊的男子，淫欲就会关闭人们的智慧心，对于真理就不会明白。"老尼讲到这里，借着松明灯看比丘尼的神情反应，只见她心平气和地听着，并没有自己犯了戒律起了俗念而惶恐的神态。老尼这才消除了比丘尼与千佛洞比丘僧有牵连的疑心，继续往下说去，"我收你为徒，我俩生活在佛的世界里，吃的是斋饭，用的是素物，一钵一鱼取自于众生。可你却有人定时送银两衣食，这条线把你和尘世系得牢牢的，怎能成正果呀！"

比丘尼一听，"扑通"一声跪在老尼面前，喊声师父，就惶恐不安地等着师父发落。老尼还是那么平静地说："阿弥陀佛！我佛慈悲。弟子回答我，你将如何割断这根牵连红尘的线呢？"

"他们再送来，弟子不收，凭师父发落。"

"这样也未必妥当，"老尼沉思良久，又说，"我有一心意未了，身先老朽了，脚腿也不听使唤了，如果你诚心为佛，就替我做一件事业吧。"

"师父尽管吩咐，弟子愿意。"

"你看咱水帘洞对面那块崖壁，险峻而宽畅，我一直想在崖面塑尊佛像，为佛为后人留下一点什么，也不枉在此净地住一场，只是我心有余而力不足。要是你能做到这一点，就是我没收错你，也是我佛的造化。"

"该怎么去做，还望师父指教。"

"化缘，只有化够修造的银两，才能完成我的夙愿。"

"弟子愿意替师父实现愿望。"比丘尼没眨眼睛就答应了。她原本就是个性格刚烈的女子，第二天随师父诵罢早课后，她就辞别了师父，一钵一鱼，离开了水帘洞。

欲知比丘尼此去吉凶如何，下回细细再表。

第十五回　比丘尼独走红尘
　　　　　痴家奴肇事生端

　　话说老尼让比丘尼去化缘，实则是想让她以化缘为由在红尘中奔走，如果俗缘未了，找个人家也不是坏事情。比丘尼也被千佛洞那些比丘弄烦了，这佛门净地也出一些不三不四的人，而且尉迟迥总是半月一月地派人送物送钱，这样下去，让她如何静下心来参禅呢。她为躲避这些烦恼，也想到外界去走走。要是真能替师父做成事儿，也是她的荣幸，她就没任何顾虑地下了山，沿着渭河云游去了。

　　话说尉迟迥那日送秀珍到水帘洞，才回到秦州，就有元帅令牌传来，着他火速押解粮草到中军帐。尉迟将军草草收拾一番，拜别父母，就随粮草上了路。临别时分父亲又向他提起婚事，并说他要向老家的亲家修书，希望亲家立即把女儿送到秦州来，等尉迟迥凯旋之日完婚。尉迟迥什么也没说，他的心中只装着秀珍，他将王六留在家里，暗暗吩咐他要按时送钱送物去水帘洞，不要向秀珍吐露关于他要出征的半个字。王六是个忠诚的随从，按将军吩咐一切照办，就有了老尼前面的不满。

　　东魏高欢的儿子高洋在邺城取代了孝静帝立北齐，八年来高洋养兵蓄锐，囤积粮草，占领西安取代了文帝之后野心更大了，想一霸天下。这时，明帝宇文毓建立了北周，使高洋大为不悦，他便趁北周立国未稳，调兵遣将，西征北周。两国军队在太行山以西对垒，拉开一条长长的战线。尉迟迥身为柱国大将军,年轻有为,文韬武略深得明帝宠爱,正是满腔热血报效国家的时候。婚姻不如意,让他很想在疆场上一展雄风,暂时忘却情感带来的苦痛。他风餐露宿,日夜兼程向太行山逼近。

水帘洞内,自比丘尼出走后,便冷落了下来。千佛洞的比丘僧虽也拜佛诵经,却是热情大减。这一日,老尼正在禅诵经书,有几个千佛洞比丘僧进了水帘洞,他们借拜佛为名,在佛殿各处转来蹿去,打探比丘尼的下落。老尼闻于耳、思于心,却没去阻拦,继续诵经击磬敲鼓。她知道这几个比丘僧是千佛洞住持瞎了老眼收留的地方痞子,或仕途失意、或商海翻船、或畏罪潜逃,无路可走之后隐身佛门,与他们没什么好说的。她为自己将比丘尼打发下山而高兴。

秀珍呢,她只知道人世混浊,人妖混杂,哪知道佛门净地的污秽!师父要她为修造而化缘,她就走了,哪知道师父的良苦用心。出莲花山水帘洞后,她将长长的发辫剃成光头,打扮成比丘僧的样子,虽仍柳眉凤眼,猛一看还真是个腼腆的小沙弥呢。这身装扮给了她很多的方便,到什么地方她都和比丘僧一样,说话、走路都学着男人的架势。跟尉迟迥学的那几招剑法还真为她撑了腰壮了胆了。

就这样,秀珍一钵一鱼,风餐露宿开始了她的比丘生涯。

这一日,王六又赶着驴拉车到了莲花山下,车里装着米面油盐和过冬的衣物。秋已经很深了,山野古刹,青灯孤月,冷风瑟瑟。老尼还是那张阴冷的面孔,见了王六,就要掩上山门。再一次吃这闭门斋,王六很生气,水帘洞乃佛家之地,老尼为佛门弟子,出家之人慈悲为怀,怎么就不能让我进山门呢?他越想越生气,就大声吼:"我是给比丘尼送斋用之物来的,她人呢?你这样躲躲闪闪的莫非是害了她吗?"他怒目圆睁,摆出了不弄清楚缘由不罢休的架势。

老尼被王六唬了一惊,比丘尼不在水帘洞,她只好把实情告知了王六。王六一听,将信将疑,"斋用之物都由我们供给,化什么缘去。你就别拿这些好听的话哄我了,要是她有个三长两短,我踏平这水帘洞只需一眨眼的工夫。"

老尼被王六唬得惊慌失措,她双手合十,闭目念声"阿弥陀佛"就一动不动地钉在了地上。王六见了,这才命手下人将运来的物什搬进山门,一五一十给老尼交代清楚:"烦你暂为保管吧,等她回来了如数给她。"说完就转身走了。老尼送到山门口,念着阿弥陀佛说:"施主请留步,老尼有句话要问。"

"有啥就说吧。"

"比丘尼是你什么人?既然出家为尼,为什么又要定时送这些凡俗之物?"

王六眼珠子几转,想道:"我什么人,她是尉迟将军的……不行,这样说不妥。"他就生出一串谎言来,"我妹妹,虽然出家了,父母却放心不下,要我送的。"

"施主言语是真是假,老尼不在乎。只是你这样做,让她何时才能断了尘缘呀!这样下去于她念佛有害无益,还望施主三思呀!"一声阿弥陀佛,山门就"咣当"一声闭上了。

王六下山的时候心里乱糟糟的,将军出征,专门留了他为秀珍做事,这老尼又偏偏从中作梗,连秀珍的人影也见不着,如何向将军交代呀?将军东征北齐,用不了半年就会凯旋,要是秀珍还不回来,那如何是好呀?他思来想去,还是对自己说:"秀珍在与不在,我还是要按时把该送的送到水帘洞来。她果真是化缘去了,也有回来的时候,她见东西一次不漏地送到,心中定会感激将军,也就算我为将军尽心了。"

老尼禅坐在佛像前,为比丘尼祈祷,这是自比丘尼离开水帘洞以来的第一次。王六气势汹汹的样子很使她吃惊,从存放在尼庵的物什来看,这绝非寻常人家能够拿出手的,她一生安居于佛门,哪见过这些东西呀!莫是哪个官家千金暗受佛陀点化定要拜在佛陀门下,要不然有着富贵荣华不享,来这清贫世界受这清斋之苦做啥。既是这样，就得存着点心计，万一有个好歹，生出事端来，她一个老尼无所谓，殃及水帘洞就是对佛陀的罪过了。毁了自己的功德不说，把一生清苦也放过，早已圆寂的师父也要受到玷污的。祈祷毕，她就悔恨起自己来，为何比丘尼进洞不盘根问底就收留了她呢？她不染红尘，对尘世的是非曲直早已淡忘，摸不清说不明了，哪还能猜到比丘尼出家为尼的原因，更猜想不到还会有人送物送钱，操心她的生活，监护着她。悔恨之余，她就想办法打听比丘尼现在到了何处。在音信杳无后，她就锁了山门，持钵鱼下山，她要去寻找比丘尼。

临冬的莲花山，只有千佛洞的比丘们早早晚晚用鼓磬钵鱼诵经念佛的声音来渲染它的生机了。水帘洞除去菩萨殿飞檐悬角的风铃发出悦耳的声音外，便空空如也，萧条极了。

欲知比丘尼师父下山吉凶如何，看下回便知端倪。

第十六回　师父惨遭刀剑死
　　　　　　弟子悲享红尘乐

　　日月如梭，转眼已是年节。话说比丘尼一钵一鱼在俗世间游荡了近半年，这一日回到了水帘洞。可是山门重锁，锈迹斑斑。她立在门外高声喊叫着师父，门内一点儿动静也没有，她只得从千佛洞打听情况。比丘们告诉她，老尼两个月前下山化缘去了，临走向千佛洞住持说了些什么，住持第二天就把几个不争气的弟子赶出了山门。比丘尼怏怏不乐地回到了水帘洞，师父什么时候才能回来呢？她只得用石头砸开门锁，回到自己的那间尼庵里。第一眼她就看到了尉迟迥让王六送来的物什，说句心里话，她也常常挂念着尉迟迥。见物思人，这割不断的情缘呀！她跪拜在菩萨面前，为尉迟迥诵经祈祷，祝福他平安顺意。

　　话说老尼边化缘边寻找比丘尼的下落，她顺渭河过长安，这一日来到了河南地界。她也听说过魏孝明帝的母亲胡太后临朝时，信奉佛教，认为佛法能减轻她的罪孽，就在宫里头吃斋念佛修造了永宁寺。永宁寺气势宏伟，供奉的佛像都是金子铸造、玉石雕刻的。寺旁还建着一座九层高的宝塔，夜深人静的时候，风吹着塔上的银铃，十里之外都听得到悦耳的铃声。寺里有僧房尼庵千间，用珠玉锦绣装饰，让人看了眼花缭乱。老尼很想去永宁寺看看，也不枉自己礼佛一生。可是，她身居佛门，不知北魏一统北方的局势已去，北周和北齐大动干戈。打仗就打仗吧，出家人跳出三界外，不受皇王管,她来到了洛阳城。未能料到的是她才进洛阳,就被官兵抓住,关进了牢房,以北周奸细论处。可怜她修身念佛一生,却落了个丧命于刀剑的下场。比丘尼哪能再见得着师父呀!

　　日子就那么孤独无味地过着。莲花山冰清玉洁,比丘尼的身心也被封冻成冰块,开成一朵莲花。难道我就这么命苦,在俗世不能爱,入空门连个师父也守不住,看来一生孤独已是前因造定的了。偌大一个水帘洞,古刹殿宇,除去泥塑佛菩萨和那些岩壁画像,就剩她了。青灯伴孤佛,好萧瑟好冷落呀!早晚课时,她击鼓打磬,敲鱼诵经,这音响和千佛洞比丘诵经的鼓乐声相应和,也给寒冬腊月添了一股祥和慈善的气息。

　　腊月二十三日,各家各户祭过司命灶君,新年就拉开了帷幕。第二天,王六赶着驴车给比丘尼送来了年节的物品。

　　"告诉尉迟吧,再不要送了。"比丘尼对着王六说,不好打听尉迟迥的近况,只是绕着圈儿看王六能说点儿什么。

　　"奴才是奉命行事,一切都是将军安排的。"

　　"你就说,我啥也不缺的。"

　　王六欲说又止,那双忠厚的眼睛满注着无以言表的忧虑。在尼姑庵前转了个圈儿后,他终于鼓足了勇气向比丘尼说出了她料想不到的又在情理中的两件事儿。

　　"本不该告诉你的,可我忍不住了,就说给你听吧。将军出征已四个多月了,临走留下我专门照看你的。"

　　"什么?你说尉迟他……"比丘尼这时又是秦城梨家铺子里那个情意绵绵的秀珍,她不该为此惊慌、惶恐,食朝廷俸禄的将军,他的职责就是为国家利益而征战,有什么值得惊恐的呢!王六把刚才的话又重复了一遍,他极力控制着,用最轻巧的语言把沙场厮杀说得犹如去看戏一般,以减轻秀珍的恐慌。

　　"还有,你父亲腊月初八那天娶了小,听说是你母亲的主意,为给梨家留下根。"

"母亲太善良。"她长叹一声说。父亲娶小于她是含讽刺的，她不愿意做小才走进佛门，她的走却逼使父亲娶了小老婆。她悲伤极了，就闭目禅坐，以此来平息这兔子般蹦跳的心。王六很知趣地离开了水帘洞，赶着他的驴拉车上了路。

自王六来过后，秀珍为尉迟迥思前想后，损精劳神，每天早晚都在佛祖面前替他祈祷。她又为父母亲的孤独无依伤心流泪，但她已身许佛门，无力去安慰老人，她做什么事都是一心一意的，这俗缘波澜再汹涌，让她反悔回头是万万不能的了。她只有专心事佛，为梨家为尉迟迥消减灾难，渴求平安。

过了大年，师父还是杳无音信。这一天，比丘尼诵罢早课后站在山门口，对望面前那崖壁。这是一块刀砍斧劈般耸立的崖面，遥相眺望，色如略施粉黛的少女脸颊，形也如是，崖顶丛生着各种灌木，有倒垂崖的，恰似少女额前的刘海。看着看着，她大悟大彻了。佛就是智慧，俗人不可能巧夺天工，就无法去雕塑这崖面；佛就是诚心和善良，只有心诚，才能滴水穿石，凿崖造像；佛就是你自己，心中有佛，心中就有世界，就海阔天空。她顿感师父给她指点了迷津，让她面壁思过。

有了从崖面上读出来的力量，比丘尼下了决心，她觉得想要做的事情只要尽力去做，就一定能够做成功。她要和师父同心协力凿崖造像，至于资金，化缘得来的虽说微不足道，手上也算有几个钱了。她还想，要是渭河岸边，莲花山畔的人们知道她要修造佛像，是会帮助她的。

这时节，春风吹拂，山河解冻，草木发芽。莲花山上迎春花也绽蕾吐苞了，木槿树都开花了，一丛丛粉嘟嘟的。松树和柏树脱去了冬的灰蒙，绿得水洗一般，野白杨挂满狐狸尾巴似的穗穗，白桦和红桦、红柳和黄尖柳也都苏醒了，争着展现姿色。山河万物，就连野鸡、锦鸡、马鸡们也春情萌动，咕咕呱呱叫个不停。虽然周、齐争霸北方，天下狼烟滚滚,烽火遍地,可这方净土却清洁平安。比丘尼沿着羊肠小道下了山,入千佛洞,这是她来水帘洞后第一次踏进这纯男人的世界。

千佛洞住持师父接待贵宾似的迎出了山门,念声阿弥陀佛,就请她进了佛殿,烧香拜佛。有小沙弥端来清茶,她就和住持师父分宾主坐了。

"师父,贫尼今日来千佛洞是有事相求。"

"水帘、千佛本是一家,同念一佛经,同住一条山,却因僧尼两性,相处的钵鱼相闻,互不往来。有啥事尽管说吧。"

"请师父查访一下我师父的下落吧,她老人家出门有半年多的时间了,本是为塑佛像而化缘去的,这么长时间不见音信,着实让贫尼牵挂呀。"

"这事你就不必费心了,我已经派弟子去寻找了,你就放心,守护好洞府要紧。"

"师父先我之忧而忧,使贫尼感激不尽,贫尼就拜托了!"比丘尼念声"阿弥陀佛",告辞而去,住持师父直送她到山门口,说:"如果方便,改日贫僧来水帘洞,想看看你师父的住处。"

"师父什么时间想来就来吧,贫尼有请师父了。"说罢,念声阿弥陀佛互相道别。比丘尼走出千佛洞,想上山却又止住脚步,她在沟涧信马由缰地走着,感受着明媚的春光。她心烦,就吟出一首五言诗来:

人在春中走,心却冬未消。
恨妾入空门,怨父又娶小。
将军战沙场,师父音信杳。
古刹孤独灯,伴尼度春晓。

吟罢,便没了兴致,就越过渡仙桥,转过风雨亭,进了水帘洞山门。诵经,无心;击磬、打鼓,无味;参禅,无趣。她哀叹自己对不住寂静，去不了俗心凡念，自听到尉迟出征未还，心里总牵挂着。她干脆收拾起"阿弥陀佛"，回到尼姑庵里，翻看起王六送来的物什器皿，每拿起一件就像是尉迟迥向她伸出的手，红柳丛中，苜蓿花里，一幕幕幻影般翻卷而来。她就长歌当哭，酥手拨响了古筝……

比丘尼这般情绪，往后的日子将如何去过？要想知晓，看下回表述。

第十七回　风雨亭旁听风雨
　　　　　　尼姑庵内叙情缘

　　话说这一日，千佛洞住持师父在两名小沙弥的陪同下来到了水帘洞。比丘尼打开老尼的庵门，住持师父小心翼翼地走了进去。只见他颤抖着双手，将老尼所用之物一件件摸了个遍，而后停留在木桌上供着的一尊娇小的青铜佛像前，将佛像捧起，从底部掏出一件东西来。比丘尼看是一块丝帕，绣着鸳鸯蝴蝶图案，用它包着一块方寸大小的白玉，纯白而无瑕，在阳光的照射下泽光欲流。住持师父捧着它，静默了好一阵子后又小心翼翼地包好，放回原处。他转过身来，对比丘尼说："出去的弟子回来了，你师父她……不在人世了……"说着，就泣不成声，成了个泪沙弥。

　　开始，比丘尼还用疑惑的目光瞅着千佛洞住持师父，她暗自想，两位师父之间到底有过什么呢？在听到师父不在人世了时，她就像被当头一棒，迷迷糊糊了。来到这深山古刹，她只有师父，怎么就去得这样不及预料呢？

　　"你师父和贫僧是一师弟子，自幼儿一起长大……"住持师父讲起了他的故事，说得很真诚很伤感。"怎料到周、齐争霸会殃及一个尼姑呢！这世道乱糟糟的，何日才能安宁呀。"他抹了一把泪水，继续说，"这佛像就留给你吧，这块玉是贫僧送给她的，还是让贫僧收留吧。"他将那块白玉轻轻地装进了衣袖。

　　比丘尼一下子明白了这块玉所包含着的一切，点点头，哽咽着说:"水帘洞内,师父想干什么就干什么吧。"她是想让老住持收拾老尼的遗物。

"贫僧替你师父做主,水帘洞就交给你了,你要好好守护。"说完,老住持就缓缓地走出了水帘洞。比丘尼送他到风雨亭,望着他的身影如断线的风筝消失在树林中。

比丘尼走进山门时,顿感这空门更为空荡,空空如也。她几步奔向鼓磬架,左手击鼓,右手打磬,空荡被打破了。鼓磬之声震得莲花山摇摆不定,狼嚎鹿啼,百鸟惊飞。那些飞禽走兽们张着疑惑的眼睛,从四面八方注视着水帘洞,它们从比丘尼悲痛的乐声中听出了怒吼,听出了老尼游荡在山谷间的魂灵,便都痛首致哀。

这个夜,比丘尼为师父诵经念佛,超度她的亡灵。等她的心平静之后,她就想,难道出家为尼的女子都有她不被人知的隐秘吗?千佛洞和水帘洞近在咫尺,这么多年却若隔天涯,师父入身空门,难道就为那赠玉的男人吗?逃不出的罗网,谁让他俩相遇在佛陀门下。情爱呀情爱,你是何物?你应该拥有的是幸福,怎么就造就了如此多的悲伤!

千佛洞住持怎么也抹不去与水帘洞老尼终身不能相伴的悲伤。第二天,他在千佛洞设起法坛,诵经念佛,为他的师妹遇难而致哀,超度那远离净土的灵魂去极乐世界。他将比丘尼也请了去,可是就在比丘尼下山,千佛洞钵盂交响的时候,一匹枣红战马四蹄生风,直向水帘洞飞奔而来。

比丘尼远远望见,就认得是尉迟将军的战马。一阵惊喜,眼泪就在眶里打转了。天下事就这么奇吗?跳出三界之外的尼姑死于沙场,摇戈挥鞭的战士却安然无恙。一个走了,一个来了;走了的,情哥哥在为她做着超度,来了的,情妹妹笑出了泪花。水帘洞,这种植情爱的净土;莲花山,一朵多情的花儿。

枣红战马在渡仙桥旁停住,尉迟将军翻身下马,将马拴在一棵白桦树上,就向山上走来。比丘尼就站在风雨亭旁,这时莲花山寂静极了,只有比丘尼的心跳在震撼着世界。

尉迟迥瘦了，那张白皙的脸胡子拉碴，只那一双虎目炯炯有神，一身戎装雄姿英发。他喊一声秀珍，就险些扑倒在地。

那身宽松的尼姑服饰怎能包裹住秀珍青春盎然的身姿，在那粗布淡色的陪衬下，被水帘雨露滋养的女儿身柔凌凌地展现着起伏得体的风韵，而那张圆圆的脸如莲映朝晖般迷人。她疾步上前，扶住尉迟迥，深情地唤了声："哥！"……

一对昨天的情人守护了一生后在做着超度礼仪，一双今日的相好在禁欲后又在空门风雨亭相聚。比丘尼无法否认今日相认尉迟迥，是受了老住持和老尼的结局的点化。"该珍惜的一定要加倍地去珍惜。"

春的阳光温柔地照着，风雨亭风平浪静。秀珍忘了身上的尼姑装，被尉迟迥紧紧地搂着，听着那颗被战鼓震麻木了的心的跳动。此时无声胜有声，就这么紧紧相依着，也许是人类最真诚的言语，人生最幸福的时刻。缓缓地悠悠地，千佛洞超度老尼灵魂的鼓磬钵鱼打破了这平静的春梦。

"千佛洞在做祭祀吗？"尉迟问。

"一位老僧在为他死于战乱的情妹尼姑做超度。"秀珍答。

"秦州地界平平安安，怎么会有尼姑死于战乱呀？"尉迟不解地问。

"你先告诉我，一个信儿也不留地偷着走了，打的是什么仗呀？"

"你先告诉我，你悄悄地下山，化的是什么缘呀？"

"你先说！"秀珍撒娇着。

"这仗呀，起初是说齐国侵我疆土，跃马沙场，才知道是咱周要灭齐，称霸北方。"尉迟说，"北方原是统一的魏朝，在葛荣起义的那阵子天下乱成了一团麻。尔失荣和胡太后、孝明帝互相残杀，让魏的实权落在了两员大将高欢和宇文泰的手里。后来宇文泰杀了孝武帝，另立了文帝，高欢也另立了魏孝静帝，迁都邺城。魏分裂成了两个朝廷，一个在长安,一个在邺城。后来高欢的儿子高洋建都在邺城取代了魏孝静帝立了齐,宇文泰的儿子宇文觉在长安取代魏孝明帝立了咱周。齐、周自立国之日起就相互攻战,都想灭掉对方,实现统一,这一次也是如此。君王争霸,百姓遭劫难呀!"尉迟迥长叹一声,他已厌恶了仕途险境,神态灰暗,忧心忡忡。

"可怜我师父,化缘竟化到两军阵地前,连尸身也无处寻找了!"秀珍悲凄凄而言。

"超度的原是师父她老人家呀!"尉迟迥大吃一惊,抬头望着水帘洞山门好一阵子,似乎想从那道门里瞅出老尼来。

"师父走了,却给我留下一桩心愿,我就是为了却师父的心愿才去化缘的。"

"怎么样的一桩心愿呢?"

"你看对面那崖壁。"秀珍把尉迟迥的目光引向对面的崖面。对面那山形似一卧睡的大象,圆耳下垂,鼻子翘起,向前延伸。山前如刀砍斧劈的崖面大而光平,顶上有山檐遮拦,可避风雨,她只是不知师父老尼的心愿与这崖面有什么关系。

"师父生前一心要在崖面立佛造像。"秀珍说。

"在这样的崖面修造,你知道有多么困难吗?"尉迟忧虑了。

"一定要造的,不管困难有多大,都要修造成师父想的那样子。"秀珍很坚决。

"你主意定了?那,我帮你!"尉迟说,"这世道鱼龙混杂,苦难重重,说不定那么一天我会隐没山林的,帮了你,日后我也有个去处。既为了你,也为了我。"

一听尉迟迥肯帮她,秀珍高兴得跳了起来,她搂着尉迟的脖子,亲了他一下。她知道,尉迟想要做的事不愁做不成的。

要知尉迟迥和比丘尼在这崖面上如何凿壁造像,看下回便知分晓。

第十八回　天书洞永固千秋
　　　　　　大势至再见观音

　　话说转眼到了夏天，骄阳似火，炙烤着莲花山的石崖悬壁，水帘洞比丘尼要修殿塑佛的消息传遍了四邻八乡。听到这一消息的人们无不为比丘尼对佛陀的虔诚而感动，便有很多人来投工帮助。千佛洞的比丘们也纷纷献计出力，住持师父寻访了好多能工巧匠、丹青妙手，从中选取了手艺最好的几名要比丘尼检验是否合格。尉迟迥又在京都长安请来了著名的工匠，他亲自到水帘洞和工匠、画匠们吃住在一起，督导修造。所缺银两全由他想法筹集。尽管工程劳累，尉迟将军却精神振奋，容光焕发，因为这段时光他可以和心爱的人儿朝夕相处了。

　　面对陡峭的崖壁，尉迟迥和秀珍左思右想，设计了多种施工方案，最后他们决定拉梢垫架。他们让前来帮工的人们从山上砍伐林木，一根根一捆捆拉在一起，堆了二十余丈高。工匠们就垫着木梢堆进行作业，自上而下，完成一部分，将木梢撤去一层，整体工程完工时，木梢也就撤完了。由于在崖壁间凿壁造像工程是拉来木梢完成的，就将它取名为拉梢寺了。

　　拉梢寺最顶端的眉龛遮着下面十二余丈高的释迦牟尼像，两旁是胁伺菩萨阿难和迦叶，下面分三层塑有狮、鹿、象，神态各异，栩栩如生，这一切都是按秀珍的设想塑造的。顶端的眉龛上一字排着一百零八个青铜风铃，微风吹过,悦耳动听,整个莲花山都奏成了一支和谐的乐章。水帘洞里也修造了飞檐、斗拱雕刻精细的三层菩萨殿,殿内塑了佛像、菩萨像,画了罗汉,在洞口盖起了僧尼丹房。

"砍尽莲花山上木,造起圣地拉梢寺。"工程完工时,人们在释迦牟尼像右下侧用楷书阴刻了"周明帝宇文毓三年,比丘尼尉迟迥合建拉梢寺"的摩崖题记。

话说拉梢寺竣工的前一天,大势至菩萨化作一位老婆婆去水帘洞烧香。

这一天,比丘尼刚刚做完早课,准备着早上的斋饭。太阳已爬上莲花山蕊峰,将刺眼的光芒射进水帘洞。崖壁上飞泻的水帘在阳光中如珍珠般往下洒,林中的鸟儿唱着悦耳动听的歌,在树梢枝杈间欢快地飞来跳去。秋日是丰收的季节,山中的野果日趋成熟,清风徐徐吹,李子和山核桃的香味浓浓地飘进洞来。

大势至菩萨幻化的老婆婆拄着檀木拐杖,提只竹笼,笼中装着香马纸钱,步履困乏地走进洞来。比丘尼见来了烧香的老婆婆,笑脸迎去。老婆婆跪拜在佛像前,烧香磕头,比丘尼在旁边为她击磬敲钵。毕了,比丘尼将老婆婆请进尼姑庵,烧水煮茶,素斋相待。

老婆婆显得极为欢乐,与比丘尼谈起话来,"仙姑一表人才,实为人间少有的俏丽女子,为何出家为尼了呢?帮助你修造了拉梢寺的那位将军又是你什么人呢?我老婆子话直,这样问你,你不会计较吧!"老婆婆说着话,善眼含笑,等待着比丘尼的回答。只见比丘尼莞尔一笑,而后问:"老婆婆这样问,想必是对贫尼的身世已有了解了?"

老婆婆连连摆手道:"不,不是的。我老太婆见你这般青春年少,正值芳龄,正是在尘世间享受荣华富贵的时节。又有那么威武英俊的将军和你亲近,更是天地造设、世间少有的一对,却偏偏为何又出家为尼了呢?让人百思不得其解,就直言相问了。"

比丘尼见这一老婆婆直爽通达,便绽启朱唇,叙起她出家的缘由来。这一次她说的是实话,她一直后悔当初上山时对师父没说实话,让师父装着她的谎言离开了这个世界。

老婆婆听罢,为之所动,又问道:"你是为了烦恼才出家的,尉迟将军假如要接你回家,你去也不去?"

比丘尼听了,正色道:"我既已出家,绝不再染红尘,贪图富贵。我相信佛陀会给我安排妥当的。"

老婆婆又道:"要是尉迟纠缠不休呢?"

比丘尼道:"不会的,尉迟将军是个明白人,对佛陀也是至诚至信的,他不会再劝我还俗的。在我出家时,他说过的话他会守信用的。苦尼无他求,只求解脱烦恼,过个清静的日子。"

老婆婆的神色严肃了起来,道:"你这就错了,普度众生,佛陀的涅槃才是佛门弟子的最高境界。"

比丘尼听老婆婆的教化,心里一亮,说:"苦尼不知如何去做才有此造化。"

老婆婆慈祥地一笑,道:"这个不难,你已为我佛修造了殿宇,塑造了金身,这是最大的功德呀!"

比丘尼苦着脸说:"苦尼只是圆了师父她老人家的夙愿而已,怎敢言自身功德呢!"

老婆婆爽朗地笑笑说:"你一心向佛,功德无量。明日拉梢寺竣工庆典之日,就是你功德圆满之时。拉梢寺左侧崖壁间有一洞,名为天书洞,那里便是你的涅槃之地。"言毕,只见佛光耀眼,异香扑鼻,大势至菩萨真身显现。比丘尼见菩萨显身,慌忙下拜,而菩萨已飘然而去。

第二日,拉梢寺竣工庆典,各处僧人云集于此,请其中高僧设坛讲经,庆祝拉梢寺落成。尉迟将军也是高兴万分。

在协助秀珍修造拉梢寺的这段日子里,尉迟迥对这山这洞有了深深的情感,竟将公务抛在了脑后。这下可激怒了老尉迟将军,他回想自己随明帝南征北战,出生入死,立下汗马功劳,争得一世英名。可不能毁在了儿子身上,更不能因为一位民女而使尉迟家身败名裂呀!儿子出征归来就去了莲花山水帘洞，他苦口婆心地劝阻，又拖着老迈的身子去水帘洞寻找儿子。可是，儿子铁了心，他的话半句也听不进去。他当着秀珍和千佛洞住持师父的面发过火，责令儿子离开这比丘、尼姑生活的地方。

无奈之下，尉迟迥就随了父亲回到任上。一进家门，父子俩就吵得不可开交了。"你生到尉迟家，就注定只有一个选择：建功立业，光耀祖宗。尉迟家不要空门和尚！"

"我厌倦了战争，父亲。我宁愿步入空门。"

"你……"老将军被气糊涂了，一挥手给儿子一记耳光，"你不配是尉迟家的后代！"

"父亲，恕孩儿不孝。孩儿看不惯贪官污吏，看不惯对百姓的搜刮，看不惯国家四分五裂！孩儿无能，孩儿厌倦了戎马征战，厌恶官场的虚伪和人性的变态。孩儿不会阿谀奉承，拍马溜须。因此，孩儿注定不会封侯拜相，光耀祖宗的！"言罢，他跪下对着父母高堂虔诚地叩拜，再道一声："父亲、母亲，多保重！"就迈开了走出家门的脚步。

"迥儿呀——不，不能，你不能丢下我们哪！"母亲扑上去拽住儿子，声泪俱下，苦苦哀求，苦苦挽留。

"放手！"父亲大吼一声，母亲松开了手。"让他去吧。"父亲昏花的双眼泪花满盈，但他不会哭，身经百战，九死一生，他总是那么豪爽，狂笑着藐视死亡，藐视苦难和不幸。虽已是风烛残年，但性格还是铿锵未改。

"迥儿，你回来呀！"母亲跌跌绊绊地追儿子，"小的时候你是多么听话，听娘的话呀，长大了咋就不懂事儿了呢？"

是啊，儿时的尉迟迥是乖巧懂事的，无数次父亲出征，他就陪着母亲读诗书，习武功，全然一个小大人，给母亲以安慰以希望以活下去的力量。那一年他十二岁，在泾河口，父亲兵败，他们母子被抓，裹在难民群里，关进一间牲口棚里。他们知道，过了这个夜晚，就将沦落为别人的奴隶。十二岁的尉迟迥就在这个漆黑的夜晚，用匕首把牲口棚的土墙剜开一孔洞,带母亲和被关押的人群逃离了虎口。他和母亲躺在荒无人烟的灌木丛里吃着采摘的野果,庆贺着逃亡的成功。他正襟危坐在母亲面前,对着衣衫褴褛的母亲说:"娘,孩儿已经长大了,孩儿再不让娘受这样的苦了。孩儿要保护娘、孝敬娘,让娘成为天下最幸福的娘。"

"迥儿,你回来呀!你说过的,你要让娘成为天下最幸福的娘的呀!"母亲老泪纵横,站在当院,伸开双臂迎候他。

母亲撕心裂肺的呼唤直戳到尉迟迥的心里,他两腿一软,终未迈出将军府门,他被母亲的呼唤领进了亲情的天堂,"娘,孩儿知错了,孩儿要伺候您一辈子!"他扑进了母亲的怀抱。

老将军的一脸愁苦飘然而去,他大声吆喝着管家:"通知厨房,准备酒菜,庆贺咱一家人团聚。"

尉迟迥回到了他的刺史府衙,又落入繁杂的公务堆和虚假阴险的人事应酬圈中。他对这一切完全失去了兴趣,感觉到很累很累。一有闲暇,秀珍的影子就在眼前晃荡,让他思念,让他心酸。

这几天,老将军派管家出了远门,做什么事,连老伴也瞒着。直至随管家去的仆人飞马来报,才知道管家是去老家迎亲了,新娘已近秦州城,尉迟迥就要拜堂成亲了。

这可是秦州里一桩不小的事儿,各处衙门纷纷张罗。要接近上司,这可是难得的机会,娶亲、送殡、祝寿、贺子嗣,娶亲为首。于是,秦州所辖地方官府各备厚礼,送礼的队伍纷沓而至,整个将军府张灯结彩,城里的客栈客满为患。

老将军给了老伴一个梦寐以求的惊喜,她喜而乐之,要精心策划一番,把这桩喜事办成秦地一流的,拴住儿子的心,为尉迟家传宗接代。

面对父亲这出其不意的举动,尉迟迥晕头转向,他不想打破母亲的美梦,又不想和那位从未谋面的姑娘成亲,更厌恶官吏们一张张阿谀讨好的面孔,但他对这狂风暴雨般来临的事实无能为力。近日的公务除接待下属们的恭贺之外,无一件要紧的,他烦躁恼火,这一切的烦恼苦闷被一位送土特产的官员赶上了。这是一位在县衙里做了多年师爷的精明鬼,他发现各地的特产都送齐了,就想了一个法子,讨尉迟迥爱食野味之好,弄来了一百斤雀心,以添补宴席上的山珍之缺。在所有的送礼中,这雀心尉迟迥是闻所未闻的,他觉得好奇,就拿着礼单将"鲜雀心一百斤"六个字反复琢磨,可他终归没想到雀心是何物,就问师爷:"雀心,何物也?"

"回将军,雀者,麻雀也。雀心者,麻雀之心也!"师爷用抑扬的声调回他,显然他是为自己的独出心裁而沾沾自喜。"将军喜欢我的礼物了,这番心事没白费!"他暗自得意了。

"一百斤麻雀的心要多少只麻雀呀?"将军惊诧了,自语着。

"卑职也没弄清楚呀,将军!"师爷回道。

"你一下子怎么能弄那么多的麻雀呢?"将军问。

"这个简单。众人拾柴火焰高,我吩咐下去,每户人十只雀儿,一天弄齐备。县内有多少户人家呀?就这样,一天弄了一百斤鲜雀儿的心。"

"你骚扰了全县的百姓,杀死了那么多的雀儿,你知罪吗?"将军发怒了。

"将军,卑职投您喜爱,雀心可是野味儿十足的大补呀!"师爷说着,"扑通"一声跪在将军面前。

"押进大牢,听候发落!"

县衙师爷被关进了大牢,尉迟迥看着那一颗颗鲜嫩嫩、滴着血的雀儿心,那千家万户捕捉麻雀的情景就在他的眼前浮现了。"一个县衙师爷,竟有如此的举动!"他为秦地吏治的失败而伤心。他拔出利剑在前院那棵玉兰树下挑了个坑,把雀儿心埋了进去,默声念道:"雀儿呀,是我尉迟迥伤害了你们，"他默哀片刻，接着说，"我一定教化百姓，善待生灵，让所有的生命都能够在这块土地上和睦相处。"

在新婚吉日的前一天，刺史衙役们向秦州各地贴出了保护野生动物的告示，并宣布了对捕杀野物者和举报者的惩罚与奖赏。

儿子的这一举动，老尉迟将军很满意，在新婚之日，儿子施善生灵，这样的仁慈一定会得到上天的保佑的。可是，老将军怎么也不会想到看上去乐于父母之命的儿子会在这个晚上悄然失踪了。新娘到了，木已成舟，弄得尉迟家拉了一只大公鸡和新娘入了洞房。红粉佳人和白发老人开始了苦苦的等待，虽然这是没有尽头的，但他们硬要等小将军回来的那一天。

话说正当人们为拉梢寺的竣工欢喜若狂的时候，比丘尼走出僧群。只见她起步腾云，徐徐升向拉梢寺左侧的悬崖峭壁。当她停立在壁间的时候，着身处忽开一洞口，比丘尼便打坐洞内，双手合举，禅坐涅槃了。此时，莲花山下百兽狂嚎，千鸟啼鸣，山岳颤抖，水帘洞崖壁间的水滴如泣，为比丘尼的涅槃致哀！所有来此的人们全都跪在拉梢寺前，接受比丘尼涅槃时发出的慈光润泽。

尉迟将军见状，拜倒在地，痛哭失声。但他为秀珍高兴，因为情妹进入了一种至高无上的境界，他亲眼看到了情妹奇妙又平静的涅槃。

尉迟迥走了，只在每年的这一天来拉梢寺一趟，拜见情妹。

尉迟迥回到秦州，对生命万物有了更为深刻的理解，秀珍让他懂得了珍爱生命及活着的意义，从老家娶来的姑娘得到了本不应是她的爱情。可是，世事风云，难能预料，就在妻子怀孕四月有余时，战乱又起，他再次率领秦州将士出征。只可惜，他这一去，驰骋疆场，势力不断扩大，有雄兵十万，粮丰草盛。再后来就生了叛逆之心，举兵攻打长安，想取明帝宇文毓而代之。不料兵败身亡，落得个乱臣贼子的下场，这已是后话不提，人们早已将它尘封在历史的烟云中了。只有拉梢寺刻下了他的名字，和比丘尼一道世世代代接受着人们的敬仰和礼拜。

　　你道这比丘尼怎的平步腾云，去到崖壁，那崖壁又是怎的忽然开了个洞的？原来，这一切都是大势至菩萨早已安排好了的，比丘尼是大势至菩萨安置在天书洞守护那几卷经典的。自比丘尼进了天书洞，直至千百年后的今天，此洞才被人发觉，洞中经卷也不知了去向。

　　再说大势至菩萨见千佛洞越加香火旺盛，水帘洞也修造一新，拉梢寺的修造又使天书洞相映争辉，千秋永固了。洞内又安置了虔诚的比丘尼守护，这才放下心来。

　　大势至菩萨望着这清静优雅的水帘洞石窟群，真不想离开，生了长久永驻的念头。然而，就在此时，南海观世音菩萨到了。

　　要知南海观世音菩萨来此何干，看下回细细表来。

第十九回　圆功德再走人间
　　　　　觅善地四海云游

　　话说大势至菩萨被这一片兴旺景象和水帘洞石窟群的修建所诱惑，产生了不想离开此地的念头，正在这时，南海观世音菩萨到了。两菩萨相见，少不了寒暄。寒暄一阵后，南海观音慈善地说："你护洞保经，又建千佛、水帘、拉梢一寺两洞，但苦难还未尽。按你功德，还需在尘世受难些许个春秋。"

　　大势至很是谨慎地说："我佛慈悲为本，普度众生为原。我乃戴罪菩萨，本应到人间去的。"

　　南海观音友善地说："我有一言相告，到了下界定要谨慎行事，万万不可再染红尘，加重苦难。无奈时，你便纺麻线消磨时日，到所纺之麻线从你投生之处恰能接到降坛之地时，你的苦难也就到尽头了。那时，你就是大势至菩萨。如你喜欢，可在这水帘洞永受人间香火。"大势至知南海观音所述是佛祖言语，便洗耳恭听，一一记在心里。这是后话，暂且不表。

　　且说南海观世音向大势至交代完毕，就驾祥云回南海去了。大势至想了一阵，心中念道：这些许年红尘苦难也是容易过去的，只是要寻找一善良人家投生才是，切不可如斗战胜佛的二师弟猪八戒一般，误投个猪胎，哪怕云游四海也得找个善良人家。

　　大势至菩萨开始了艰难的寻找。她向北行了一日，将云头落在广阔的草原一隅,只见这里百姓似乎有什么庆贺的盛大节日,好一派欢声笑语,气氛是那么的热烈。大势至便凑近人群一看,原来这里的牧民正在举行摔跤比赛。在菩萨眼里这是多么残酷的场面呀!那个胖而壮实的汉子,像摔泥巴似的将那名瘦小的汉子放倒在地,弱者在痛苦地呻吟,强者却发出狰狞地狂笑,还有围观者痴呆的嬉笑更是对残暴的赞扬,对弱者的讽刺。大势至菩萨接受不了这一场景,心想:人,为什么一定要争强好斗呢?他们原都是同饮草原水的兄弟姐妹呀!大势至菩萨痛心地摇摇头,欲离开这场景,却见有人将一头强健的公牛牵进了赛场。那牛用舌头舔着鼻孔,眼睛傲慢地向四下里瞥了一圈,甩着尾巴,摇着耳朵,哞哞嚷叫着。大势至菩萨不知将这公牛牵来做什么,便静静地立在人群中等候着结果。

然而,眼前这场决斗更是菩萨无法忍受的。先前斗胜了的矮胖而壮实的汉子将要和这头体格庞大、强健壮实的公牛决斗。只见公牛一声长长的哞叫,昂着头甩着尾巴向那汉子冲刺过去,那汉子将身一斜,闪过公牛,想猛扑上去,卡住牛的前腿,将牛摔倒。但他失败了,被牛绊倒在地,翻了个后滚才没被牛蹄踩碎。牛见没能将对方制服,便又折转身子,狂奔而来。那壮汉也是玩命地迎头而去,双臂抱住牛脖子,想用力将牛脖折坏,谁知牛的力量胜他几倍,人和牛铃一样,在牛脖间晃荡,牛头一低一扬,左摇右摔,前蹄不住地扒动。就这样相持了一袋烟的工夫,壮汉强壮的身子终于被牛踩在脚下。

接着,一声不太响亮的炸响,只见那壮汉的头颅被牛蹄踩成了八瓣,血浆和脑髓飞溅在草场鲜嫩的草尖叶上。人群又哗然了,有为公牛的胜利而叫好的,有为壮汉的失败料理后事的。

大势至菩萨被这草菅人命的残酷搏斗弄得痛心疾首,他不希望这么健壮的汉子年纪轻轻就这样死去。便回转身子,折一朵草原上嫣红的金瓒花抛给那破碎的头颅。顷刻,只见那飞溅四去的脑血回拢而来，破碎的头骨愈合无缺，那汉子一阵呻吟后又站了起来。

围观的男女惊奇不已，为这死而复生的奇迹所迷惑。大势至趁这阵慌乱，悲伤地离开了草原。这里不是她理想的落脚之地，尽管这样的众生值得教化。

从北部草原走出的大势至菩萨将心事放在了西部高原，她便朝那里行去。不一日已双脚踏在了冰天雪地的高原之巅。她走进藏族同胞帐篷，憨厚的牧民用牛奶和酥油茶招待她，她摇摇头，牧人又要为她杀羊，她阻拦了。诚实的牧人以为是尊贵的客人不喜食牛奶、酥油茶和肥美的羊肉，便不受她的阻挡宰了头牛为她煮食。大势至菩萨顿感这高寒冰雪之地也不能落脚，要是在这里投生了，免不了要杀生损命，便拜别了牧人。走出藏族同胞帐篷，他感到了一种无家可归的悲哀。作为菩萨，救苦救难，普度众生为天职，无辜的牛羊被宰食，他却无能为力，要为牛羊们放生，牧人就得饿死。原来，牧人们的生命竟是以这一类牛羊的生命来延续维持的呀！可怜的众生们！

无落脚之地的大势至菩萨忧郁地离开了青藏高原，他在天地间飘游了好些日子，等心境平稳了的时候，决定到南方走走。

南方是温湿的，才过长江，他就闻到了稻谷成熟的馨香味儿。这里的人们刚刚割完稻子，正在排水捞鱼，那些活蹦乱跳的生灵在泥浆中拼命地挣扎，却怎么也逃脱不了灭亡的命运。这是一个不大不小的村子，全村人都在捞鱼，鱼类痛苦挣扎的形态，使大势至菩萨善心突发。要是有一渠水，鱼儿就得救了。大势至这么一想，便呼风唤雨，降下甘露，不到半个时辰，烈日炎炎的天空，大雨如泼。片刻工夫，挣扎在死亡线上的大小鱼儿都得救了，它们活蹦乱跳、摇头摆尾地随着雨水流走，进了江河。

风停雨住，大势至菩萨伫立在空中，俯下身子的时候，只见全村的人都跪在淤泥里，号啕大哭，哭他们的收成毁于一旦,哭他们的生活没了着落,哭天哭地,悲声震荡着平坦的江南水乡。

大势至菩萨又一次被人们的眼泪浇醒了:原来,这里的人们是以食鱼而生活的呀!今日虽解救了那么多鱼儿的命,却使整村的人苦难当头。救一家,害一家。这是功德,还是损德呢?她无法回答自己。便折转身子,离开了这还没来得及踏上一脚的江南水土。

大势至菩萨飘来荡去,不知不觉来到中原东部。这里是又一种景象。刀光剑影,狼烟纷纷,战火烧烤着这里的土地,黎民百姓拖儿带女,逃避战乱,觅寻生存。在这样恶劣的环境里,她也是无法投生的。

大势至便又转头走了,无目的地四处乱行。天地如此之大,难道她真的寻觅不到一块善地投生,而要飘来荡去吗?她静静地思虑着,回想着自己这些天的所见所闻,原来是自己寻找善地的参照物在作怪呀!她一下子心境明亮了许多,在她心里已选择了满意的善良之地。

要知是怎样一个去处,下回详表。

第二十回　李家沟樵夫救鹿
　　　　正月圆菩萨托梦

话说大势至菩萨云游四方，还没觅到一块投生之地，这是因为她对莲花山水帘洞一往情深所致，投生在世受尽灾难，将来降坛也要去水帘洞的，还不如就在莲花山附近投生。

上界一日，地上一年。大势至菩萨这样荡来飘去，走遍了四方，世间也不知过了多少年。又是一年四月，大势至菩萨重新来到莲花山上空，她决意要在莲花山周围寻觅一个善良人家投生了。

莲花山东北二十里地之外有个村子叫李家沟，村里只住着三户李氏人家，独庄独户，以务农为业。这李氏为人善良憨厚，在他手上就是一只蚂蚁也不轻易弄伤，身上的蚤子也要用自身的血肉喂养着，从不捉挤。人们便给他取了个绰号叫李善人。

这一年，李善人年已四十有八，妻子名叫汪小莲，比他小两岁。李善人三十二岁时才得一子，倍加喜爱，如掌上明珠，便取了个很雅贵的名字"贵子"。

贵子今年已经十六岁了，可之后再无有弟妹出生。李善人两口子很是着急，四处求神问卦，请阴阳风水，祭阴宅，镇阳庄，总无结果。李善人便对妻子汪小莲宽心说："他娘，有一个娃就够了，把贵子好好地抚养大，能成人，就是你我的福气。"汪小莲知道这是丈夫为自己宽心，便强装笑脸，点头应允。所以，一家三口的生活过得还是很幸福的。

　　李善人夫妇俩很勤快。他家对门的三棵树湾的阳坡被他两口子全部开垦，劳作成了肥沃土地。村后的龙夺嘴上，满是自然成林的酸梨树和杏树。一到季节，夫妇俩将野山的酸梨采来切成片，晒干，和在燕麦里磨成酸梨炒面。杏子一成熟，也是勤快地摘了，肉晒成了杏干，核儿榨成了杏仁油。在他俩看来，这满山满坡长的全是财富，全是宝贝。他家里饲养着一对健壮的黄牛，专门犁地用；一对性情乖爽、耕驮两用的毛驴儿。汪小莲还年年养上三五头猪，过年自家吃一头，剩余的全拉到肉市上卖掉。李善人还觉不够，为了养猪，又自己拌醋，农闲了担上醋桶，走乡串户，送一碗卖一碗地将香醋给了邻里乡亲。李家沟这一家人自给自足的生活，还是很宽余的。

　　然而，这李家沟因地理条件限制，吃水很困难。一到旱季，门口渠沟里那细溜溜的一丝儿水也干了。只有雨季，人畜饮水才能宽余，但这也不妨碍勤劳善良人家的生活。

　　你想莲花山二十里外有这么一户人家，大势至菩萨哪能不知道。她早就听过李善人，便要去试一试这善人是真善还是假善，要是合意，她就投生到李善人家。

　　这时节，正是春小麦播种结束，胡麻、洋芋、豌豆、青稞、大麦都落籽了的季节。这一天，像平常日子一样，汪小莲领着儿子在家里伺候猪、鸡，李善人便赶着牛，牵着驴来到观林湾边放牛边砍柴，这观林湾原是一道漫湾，林木密集，是一片旺盛的天然次生林，自然生活着众多的麝、鹿、獐、狼、野鸡、马鸡、锦鸡和野兔等动物。李善人一家从不捕猎它们，他们视这些野物为邻，和睦相处，就连凶恶的狼也从不搅扰他们的生活。李善人和往日一样将牛赶到林里，给驴儿摘去笼头，卸了鞍架，将一把锋利的斧子在手中转了转，砍起柴来。砍柴也是他常做的活儿，不光自家烧烟，剩余的还用毛驴驮到集市去卖，换些零用钱，购点日常生活用品。

日已近午时，两驮柴砍够了，忽然一只相貌娇美的母鹿低声惨叫着来到李善人面前，它的一条后腿悬提着，鲜血从绽开的皮肉中成串地往下滴。这是一只受伤的母鹿，不光后腿被打断，前胛也有五寸来长的一道刀痕，皮开处，血红的嫩肉翻开着，白森森的骨头露在外面。李善人心悸一跳，苦痛就哀布了他的面庞。他是见不得血的，也不忍看这惨重的伤势。便放下手中的斧子，眼泪汪汪地朝着母鹿走去。这鹿也奇，两只凸现的眼睛向他发出哀求的光芒。当李善人走近时，它又害怕了，颤抖着身子向远处移动。李善人伸出双手，口中念道："可怜的鹿，是谁将你伤成这个样子了？来，来吧，靠近我，我给你包一包。"这鹿用不信任的眼光瞅着他，想走近来，又不敢的样子。李善人明白了鹿的心事，便说："我决不会伤害你的，要是我动你一根毫毛，生歹心，让我全家遭劫！"鹿像听明白了李善人的赌咒，这才原地卧下，睁着那双可怜的眼睛看着他。

李善人检查了鹿的伤势，把自己的衣襟撕下来，扯成长条。但那伤太重了，就这样包扎了，会不会发炎？天气将到炎热的季节了，要是一感染生了脓，招上苍蝇、虫子岂不坏了事儿吗！这样一想，他便安慰鹿就地等他，他去采些草药。鹿也就卧在草坪上等他了，血还在不停地往外流。李善人风风火火地跑到阳坡的地埂上，采些刺格草，又到林中挖了几株野生的三七。他将刺格草放在手掌中搓出绿汁，滴在鹿的伤口上，又用搓烂了的草叶擦洗伤口的血迹，而后把野三七用斧背捣成泥，涂在伤口上，这才用扯成条的衣襟包扎了。鹿用感激的目光看着他，伸出舌头像亲生儿一样舔他的手背。他用手亲切地抚摸着鹿背上的毛，鹿舒服地伸长身子，任他抚摸。抚着抚着，鹿在他的胯旁睡着了，他便掏出烟锅，装上烟，舒心而满意地吸着。

直到太阳落山，鹿长长的鼾声还在香甜地响着。李善人要回家了，却怕他一走，这鹿睡在这儿会被狼虫伤害或再遇到歹人。他便像唤儿子一样，摇着鹿的头，口中轻声念着：

"醒醒，醒醒，天黑了！"鹿这才像襁褓中的婴儿一样伸伸懒腰，张张口，睁开了眼睛。李善人见鹿醒来了，就说："我要回家了，你也回家去吧！"鹿很听话地强撑着立起身子，跛着脚在原地挪动。李善人这才去赶驴，把柴驮子放在驴背上，向家里走去。那鹿就目送着他走出了观林湾，过了沟涧，直望着他走进院落。

李善人回到家，妻子和儿子已把晚饭做熟了。香喷喷的臊子面、苦艾咸菜、辣子等摆了一炕桌，李善人却吃不下。汪小莲见丈夫愁苦着脸，以为病了，便问："他爹，你哪里不舒服，要不要叫先生？"贵子也看着父亲阴云密布的脸问道："爹，你是咋了？我给你抓药去？"李善人这才长叹一声，将白日里和鹿相遇的过程跟贵子母子说了一遍："不知道可怜的鹿现在怎么样了，它的伤那么重，能不能好呢？"妻子听了，很为丈夫的慈善高兴，也对鹿的遭遇感到同情，便笑着对丈夫说："就凭你积的德，老天爷也会睁开眼给咱生个女儿的！"

就在李善人一家谈论那只鹿和它的伤势的时候，外面似乎有人在推门扇。贵子跳下炕沿，拉开门，半牙新月将那只母鹿的形象投在他们的面前，全家人为之而惊奇了。李善人便对儿子说："贵子，抱进来。轻些，它的伤是很重的！"贵子便将母鹿扶进屋来。

一家三口迎接尊贵的客人一样，立即给鹿倒了一脸盆热腾腾的面汤，只见鹿很高兴地将面汤舔完。然后，又端了一脸盆渭河北山地带稀奇缺少的凉水，给鹿擦洗净身上的血迹。

贵子说："爹，它是渴欢了，不知饿不？"鹿听贵子说话，很通人性地将头点点，汪小莲便把饭又凉了半盆子，给鹿吃，鹿很是欢喜地吃完了。而后卧在他家厅房的地上，像回到自己家一样睡着了。

贵子是被父母娇生惯养着长大的，今年已十六岁了，父母也从来没让他干过农活。这也难怪，快奔五十岁的人了，就这么一个娃。自这只受伤的母鹿来到他家之后，贵子也学勤快了，每天到山上去割鹿喜吃的苜蓿，到很远的沟底去挑泉水喝，这个三口之家如新添了一个人一般。

时间也过得真快，一晃就到收割庄稼的时候了。李善人两口子挖的荒地多，收了青稞又种大小荞，忙得不亦乐乎。但这年与往年不同，每天天一亮，一家人早早起来，烧些饭菜吃了，就往地里走，贵子也能上地割田了。家里就留着鹿来看门，看管鸡、猪。鹿也忠于职守，遵循李家的意思，从不离院半步。要是猪、鸡要出院门，它也会很懂事地当头截住，用嘴、用前脚拦进院内。割完麦子，顾不上打碾，胡麻又干了。北山上生长最好的是胡麻，每年李善人种的要比麦子多。割胡麻的时候，母鹿伤势已全好了，鹿明白，自己的身子恢复健康全是这一家人不辞辛劳照料的结果。在这期间，李善人给它换了多少次药，洗过多少次伤口，它记得一清二楚。光那天热时节，苍蝇飞旋，李善人没有少费心血，他在鹿卧的地方点燃艾蒿和香，熏苍蝇蚊虫。在它不想吃苜蓿的时候，给它和他家人一样的食物吃。来客了，他也会乐呵呵地说："我家多了个女娃！"在他走乡串户、走亲戚、担着担儿卖醋的时候，也领着鹿做伴。这一切，鹿都一一记在心里。

胡麻一割完，挖洋芋尚早。这时节，汪小莲正忙着打麦场，准备冬小麦种子。李善人和贵子也就赶着驴，往地里送种冬小麦的粪。

九月，北山一带的天气并不太凉爽，太阳还和往日一样温热。十五日这天，李善人和往日一样，吃过晚饭，伺候好了鹿的饭食，全家围着油灯谈论了好一阵子家常后就将劳累了一天的身子躺在炕上。一会儿，屋子里就有了酣睡的呼噜声，汪小莲也偎在丈夫厚实的身子旁边睡得十分香甜。约在子夜时分，她忽然梦见庭院里生出一株莲花来，绿油油的莲叶托着红艳艳的花朵，亭亭玉立，翠色欲滴。她刚要伸手去折莲花，莲花忽地不见了，一道七彩光束，直射进屋里。

汪小莲一把推醒丈夫，那七彩光华的余光还在屋里逗留，并觉得异香满屋。她将梦中所见讲给了丈夫听。奇怪的是，丈夫竟然也做了和她同样的一个梦。李善人说："那株莲花真秀呀！"他不住嘴地称赞。两口子觉得奇怪，就点亮灯盏。这时，更奇的事情发生了：在地上卧了近半年的母鹿不见了。

李善人穿了衣服，见门闩得好好的，便四处寻找那只可爱的母鹿，连屋里的鼠洞也找遍了，就是没见母鹿的踪影。

李善人打开房门，只见月光泻地，月儿圆圆，胜过中秋。

你道这鹿为何踪影全无，它究竟去了何处？请看下回便会知晓。

第二十一回　遭贼劫李氏逃难
　　　　　　密林间真秀降生

　　话说李善人拉开房门，见天上悬挂一轮满月，皎洁银辉洒遍山岭，他好不惊奇，只能对着夜空长叹唏嘘。李善人夫妇因失去这只鹿而带来的伤感不亚于失去了自己的孩子。

　　他站在院子中间，见大门也是闩得很紧的，便喊厢房里的贵子，吆喝他赶快起来寻找母鹿。

　　贵子开了厢房门，懒洋洋地对父亲说："爹，别寻了，半夜三更的，到哪儿去找，何况是一只野鹿。"李善人很失望，只好作罢，回房去睡了。

　　这鹿去了何处？原来她是大势至菩萨所化，来李家沟试探善人真假的。探清根底之后，便投了汪小莲之胎，再去哪里找？

　　时间很快就到了深秋，枫叶和青冈树叶受秋霜的渲染，观林湾红透了，地里的庄稼全要进仓了，只有洋芋才要动镢头来刨。已四十有六的汪小莲，这时出乎意料地嘴馋了起来。

　　三棵树湾的干酸梨都被她拣着吃光了，家里的杏干她能随便吃一粗瓷大碗，也不觉牙齿有什么难受。李善人知道妻子怀孕了，要她格外注意身体，汪小莲也处处谨慎。盼了这么多年，才又尝着了怀孕的滋味，能不小心谨慎吗？这年的冬天，也分外地温和，没往年那么冷。贵子每日里随父亲去砍柴，到了逢集日，再驮到集市去卖，给母亲换些柿子、苹果、黑枣之类的果品,给父亲秤些水烟、茶叶之类的东西。他也知道母亲在为自己孕育着弟妹,水也不让母亲挑了,每天早早起来,就将水缸挑得满满的。

这年的头一场雪就下了有五六寸厚,四野白茫茫一片。山被雪封了,再也无法进林砍柴的时候,一家三口人,便围着火盆暖热炕。一年之中,这个时节才是庄稼人最清闲的时候。尤其是扎山庄的独户人家,真是天高皇帝远,听不到官家的政令,官府的公文,在这里都是白纸一张,一年内听不到一点儿外界的消息。

过了年关,到二月二祭过土神,冰雪解冻,大地苏醒,春播就已经开始了。忙了半月二十天后,庄稼人的日子又重归于消闲宁静。汪小莲的小腹已明显鼓了起来,像掖着一个半大的西瓜,脸上的胎斑也是厚厚的一层,肤色也不太那么嫩绵了。李善人对妻子的照顾就更加精心了。

这样到了四月初八,释迦牟尼诞辰之日,李善人家里只留贵子一人看家,他和妻子到拉梢寺、水帘洞、千佛洞烧香拜佛去了。去年九月十五日夜晚梦见莲花,又见七彩光束射进屋来,这是佛菩萨为他施舍的儿女,怎能不好好地拜拜佛、烧炷香呢?

自从烧香回来后,汪小莲觉得身子分外地轻快了。

有时,平静的生活会忽然骚动起来。第二年,麦子刚刚割完,才进七月,李家沟的和平宁静突然被一伙强盗扰乱了。

这是七月十二日的午后,日影斜到观林湾正中时,顺沟来了一伙壮汉,为首的称什么"当家的"。他们先去李善人家,要饭要酒,杀鸡宰猪,折腾了半日。眼看天黑了,还没有离去的意思。李善人观来人相貌,个个凶神恶煞一般,面目狰狞,心怀鬼胎。李善人觉得不大对劲,就暗地里吩咐贵子,护着母亲去三棵树湾避避,家里他一个人应付着。

落日的余晖在李家沟一丝不留地消尽后,贵子护送着怀孕在身、大腹便便的母亲,走进了三棵树湾茂密的森林里。

到了点灯时分,这伙强盗吃饱喝足后,忽地发现汪小莲和贵子不见了,便追问李善人。李善人支吾着,说是到别的村子走亲戚去了。"当家的"恶狠狠地将李善人的衣领揪住,照脸就是几巴掌:"你是不是指使他们到别的村子去放信儿去了?"李善人一生没随意伤害过一只虫子,哪应付得了这个场面。他将眼睛一闭,嘴巴像上了锁一样,一言不发,心中暗暗为逃亡在外的妻儿祈祷:"不知我儿我妻现在何处,天都黑了,连晚饭都没有吃,她那样的身子,快要生了,怎经得住这风寒露浸呀!菩萨保佑,菩萨保佑。"李善人在心里默默地惦念着妻儿,默默地祈祷着,但他的皮肉还在承受着强盗的折磨。贼首命手下人将李善人绳捆索绑,关在院内的驴圈中,鞭抽棒打,刀架在脖子上要他交出家藏的银两。李善人哪有什么银子可交,一个庄户人家,刨土坑觅食吃,只是比一般人勤快些罢了。要麦子、清油、青稞、蚕豆,也许你们赶辆马车能拉这么一趟半趟,银子确实是没有的。靠砍柴卖市弄来的一点碎银,全都花在了生活上,就是不花攒起来,也没几两的。匪徒哪肯相信李善人的话,大声喊骂:"别装蒜,北山这么一道梁上,谁不说这些年你李善人守着这道梁发得流油,看你是顾命还是守财!"李善人只是心里叫苦:"老天爷,你不睁开眼睛看看,我一个清白人家竟遭今日横祸。"又想:"这人哪,实在难活。日子过在人后头受人欺,过在人前头也受人欺。就是我有万贯家财,也是劳动得来的,没偷没抢呀!"那贼首又是一阵呵斥,令手下众贼道:"给爷将这守财奴抓起来,狠狠地打,看他要命还是要银子!"只见众贼随着一声令下,棍棒如雨点般直往李善人身上落下来。

再说小莲母子在三棵树湾焦急地等李善人逃出来,可直等到满天的星星全了,眨巴着眼睛,也不见他的影子;月亮圆了,却还不见丈夫的影子。汪小莲越等越心急,便和贵子凑到湾口,看家里的动静。只见从房门口射出的灯光很耀眼,穿过门口的树丛,向四野散去。驴圈门敞开着,嘈杂的人声从门里传出,直刺进汪小莲母子的耳朵里。牛和驴在院里走动着,蹄子踩着土地的叮当声如踏在林畔等候的汪小莲母子的心上,隐隐作痛。汪小莲感到一种不祥的预兆从家里窜出,便对贵子说:"娃,跟娘走!"贵子盯着母亲问:"到哪里去?"汪小莲锵锵地说:"看你爹怎么样了!"贵子虽然自幼被娇生惯养,终归是个男子汉。听母亲这番言语,一耸身跳过眼前的一团荆棘丛,在林畔树杈间掰了根粗壮树枝,提在手中,护送着母亲向家里走去。到了离家门口还有百十步远的沟涧时,贵子要母亲蹲在那里等他,他去看看动静。

这时,贼们将李善人打得皮开肉绽昏死过去了,他们将驴圈门关了,回房里休息了。贼首对手下人说:"别看他嘴硬,慢慢会开口的,他一定有很多银子。"

一个贼人说:"哪能没有呢,像他这样的人家是出了名的富户!"

强盗们哈哈的冷笑就像腊月的寒风直刺贵子的脊背,他为父亲暗暗叫苦。他爬到院墙上,仔细地审视了一番庭院。一阵风吹得鸡毛纷纷扬扬,有鸡肉的浓香从厨房里飘出。接着他听到一声吆喝:"肉熟了!"便有很多杂乱的脚步走向厨房。

贵子想,母亲饲养的那群鸡也许全被他们杀光了,但这只是个念头,一闪就过去了。他急于要弄清楚的是父亲,此时在什么地方,怎么听不到他的一点儿声音呢?他趁贼人吃鸡的空儿,跑到驴圈房后,一耸身,双手抓住后墙的窗,借着月光,看到了父亲被吊在驴圈房檩子上。他心中燃起强烈的怒火,就要翻过院墙,去驴圈救父亲。然而他的后衣襟却被拽住了。接着,是母亲低沉而吃力的声音:"别去,娃呀!"

贵子哪里肯听:"我要去救我爹,他被他们吊在驴圈上呢!"

汪小莲先是一个寒悸,瞬时又镇静下来说:"不行,你这样做太危险。别急，吉人自有天照应，我们再想别的法子！"

贵子跟着母亲又回到树林里，将他看到和听到的细细说给母亲。只听汪小莲长叹一声说："这帮贼们是向你爹拷钱财。咱家哪有钱呀，自到李家沟坐山庄，只是日子过得宽裕了些，也全是凭着两只手向荒山野岭要的呀！"

启明星已升起，母子俩思前想后，就是没有想出个好的法子来。贵子急着要去救父亲，母亲怎么也不肯松手。贵子是他们夫妇的命根子，哪能让羔羊投进狼群呢！"等着吧，娃，天亮了，贼人要是还不走，咱就到苏家岔去求人，让苏家岔的人来救你爹。"贵子也就只好听了母亲的话，陪着母亲在密林间消度这个极不寻常的凄苦之夜。

东方的天际由鱼肚白到麻麻亮，慢慢地，宇宙间充满了光亮。那群强盗，天一亮就走出了贵子家，两头驴被他们赶走了，驮着衣物细软。望着贼们消失在折漫湾，朝陇西方向而去，母子俩这才走出林地。贵子心急火燎地要向家里奔，被母亲拦住了。她是一个经于世故、吃尽了苦头的女人，怕贼人又掉个头来，就更为麻烦了。又过了几袋烟工夫，汪小莲才允许贵子先回家看看，将父亲接到这林子里来。汪小莲说这话时，脸色苍白，额头上有豆大的汗珠儿滚动，贵子见母亲这个样子，急问："你咋了，母亲？"

汪小莲双手捧着腹部，苦笑着摇摇头："快去叫你爹来，就说我肚子疼得厉害！"

贵子知道是怎么回事，就三步并作两步，飞跑下山坡过林地，穿过门口的沟涧，一进院，他被惊呆了。一夜之间，完好的一个家，被弄得不成样子了。鸡毛满天飞，污水遍地流，各个房门都敞开着，各间房里都被翻得乱糟糟的。装粮食的那间屋子的门板也没有了，被弄成几块乱丢在那里。

贵子顾不了许多，直冲进驴圈。只见父亲躺在驴粪堆里，衣服被剥得光光的，头也被打破了，满脸血污。贵子扑上去，使劲儿呼喊着、摇晃着父亲。李善人慢慢地睁开眼睛,见身旁跪着儿子,满是血迹的脸上露出笑来:"娃,你没事儿吧?"

贵子哽咽着答:"娃好着呢!"

李善人放心地舒了一口气,又问儿子:"你娘呢?"

"在林子里,她肚子疼得厉害,不能行动!"贵子说。

李善人一听,"啊"了很长的一声。不知从哪儿来的劲,一骨碌翻起身,对儿子说:"快,快扶我去,去看你娘!"

贵子扶着父亲穿好衣服,向三棵树湾急急而去。

父子二人刚到三棵树湾林畔,就听见密密的树林里"哇"的一声婴儿哭啼。李善人提到嗓子眼儿的心"砰"的一声落到了实处,便甩开贵子,循声跑去。

汪小莲只觉得撕心裂肺的几阵剧疼,而后就是山崩地裂般的震撼,一股暖流痛快淋漓地流出心房,下身便沉浸在红色的海洋里。

婴儿的第一声啼哭,恰似那天色破晓时的鸡鸣。随着哭声的起落,喜鹊飞来,用翅羽遮成凉棚;麋鹿奔来,用身体垒成墙壁,把汪小莲和婴儿围在中央。蝴蝶为之舞蹈,百灵为之歌唱。等李善人和贵子到来时,汪小莲已用自己的衣裳包好了婴儿,安详地在百兽群中坐着。此时,朝阳正艳,四野无风,大地沐浴在一片光辉之中。

李善人一见眼前的情景,惊喜地跪在汪小莲面前,对着蔚蓝的天宇祈祷,感谢神灵的保佑。而后,打发贵子快快回家,将屋里收拾干净。等贵子走下山坡时,李善人才走进这鹊鹿为小生命临时造起的"屋子"。他要急着看娃,汪小莲却要看他的伤口,问他受的苦难。李善人摸一把脸上的血迹说:"不要紧,没啥。"这得到子嗣的欢喜,早已冲淡了家损人伤的劫难之痛。

李善人从妻子手中接过婴儿一看,是个漂亮的女娃。那清秀的眉目,杏核儿般圆睁着的双眼,活泼的四肢,可爱极了。几声如歌般的哭啼,使李善人欢喜不已。"哪有刚出世

125

的娃这般机灵的,我这女娃真秀!"汪小莲一听丈夫这么赞扬,忽地想起了去年的那个梦来。那朵莲花真秀呀!便对丈夫说:"他爹,这女娃就叫真秀,行不?"李善人略一沉思,爽快地笑了,"真秀?就叫她真秀,那朵莲花不也真秀吗!"

麝鹿做卫,喜鹊开路,把李善人夫妇围得紧紧的。他俩抱着小真秀向家里缓缓而行。汪小莲虽是刚生产过,却不觉怎么困乏,倒像是干完了一件繁重的农活那么轻松愉快。这天,正是七月十三日,是普天之下,佛门弟子都要纪念的日子。因为这是大势至菩萨的诞辰日。此是后话,在此暂且不表。

要知后事短长,下回再表。

第二十二回　善良人年年有余
　　　　　　勤俭家五谷丰登

　　话说贵子回到家中，一个完好的家被强盗糟蹋得这般破烂不堪，他自长到十七岁，从没干过这么没头绪的活呀！

　　但他也高兴。虽然家里遭到袭劫，父亲身受创伤，可添了个可爱的妹妹。他手脚麻利地将房院收拾得整整齐齐，又赶忙烧炕，烧开水，迎接父母和妹妹回来。

　　李善人见贵子把家收拾好了，很是欢喜。感到儿子一夜之间长大了许多，变得格外懂事了。鸟兽们将小真秀直护送至家门口，才四散而去。李善人夫妇很感激地目送着它们，似致庄重的送行礼，等到汪小莲抱着小真秀走进厅房时，贵子已把炕烧得热热乎乎的了。汪小莲一看家里并无重创，一颗悬着的心落了下来，心情愉快得不得了。不一会儿，贵子端来开水，让父亲洗了血迹，再在母亲的吩咐下，熬起小米粥饭来。

　　这一夜，李善人睡在血腥味儿很浓的产妇身边，很宁静，很和祥。小真秀似乎早已知道父亲困乏了，母亲累了，一夜没吱声地睡到天亮。天一亮，李善人打发贵子去舅舅家报喜讯，"就说你娘生了个女儿，千万不要谈及李家沟被强盗抢劫之事，免得你舅舅操心。"李善人这才觉得身子有些累了，全身关节也不舒服起来。可是，他仍旧背着妻子，将牛打到山上去吃草。驴没了，牛总不能受饿。

　　这天，李善人将牛吆上龙夺嘴，便去采药。不一会儿，他就背着装有透骨草、黑药、野枸杞根之类草药的背篓回到家，先给妻烧粥，而后给自己熬药。熬好后，一个人在厢房里将身上的衣物脱去，洗了个痛快淋漓。洗去了被强盗打伤的血迹，洗去了几天来的疲劳，洗去了心中的烦恼。这一洗，也分外见效。不多时，就觉得身子恢复了正常，精神得多了。他这才去清理被强盗翻乱的家中物件。

厅房里，从先人手上传下来的一些古董不见了，有银器的，有玉器的，李善人不稀罕，只要全家人清吉平安。妻子的衣物箱子被弄坏了，里面装的嫁妆衣服没剩一件全被拿走了。李善人最心疼的是那把水烟锅子，不知传了几代人，而今在他手上，就这么给丢了。他的水烟瘾也不是一般的大，平时出门干活吸旱烟，一到家就想吸几锅子水烟，现在没了水烟锅子，他心疼死了呀！唉声叹气了一阵子，再细细地察看团桌上放的家神案，不知啥原因，里面放着的百十两银子却完好无缺。也许是强贼们没有发现这个家神案，也许是发现了，怕动了它不吉利而没敢动。总之，李善人感到很庆幸，可用这百十两银子为女儿做个热热闹闹的满月。

他走出厅房，到了装粮食的小屋，只见几年的陈胡麻油少了一些，油渍满地都是。这也没关系，咱今年种的胡麻比往年长得都好，只要这些粮食完好无缺就不怕挨饿。其实，贼人是不会费那么大的力气去拿粮食的。至于那几百斤的腊肉不见了，也是身外之物，谁让自家每年要喂养几口猪呢！他就这么草草看了一遍，心中没有什么不快的。妻子生下贵子十七年后，才又生下真秀，这是天大的喜事，应该欢天喜地地庆贺一番才是。他便和妻子商量起给真秀庆贺出生四十天的事儿来。

贵子回到家时，天已黄昏。贵子说："舅母明天要来看娘和真秀，还有别的亲戚也要一同来的。"李善人夫妇好不欢喜。

汪小莲已有半年多没回过娘家了，一听嫂嫂要来，便要丈夫好好地准备一下。

真秀出生的第三天，该来的亲戚都来了。在此不表舅母姨娘，只说贵子的姑姑。贵子姑姑来时领着大女儿马兰，马兰年方十五岁，是她嫁到通渭苏家岔后的第三年生的，身下还有两个弟弟、一个妹妹。马兰娘比李善人小两岁，一母所生，兄妹俩容貌儿也挺相像。

这一天，贵子家好不热闹，一家人早已把强贼的侵扰忘得一干二净，汪小莲的眼睛直往马兰瞅，马兰也很腼腆，很甜蜜地一声声唤舅娘，唤得汪小莲喜滋滋、甜津津的。在日当正午的时候，汪小莲要马兰帮她把几件穿脏了的衣服洗了，马兰爽快地答应着到沟脑的山泉边洗衣服去了。汪小莲又把丈夫和小姑叫到身边，先问小姑："马兰有主家了没有？"小姑说："没哩。"汪小莲望着丈夫，脸上神秘地一笑说："他爹，贵子都十七岁了！"

李善人兄妹望着汪小莲满脸的笑，一下子就都明白了过来。李善人说："十七了，到娶媳妇儿的时候了。"小姑接过话头说："谁家有好女娃，托托媒。咱这样的家道，贵子又是个好娃，不愁没媳妇的。"小姑明白哥嫂的意思，只是不说出口来。要是她今日说破了，那就是倒托媒，显得不够体面。

其余的亲戚吃过午饭后都陆续回去了，只有马兰母女没走。这是汪小莲有意留下她们母女的，一来有些零碎儿活计要做，二来她要仔细看看马兰的一举一动，看看马兰到底是怎么个女娃子。

贵子当然是不知道父母的心事，日落时分，他上龙夺嘴把牛赶回家，又忙着去挑水了。母亲对他说："马兰在泉边洗衣裳呢，等着一块儿来。天不早了，一个女儿家害怕。"

贵子应声说："知道了。"就挑起水桶，叮铃哐啷地走了。

姑表兄妹在一起是亲和的。纯真无邪，两小无猜，没什么可忌讳的。马兰正在收拾晒干的衣服，贵子挑着水桶到了泉边，舀满水，帮马兰收了衣服，马兰将摘的晚熟草莓给贵子吃。嫣红的草莓又甜又酸，贵子吃了几个，就将余下的准备带回家。马兰见表哥留了草莓，就说："哥，给家里拿的这儿还有呢，你就全吃了吧！"贵子见表妹真的还拿着几束草莓，就不客气地将他手上的全都吃了。

这个夜还是平静如昔地过去了。早上起床，吃过饭，马兰母女就回苏家岔去了。贵子还是将牛打上草坡后回来吃早饭，母亲对他说："你今年都十七岁了，娘给你瞅了个对象，你愿意不？"贵子脸上一热，唰地全红了，羞答答瞥了母亲一眼，没言语。李善人见儿子害羞难为情，就说："你娘说的是正事儿。"

贵子见父亲也说，这才正经起来："咱家刚遭过劫难，妹妹才出生，过两年再说吧。到咱家恢复了元气，再谈婚事也不迟。"

李善人一听，非常高兴。一场横祸，儿子却长大了，懂事得多了，知道为家操心了。便对贵子说："咱们家的情况，钱财没有多的，就现有的粮食，三五年颗粒不收也不挨饿。这你别操心，婚姻之事，是大事儿，我们想给你娶苏家岔你姑姑家的马兰。"贵子一听，心里暗自一喜，马兰表妹确实长得很好看，便点头答应了。李善人夫妇甚为高兴，便决定给真秀做过四十天庆贺后，就去托媒提亲。

日月如梭，四十天的时间只在转瞬之间。这一天，李家沟宾客如云。李善人虽是庄户人家，可前来庆贺的人却也不少。有通渭的远客，陇西、甘谷的亲朋，周围村庄的客人就更多了。这都因李善人的人品和人缘好。

他近五十岁的人，才得这么一个宝贝女儿，能不高高兴兴地热闹一场吗？只见他贴对联、黏窗花、设宴席、放鞭炮，充满了喜庆气氛。厅房的八仙桌上请了祖仙牌位，牌位前的供桌上香烟袅袅，供果飘香。贵子父子穿得新崭崭、齐整整，喜笑颜开，迎接着宾客。汪小莲自七月十三日从三棵树湾由众兽和丈夫送进家门，这一天才将真秀着意打扮了一番，抱出门来，让亲朋们一瞻姣容。

八月二十三日的天气是晴好的。中秋季节，天高气爽，不凉不热。真秀睁着好奇的大眼睛，看着新鲜而热闹的庭院，欢喜得逢人就笑。说来也实在是怪事，出生才四十天的娃，就会笑了，而且笑起来手舞足蹈，天真活泼。

时间过了正午时，门口来了一位化缘的和尚。李善人更是欢心不已，将这秃头白须、面善如佛的师父请到屋里，让了上座。出家之人，一钵一鱼，四海云游，无物给这千金宝贝相赠。那师父便解下颈间念珠，送给了真秀。怎知这真秀一见念珠就舞动小手，一颗颗数起来了。那师父见状，甚为高兴，双手一合，念声佛陀，道："贫僧无物赠予施主爱女，就这佛门之物，会保她清吉平安的！"说完，用了清茶一杯、素菜一碗，走出了李家沟，云游而去。

这和尚是何许人也，暂且不提。且说这真秀，自接了这串念珠，便不肯丢手了。睡觉也要挂在脖子上，一睁眼就要拿它玩。李善人也觉好奇，将她出生的前前后后，细细拢起来一想，便估料这女儿不同凡响，定与佛门有缘。也就处处留心，小心翼翼地抚养这个可爱的女儿。这也是后话。再说给真秀做了个热热闹闹的四十天后，李善人夫妇便准备请媒人给贵子提亲。

九月登高的日子，重阳气爽，秋意颇浓。李善人和媒人一早起来喝了早茶，吃过早饭，就带了早已准备好的三色礼品：白酒、粉条、大肉各两斤。这个"两"为的是缝合一个双对。路上，媒人夸他的地亩多，家道好。李善人也答得老实："勤快人家生黄金。不瞒你说，前些日子，我家遭了强贼掠袭，没了些物件，那两头驴也被抢走了。不过，也没啥。我今年的庄稼，收成要比往年多一倍，损失是不打紧的。庄稼人，只要天时好，风调雨顺，就有日子过。"

媒人是个瘦老头儿，孟家泉人，姓孟，和李善人交往多年，为人诚实。听了李善人言语，吃惊不小："这么大的事儿，我咋没听说呢？你独庄独户地坐在沟里，以后有啥事儿，就打发贵子放个信来，互帮互助嘛！"

李善人嘿嘿一笑,"不打紧的,没多大损失,我给你说过的,只要人勤快,天帮忙,日子还是宽裕的!"他俩说说笑笑,已到了苏家岔。

　　一进门,马兰父母见李善人提着礼品,就明白了七八分。便让马兰给舅父生火做饭,两口子去了另一个房间,有一袋烟工夫才出来,脸色极为严肃。

　　要知这门亲事成败如何,且看下回表述。

第二十三回　假僧人化缘行骗
　　　　　　　三岁女知理咏经

　　话说李善人和孟老头儿来到马兰家，马兰父母到另一个屋里嘀咕了一阵后才出来。互相谦让了一番，三人一齐上炕，盘腿而坐。孟老头儿就开门见山地说："我俩今日是给贵子提亲来的，这件事儿原先你们也是有过暗示的，都是老亲戚了，想让你家马兰嫁给贵子当媳妇，老树发新枝，亲上加亲。"

　　听了孟老头儿的开场白，马兰父亲满脸堆笑，说："姑家女，舅家娶，舅家要，隔河叫。我没啥说的，就看马兰娘如何？"

　　孟老头儿便叫过马兰娘问："他姑姑，我和你哥今日来，是想求你家马兰嫁给贵子，她爹已同意了，看你愿意不？"

　　"给我娘家过门的，只要她爹同意，我没啥说的。"马兰娘也很客气的，婚事就这么简单地说成了。因为都是实在亲戚，双方各自都明白底细，也就省去了相互了解的麻烦，用不着马兰去看贵子的长相和家庭状况了，双方决定今年腊月里订婚。

　　你道这门亲事为何这般容易？原来是马兰父母早已商量好了的。自真秀出生第三天去贵子家，从汪小莲口中马兰娘早就明白了贵子父母的意思，一回来就和丈夫商量好了。李善人那样的家庭，在方圆几个村都是数一数二的殷实家道，不把马兰嫁过去,哥哥的好光阴难道让别人占了不成?存着这心愿,李善人话一出口,马兰一家也就满口应承了。

　　腊月初八的订婚是孟老头儿和李善人父子同去的。他们拿了烟酒和给马兰做的几套绸缎衣物,又拿着三十两礼银到了马兰家。他俩一进门,马兰家就把本户族里长辈和她家的实在亲戚,男男女女,老老少少请了一屋子。马兰和母亲在厨房里准备饭菜。李善人和孟老头儿喝茶吃饭毕了,马兰端上下酒菜,贵子便将自己拿来的酒向屋里的所有亲朋们各敬了个双杯。敬酒结束后,孟老头儿开口说:"贵子和马兰的婚事,是天生的一对,地造的一双,没啥说的。再加是姑舅成亲,旧树枝上接新果的事,大家亲朋坐在一起谈谈,认认亲,知道马兰已许给了贵子就行。别的事,让他们自己去说,我做媒的也就算牵牵红线了。"

　　"孟叔的意思是大家别说话?要是吃饭喝酒,我自家再穷也能满足我一顿的。来马兰家吃这顿饭,喝贵子这双杯酒,大家就都得说话,给咱马兰要些东西物件,这是咱的乡俗。"谁知孟老头儿话音未落,就有马兰二叔插了这么一长串来。

　　马兰二叔的话语就像糜子地埂上甩了一哨鞭,屋里的人如惊飞的麻雀,叽叽喳喳、七嘴八舌地嚷开了。七扯八扯,扯来扯去,马兰家族的人就开始向贵子家要东西了。当然,所要的一切,全都是给马兰要的。要完之后,孟老头儿记下的单子是:

　　四双袜子,四双鞋,四套绸子衣裳,四套缎子衣裳,羊毛毡两条,缎被两床,木箱一对,被床子一台,玉质手镯一对,银手环一双,银耳坠一对。

　　孟老头儿将单儿念了一遍,屋里的人静静听着,没什么言语。刚才这一吵,可把个李善人父子听得耳朵发麻,心中杂乱。可是,随着孟老头儿话音一落,马兰父亲又开口了:"亲戚族里人要的物件东西,你们都记下了。我也没啥再好要的,当着亲戚族里的面,我只要礼节银一百两,烟茶酒钱二十两。"李善人一听，心中咯噔一下，傻眼了。他没料到妹夫会这么心狠手辣地宰他。他摸摸脑门儿，记着今日好像只拿了三十两银子来。

正在李善人哑口无言之际，孟老头儿笑眯眯地对大家说："我们都记在心里了，要的东西，也不太多，钱也没过多的要。贵子爹，把你今儿个拿的钱放下，缺多少，过些天再送来。"李善人这才醒了过来，急忙让贵子将钱袂拿上炕，把银子十两十两地放了三堆，每十两又用红头绳捆着，拴在一起。李善人说："这是三十两，缺的，过些天就送来。"

马兰父亲瞟了一眼白花花的银子，有些不乐意。叫马兰娘过来，说："他舅拿着三十两，你暂收了吧！"

马兰娘把银子收了。孟老头儿又笑嘻嘻地劝大家："喝酒，喝酒！贵子，把壶提起来，给咱办粮台斟酒，我敬大家一圈！"酒场便又热热闹闹地活跃了起来。这一喝，直喝了个天旋地转，人仰马翻，方才罢休。

等别的亲戚们都走了后，孟老头儿这才和马兰父亲正儿八经地谈起来，"别的亲戚在时，我不好说话，现在将你的底亮一下吧，马兰爹？"只见马兰父亲点了一支卷烟，猛吸了几口，瞅瞅李善人说："娃是到她舅家去的，我也没瞒腔。别的随你便，银子要一百二十两不能少分厘。"

孟老头儿接上话茬儿："六十两咋样？我看够了，方圆百里就没有超过六十两的礼节哩！"

"一百二十两，不能少的，金斧子也削不下来。我这家道，抚养几个娃不易，可也不想在女娃身上多赚钱，我原是要用马兰给儿子换亲的。她舅家要，就难住我了。只好用马兰的礼节钱给儿子再娶媳妇了。"

马兰父亲这么一说，李善人也就依了。外甥娃的媳妇，做舅的帮他一把，也没啥，只是手头没钱。他思量着还要买头驴的。看来只有枭粮食了。事儿定了，李善人父子和孟老头儿就离开了苏家岔。

135

时间一晃到了年关。正月初一,贵子到苏家岔给岳父叩头拜了年。回来后,父亲就择了娶亲的吉日,在四月里。

正月十五一过,李善人父子粜了些粮食,凑够九十两银子。二月初二,李善人便和孟老头儿将银子送到马兰家,通了四月要娶亲的话。这事儿一办完,李善人又凑些钱,买了头母驴。

四月,春播早已结束,正是青杏枝头的季节,大自然生机勃勃。李善人家为贵子娶媳妇的场面很是热闹,当娶亲的三相贵人用母驴把身穿枣红衣裳、头顶红盖头的马兰驮到李家沟时,鞭炮齐鸣,人声鼎沸。这天,整整待了五十余席客。尽管为这门亲事花费了一大笔钱,李善人夫妇还是很欢心的。从今天起,他俩就成了老人,贵子就成了大人,说不定明年后年就有人叫他俩爷爷奶奶了哩。

马兰进门后,家里成了五口人。不满一年时间,添了两口人,李善人便主张多挖些荒地,庄稼人靠地吃饭。对面的观林湾和旁边的大湾里土质很好,全开了,再添五口人也能过得去的。一家人都赞成李善人的主张,便将贵子娘留在家里,看家带真秀,其余的都去开荒了。

那对黄牛的劲儿大,又好使唤,李善人架着牛垦荒,贵子和马兰打刨草皮,清理草根。才半月时间,大湾里的一片阳坡地全挖开了,收割完麦子、胡麻,秋播结束,挖了洋芋,土地还没上冻,一家人又全力以赴,开垦了观林湾的荒坡。

日子就这么一天天过着,马兰还算懂事,自娶进门,没给老人们什么为难。一家人就这么勤勤快快地把那一伙强盗给家里造成的灾难和损失补上了。

光阴荏苒,真秀已三岁了,会走会跑,说话吐字清晰,口齿流利。个儿长得和坐着的娘一样高了。扎一对羊角小辫,杏仁眼扑闪着灵气,樱桃口显露着敏智。才三岁的娃就懂得给父母、兄嫂让饭,从不挑食。

这是一个无雪的冬日,一家人围着火盆暖热炕。真秀手中揉着念珠偎在母亲身边,看母亲做针线活儿。门口忽然来了一个化缘的僧人，唱着劝世歌，敲着木鱼。李善人跳下炕，准备给僧人钱物，真秀却溜下炕沿，奶声奶气地将僧人请进屋，让他喝茶，给他素食。这僧人是个不到四十岁的中年和尚，看真秀小小的娃这般礼貌，就说了些称赞的话，没料到真秀盘问起他的根基来。真秀搓着念珠，很懂事地问道："师父从哪里来，又到哪里去？"

"贫僧从来处来，要到去处去。"僧人答。

真秀的杏眼儿一闪，又问："师父在哪家寺院里修行？又为何事化缘？"

"贫僧自幼在洛阳白马寺出家，为整修寺院而四处化缘。"那僧人又答道。

真秀点点头，说："洛阳牡丹何时开？"

"三月清明万物和，洛阳牡丹四月开。一生全福人间少，十分悲伤世上人。及早回头修净土，莫教空手见阎君。佛门是有修身德，休听闲言主意差。"僧人唱答。

真秀听罢，嘻嘻一笑，道："师父只唱《念佛偈》，可知念佛人应上报什么，下济什么？"

僧人听三岁的真秀这样问，呆了半晌才说："念佛人应上报佛祖，下忌色情。"

真秀一听，顿时杏眼圆睁，将手中的念珠向僧人打去，道："你本与佛无缘，在此行什么骗！"

只见那僧人架开打来的佛珠，念声佛陀道："你乳臭未干，怎么对贫僧如此无礼，说贫僧与佛无缘？"

真秀厉声道："你连四重恩、三途苦都不知，怎的能与我佛有缘？"

那僧人一听，欺真秀年幼，便说："贫僧着实不知，请小施主赐教！"

真秀的举动，使父母兄嫂吃惊不小。怕惹出麻烦，便都来劝真秀，不要伤了僧人的面子。同时，又连连向僧人道歉，赔不是。哪知真秀不但不听劝告，反而对僧人说："念佛人，应上报四重恩，下济三途苦。四重恩者：天、地、父母、师长，三途苦者：生、老、死。怎的冒出个上报佛祖，下忌色情！"

僧人听罢，低头不语，为被这三岁小娃难住而羞愧。便又唱道：

> 石火电光能几何，
> 可怜恩爱受奔波。
> 皮干尚恋资财广，
> 黄瘦又贪酒色多。
> 朝生暮死哪肯息，
> 心魂追去见阎罗。
> 丝毫罪孽从头数，
> 文簿分明定一蹉。
> 差送铁床铜柱狱，
> 口声哀告苦吟哦。
> 我今悔恨修行晚，
> 免死轮回象马骡。
> 累世业缘因百味，
> 未能成佛岂由他。
> 人人有个真如性，
> 生死谁能肯炼磨。

僧人唱罢，便对真秀说："小施主，要是能知贫僧所唱什么，贫僧便拜你为师！"

李善人夫妇都为女儿捏了把冷汗。真秀却不以为然，将念珠儿不住地搓。答道："你唱的原是《文殊菩萨降魔偈》。"

真秀话音才落，只见那僧人扑通一声跪下，要拜真秀为师。

这原是他刚刚说过的话，真秀也不急不忙，搓着念珠咏道：

大众造就苦如何，
可怜无端起风波。
皮干发白尚未醒，
生死到来无计留。
田园产业儿孙享，
子孙难赞见阎君。
丝毫罪孽难瞒昧，
未知何日有人投。
又有良人修行善，
口吃长斋拜华法。
十二时中弥陀念，
心断情缘意自泯。
民安物阜时和稔，
念佛修行处处传。
专心祈求生净土，
一心念佛到西天。

你道真秀咏的是什么？这便是后人传诵的《大势至菩萨劝世偈》。

只见她一个小小的女娃，禅坐炕上，搓着念珠，对那僧人道："你本不是佛门弟子，是你好吃懒做，便假借佛陀之名，浪迹四海，化缘行骗，欺佛盗世的，你说是也不是？"

只见那僧人抬起头来，望着这小小女娃，说出一番话来。要知说了些什么，看下回再表。

第二十四回　遭横祸父母仙逝
　　　　　　赖兄嫂勉强度日

　　话说那僧人被真秀看出破绽，教训一番，便恼羞成怒，狠狠瞅了真秀一眼，说："不知施主如此智慧，说贫僧是假冒佛门弟子，你有何见证？"

　　真秀心平气和地说："我这念珠上说得明明白白，你还犟什么嘴！要是不服气你睁大眼细细看。"真秀说着，将念珠摆正，拿到那和尚面前。

　　这僧人真的揉了揉眼睛，凑近前去细细瞧那串念珠。只见念珠越来越大，慢慢地竟变成一尊菩萨像了。神圣的佛光四散开去，刺得他两眼发麻，怎么也睁不开来。在菩萨面前他不得不说出实话来："我乃长安人士，受不了劳动之苦，见佛门弟子一钵一鱼，四海云游，能化得金银米面来，好不逍遥，便生了邪念，想以此行骗，发家快活。就胡乱记了些佛经，剃光了头，穿身佛衣假冒是洛阳白马寺僧人四处化缘行骗。已经这么闯荡了三年光景了，化了两千多两银子、上百担米面。岂知今日遇着了菩萨，您就宽恕容让弟子这一回吧！弟子糊涂，弟子该死！从今往后，弟子再也不敢这样了，弟子将立志虔诚念佛修行，赎这三年罪过！"

　　真秀见他说得倒也真实，便让他站起来，吩咐道："把你的千两银子、百担米面送到白马寺去。照你说的修整寺院，便免你无罪。放下屠刀，立地成佛，我佛是宽宏的。要是你还存鬼心，心口不一，佛菩萨处处皆是，会惩罚你这个败坏生灵的。"言罢，说了声"去吧！"

假僧人连连告退，口口声声保证："如弟子言行不一，愿受菩萨惩罚，愿受菩萨惩罚！"此时，在这假僧人眼里，真秀是真真确确、实实在在的菩萨，他是在与菩萨对话。

假僧人一走，李善人和妻子好不吃惊。他俩左看右看，上下打量，真秀还是真秀，的的确确是他李善人才三岁多的女儿，哪里是什么菩萨！再看她颈间念珠，还和原来一样，一颗颗紧挨着，在她胸前晃动。夫妻俩惊奇不已，便试探着问真秀："为何这人称我娃是菩萨？"真秀奶声奶气地喊着娘，偎进她怀里，说："是我说服了他的原因呗！"不管怎样，李善人夫妇还是无法理解真秀刚才的言行。她小小年纪，又无师父教导，竟能诵经论理，岂不是这目不识丁的庄稼人夫妇无法理解的怪事！从此以后，夫妇俩更将女儿当宝贝般对待了。

太平年间，时光易去，若东去逝水，无忧无虑，转眼又是一年光景。四岁的真秀，稚嫩得水灵灵的，个儿春笋般猛长，已高到母亲胸前了。一双胖嘟嘟的辫子，长到上衣的后襟边上，模样儿也出奇的俊俏。羞花闭月，沉鱼落雁，皆无法相比。一张天然去雕琢、羞煞月宫嫦娥的脸；生着一双气死画匠、难死雕工的杏仁眼睛；眉儿是柳叶的榜样，小嘴像熟透的樱桃；身段苗条，不胖不瘦；手指如麦芒，牙齿似糯米。瞅你一眼，是如撞着了荨麻，浑身痒酥酥的。

她已知羞知难，有了大女娃的一些特征。李善人和汪小莲对她的百般爱，她铭记在心中，总想着随时随地报答父母对自己的疼爱。每每父母兄嫂上地干活时，她就在家里看门喂猪饲鸡。一到午后，就勤快地为父母和兄嫂烧好了炕，使大人们下地回来，能感到家庭的热和。李善人对此感慨不已，每每回到家，火盆已生着，壶里的水在咝咝作响。他洗刷完毕，爬上炕，女儿就将茶罐摆上火盆，茶叶和喝茶馍馍伺候好了，一家人的日子充满着天伦之乐。

李善人夫妇感到很知足，盼来盼去，盼了十多年，盼来了个女娃,又是这般机灵,能不知足吗?贵子也很疼爱妹妹,从不惹她。而真秀本就从不使兄长生气,把他和父亲一样的尊敬。家庭很多事情中,与真秀有摩擦的是嫂嫂。

马兰生性好动,多嘴多舌,不压话,言语又来得快、辣。真秀便常常劝她:"嫂嫂,女人家,话语少些、绵软些的好,说话温柔才不至于伤人心。"有时,马兰也不服气。见真秀小小年纪,竟来教训她,就硬邦邦地说真秀:"你出世能有几天!嫂子不教训你,就是你占的便宜,你还给我说长道短的。野蒜一棵,小,还辣人哩!"每每这时,真秀便不再言语。这种时候,也大抵是父母兄长不在旁边的时候。在嫂子面前占上风,她大多是借着父母兄长的面子,说个是非分明。贵子生来就是娇惯大的,这几年自有了妹妹,娶了媳妇后,虽然学会了做农活,操家务,却是天生的没性格的人,任马兰怎么摆布,也不言喘一句。高兴的时候,妻子说他一顿,他会瞅着妻子憨笑了事,不高兴时,妻子说他,他会来个你说你的,我做我的,一声不吭。真秀看不惯哥哥这样没软没硬,老牛破车的性格。就对他说:"哥,男子汉大丈夫,应该活得有起有落,别老是软兮兮的。"贵子听了妹的数落,也是笑笑,摸着她的头,疼爱又显惆怅地说:"哥活得没有起落?你还小,不知道做人的难处。等你长大成人了,找个婆家,寻个女婿就明白了!"哥的玩笑是疼爱的,可是真秀却不饶他的贫嘴:"哥,以后别对我再说这些。你再说,我可要生你的气了!"贵子见妹说得认真,就说:"你拿着念珠呢,哥可给忘了个一干二净。别生哥的气好吗?哥给你采一束芍药花,很好看的,还有一大把野玫瑰,行不?"这时,真秀就兴高采烈地拍着手,蹦跳着搂住哥哥的脖子喊:"你真好,哥!"兄妹也就快乐地嬉戏起来。

世事往往如此,好听的曲子后面说不定就是悲歌,欢乐之后定会有伤情。谁知,真秀这样无忧无虑的生活,在这一年初夏的一个午后便瞬间消失得无影无踪,苦难和无边无际的伤感也就在这瞬息间降临。

这一天，李善人到观林湾去砍柴。这半辈子，他年年如此。趁这个空闲时节多砍些柴，有剩余的驮到集市上去卖，换些零碎银两。这天，他和往日一样，赶着那头母驴进了林子，给驴砍够驮子，绑好搭上驮，又给自己砍了截红桦树桩，扛在肩上，出了林。横祸就在此时降临。他永远不会想到林间这几丈高的悬崖竟是他的苦难之地。

崖顶只有一条细细窄窄的小径，驴儿驮着驮子每每到此，都是小心翼翼地通过。谁知这天，他赶着驴刚刚走到崖顶，猛地，一股阴风"飕"地从耳边吹来。他一转头，只见一只金钱豹张牙舞爪地朝他和母驴扑了上来，他眼睛昏花了。这时驴子一惊，打了个旋身。已被吓呆了的李善人哪能经得住这驴的一摔。他只觉得一个趔趄，栽了个跟头，就如抛下崖脚的一块石子那样摔下崖去。后来他就什么也不知道了。金钱豹见李善人摔下崖去，就朝着驴扑了去。驴见这庞然大物穷追不舍，受了惊吓，三踢两跳，将背上的柴驮子甩掉，没命地嘶叫着、咆哮着朝李家沟奔去。

这一天，贵子在家里闲着，听到驴不正常的叫声，急急忙忙地跑出院子看个究竟。他见驴空身蹦跳着回来了，那惊慌非同小可，便料到是父亲出事了。要不，这驴怎能是这般模样，光着脊梁，鞍子斜挎着翻在了肚皮底下，大汗淋漓地跑来呢？他大声呼喊着，喊出了母亲和妻子，让妹妹看家，三个人就朝观林湾奔了去。贵子边跑边喊着："爹……"声音冗长而凄惶，震得山岳在晃动。

汪小莲跟在儿子后头，由儿媳妇扶着，寻到了林间。然而，四野一片空寂，只有山风微微地吹，鸟儿不时地叫。这么的寂静，让她毛骨悚然，一阵接一阵的心跳，就要跳出胸口了，一种不祥之感悠悠地向她袭来。她要贵子快一些寻找他父亲，贵子就急匆匆地钻进了树林。然而，当贵子穿过树林，寻到崖顶时，父亲砍的柴捆连着毛驴的鞍架斜躺在那里。他吼破嗓子地喊叫父亲，却没有一丝儿回音，哪还能见父亲的影子呀！

143

母亲和妻子听到了贵子的喊叫声,就循着声音赶了上来。一家人跪在柴捆前痛哭流涕,哭声感天动地。

山林静静的,只有回声飘荡。

汪小莲一阵悲哀,顿觉四肢无力,天旋地转,支撑不住了,就一屁股坐在草滩上,不能动弹了。马兰坐在婆婆身边,揩着眼泪,劝慰着婆婆,说:"不要着急,慢慢寻找,不会有啥大事儿的,说不定一会儿就能找到。"这时,贵子在树林里重新开始寻找,他一把鼻涕一把泪,不放过任何可疑的地方。他终于找到了父亲打过柴的地方,刚刚砍过的木茬还白花花的,旁边有吸过旱烟的烟灰和打过火镰的艾蒿,就是没有父亲的影子。他对着山林喊:"爹……爹……呀!"山林没有声音,沉默得如同死去一般。贵子又循着驴蹄子踩过的印迹,再到悬崖边。眼前的驴蹄印杂乱了,草丛中躺着半截子碗口粗的桦木杠子,他想,这一定是父亲扛着的,人也一定离这儿不远。想到这里,一个不好的念头猛然间袭上贵子的心头,会不会是摔到崖下去了呢?果然,当他俯视崖脚时,在半崖的树梢间看见了父亲常常戴着的那项旧草帽在随风摇摆着。崖脚的树梢、蒿草太深了,深得他一点儿也看不见被它掩盖的东西。他便寻找去崖边的路,顺着那条葱叶儿小径来到崖下,见父亲的七尺之躯静静地悬挂在一棵山核桃树杈上。

贵子风风火火穿开树丛,上树爬到父亲身边呼唤父亲,没有动静。然后,他把父亲慢慢地从树上背下来,放躺在草坪上。用慌乱得抖动着的手去摸父亲那被阳光风雨染成焦黑色的脸,他觉得父亲的鼻翼在微微地张合着,只有一丝气流从鼻孔出出进进,他又摸了摸父亲的胸部,心脏还在微微地跳动着。可是,父亲眼睛闭得严严的,额角和面部和往常一样,仍然露出他那慈祥和善的微笑。贵子放开嗓门儿,仰头喊叫娘,说爹在这崖下呢!

汪小莲听到儿子的喊叫,瘫软的身子一下子站立起来,和马兰三步两跟头地跑向崖脚。她扑向相伴了二十多年的丈夫,使劲儿摇晃,喊叫。贵子又将自己的小便尿到毡帽里,和马兰一起灌给父亲。他知道男人的小便对跌打损伤的人有顺气活血作用,只见父亲的喉结在上下跳动,咕咕咕几下将尿咽了下去。一刻钟后,他的眼睛眨动了几下,嘴角微微颤着。贵子和母亲哭丧的脸上露出笑来,母亲和马兰急忙将李善人扶起,放在贵子的背上,贵子背起父亲朝家里急惶惶地走去。

回到家,真秀已烧开一壶水,见父亲这般模样,凉了一碗,扶着给父亲喝了。又用温水给父亲洗去了脸上的尘土,渐渐地,李善人缓过气来。这时,他神志清楚,精神恢复。躺了一阵,用粗壮的语气将今天砍柴时如何遇上金钱豹,如何从山崖上被甩下去,又如何架在一棵山核桃树杈上的过程说了一遍,并叮咛贵子:"以后出门砍柴,需当心这观林湾的金钱豹。"并说:"善有善报,如不是咱平时多行好事,今天遇着豹子,从那样高的悬崖上掉下去,怕早就没命了。"他毕竟是受了恐吓、受了伤的人,说完,就香甜地睡着了。

父亲承受的这一惊吓非同小可。汪小莲、马兰和真秀精心地伺候着,贵子更是操碎了心,为父亲请先生、取药、熬药,等待着父亲的身体能够尽快地康复起来。

光阴似箭,日月如梭。在这两年里,李善人将家务重担交给贵子,贵子也自觉地担起了家庭担子,操持着全家的生活生产。

这一日,贵子像父亲一样,赶着驮柴的驴,快走到家门口时,一位白须老人挡住了他,口里言道:"李善人一生为人忠厚,多行善事,功德无量,老者今奉观音佛旨,特来引渡他。"言毕,化作一道清风不见了。贵子深感奇怪。回到家里,果见身体已基本康健的父亲躺在炕上,一言不发,生命停息,已经永远地睡着了,母亲和妻子马兰哭成一团,妹妹真秀却意外地镇静,她揉搓着手中的念珠,坐在父亲身边,杏眼呆呆地盯着父亲,俊美的脸上失去了血色,却没有一滴泪流出来。她劝母亲和哥嫂："哭有啥用，人已去了，得料理后事。"贵子也就慢慢地止住哭，找来一页木板，和母亲将父亲的尸体停放在那页木板上，列在厅房后墙的中央。按风俗，停放死者的尸身，本家人是不能亲自动手的，可在这李家沟，再没有第二户人家，贵子他们也就顾不了风俗禁忌，自己动手把李善人停放好了。

他们家住在这山沟沟里，就像是关闭着门窗与世相隔过日子的。家里出了这么大的事儿，到天黑时还没有别的人家知晓。汪小莲便打发贵子到孟家泉去叫孟老头儿，这是和丈夫相好了一生的知己朋友。

贵子到孟家泉向孟老伯报告了这个不幸消息后，孟老伯悲哀不已，领了自己的三个儿子，又将孟家泉村里的成年男子们都请上，到李家沟去为李善人料理丧事。

第二天时，苏家岔的亲戚们才知道李善人去世的消息，他们就都来到了李家沟。大家合起来，一边请木匠做棺材，请纸花匠做纸花，一边又派人到陇西请来阴阳先生。这阴阳先生六十开外年纪，一把三须胡很是好看，戴一副蚂蚱腿的茶色石头眼镜，斯斯文文地写了白纸对联，贴上门框，又写了讣告贴在门口。这才又阴阳八卦，相生相克，金木水火上地掐算一番，择定了个下葬的日子。将祭期开个单儿，贴在了厅房的后墙上。

李善人出殡是在死后的第五天。李善人来李家沟居住这么长时间了，赖着自己身子骨壮实，还没有择下一块埋葬自己的坟地。孟老头儿便给阴阳先生端了几两银子，请求他看个风水好点的地方。这阴阳先生斯文一番，客气一通，将银子收了。吃过饭，要孟老头儿陪着他去择风水看坟地，就在孟老头儿和阴阳先生要出大门的当儿，真秀跑上去，拦住了那个阴阳先生。

"爷爷，给我爹看坟地，选块有雪的地方，好吗？"

阴阳先生一愣，道："你这傻孩子，五月天气，哪里会有雪呀！"

孟老头儿也哄着真秀,让她别打搅正事儿,到灵前去乖乖地守灵好了。

真秀嘟着樱桃小嘴说:"折漫湾就有雪,不信,你俩去看看。"说完,走到父亲的灵旁,恭敬地跪下去,眼睛瞅着躺在木板上的僵硬的父亲,搓起了念珠。

汪小莲见女儿神情异常,就哄劝真秀去歇息。真秀却镇静地说:"父亲的灵魂就要去西天了,女儿在为他超度呢!"满屋子一片愕然,但是,谁都拿真秀没有办法,只好任她所为。

再说,阴阳先生和孟老头儿都觉得真秀的言行奇怪。也正是觉得奇怪,他俩就真的去了折漫湾。果然,远远地就看见在半湾一块较为平整的地方,真的有土炕那么大的一方积雪在五月的艳阳里闪闪发光。见此情景,阴阳先生也不敢擅自主张了,这孩子有这种灵性,一定不是凡胎。阴阳先生就小心谨慎地和孟老头儿商议一番,决定就按照真秀所说,在有雪的那块地方勾画了坟地。阴阳先生圈定了坟地,拜了四方,那雪就忽地消融,化作一股烟气无影无踪了,连一点儿水痕也没有留下来。后来,人们就将这块坟地叫作"新雪坟",这是后话,但是,坟地的痕迹今天还是依稀可见。

话说李善人殡葬的一切准备就绪,出殡的日子就到了,李家沟方圆几个村子的人都来为李善人送行。他的棺材被染成红色,很是显眼地被村民们抬着向新雪坟缓缓而行。棺材装在丧具里,饰设得格外庄重。前边是纸做的三人一马,七杆纸串钱,纸花后面是唢呐和锣鼓。唢呐哀唱,锣鼓伤怀,贵子在丧具前打着引魂幡,他的身后是真秀和马兰,凄凄切切,悲悲伤伤。汪小莲被人搀扶着,跟在最后头,悲痛欲绝。李家沟犹如悲河的源头,将悲痛流向了新雪坟。

李善人匆匆离世后,汪小莲再也没有下得炕来。贵子请来四方名医,也无法诊断母亲得了什么病,慢慢地,汪小莲就瘦得只有皮包骨头,水米不进了。才一个月多的时间,也随着丈夫一命呜呼,魂归西天了。两位老人相继谢世,对贵子来说，真是祸不单行呀！

　　母亲的死，对真秀是莫大的打击，这意味着自己要靠兄嫂过日子了。年幼却机灵的真秀，从平日里嫂嫂待她的态度上，已料到了将来的生活是怎么个样儿，能没有打击吗？母亲出殡这天，她扒住母亲的棺材不起来，不让母亲走。在没有办法的时候，哥哥就硬背起了她，扶着棺材向新雪坟走去。她眼睁睁望着那口红棺材装着母亲，和父亲并排埋在了土里。她号啕大哭，哭得惊天动地，乌鸦便遮住了新雪坟顶，啼声悲切，久久不散。真秀哭够了，也哭累了，便在父母的坟前睡着了。

　　贵子见妹妹这般模样，伤心到了极点，也不顾别人的拦劝，和真秀爬在一起哭了个撕心裂肺。马兰见丈夫和小姑子这般悲伤，也支支吾吾地哭了起来。

　　正是那句俗言：儿子哭一声感天动地，女儿哭一声悲天伤地，儿媳妇哭一声如妖来鬼去，女婿娃哭一声似黑驴儿放屁。

　　要知真秀在这个没有父母的家庭将如何生活下去，看下回表述。

第二十五回　兄嫂托媒嫁真秀
　　　　　　纺线消日知前因

　　话说埋葬了汪小莲，贵子和真秀哭得悲悲切切。四乡村邻看着这兄妹俩在一月多的时间里，连续失去了父母双亲，也都为之叹息。但这生生死死之事，那是由不得人的。悲伤归悲伤，死者是无法复生了，陪着哭了一阵子后，大家就将贵子和真秀扶了起来。真秀竟然睡得很沉，人们抱起她时，见她趴着的地方出现了一眼清澈透明的泉水，都大吃一惊。这是真秀的泪水滴进坟前的土地而生成的，听起来玄虚，但是这眼泉如今还在，人们叫它菩萨池。

　　逝者已去，活着的还要继续生活。就这么几天，贵子一下子老了许多，才二十三岁的青年，黑乎乎的胡楂儿已圈了一脸，额角也添了细细的皱纹。马兰离了公婆，虽是没了依靠，心底却宽畅了许多。今后做什么，可以随心所欲，不受管制，没有约束了。贵子是个软性子男人，这个破败的家就由马兰当起了掌柜的来。

　　苦了的是真秀。家里的活儿要她干，农活稍微一忙，还要随兄嫂一起下地。不满十岁的女娃家，哪受得了这个苦，到这年年关时，她花月般的容貌也变了样。身体瘦了一圈，肤色暗了，麦芒似的手指粗糙了。贵子心疼妹妹，却拗不过马兰。看着家里的活没人做，他宁肯自己苦点、累点，也要照顾妹妹，使真秀尽量不干、少干地里的累活儿。有时，马兰对真秀过分地苛刻，贵子也会对妻子发发牢骚，要她莫对

149

妹妹那样，妹妹还小。可是，真秀却不要哥哥为了她和嫂嫂恼气。嫂嫂说她什么，她都服从。嫂嫂要她做农活，就是不会做，也要学着去做。干不了的重力活，也要狠着命去干。

李家沟的家业是李善人活着时和汪小莲一道用勤劳的双手操持起来的。最初，当他们原来的村庄人多地少，已养活不了人的时候，他就带着汪小莲搬迁到这荒无人烟的山沟里来，开荒种地，修造家园。苍天不负苦心人，很快的，夫妇俩辛勤劳动用汗水和生命垦殖了这片家园，日子也一天天好了起来。他们白手起家，在一页白纸上绘出了如今这么让人羡慕的富裕家庭。然而，谁能料到，一夜之间，祸从天降。李善人失足坠崖花了一些钱，两年后，料理他的后事，又花销了一大笔钱。紧接着给汪小莲医病，家里的积蓄耗尽了，被他们视为比金子还珍贵的粮食也开始枭了。但汪小莲的病是医不好的，她得的是操劳过度的痨病。一对恩恩爱爱二十多年的结发夫妻，丈夫猛然离世，这对一个女人的心灵打击是多么的大呀！她经受不了这种痛苦，适应不了这样的境遇。于是，她也紧随着丈夫去了。这倒应了人们常说的"生是丈夫的人，死是丈夫的鬼"这句俗话。想来，他老两口是幸福的，人世间是好夫妻，黄泉路上是伴侣。

也许，这个家的兴旺本就只属于已故的两位老人。他俩一去，也就将家业带走了。贵子操办了母亲的丧事，家里的钱粮几乎耗尽了，日子便一天天紧巴起来。

第二年春播开始时，真秀已满七岁了。七岁的女孩子已长得丰润起来，与少年女子没啥两样，能够随着兄嫂干很多活了。

第一年离开父母，独自在地里劳作，几十亩地要安插庄稼，贵子和马兰忙得天昏地暗。眼看要错过季节了，胡麻和豆子还没种上，洋芋也到落籽时节，贵子夫妇没黑没明地干。庄稼人全靠个季节，误了农时，一年就算全完了。

真秀看着兄嫂忙晕了的神态，很是心疼，她就主动地剜起洋芋籽来。一个女孩子，要从窖里掏洋芋，掏一背篼，剜一背篼，还要喂猪做饭。中午哥嫂不回家，她就做好午饭，送到地里去。那双手累成了木锉，就这样，还是一不当心，就要受嫂嫂的训斥。

这一天，受累了的嫂嫂跟哥哥发脾气，吵起架来。两口子很少单独耕作土地，父亲在世时，贵子和马兰就是发生口角，也有父亲劝解。今儿个，他俩又吵又骂，动起了拳脚，扭打成一了一团，真秀怎么也拖不开来。她拉哥哥，哥就住了手脚，嫂嫂却就越发打得来劲。她便放开哥，去拉嫂嫂，怎知嫂嫂的矛头指向她，骂她是白尾巴猪娃——臊圈尾，家里连着出事，是她臊的。自她出世，就没安宁过一天。真秀被嫂嫂骂得哑口无言，哥哥却受不了。柔弱男子真发起火来，是三头黄牛也拉转不过的。他扑向马兰，狠命地踢打。真秀只在一旁呆立，她被嫂嫂的恶言恶语伤透了心。

打过架，嫂嫂就回娘家去了，家里只剩下了他兄妹俩。这时节，洋芋才种了个半茬，哥哥又发火不干了，说不是他一个人吃饭。真秀好是为难，望着哥哥受了委屈的脸，只有好言相劝。贵子见妹妹夹在两难之间，就唉声叹气地又将黄牛赶进地里，去种没安茬上的洋芋。真秀背起背篼，提着竹篮，和哥一起下地，去溜洋芋籽。整整又种了六架地。老黄牛的领也扯烂了，疼得架不到犁底下。贵子一直依赖着父亲生活，今年耕种了这么多的土地，弄得筋疲力尽，真想坐在地里痛哭一场。

下地回来，贵子忙着喂牛喂驴喂猪，真秀爬锅爬灶，烧炕做饭。一到夜间，兄妹俩伶仃伴孤灯，好不凄惨。回忆起父母在世时的美好光景，不由得哭了起来。有时，贵子就唱起山歌来。此时，真秀就边搓念珠，边听哥哥唱山歌。

他唱《无爹无娘的光棍汉》，唱得声泪俱下。

一对鸳鸯下四川，
一只孤鹰落沙滩，
无爹娘的光棍汉，

千思万想实可怜。

他唱,真秀就羞他,说:"哥,羞死人哩,男上十五有夺父之力呢,你都二十五岁的人了,还不能自立!唱个好的吧!"贵子就收住思念之情,知道妹妹很爱花草,就给妹妹唱《十二月花》:

头戴上鸡冠花就人品美貌,
身穿上官连花就大红圆领。
石裙袄把花挂就打在衣架,
麦穗花无人保就装在匣中。
正月里看灯花就早开了为俊,
二三月桃杏花就各股子参生。
丢冤家林贝花就心中命苦,
丢下了牡丹花就谁人照哩。
丢爹爹就刺玫花如卡了墙根,
沙塄上川草花就绿叶的残生。
到山里山丹花就赛如灯笼,
到湾里菜籽花就遮盖天黄。
到川里小豆花就成双摆对,
到地边大豆花就摆对成双。

贵子唱个没完没了,唱到伤心处,哭一声爹,唤一声娘。为了不使哥哥伤心,真秀就向他讲些搓念珠搓出的事。哥说妹是瞎编的,真秀也不生气,"人生在世,摆脱不了生老病死。生你到这人世间来,本就是受苦来的;老了,生活本事减少了,处处还得受苦;病死、老死、不正常的死,都是很痛苦的;世间满是苦难,却谁也不想轻易离去,苦难就更为深重了。父母的死,纯属于偶然间的自然,肉体是无用的,我只愿两位老人的灵魂能够升天。"

贵子听真秀的讲述,总是以诚恳的态度认真听着。从真秀三岁那年认出化缘的假僧人,父母就对他说过:"咱真秀不是凡胎。"可是,现在想来,你就是金凤凰如今落在这样的苦树枝杈间,也是难以展开金翅膀的。他就又为妹妹的苦命运哀叹起来。于是,为了劝妹妹去了出家的念头,做个俗人,就唱起了《尼姑下山》:

禅堂打坐,出家人相思病多,
钵鱼懒得敲经本合,
吃的什么素念的什么佛。
我作尼姑难,
身穿僧衣头戴道冠,
南无佛吃善斋呀,
口把这弥陀佛念。

化缘到东街,东街一朵花,
我见她年纪,不过十七八。
化缘到西街,
西街倒有个小娇娥,
束的是个乌云头,
穿的是凤头鞋。
奴观的自本身,自观奴本身,
观来观去,观来观去,
奴是个年轻人,
束不得乌云头,
穿不得凤头鞋。

英俊不过他,美貌不过她,
他风流美貌,怀抱小冤家。
我尼姑也是人,
前世里没积下,
怨恨二爹娘,恨怨二爹娘,

怎么样出了家？
怎么样没留个发？
怎么样出了家？
怎么样没留个发？

来到山门前，
上香君子呀倒有千千万，
好有一个俊俏郎，
将奴家的魂勾散。
来到佛面前，
双手分香抹下道冠，
南无佛吃常斋，
懒得把弥陀念。

尼姑要下山，
收了弟子打扫佛殿，
一来为打扫佛殿，
二来是为拜罗汉。

修的是什么仙，
相思病将人缠，
修的是王禅老祖十二大仙，
十八罗汉站在两边。
……

　　哥哥唱着，真秀没有反驳，她倒冷静了许多。等哥唱完，真秀才对他说："你别再管我了，我迟早要去水帘洞出家的。现在地里的庄稼都种好了，明天，我看着家，你去苏家岔把嫂嫂接回来。"
　　第二天，贵子就真的去苏家岔了。真秀在家里看门照管牲畜。谁知贵子一到马兰家，马兰就向他提出了回李家沟的条件，要将才七岁的真秀嫁人。贵子实在不忍心，说："妹妹才七岁，太小了呀！"

"她啥都懂得了，个儿也那么高了。现在说个人家，长到十二三岁了，再出嫁难道不成吗！"马兰吊着硬邦邦的声音说。

马兰这样硬声硬气，贵子就又无话可说了。"你先跟我回家，回去了咱和妹妹再慢慢商量。"马兰见丈夫的口气有些软，也就答应跟他回李家沟了。

此时，一直没言喘的岳父却插上话来。美滋滋、笑盈盈地说："康家庄首屈一指的富户，前几天到我这儿来过，对我说：'你和李家沟是老树结新枝的亲戚，善人两口子仙逝，贵子的事儿还得你做主。我想请求你和女婿女儿商量一下，把真秀嫁给我儿子。'我一细想，倒也是的，在老辈分上，我是你姑父，新辈分上说，我是你岳父。你家里如今父母双亡，孤苦伶仃，我能忍心不管吗？我便答应人家了。"听完岳父的言语，贵子心里一下子明白了，马兰刚才向他说的全是岳父的主意。这下子他乱了方寸，不知如何是好。他知道真秀是不会嫁人的，贵子便想，现在的万全之策是往真秀身上推，要是真秀执意不嫁人，谁都拿她没有办法的。就说："这事，我和马兰回去后，与妹妹好好议议。"岳父也就答应了。

马兰回到李家沟，真秀异常地高兴。她不是个斤斤计较的女娃。她为嫂子做了顿很好吃的臊子面，双手捧给嫂子。马兰也眉开眼笑的，似乎她们之间从未发生过任何事端。吃过饭，马兰反常地待真秀亲近了一番，将真秀拉到自己身边，疼爱得肉麻了好一阵子后，直言相告了给真秀说婆家的事儿："好妹子，你也到找婆家的时候了。渭河边上有个康家庄，康家庄有个康员外，托人向咱求婚呢，我已答应人家了。"

真秀一听，一声不响地回到她的房间。

贵子见妹不高兴，连忙跟进去，说："她刚才是和你商量的，别不高兴了。常言道：男大当婚，女大当嫁嘛！再说，同意不同意还在你呢。"

真秀扑闪着大眼睛，逼视着哥哥，坚定地说："哥，我说过的，我是不找婆家的！"

贵子不想勉强真秀，他知道真秀将来的打算，就折回身来找马兰重新商量。他原是想着真秀不同意，就来个顺水推舟。可是马兰却一意孤行，不管他们兄妹如何，就要嫁真秀到康家庄去。贵子左右为难了。向妻，是违背了妹子的意愿；向妹，妻又与他没完没了。他也知道，假若父母在世，这种事儿是不会发生的，就是真秀长到出嫁的年龄，要是她不肯嫁人，父母也是同意她的想法的。可是，今天她却面临这么一种进退两难的困境，要是父母健在，那该有多好啊！

为什么康家庄要娶真秀，而且在真秀还这么小的年龄就沾亲呢？这是因为真秀超乎平常人，自幼不凡。康员外独具慧眼，就要娶她做儿媳妇。

事儿就这么拖拉着。一家兄嫂妹三口人，不提婚事便则罢了，一提，各是各的主意，各是各的立场。马兰是铁了心的，这和贪财的父亲有密不可分的关系。什么样的家庭，育出什么样的人来。马兰跟她父亲一样，唯利是图，见便宜就眼红。

到了锄两遍洋芋的季节时，贵子家来了三个人，拿着礼物，一进门就笑逐颜开。这三人，一个是马兰的父亲，其余俩人真秀认不得。客人一到，嫂子便让她去做饭，她就去了厨房。贵子忙着生火搭壶，让客人喝茶。喝茶间，马兰对父亲和那两个人说："康家庄是好地方，比我们李家沟强百倍，吃的是细米白面，种的土地又平整。只是我家真秀还小，此事儿不要给她说。俗话讲得好：有父尊父，无父尊兄。只要我和她哥同意，事情就成着呢。至于真秀，到她长大了，自然会同意的。"

"真秀懂事知理，不会出啥岔儿的，放心吧！"马兰父亲说。父女俩一唱一和，那俩人点头称是。他俩一个是求婚的主人，人称康员外，另一个是康员外请的媒人，和马兰父亲早有来往。

他们吃了饭，又放下五十两银子和一些衣物，就回去了。临出门，康员外对贵子说："她哥，这门亲，算我已占下了。从今往后，咱就当亲戚路走呢，其余的事，等娃长大以后再商量。"

客人们走了，真秀是被蒙在鼓里的。只知道家里来了客人，一个是苏家岔的姑父，其余两个她不认得。她做的饭，客人们赞不绝口。真秀那么灵性，为何今日就不知道这三个人是来提亲的呢？这也难怪，因为她已知羞知难，在生人面前是不抛头露面的。再说这些客人是嫂嫂的父亲，有嫂嫂照应，她只遵嫂命，做饭就是了。自父母死后，她知道了自己的命，对一般的事，没父母活着时那么有兴趣了。

光阴就这么过着，对真秀真是度日如年哪！不知过了多少漫长的日日夜夜，又到收割庄稼的时候了。麦子黄了，大豆蔓长得扯起辫儿了，胡麻将饱熟的笞箩喂给太阳暴晒，洋芋花蓝的腻人、白的耀眼，和往年相比，这又是一个丰收年景。

谁知，老天爷瞎了心眼。就在要动镰收割的时候，一场意想不到的特大冰雹，把四山八峁的庄稼打了个干干净净，贵子家种的地里颗粒无收。只有胡麻秆儿细硬，没被打折，其余的庄稼全都平了茬，铺了满满一地。贵子一家傻了眼，真是房破偏遭连夜雨。去年的粮食，几乎没有了，他们将面临饥荒的威胁！

还是马兰主意多。将真秀慎重地叫到面前，说："你看咱今年颗粒无收，家里又无存粮，将要挨饿的。我给你说过的康家庄康员外家的事儿，你得好好想想，该给人家过话了。康员外家有万贯家产，成了亲，人家会帮助咱度过饥荒年的。你知情通理，就应了这门亲事吧，总不能眼巴巴瞅着把咱三个饿死？嫂子今天在此诚心地求你了，真秀！"

真秀等嫂嫂说完，一句话也没说，拿了绳子和镰刀就往地里走，去收割被冰雹打了的胡麻秆。贵子见状，也赶上母驴，随真秀去了，把马兰晾在屋里。

兄妹俩整整割了六天，场里堆了那么几大堆。六天来，真秀没说一句话。胡麻秆割完后，真秀又要将胡麻秆处理成小麻。贵子不知妹要做什么，也就只好糊里糊涂地跟着干。她将那对黄牛架上，拉着碌碡咯轰轰咯轰轰辗了三天，才将那么几大堆胡麻秆辗成了小麻。马兰被真秀这一举动弄得很尴尬，又无话可说，只好随她去。她要等着看真秀的河大水涨，伺机再将婚事软磨硬缠地说成。

这一天，是农历七月十四，真秀刚过了满七周岁的生日，不知她从什么地方请什么人造了一架纺线木车，将那小麻拿来，捻起了麻线，家里的活儿什么也不干了。兄嫂怎么忙乎，她都无动于衷。兄嫂有些纳闷，以为是真秀病了，可是细细观察，又没有生病的迹象。莫非是精神上有所反常，生了啥神经病之类的？这一天，马兰走进真秀的房里，试探着问："妹，你生啥病了吗？"

"没的。"真秀和善地瞅嫂嫂一眼，边捻线，边笑着说。

"你捻这些麻线干啥？咱家又不织口袋。"马兰追问。

"多捻些麻线，我有用场。"真秀还是一副若无其事的态度回答她。

马兰一想，真秀是没有病的。也许是看着今年遭了冰雹，为生计而找出路呢。捻些线，拿到集市上卖掉，换些粮食啥的也行。也就不去管她，任她没日没夜地去捻那麻线。

你道这真秀为何突然会捻起麻线来？原来她在七月十三的夜里做了个梦。

恍惚间，她到了一个从未知晓的神秘的去处，这地方群山峙立，形似莲花，八瓣艳放，蕊峰直刺云霄，峰的半壁间有一洞穴，如咧嘴石榴。从峰巅到洞口，有水似天上来，哗哗哗遮掩了洞门，真是洞中有洞，别有洞天。水帘遮掩处，绿苔嫩鲜，野百合怒放，薄荷溢着清香，水草丛深处有一泉，呈三角形，清澈见底，不溢不荡。洞分三层，泉居于中。向上，又一洞穴，深三五丈，宽八九尺。她正为此绝妙去处而惊叹，忽一阵清风来，有淡淡荷花香飘进洞中，原来是南海观音菩萨到了。泉之上，洞中洞间，一朵莲花悠然而生，南海观音打坐其上，对她说："你前身为菩萨，在佛祖身边。佛祖讲法时要你去请王母听法，你在瑶池冒犯了王母，被王母告到佛祖面前，佛祖便贬你到下界来，受难修行。这是你的前因，可不能再染红尘，加重苦难。无奈时就去纺线消日吧！还记得你投生李家沟时，我对你的最后嘱咐吗？"

这时，她恍然大悟，前因之事，一目了然。便对南海观音说："记得的，所捻之线，从投生之地恰接到降坛之处时，苦难也就尽了。可是，观音菩萨，我还不明白，你为什么要我纺那麻线，而麻线一定要接到降坛之地呢？"

南海观音慈悲地笑笑，说："这个不难理解，你与尘世缘分深厚，那麻线是连接你和尘世苍生的。不然，你这次苦难尽了，将来还会落尘受难的。"

她感激地对南海观音点点头，说："我明白了。"

南海观音离开那朵莲花，来到她面前，转身指着洞中洞里的那朵莲花说："那莲台便是你的皈依之坛。"言罢挥起杨柳枝，念声："去吧，去吧！牢记，莫忘，千万不能再染了红尘。"

真秀才要叩拜南海观音，"呼"地南海观音已不见了，只听洞外清风轻拂着树枝，一缕浓香四处飘溢。她在朦朦胧胧中离开了这洞天之处，缥缥缈缈荡过莲花山，峰回路转，不一会儿就回到了李家沟。她像是被人从后背推了一把，惊叫着一骨碌翻身而起，原来是一场梦。

预知后事如何，看下回便会知晓。

第二十六回　强逼婚真秀遭打
　　　　　　送干粮显露灵机

　　话说真秀自梦中醒来，这时，如银的月光洒进窗户，透过橡眼，直射进屋里来。她揉了揉眼睛，回想梦中之事，历历在目。这定是南海观音菩萨怕她再染红尘，答应康家庄所求之婚，才将前因之事托梦给她的。她想，这个去处又是什么地方呢？它是不是我父母在世时曾经说过的水帘洞，我虽没到过水帘洞，可水帘洞和我梦中所见不无两样，那地方我怎么那样熟悉，就和在那儿生活过一样。她将这场梦整理得有了头绪后，就定了主意，为避红尘，依赖纺麻线，消磨时光。

　　此架纺车是真秀想象着自己制作的。观林湾黄酸梨的座儿，龙夺嘴香椿木的线轴，摇把是庭院门前杏树杈间自然形成的。她到三棵树湾弄来些白桦、红桦、青紫桦木料，从中拣出好料做成车架。她只将这些材料寻来，用纤纤细手把它们摆了个纺车样儿，一架轻便的纺车就浑然天成了。

　　白天，她用棒槌敲打胡麻，脱去未尽的麻秆渣子，理出麻丝来；晚上，她就坐下来轻摇纺车，轱辘轻便捷巧地转动起来，吱吱悠悠，如唱一首绝美的乡村牧歌，又匀又细的麻线，就一匝匝绕上了线轴。日复一日，月复一月，时光流水般逝去。她捻呀捻，很快地，这个冬天就在她的线匝间缠了过去，缠成一团团麻线。又一个春暖花开，万物复苏的季节来到了。

春天一到，庄户人家又都忙碌起来。春耕下种是头等的事儿。

贵子心疼妹妹，见她憔悴了，饭量也减少了，没日没夜地捻线劳作，那双纤嫩的小手比原来粗糙了，满是裂开的血口子。贵子看在眼里，真不忍心妹妹再这样下去了，便劝真秀："别再捻线了，帮家里做些零活，做做饭。"真秀对着哥哥神圣而又甜蜜地笑笑，柔声细语地说："开种的时候，我会帮你们的，哥！"但她手中的纺车怎么也不会停止转动，还是那么和谐地歌唱着。贵子知道父母活着的时候对妹的疼爱，好在这些日子马兰也没再提婚事，他也就不再做什么强求。贵子在想，孝敬父母，疼爱弟妹为先。更何况父母又都不在了，我这做兄长的，责任不比做父母的小呀，只要妹妹开心，我的心里就舒服多了，还有什么不能够谅解的呢。

嫂嫂却是很生真秀的气的。去年一场冰雹，所有庄稼颗粒无收，要不是死而复生的那几亩洋芋，怎么着她这个三口之家也是熬不到这个时节的。眼看又到春播时节了，连一粒种子也没有，总不能让那么多的土地荒芜了吧？她思前想后，又有了新的打算，还是从真秀身上下手为妙。

这一天，马兰要贵子到康家庄康员外家去驮些种子。贵子知道她又要为难真秀了，不想去。妹妹不同意这门亲事，常常这样向人家伸手，是给自己拉债，以后也是麻烦事儿。就说："到别处借些吧。要不，咱卖了这头母驴，籴些种子。"

贵子的这个主意马兰哪能同意。她就在贵子面前发脾气，摔碟子扔碗筷的，唠叨个不休。她也不想明着和真秀闹翻，怕的是闹得太厉害了，真秀要是犟着执意不答应，到时就没法给康员外交代了。白天就在紧张的气氛中过去了，到了晚上，马兰才关起门来和贵子大吵大闹，闹个不休，逼贵子逼真秀。马兰先是大骂哭吵，后是对贵子肆意折腾，不让他睡安稳觉。他俩结婚都七八年光景了，还没生下个娃。贵子心里是很烦躁的,房中之事就更是迫不及待。贵子的兴头刚来,马兰就故意降温,弄得贵子好不生气。这晚,他竟破天荒地将马兰痛打了一顿。

这时,真秀的纺车吱悠悠响动,屋外的细雨唰唰地下着,斜刺大地。真秀见兄嫂房中的动静异常,不知是发生了什么事,便推门进去。她见哥嫂抓扭成一团,在炕上滚打,便急忙前去劝架。贵子见妹妹来了,停了手,马兰却趁空儿一把抓过去,贵子的脸上立马现出五道血印。贵子气急了,一巴掌用力扇向妻子。真秀将杏眼儿一翻,挥动纤手,把哥的巴掌挡住,说:"我知道,你俩打架是为我的事,你们最好不要管。其实,管也没有用,我早就跟哥说过,我不嫁人。将来,我是要去出家念佛的!"

马兰听言,先是一愣,而后便呼天喊地地地哭开了,哭腔抑扬而无顿挫。骂贵子兄妹亏待了她,将她对这个家的操劳之心当了驴肝肺,一切原本是为了这个家的。眼看到了春耕季节,任何种子没有一粒,今年的庄农咋种呢?一年失了农,十年不如人。明年吃啥、穿啥?

这一哭闹,真秀有些不知所措,只向哥哥使了几个眼色,意欲让哥哥劝劝嫂嫂,别哭闹了。贵子也明白了妹妹的意思,他欲要开口,马兰就来了个母驴打滚,在炕上翻来滚去,撒起泼来,撕心裂肺地吼:"人家康员外有钱有势,能和咱结亲,是看得起咱。这已给了话的亲事,怎能中途反悔?我穷,一口痰唾落了地,却是不能再收起的呀!"

马兰的这一场戏,让人看了也着实是情真意切,完全一副为了生计的场面。贵子听着听着,也茅塞顿开。这个家闹成这个样儿,日子过到这般光景,都不为了妹的婚事吗?他原先的想法一下子变了。其实是这场天灾使他变化了的,人活着是要吃饭穿衣的,现在连播种的籽儿也没了,往后的日子咋个过法?再说,那次康员外和媒人来时,他虽很少言语,却也是装了大汉的,要是这悔婚之事张扬出去,他的脸往哪儿搁?人们还不说个你贵子丢了父辈家风。父亲去世才两年，一个家就破败成这个样儿了，到那时就着实不好收拾了。想到这儿，他便板起面孔对真秀说："我和你嫂闹家务，你也知道了，都为今春的种子没着落，你嫂要我去康家庄驮，我不去才闹开的。现在我给你讲明白，你要不去康家庄也行，今年这二十来亩地的胡麻籽、大豆籽、洋芋籽，你给我弄来，我就依你。要不，明天天一亮，我就赶上驴去康员外家要种子！"

贵子原以为他这样一来，真秀会回心转意。怎知他话一出口，真秀倒转忧为喜了，对他说："哥，你男子汉大丈夫出言，可不能再反悔了！"

贵子说："男子汉说话，一言既出，驷马难追，我说话算话。"

真秀抿嘴一笑，摇摇头，瞅着嫂嫂不动。马兰见贵子变了卦顺了她的心，就停住哭，等着看他兄妹俩如何将事儿办着落。她见真秀定睛瞅着自己，知道是真秀信不过她，就说："你哥的话，我同意！"

真秀这才收回目光，对着兄嫂爽快地说："早些儿睡吧，明日早上先种豆子。"说完，就转身走了。

真秀一走，马兰就对丈夫说："她一个女娃，从啥地方去弄种子，有这等把握？我不相信，莫是哄骗咱的吧？"

贵子也想不明白，摇着头说："也许，她捻的麻线多了，能卖些钱，籴些种子的。"

马兰鼻子一嗤，快嘴利舌地说："你就不好好想想，麻线能值几吊钱？二十来亩地的籽种，得要多少钱籴呢！她夸的口是明天早上种豆子呢！"

贵子又纳闷了。是啊，明天早上就种豆子，她将怎的去弄籽来？他想来想去，觉得蹊跷。这娃从生下来到今天的一言一行，都着实让人费解。莫不是她真的又有啥绝招要显灵了？他穿好衣服，就到真秀的窗前去听。

每晚捻线到三更的真秀房里，此时却静得出奇，代替那吱吱悠悠的线车声音的是搓念珠的响声。贵子探着头，隔窗向里望去，只看见那盏清油灯上豆大的光蕊在跳荡。再一细看，纺车的线轴上只缠着不到半轴的一点点线。他在窗外长叹一声，心里很不是味儿。妹妹葫芦里装的是什么药呢？他思量着。转身，回到自己的房间，把刚才看到的情况说给马兰。马兰一听，一口咬定，这是真秀耍的花招，骗他俩的，便要贵子和她一起去看个究竟。

一对身影蹑手蹑脚地顶蒙蒙夜色，到了真秀睡的厢房门前，叫一声真秀，并不见回答，就推开房门进去了。屋里的真秀闭目禅坐，手里搓着念珠，嘴唇在微微启合，很像是小尼姑在诵经，并没理会此时进房的兄嫂。

这漠不关心的态度，使马兰很生气。她不问青红皂白，扑上去，将真秀一把推倒在炕上，恶狠狠地骂："要出家当尼姑，就早点儿去找个尼姑庵吧，我这是凡人之家，不是尼姑念经的地方！"贵子在一旁立着，没言语也没动作地看着妻对妹动怒。

真秀好像一点儿也没生气，从炕上坐起来，继续搓着念珠，对马兰央求道："嫂子，别打搅我。你这是干啥呀，嫂嫂！"

马兰并不理会真秀的央求，怒气不减地抓住真秀长长的发辫，往手上一缠，狠命地撕扯，又不住地在真秀白嫩的脸上来回扇了几个耳光。真秀可怜巴巴地滴着泪珠，无力反抗，也无心和她打闹，就那么支着任嫂嫂打骂。马兰打乏了，手脚的力量耗尽了，这才松了手。对呆立在一旁的贵子喊："愣着做啥，还不将这冤家撵出门去，咱屋里不要尼姑。"

贵子被马兰的声音惊醒，他被生活之苦夺去了的手足之情又腾然升起，一步跨上前，一把将妻子推了个狗蹲。厉声喊："你这猪婆娘，为何这般打她？我爹我娘就生了我们兄妹俩，爹娘在世时，也从舍不得动她一指头的！"他吼叫着，如护着崽子的老虎，将马兰按倒在地，左右一阵脚踢拳打。马兰是想让丈夫帮她对付真秀的，她以为丈夫完全会倒向她这一边的。可万万没有想到,丈夫如墙头草,在她和真秀的矛盾中站到了妹妹一边。她失望了,蜷缩成一团,任丈夫的拳脚雨点般敲打。真秀见哥哥打嫂嫂动了真格的,就将贵子拦腰抱住,哭着求道:"别打了,哥,别打了呀!"贵子这才住了手,站在一旁气喘如牛。

哪知马兰对贵子的毒打并未生气,她认为这一切事端,都是真秀所致,就将刚才自己所受的委屈,一股脑儿加在了真秀身上。骂道:"你这坏缸的曲子臊家的犬,今晚你说,康家庄去还是不去?"

此时的真秀,神情镇静,处之泰然。似乎刚才她并未遭打,一切事从未发生,只是和嫂嫂在谈论心事。真秀语气中毫无畏惧之色,她说:"我是不去的,嫂嫂,你就别再逼我了!"

马兰脸色十分难看,满脸横肉倒垂下来,气势汹汹地立在那里,母夜叉一般。听真秀的回话,嘿嘿冷笑一声,说:"不去也行,今晚你给我就生出种子来,我就答应你!"言罢,愤然离去。

马兰一走,贵子就跪在了妹妹的面前,七尺男儿,泪水哗哗地流了出来。此时的贵子,内心充满矛盾。在这三口之家,他左右为难,既不想让妹妹受气受苦,又不想使妻子生气伤心。要想两全其美,他是无能为力的。自幼的软性子,吃父母饭长大的。父母在世时的那个家庭,给他精神上的享受是丰富的情感和善良的心地,在生活上是不愁吃不愁穿的娇生惯养。这时,他跪在妹妹的面前,如一个泪人儿,央求着说:"真秀,你就依了吧,女娃家,啥地方也得出嫁的。"真秀扶起哥,为他揩了泪,送他出了房门,说:"别为我操心了,哥,我的事,我自个儿做主。"贵子无可奈何,只好回自己房中去了。

送走哥哥,真秀回到房里,坐上炕,含着泪,将手中的念珠向地上一抛,说:"佛呀,今晚这一幕,你看见了吗?发发慈悲吧,将这念珠变成嫂嫂要的种子!"话音才落,只见她抛在地上的念珠发出一道七彩光束，慢慢地成了单一的黄色，金黄金黄的。再一细看，满地都是那金黄光束的扩散之物。真秀便轻声默念胡麻、豆子和洋芋。当她睁开眼睛时，胡麻、豆子和洋芋就堆了满满儿一地。真秀喜出望外，欢喜地跳下炕沿，用手抓抓胡麻，肥美无比，再捏捏豆子，颗粒丰腴，那洋芋又是不大不小的个儿，芋眼儿密密布遍全身，正是切籽的好品种。看着眼前这情景，真秀的泪珠儿从面庞上成串地滚动下来。

你道这是怎么回事儿？前面只交代过，在父母给真秀做四十天时来过一个化缘的和尚，送给真秀这串念珠，真秀就如获至宝，永远没离开过手。你道那和尚又是何人？他是斗战胜佛孙悟空所化。原来，斗战胜佛和大势至菩萨分手后，没有回西方佛祖那儿去交差，而是直等着大势至投生到这李家沟，在四十天那天化作了和尚来看她。一来是看看小真秀，二来斗战胜佛知道这真秀将来定有难劫，就将念珠给了她，等着今晚应急一用。

第二天，天才蒙蒙亮，枣红公鸡还在伸长脖子打着零散的鸣。马兰已起了床，把贵子早早地催起来，说："你吆牛，我向真秀要种子去！"她也不等贵子再说什么，就趿着布鞋向真秀房中走去，心中在恶狠狠地嘀咕："看你今早给我变驴还是变马呢！"

真秀是一夜没合眼的。前半夜在吵闹和惶恐中煎熬，后半夜在欢喜和兴奋中度过。她禅坐到天亮，似乎整个身心都沐浴在佛的慈恩光环中。她的心还在亢奋中漫游，就听到院里响起趿着鞋的噼啪声，直向她屋里来。她听得出这是嫂嫂的脚步，知道是她来讨愿了，心中不免有些冲动，就那么禅坐在炕上，静静地等着嫂嫂的光临。

马兰恶狠狠地一把推开真秀的房门，才要开口，就被眼前的情景惊得目瞪口呆了。蒙蒙的天色将满地堆起的各色种子照进她的眼帘，再向炕上一看，真秀禅坐如初，闭着目，没有丝毫动静。无话可说的马兰，惊慌地喊贵子来。贵子也不知道发生了什么事，但她从妹先前的灵机中已料到会有奇迹发生。可万万也没想到，妹不出房门，就有所需的种子从天而降。

他立在门口，眼睛看得昏花了，结巴着问真秀："妹，这……这是怎么回事儿？哪来的呢？"

真秀这才睁开眼睛，平心静气地答道："佛发的慈悲，给我的，哥。"她再瞅一眼嫂嫂，见她眼睛瞪得如下蛋鸡婆，心中便暗暗好笑，就对哥说："哥，吆牛上地去吧，咱先种豆子！"贵子虽然纳闷，却也知道妹先前的所为，也就没有什么顾虑了。他拿来口袋，要马兰装豆子，他给母驴备鞍子。而马兰却阴森森地拦住他，说："别动，谁知道是偷来的，还是怎么弄来的呢！"

贵子好不生气，瞪她一眼，说："真秀就那么一个人，你送给她，她也拿不回来的。我们李家门风里从没出过贼。你这是侮辱我李家祖宗呢！"

马兰面不改色，无动于衷，说："你别太认真，女儿家的事，麻烦着呢。她执意不肯去康家庄，定是和哪家坏男子勾搭上了。说不定这些粮食就是他一夜间给送来的呢！"贵子心中又没个底儿了，他瞅一眼真秀。真秀并未生气，笑嘻嘻地对他说："哥，上地吧，时候不早了。"贵子见妹的面色正经无邪，也就放下心来。马兰尽管胡言乱语伤人心，却也奈何不了现实。不管怎么来的，种子总归是有了，也就只好跟着贵子装了口袋，搭上驴背，扛着耕犁，向门口对面的大湾里走去。临出门，马兰对真秀说："别坐着了，到时候，给我们把干粮送来。"

一路上，贵子夫妇默然无语，各怀心思。马兰为这一招棋又败在了真秀手上而懊恼，婚事还得重新考虑成功的法儿了。在她的意识中，这门婚事是万万不能失败的。她知道父亲已在康员外手上做了手脚，要是出现僵局，苏家岔娘家的日子是不好过的，她也就再不好踏进娘家的门槛了。贵子却在想着妹妹怎的就能弄回这些种子，而且在一夜之间？他心乱如麻，无处依附这种神秘的情感。想来想去，还是归到了佛的慈悲恩赐中。

哥嫂一走，真秀就准备着做饭了。在这好长的一段时日里，她是没有上过锅灶的。今日一看，面柜里基本空了，她想给地里的人烙些馍送去，可看着所剩无几的面粉，她又舍不得了，她再去揭开装炒面的柜子，炒面比生面要多得多。她便给干粮袋里装了两碗，准备到午饭时候往地里送去。

太阳欢快地跳出东边的山凹。真秀先给猪喂了食，又给鸡撒了几把大燕麦，就挑上水桶去沟脑挑水去了。来回两趟，水桶压得她气喘吁吁。能不气喘吁吁吗？路远桶大，水缸要装三担水才能满，她就支撑着又挑了第三趟。挑满了水缸，她才拿了早已装好的炒面向大湾里走去。

大湾名副其实，很大一道簸箕形的湾。父亲在世时，将这道湾的阳坡全垦了地，土很肥，向阳坡又压墒，是李家沟能长庄稼的好土地。贵子和马兰今早就在这阳坡地里种豆子。太阳已有一竹竿儿高了，正在牛困了、人也乏了的时候，真秀来到地里。她将炒面双手送到既累又饿的哥嫂面前，哥哥并未发话，嫂嫂却骂开了："你这不是欺负人吗？这干山旱丘的没一滴水，炒面咋吃？"真秀一想，嫂嫂还未理解她，也好，露一手让你看看！

要知真秀露了怎么样的一手，看下回再作表述。

第二十七回　嫂贪财出谋划计
　　　　　　　避红尘真秀逃婚

　　话说真秀给哥嫂将炒面送到大湾里的阳坡地，哥哥没说啥，嫂嫂却骂开了。这也难怪，干活儿干累了，口干舌燥的，这干炒面咋能咽得下呀！真秀便对着嫂嫂笑笑，很是高兴地说："别急，我给你们提些凉水来。"

　　马兰气不打一处来，她正无事找事呢。"我们在地里捣牛屁股，给你苦庄稼，让你做点午饭来，你却包着一碗干炒面。"她根本就没考虑面柜里已经露底儿了，真秀用啥来做饭呢，这不是为难人吗，巧媳妇难为无米之炊呀！她一瞪眼睛，两股子粗气直往鼻孔外冲。"这干山野屲的，哪里有凉水让你提。等你下山到沟脑泉边一趟，我们只怕早已被干炒面呛死在这阳山屲里了！"真秀也不答话，只将身子一扭，两只脚后跟如门轴一样，插进干旱的土地，转个圈。只见脚跟扭开的地方，冒出两股清澈的水来。她从怀中掏出手帕，平铺在地上，双手将这水掬进手帕。包了，送到哥嫂面前说："哥，嫂，水来了，喝着吃吧！"

　　马兰见状，大眼瞪小眼，惊诧不已。瞅瞅真秀，看看丈夫，见丈夫虎着眼盯她，真秀又笑盈盈地给她捧着水。她连忙双手接住了手帕；生怕一松手，那水从手帕中跑掉。可说来也神，水在手帕中不溢不荡，如盛在什么器皿中一般。马兰已是连渴带饿，迫不及待地一口炒面一口凉水地吃喝起来。

169

这时的贵子,惊喜万状。他早已对妹妹敬畏七分,相信她生来就不是凡胎。可恨的是,马兰经常刁难小妹,他又束手无策,两口子总不能天天拌嘴斗架,日子总还得过吧。古言道:"家和生黄金。"父亲在世时,没对他少说过,他牢记在心,也就不打算和马兰一般见识。多亏妹妹,感动佛灵,才能有籽下种。妹妹昨晚遭打,他就心里不是味儿,眼前马兰又对她谩骂,他又忍不住了。这下也好,妹妹给她点颜色看看,让她知道种子不是什么情夫偷着送来的了。

这时的真秀,明白兄长的心事,她用自身证明着自身的清白。对于嫂嫂,任何言语解释都是徒劳的,只有事实才能使她哑口无言。她纯是个不见棺材不落泪的泼妇。

等马兰吃饱喝足,将手帕连着炒面给了贵子,贵子接住时,手帕里的水还满满的。他将这凉水倒进炒面拌了拌,用手捏着吃。怪的是,那水刚好拌了炒面就没有了。贵子很开心地吃完了炒面,肚子里已沉沉的毫无饿意,他拍拍手,对真秀说:"妹,你先回去,我们种完了这些籽就来。"

真秀点点头,走了。

阳坡里归于宁静,太阳炙烤着这块干旱的沃土。真秀走出大湾后,马兰刚挪着战战兢兢的双脚,走到真秀用脚跟扭开的泉水边。这时,那两柱水合为一泉,清澈无底,在阳光下如一面精巧的小圆镜,闪闪发光。马兰弯下腰身,贪婪地喝了个饱。喝罢,摸摸嘴巴,对着贵子喊:"你喝不?这水真格香甜!"

贵子是心里对妻有气的,听妻喊叫他,本不想理睬地,可是一细想,也好,对着这些事实,教训教训她,让她回心转意,以后对真秀好些。他就喝住牛,走到泉边,也是弯下腰,双膝着地,双手撑着身子,喝了个酣畅淋漓。未了,摸摸嘴,赞道:"好香的水呀!"而后瞥了妻子一眼说:"真秀自生下来就有这种灵性,咱爹娘在世的时候说过的,她出生前有个先兆,一只受伤的母鹿被爹救了,后来到咱家,一住就是几个月,如一个小女娃,很听话很懂事。娘怀孕的时候，梦见一朵莲花真秀，长在咱家里，爹说他也做了个同样的梦。梦醒后，在厅房地上卧着的那只鹿忽然不翼而飞了，一道佛光照耀着咱的院落，后来就生了真秀。昨晚她给咱生出了作物种子，今天又扭出这眼泉来，这不是灵机吗？以后，你可不能再错待她了。你的言行是一种罪过，常这样下去，将来会受到惩罚的。"

马兰被贵子一席说服劝导的话，说得低下头去。她就有了一丝儿愧疚，点点头说："我会改的。"

马兰在贵子的劝导后，改过自新了没有呢？读下去，大家是会明白的。而真秀给兄嫂送干粮时用脚扭出的这一眼泉如今却还存在，就在李家沟对面大湾里的阳坡地中。根据它的来历，人们称它为"脚踩泉"。

种完庄稼，歇犁的时候，椿树芽已长出了巴掌大的叶子，桃杏树也挂上了青果，野樱桃花满山遍野地开，粉嘟嘟地白。这一天，康员外和马兰爹又来到了李家沟。这回还带着康员外的儿子，也就是给真秀找的女婿，一个十二三岁、奶声奶气的男娃。他一见真秀，脸一红，只是味味地发笑。

马兰爹这回和先一回来时不大一样。一进门，就和康员外谈去年那场冰雹，谈了一阵子后对贵子说："要不是康家庄亲戚救济，我今年都无籽下种了呢。咱这门亲戚算找对了，咱已经沾光了。康员外为人厚道善良，心地好。人家的娃娶咱真秀是咱的福分，是先人积下的阴德……"马兰见父亲还要往下说就朝他瞪眼睛，意思叫父亲再不要往下说了。父亲没察觉到女儿的脸色，却被康员外察觉了，他意识到了什么，便对马兰爹说："别夸了，咱不是夸富攀亲的。"马兰爹这才哈哈一笑，抓起旱烟锅子抽起旱烟来。

这一天，真秀只打了个照面，就回自己房里去了，她坐在纺线车前吱吱悠悠纺起了麻线。康员外的儿子生来一副憨厚的娃娃相，富裕家中长大的，娇生惯养，很贪玩。一见真秀，就想跟她一块玩，便到真秀房中去了。进了屋，望着真秀的纺车，感到很是稀奇，就要动手摆弄，却被真秀喝住了。他憨憨地问真秀："你这是在做啥呀？"

"捻麻线！"真秀低着头，冷冰冰地答道。

他就立在一旁仔细地瞧，见真秀不理睬自己，觉着无趣，就走出屋去。

贵子在这些日子里，经历了很多事端，便定下主意，要随真秀的愿望，就对岳父和康员外说："真秀怎么也不同意嫁人的，我们拿她也没办法。像康员外这等人家，不愁找不到个好的儿媳，我看就……"贵子还没说完，马兰爹就瞪起鸟蛋儿眼睛，声音生硬地说："人家康员外对咱不薄，怎么能说变卦就改口呢！"

康员外一句话也不言喘，只喝他的罐罐茶。

马兰见父亲和贵子就要红脸吵起来了，便插在中间和起稀泥来："真秀很犟的，我们就这么一个妹子，也不能由她的性子，过两年再说吧，事儿有我呢！"马兰一边说，一边直给父亲递眼色。她本来打算耕种完庄稼后回趟娘家，和父亲好好议议此事如何办才好。没想到，她还未能脱身，父亲就领着康员外父子来了。弄成这么个僵局，多不好意思呀！

精明干练、老谋深算的康员外料到事情有变，却装作若无其事的样子，等马兰说完了话，才接过话茬儿说："就像贵子说的，我这样的人家，并不愁找不到儿媳的，只为你家真秀自幼儿机灵，三岁知理咏经，能辨僧人真伪，使我感到她不同一般。她这样聪敏的女娃，正合我们富户人家，我才执意要成全这桩婚事的。再说，我已为此庄婚事花了不少财物了。"

康员外一说到这，马兰爹的旱烟嘴就粘在嘴唇上不动了，眼神木呆呆地望着女儿。马兰见父亲傻着脸，知道含着无端的秘密，又怕贵子识破，便做出一副甜蜜蜜、忸怩怩的神态，对康员外说："我家真秀是神透了的。去年遭雹灾，地里的庄稼颗粒无收，今年这春播时一粒籽儿都没有，你道我们是拿什么安茬庄农的？她一夜之间，竟给我们生出了胡麻、豆子和洋芋，那洋芋都和拳头般大小。春播的地种完了，籽儿也一粒不剩地种光尽了呢。"

康员外一听马兰这一说，吃惊不小："真有这等神奇的事儿？"

马兰忸怩着，轻轻推了康员外一下，喜滋滋地说："别急，还有呢。我和他哥到大湾里去种阳坡地的豆子，口渴了，想喝口凉水，真秀就在阳坡地里用脚跟给我们扭出了一泉清溜溜的水来，真秀竟能用脚跟扭出泉水，还不是天下奇闻吗？"

康员外不太相信马兰的话，就瞅一眼贵子，问："真有这等事儿？"

贵子点点头，答："这都是真的。"

听贵子这么肯定的回答，康员外的心头热浪翻滚。他所求，就是真秀的点石成金呀！他溜下炕沿，要去大湾里的阳坡地中看那眼脚踩泉。

康员外出了院门，马兰就着急地打发贵子带路去，"你陪康员外去一趟大湾里，人家是来走亲戚的。"贵子不好推托，也就随了康员外向大湾里走去。

厅房里只有马兰父女。康员外的儿子此时又去了真秀房中看真秀捻线的。马兰先是抱怨一番，这么大的事情，事前没和她接过头，就冒冒失失地把康员外领来了。马兰父亲见女儿抱怨自己，很为难地说："是人家想来走走的。今儿一早，就领着他娃到咱家来催我，想给你捎个信儿也来不及了。"马兰看到父亲的一脸窘相，也就没再多说。她就转了话题，又谈了些娘家的事情。但是，父女俩都感到烦心，康家和李家的这门亲事，如今该怎么办呢？

"爹，你看这事儿咋办好？"马兰问。

父亲也没啥好主意，他本来就是听女儿的，只知道贪财。"你看咋办好呢？总不能由着真秀去吧！"

"也是的！"马兰思量良久，点点头，"我想这样吧。平时你少来我这里，也尽量不要叫康员外来李家沟，只对他说，事儿成着呢就是。现在的康员外，听真秀有那么大的本事，就是倾家荡产也要娶的。到真秀十二三岁时，尽管娶人就是。咱给她来个缓兵之计，到时候大马儿牵到门口，就由不得她真秀了！"

父亲听着，还是疑虑重重地说："真秀要是长期这样犟着性子下去，到时候也就不好办了。就眼下，咱家用的康员外的财物，怕是退不清了！"

只听马兰的鼻子一哼，阴森森地说："由不得她的，由她就真的上了天了！"

父亲还是放不下心来，说："就算十三岁出嫁，也还有三四个年头呢。时间一长，变化大着呢！到时候，咱把苏家岔的家产全抵上，也是还不清康员外的债的。"

马兰见父亲胆小怕事，就生气地说："怕啥，真秀是我笼子里的鸟儿，飞不出去的。咱就要靠她这棵摇钱树，让康员外多流些油。"这时的马兰，一副大将风范，神思翩翩，兴奋异常。

父亲那颗既没主见又很贪财的头颅，此时摇摇晃晃地点着。心里还是想着，康员外要是知道了这其中的秘密，硬是不娶这门亲了咋办。马兰胸有成竹地说："姓康的是绝对不会放弃的。要不信，你等着瞧吧。今儿个去大湾里一趟，他就死活不会松手了。他看中的就是这死女子的这点儿灵性之气。"

果真不出马兰所料，看了脚踩泉回来的康员外，神采奕奕，欢喜不已。心里早就盘算着他家将来娶了真秀为媳，会给自己带来多少财富呢！

一切事都循着马兰父女的思路向前发展。此次之后，康员外家的任何一个人都没有再来过李家沟。有事儿，只去苏家岔和马兰爹商量，把钱物也只是往马兰爹手中塞。康员外看透了真秀，贵子家的事情是在马兰爹手里操着。马兰又偏向娘家，他就将马兰父亲缠得紧紧的，唯恐有变。

每到四季更替的时候，马兰爹就上康家庄替真秀索要换季衣物或银两。对着康员外，他常常说真秀要时兴的衣料，又要新上市的胭脂水粉。康员外也阔绰，在这件事上从不吝啬。马兰父亲开口要多少，他给多少，每去一趟，或多或少还要给马兰爹一些碎银两做跑腿钱。

然而，马兰父亲从康员外家讨来的财物，贵子和真秀是很少见到的，就算见到也不过是些零头。

马兰父女就这样在真秀身上捞油水，发偏财。你想，真秀的苦难哪里会有个尽头呀！她只有没日没夜地捻麻线，将自己如花似月的岁月，消磨在纺车的轱辘声中，让它悠悠地逝去。

马兰虽嫁到李家沟，本就是看上了李善人的家业，她绝不允许李善人的财产落到别人手中。可是，她嫁过来不久，这个家就败了。父亲在康员外家的行为，她也从不告诉贵子，把贵子蒙在鼓里，她父女俩商量好，在真秀身上榨油水，在康员外处捞油水。这样做，她有她的打算，对后半辈子的人生，她有个美妙的安排。她要从真秀身上捞一大把，等真秀嫁出去了，再强迫贵子搬家，搬到苏家岔去养活她的父母。李家沟这地方，她怎么也看不上眼，独庄孤户，也就没有长久住下去的打算了，又有谁愿意住这深沟沟里过孤零零的日子呢？

李家沟这三个人是关着门窗生活着的，尤其真秀，几乎与外面的世界隔绝，厮守着那架纺车消磨着无尽的岁月。

白天和黑夜就这样在各自的苦难中迅速交替着。一日日，一月月，一年年。真秀长到十二三岁了。在这几年时光里，谁也没提到过康员外家的任何事儿，日子还算过得清闲。庄户人家，春耕夏管，秋收冬藏，往复如此。这几年，家里的粮食没有多余的，也还够吃。真秀还是日夜不停地捻麻线。纺车悠悠，岁月悠悠，乐悠悠，苦悠悠。她到底能捻多少线，既没告诉过哥，也没告诉过嫂，那线轴上还有一定的空余，还能缠绕上她很多的岁月。

有一回，贵子问真秀，捻了也有四五年光景的麻线了，要是行的话，拿到集市去卖掉一些，也好换几件像样的衣裳。真秀只是对着哥憨厚地笑笑，又摇摇头，长辫子一甩。贵子知道妹不同意卖麻线，也就不好再勉强行事。马兰这时也能和妹开玩笑了，她是想着一切法儿，将她兄妹俩稳住的。她见真秀不同意卖麻线，就开玩笑说："真秀是攒着呢，到做出嫁的时候，好一股脑儿全卖掉，多买些嫁妆衣物。"真秀也不言喘，更不生气，只是神情显露得特别镇静。

　　女人到生个娃后，性情会变得柔和一些。马兰的变化，也在于此时。真秀十一岁那年，她生了个男娃，两口子很是欢喜。什么是家业？家业就是人。贵子二十七岁才得一子，就将心血倾注在了抚养迟到的儿子身上，和当年父亲抚养迟到的他们兄妹一样。马兰和贵子有所不同，虽然她的性情柔和了些，可她的人生打算并未发生大的变化。今年正月里，她去苏家岔转娘家，听父亲说，康员外家不想再等下去了，要在今年二月二十二日将真秀娶过去。马兰一听，心里很紧张，就让父亲把康员外请到苏家岔来，她要亲自商量。

　　这一天，是正月十五闹元宵的日子。苏家岔的秧歌队扭得很欢，大头和柳翠亲亲热热地抱在一起，招摇过市；踩高脚的小伙不住地往年轻媳妇堆里闯。二龙戏珠，狮子狂舞，马戏欢闹，锣鼓喧天，好一派欢乐的节日气氛。这一切，马兰一家是无心观看的。她父亲将康员外请到家里，商量操办婚事的事情。寒暄几句，吃喝一番后，马兰就单刀直入地向康员外道："真秀的事，能不能再等一年半载，到十三四岁了再娶？"

　　康员外是一天也不想再等了，他的家庭急需要真秀嫁过去，越快越好。他要真秀给他点石成金，呼风唤雨，生财长粮。就说："我问过阴阳先生了，今年大利，吉月吉日就在二月二十二日，再不能更改了。"

　　锣鼓听声，说话听音。马兰从康员外的言语中听出来了，这门婚事现在要变更已是不可能的了，她就将心一横，美美地、重重地在康员外的心上撕一把油。她说："再送五百两银子来。时间这么紧的，我们还要准备嫁妆呢！"

康员外瞥了马兰一眼，不认识似的迟疑了片刻，而后笑了笑。康员外懂得"光阴就是人，人才是最宝贵的财富"，银子算什么东西，只要能把真秀娶过来，五百两银子算什么呢！真秀在一夜之间能给你们弄来二十余亩地的种子，能在干旱的地里一脚踩出一眼清溜溜的泉水来，难道嫁到我家就不能给我生出个金娃娃、银蛋蛋吗？想到这里，康员外爽快地答应了马兰。还在心里嗤笑马兰："家有这么位福疙瘩，真是藏着金碗讨饭呢！"

马兰当日就回到了李家沟，将自己和康员外的谈话对贵子郑重其事地说了一遍。贵子一听，一股无名之火忽地燃烧起来："我说这几年没有了动静，还以为是退了亲事呢。原来是你在暗地里捣鬼，不把我们兄妹当人看了！"

马兰听了，也发起火来，叽叽喳喳，声音生硬："啥时间退了婚事的？康员外第一次来咱家时，给了咱五十两银子，这银子你退给人家了吗？"

贵子听了，忽地记起来，五十两银子的确是有过的，咋就这么粗心，将这事儿给忘了呢？便说："现在退，马上把银子退给康员外去。"

"你说得轻巧，那是定金，你自个儿拿给康员外去！都多少年了，要不同意，为啥不早点给人家退回去呢？你没退，说明你是愿意的。"马兰说。

贵子的火气减了一点点，这事儿都怪自己太粗心了，事到如今该怎么办呢？

马兰见问住了丈夫，这才又换上了笑脸说："康员外答应再给咱白银五百两呢！"

"五百两？"他吃惊地重复问了一句。这个数字，对这几年穷透了的贵子来说，可是个天文数字了。五百两银子，足够他给儿子花的了，不到两岁的儿子，还没穿过一件像样儿的衣裳呢。俗言说，不爱财就成佛了。其实，佛也爱财如命呢，不然为啥要用金子塑身呢！何况在贫困中挣扎着的贵子。他见钱眼黑,被五百两银子买去了心肝。他也没再管真秀对这门婚事的态度,更没有去想真秀会怎么样,心里就决然定了。他对马兰说:"五百两银子,分毫不少,啥时送齐了,啥时娶人!"

马兰见丈夫思想通了,兴奋不已,很是欢快地对贵子说:"你去做真秀的工作,银子我去要。"

正月十五的夜,寒冷而霜白。一轮满月很潇洒地悬在灰蒙蒙的天空,山川、河流披着银灰色的衣衫,静静地察看着人世间的秘密。夜深人静,贵子就将康员外要在二月二十二日娶亲的事说给了真秀。

他万万没想到,真秀会对他理也不理,好像什么事儿都没有似的,好像他这个哥哥根本就不存在似的,只有吱吱悠悠的纺车声似乎对他的谈话做了绝妙的回答。他只得无趣地离开了真秀的房间,回到自己的屋里,倒头便睡了。无论怎样,他需要钱,家庭需要钱,睡熟在他身边的儿子需要钱呀!

真秀知道,这二月二十二日将是她的难日。她就拼命地捻起了麻线,不分白天、黑夜,从不间歇,连吃饭的功夫也不留了,她也没给兄嫂一个字的回答,只是以表面的冷静对付嫂子内心的冷酷无情。谁知真秀的一言一语,反被马兰和贵子误解为默从。马兰有词有理地对贵子说:"这等事儿,女孩子家怎么说得出口,她不说话就是默许了。既然默许了婚事,咱就得好好准备准备。"

真秀为啥没日没夜地赶着捻麻线呢?因为她知道自己苦难未尽,又将要被逼着去染红尘,就想加把劲儿,将麻线捻够。这麻线是她与尘世的牵连,这是南海观世音菩萨叮咛过的。到时候不等他们逼婚,自己了结自己的苦难。

谁知心狠手辣的嫂嫂怕真秀逃婚,就在二月十二日离出嫁十天的时候,将她锁了起来。但是,真秀的主意是定了的,不管你怎么样,我都是要逃离这个家的。

这一天,是二月十九日,这是一个十分难忘的日子。春风已吹遍李家沟,吹进锁着真秀的屋里。她掐指一算,离二月二十二日不满四天时间了,现在不走,更待何时!

逃往哪里呢?她想到了七岁那年生日之夜的梦,梦中去过的地方。那莲花峰,那水帘遮掩的洞穴,南海观音会过自己的洞府,她的去向就定了。

要知道真秀能否逃出李家沟,下回再作表述。

第二十八回　显灵机棍寻生根
　　　　　　水帘洞菩萨降坛

　　话说二月十九日，吃早饭时，真秀趁着兄嫂在饭桌上谈论她出嫁的事儿的空隙，悄悄地将她房间的侧窗撬开，蹑手蹑脚地爬出了窗户。

　　贵子父母修造这座庭院的时候，正值家业兴旺之季，他们花费了不少精力，修成今天这个四合院。主厅房是北屋，一大挑着两小，西、南房分别是牲口圈和粮仓。真秀就住在东屋里，大门开在东南角。真秀爬出窗户，手牵麻线，顺着屋檐溜出了大门，向折漫湾飞快地跑去。

　　那麻线是缠在防线车线轴上的，她牵着头儿，线拉着轴吱悠悠转动。正在厅房里商量事儿的兄嫂听见，以为是真秀在纺线，也就没理会她。他俩准备杀一头猪，备几十桌酒席，阔气地送真秀出嫁。嫁给康员外这样的富户，也不能太穷酸了。商量定了，马兰要贵子到别的村去请些人来帮忙，时间快就到跟前了，得马上请厨子办席了。贵子正准备要出门办这些事儿，才到当院，忽见东房的窗户敞开着，心里便纳闷，就走过去查看。纺车的吱悠声还在悠扬地响着，不紧不慢，乡村牧歌一般悦耳，却不见了真秀。那麻线很显眼地从窗口拖出去，绷得紧紧地直出了大门。

　　贵子叫声不好。此时，马兰正收拾好了碗筷，去厨房洗锅，贵子就奔进厨房，对着马兰惊慌失措地说了东屋发生的事儿。正在洗锅的马兰一听，更是吃惊不小。真秀跑了，就如她的生命受到威胁一样,那还了得!马兰便顺手将洗刷锅碗瓢盆用的笤刷子一提,一头追出院子去。贵子见妻子如此惊慌地跑出了院子,也就胡乱将灶火门前立着的烧火棍一提,紧随着妻子而去。他们才两岁的孩子在屋里被惊吓得哇哇哭泣,在这紧要关头,他俩谁也顾不上了。

真秀一出门,就飞一般向折漫湾而去。这架湾,少说也有五六里路,她拼命地跑,还不住地回头顾盼,生怕兄嫂发现后追上来。

那根捻了五年的麻线现在就在她的手中牵着,是那么的沉重。可是,它是她唯一的希望和寄托。如果牵不牢或者被什么东西挂断了,她就前功尽弃,苦难无边了。来日的苦难是什么样儿,比眼下的苦难又如何呢?她是说不清楚的,但是她能够想象得出来。所以,此时的真秀将自己全身心地系在这根麻线上,手中的麻线头儿是拴在心尖儿上的。她紧张,又小心谨慎地把麻线攥在手心里,吃力而又艰难地向前跑着。

真秀刚到了折漫湾,马兰和贵子就追到了湾口。有那根麻线引路,贵子夫妇一眼就看到了真秀。此时,逃跑的人在前边没命地跑,追的人在后边拼命地追,大千世界,在这里定格成了逃与追的画面。对真秀来说,逃婚的选择是何等的艰难呀!既然已不再染红尘,既然这一切都是前因造定,那就只能逃亡,在逃亡中获取永生。

脚儿呀,你不要这么颤抖,你就争口气吧,千万千万支撑住,梦中的境界就在前头。心儿呀,你就别这样击胸敲肺地跳了,沉住气,肉体的生命就要涅槃,精神的永恒将要普照人寰。

对贵子夫妇来说,这又是何等痛心伤感的事儿,比五雷盖顶要可怕得多、凶猛得多。跑了真秀,就如到手的银子忽然间哗哗流失;跑了真秀,就如苏家岔和李家沟的兴旺随风荡逝!他俩只有一个念头,抓住真秀,把她拉回去。

然而,这个道理,简单得不能再简单了:哪有逃脱虎狼之口的兔子再回首顾盼的可能？宁可累死途中，宁可绝路自亡，也不愿重落虎狼之口。

真秀选择的这条路线是最快捷的径儿。出折漫湾，到孟家泉，过观儿下，至木林就是蛇丘了，再向南加把劲儿，就到水帘洞了。她清楚地记得，七岁生日那夜，她就是沿着这条路去水帘洞，见南海观音的。今天，她依然要走这条路，其余的路径，她从没走过，在这十二年来，她就根本没走出过李家沟半步。

可是，就这折漫湾，她也是不容易走出去的呀！过了冬的土地开始消冻，土质松软得如同水豆腐，一着脚，表层那灰黄色的旧草叶隙间，就挤压出稀泥糊糊来，脚一抬，就又海绵吸水般吸干了。真秀一个十二岁的女孩子，一双从没走过长路的脚板，一种从没经受过的恐吓，一次从没这么紧急的速度考验着她。就要冲出这折漫湾时，她已气力不支，两腿发酸、发抖、发麻，无法支撑了。汗水如玛瑙珠子一般，从她鲜嫩的额头、鬓角滚过脸庞，滴落下来，和进泥土。从她身体散发出的汗气凝成一团雾霭，随着她的身体，向湾口滑动着，笼罩过去。

折漫湾，这个地方似乎就是为了真秀的今天而存在的，真是漫长无边的折磨呀！要不是为了避开生的痛苦，迎接涅槃的快乐，她真的一步也不能向前移动了。

贵子和马兰，此时更是放开大步向前追赶，将荒草土地抛在身后，那条麻线飘荡的廊线就是路标。顺着它，他俩只看见一团雾霭，从山湾向山口飘荡。

此时的真秀已隐身在了那团朦胧的雾霭中，身后紧追着的两个贪婪的凡夫俗子的肉眼是看不见她的。马兰使劲揉着被汗水模糊了的眼睛，只是盯着那根麻线往前赶。她拼命地跑，要求贵子快些，再快些。她不能理解真秀将要逃到哪里去，万一真秀逃婚的事儿张扬出去，传到康员外耳朵里，她就要吃不了兜着走了。

整整瞒了康员外五年，五年里苏家岔娘家里搜刮了康员外多少财物,她不是不清楚,她知道父亲的私欲和贪婪,为真秀做媒就是要捞油水。此时的马兰有些后悔了,放着清闲日子不过,自寻了这些烦恼,钱是什么东西呢!难怪人们要在铜钱中心打个孔,圆的、方的,都是捆人的枷锁呀!良心被圈在其内,就变成黑的了;生命被圈在其内就腐烂了。为了钱,骨肉不亲,夫妻不诚,生灵残杀……钱哪,你为何这般神通广大、魔鬼一般呢?马兰越想越怕,越怕越后悔,她的整个心身此时才被这残酷而无情的现实洗刷着、净化着。

马兰除了想这些刚刚醒悟的事儿之外,还有一个更为可怕的想法困扰着她惶惶不安的心。追得这么急,要是真秀一时想不开,跳崖自尽了怎么办?到那时,我马兰也就只有死路一条了。她越想越怕,越怕脚步越快,想抓住真秀的欲望越强烈。

贵子也有他的想法。此时,他生马兰的气,是她将妹妹逼到这一境地的,要是逝去的父母在天有灵,知道真秀走到这种地步,那是多么伤心呀!也一定会抱怨自己这个做兄长的不心疼妹妹。到底自己心疼妹妹吗?他也说不清楚,他恨自己生来软弱,见钱眼开。想着想着,他一阵酸楚,眼泪就渗出了眼眶,一定得追上妹妹,劝她回家。康家庄不去就拉倒,不愿嫁人,哥就送你出家修行。你是个很机灵的女孩,可千万不能乱来呀,万一出了岔,有个三长两短,为哥的怎么对得起父母的在天之灵呀,真秀!贵子夫妇俩各怀心事,目标却只有一个:追回真秀。这样,也就能够跑在一条道上,顺着那根麻线,向前赶去。

初春的阳光,应该是不冷不热、恰到快意的。可是,这一天却格外地冷,冷得人心寒战,怎么也无法用寒冬未尽来言表。真秀跑出折漫湾时,太阳亦如一枚半熟的橘子,在灰蒙蒙的天际云海中挂着。她终于在耗尽吃奶的力气后,站在了山巅。她回头望去,身后是养育了她十二个春秋的李家沟。那山苍苍、峁茫茫,还没有生出叶芽的森林蒙蒙幽幽;哥嫂蚂蚁般的在折漫湾爬行,喊叫她的声音,急切而热烈地在四野回荡。她向前看，昏黄的阳光罩着险峻的峰峦，云雾缠绕着大地。莲花山的八瓣峰峦如箭似的直刺云天，在灰蒙蒙的天色中，一瓣瓣如落了霜的枫叶，有的在昏黄中呈柿黄，有的却呈现出浓重的黛青。在她这段苦难的路途中，最为艰难的折漫湾已悄然抛在了身后，脚下就是孟家泉了。那干旱的北山极为罕见的泉水，叮叮咚咚唱着欢快的歌，在为她的路过而欢庆。村庄里不多的几户人家被炊烟笼罩着，没有一丝儿的声音，只有鸡狗偶尔发出鸣叫和吠声。她没受任何干扰，绕过村子，在村口泉边的那棵歪脖子柳树下稍作休息，就又急急忙忙、踉踉跄跄地向山下行去。手中的麻线在昏黄的阳光下如一条银丝，热辣辣地发着亮光。

这是一段下坡路，走起来很是轻松，她爬折漫湾时耗去的体力已恢复了过来。接下去就是观儿下了，这是个很有景致的地方，一道石嘴，像一只雄鹰仰着头颅面视苍茫；又像是一位母亲，侧着身躯翘首顾盼远行的游子如期回归。真秀来到这里时，思想无比地空灵，内心有说不尽的快慰。奔波的劳累已荡然无存，似生了双翼的腿脚轻飘无比，一时刻，观儿下也被抛在了身后，蛇岖来就在眼前。

这里是蛇的领地。青蛇、白蛇、绿蛇、麻花蛇、菜花蛇，有毒的、无毒的，处处皆是。据说，这正是先前那粉团仙姑在黄蜂洞收了蛇王，在南海观音菩萨带她去南海途中，她将蛇王未来得及复原成蛇身的蛇虎胎子放逐于此后，才招引来这么多蛇的。平时，这里是无人敢涉足的禁区，那满坡满岖的蛇群，简直无法让人插足。然而，真秀来到此地，蛇群温顺无比，如列队的士兵迎接国王那样，整整齐齐地排列成两行，中间让出一条绿色通道，欢迎真秀经历这五毒俱全之地。真秀被这些恶毒无比而又驯服温顺的毒蛇所感动，人们常说"毒不过蛇蝎"，其实，有时候毒蛇要比人类善良得多呀。就在她意欲感激这些蛇儿的时候，忽见兄嫂的身影已到了木林，正在那阴森可怕、寒风吼叫的林间小径上飞也似的向她逼近。

木林在观儿下和蛇瓦的中间。真秀是以一种无法比拟的快乐经过这里的,并未感觉到它的阴森和苍郁。现在回头看时,也许是兄嫂已经到那里的缘故吧,那片生命旺盛的林地,对她是何等地毛骨悚然啊!她心里不禁着急起来,那种就要被兄嫂撵上来的恐惧朝她猛然袭来,她便放开双脚飞也似的狠命向前奔去。

真秀觉得越向前行,手中的麻线绷得越紧,走动起来越加吃力。在离水帘洞只有二三里路的地方时,她怎么也无法向前行进了。忽地,她想起人世间的欢乐和七情六欲的俗念来了。很想返回李家沟去,和常人一样过那夫妻恩爱、儿女情长的俗人生活。就在这杂念一闪间,她便知是线轴上的麻线拉完了,定是这条牵扯尘世的麻线在作怪,要将她拽进滚滚红尘了。她急得团团转,眼看兄嫂就要撵上来了,却又想不出一个绝妙的办法来。东面的山岳,如一张竖立的竹篾席;西面的峰峦,似一道垂挂的屏障。抬头看天,不比她手中的麻线粗壮多少,但她无力将它扯下来续接在麻线头上。麻线头尽了,她这段因缘将要前功尽弃。正在这万般无奈之时,她忽地又记起了七岁生日晚的那个梦来。这线要恰到好处地牵进水帘洞,可恨嫂嫂和哥哥逼她太紧,没能捻够。就在此时,冥冥之中传来一个声音:"李真秀,这线是你与尘世的牵连,纯属一种缘分,不能断,断了你就得重落红尘,受苦受难。牵着它,走进水帘洞莲台,你既可永远造福于众生,又不再重走尘世去受苦难。现在你手中的麻线已没有了,你也感觉到了它的牵力,对尘世生了恋情。哥嫂追得紧,你怎么办呢?想想吧,你的肉体已成为无用之物,体内可有续接这麻线的东西吗?"

真秀一听,顿时醒悟。这身内之物,不是别的,定是指腹内肠子了。她便一手牵了线头,用另一只手的中指、拇指和食指掐住肚脐,一用劲,将肠子拽出了腹部,与麻线续合在一起。此时,殷红的热血如决堤的洪流进涌而出。然而,此时真秀没有一丝痛苦,有的只是苦难将尽时的兴奋和临近涅槃时的快乐。

真秀将肠子和麻线续合在一起的地方,有个不大不小的村庄。自那天起,人们给这村子更了名,叫它"续合村"。

续合村前的沟洞溪流也很是奇怪,村子以上的溪水是清澈明快的,从续合村向下到水帘洞这段距离的溪水却殷红如血。这是因为,这渠里流淌的不是水,而是真秀体内的热血的缘故。如你有疑,到水帘洞以后,可亲自去看看,便知真假。

话说就在真秀随了那冥冥之声的指点,把肠子和麻线续在一起的当儿,续合村的庄稼人齐刷刷跪了一溜儿。见真秀牵着麻线做出这种伤害自己的奇怪之事,都感到不能理解。但是,眼前的真秀却是面如满月,毫无痛苦,对着大家善良慈悲地微笑着,他们便都感到真秀不是凡夫俗子。庄稼人就虔诚地举着香,叩拜在地,口称"麻线娘娘"。对真秀的这一称谓原是续合村的庄稼人随口而出的,但也确切,人们也就一直沿用着,直到今天还称莲花山水帘洞菩萨殿供奉的佛像为"麻线娘娘"。有很多人已忘了李真秀,也叫不出大势至菩萨,而只知道麻线娘娘了。

真秀被庄稼人实诚的叩拜所感动,刚要答谢人们对她的崇敬,却见哥哥和嫂嫂也到了续合村,就在她的身后。"不能被兄嫂拽住,绝对不能。"她急转身子,继续向前奔去。急匆匆来到一眼水泉边时,她体内的肠子已经用完了,她的肉体已经很难承载她的灵魂和意志,一步也挪不动了。就在这人与佛相接的紧急关头,只觉得头顶一阵清风徐徐吹来,一声凤凰的鸣叫很悦耳地传来。紧接着,一只金翅凤凰已落到麻线娘娘身边。她向前一步跨上凤凰之背,随着徐徐清风,腾空而起的金凤凰驮起真秀向莲花山水帘洞飞去了。此处就是麻线娘娘显圣成佛之处,这眼泉人们就叫它"显圣池"。

此时,鲁班沟沐浴在殷红的斑斓色彩中,从麻线娘娘体内溢出的热血,雨花般飘洒而下,一触到土地,就生出一朵朵嫣红的小花来。

追赶真秀到续合村的贵子夫妇见到眼前这番景象，大吃一惊。他俩面面相觑，可是谁也不愿意放弃，见凤凰驮着真秀落在了莲花山蕊峰，知道真秀已去了水帘洞，就挣扎着累垮了的身子，向水帘洞继续前行。

原来金翅凤凰是佛祖头顶的孔雀明王佛所化，在此危难之际来帮受够了十二个春秋苦难的大势至菩萨的。它将麻线娘娘驮到莲花蕊峰，在云霄间飞旋了一阵，找到那水帘掩遮的洞门，将麻线娘娘送到洞口，就飞回西天去了。

此时的麻线娘娘已腹内无肠，空空如也。她的肉体凡身，已很难支撑着她的灵魂走上莲台了。她只有四肢并用，艰难而又痛苦地向洞里那朵怒放的莲花爬行。这么一小截距离，她走得何等艰难，要付出多少精力！她的肉体凡身已筋疲力尽，她的思想却是不可言喻地快乐。就在她刚够着莲台的时候，洞外响起了兄嫂的脚步声。这使真秀惊恐万状呀，她生怕在这千钧一发的关键时刻看到哥哥和嫂嫂。她挣扎着用最后的毅力和勇气，像赛场上的冲刺一般飞跃着。然而，她一只脚才蹬上莲台，刚落座，另一只脚还未来得及收上去时，哥哥悲切地喊了一声"真秀"，随之，就扑倒在她的面前。贵子这一声呼唤并不打紧，并没阻止得了真秀从人到佛的跨越，也没阻止得住她的涅槃，更没有阻止住大势至菩萨的降坛。但哥哥却拉住了她的后腿，使那只脚永远没能盘上莲台去。

麻线娘娘李真秀已平静地进入了涅槃的境界。只见她面目如初，慈祥地微笑着，略低着头，俯视人间苍生。她是那么安然、慈祥和快慰。

马兰也闯进水帘洞来了，她体力已全部耗尽，扑倒在了贵子身边，莲台之前。

此时，群山注目，万鸟吟啼，一串悠扬的笙箫曲儿，从莲花山的密林群峰间跌宕而起。

贵子被这笙箫的悠扬曲调所震撼。"扑通"一声跪在莲台前，哭号着说："妹妹呀，妹妹！为兄我对不起你，早知你不是凡胎，与佛有缘，我决不合你嫂嫂的心，贪那发臭的银钱，要你沾染红尘。今天是二月十九日，是你涅槃成佛之日，如果你对为兄没有什么意见，就让我手中的火棍在此生根发芽，长成树！"说着，贵子将手中捏着的黑乎乎、汗渍渍的烧火棍插到了洞前的石缝中。马兰是个不见棺材不落泪的女人，她见真秀涅槃成佛，又听丈夫说是她逼真秀，就从惊呆了的状态中猛然醒过来，也扑通一跪说："妹妹，如果你真的是佛，就让我手中的这把笤刷子也生出根，长出芽，成树。"说完，也将笤刷子往洞前石缝中一插。

要知这火棍、笤刷生出根，长出芽，成了树没有，下回再作详表。

第二十九回　开慧眼救苦救难
　　　　　　　涤民心除恶施善

农历二月十九日，水帝洞大势至菩萨李真秀降坛。

话说李真秀虽脱去了凡胎，却有那麻线与凡尘相牵，割不断人世情丝。她见兄长诉得悲悲切切，就让他插在石缝中的烧火木棍生了根，转眼间拔枝生芽，郁郁葱葱，成一棵世间稀奇的火棍树。她这样做，是让兄长明白，妹在李家沟的所有苦难，纯属前因所定，就她而言，对做兄长的没有丝毫的意见。贵子见被自己插入石缝的火棍应了他的言语，也就心安了，妹对他没啥意见呀！火棍生根发芽成树，使马兰目瞪口呆，惊恐万状。正在她无地自容之时，被她插入石缝的笤刷子照样生根发芽，成了一棵奇树，叶片儿还极为茂密，枝杈又很密齐，摇摇拽拽，拖落了一地。真秀让火棍显灵是为了安慰哥哥，让这笤刷显灵却是为了感化嫂嫂。此时的马兰，已服服帖帖地跪拜在莲台前，不敢抬头观看昔日的妹妹、今日的菩萨的面容。

这火棍树和笤刷树不知经受了多少风霜雪雨、人事沧桑，如今还以它独特的风采在水帝洞菩萨殿旁茂盛挺立，风姿不减当年。时至今日，有一位林业专家来到水帝洞，见了这两棵奇树，吟出两句诗来："火棍本是膀胱果，秦陇槭做刷子传。"这又是大实话，不必在此累赘了。

贵子和马兰各怀心事而来，心境一统而去。各自都没了烦恼，没了忧愁，复归李家沟生儿育女，过他们平常的生活去了。这是俗人定局，不必多表。

且说大势至菩萨李真秀降坛于水帘洞，因为那根牵连尘世的麻线，四乡民众皆称她为麻线娘娘。麻线娘娘坐坛于此，是经过千辛万苦，挑来拣去的前因定法。她既已了结这十二个春秋的红尘苦难，皈依到佛界中来，也就少不了与她有着葛藤的佛菩萨和众神仙们前来祝贺一番。

二月十九日当天，先是南海观世音菩萨来访，为麻线娘娘圆却功德，降坛于水帘洞而庆贺。随南海观音而来的还有从前粉潭寺内护过经，守过天书洞的粉团仙姑。仙姑在南海也修行得道，功德无量，早已修成南海观音麾下粉团侍萨，形影不离地跟随在南海观音左右。这一日，她听南海观音言道："大势至菩萨苦难已尽，已降坛在莲花山水帘洞。"也就欢欣鼓舞地来了。她来，最热切的愿望是要一览故居，旧地重游，看看她用生命和信仰守护了许多年的天书洞。来到这鲁班沟，她顿觉一切都是那么亲切、可爱。一山一石、一草一木，似乎都在与她对话，交谈着各自的相思。一到莲花山蕊峰，她简直不敢相信自己的眼睛，天书洞旁那壁立的拉梢寺，蕊峰洞间这秀美的建筑，都使她感受到了故土众生的聪敏智慧。她在南海观音的引见下拜见了大势至菩萨。她俩是早就相识的，见面就叙起了旧事。粉团侍萨迫不及待地打听天书洞的情况，大势至菩萨很理解她此时的心情，只是哑然一笑，和南海观音互换了个眼神说："粉团侍萨，你先别急，天书洞的事等会儿你自然明白的。"粉团侍萨也就暂时耐住性子，听南海观音和大势至菩萨的吩咐，领了水帘洞众侍童侍女去花果山采摘野果，准备招待客人的礼物。

斗战胜佛孙悟空是第二个到的。他是奉佛祖之命来水帘洞慰问大势至菩萨的。斗战胜佛一进水帘洞就笑逐颜开，美滋滋地说："大势至，你好福气呀！俺老孙当年在这水帘洞享尽了清福，如今却属于你的天下了。想来，你得再去瑶池一趟，谢谢那老精怪王母娘娘！"他说着，也不等谁回他话，就左顾右盼，搔首抓耳，嗯嗯着又叫开了："二郎神也很有眼光的,将水帘洞从花果山移到莲花山蕊峰,是专为你大势至的今日做的好事!"大势至菩萨走下莲台,请斗战胜佛上座,行礼谢他的关照,感激他当年领自己来到这洞天福地。

斗战胜佛也毫不谦虚,嗯嗯叫着,笑脸盈盈地说:"只要你知道俺老孙的品行就是了,没必要谢俺的,应谢的是佛祖。"大势至也就面朝西天,拜伏于地,谢过佛祖。末了,斗战胜佛这才将佛祖旨意转告给她。

此时,粉团侍萨已领着众侍从从花果山采回野果。斗战胜佛一面品尝着已思念多年的善果,一面说:"佛祖让俺老孙转告你,当年贬你入宇寰,实属无奈。他虽知是王母娘娘有意陷害你,却为了顾全王母面子,只好对你作出这不公正的处罚了。俺老孙想也是的,菩萨走进瑶池,又不是罗汉,本应是无罪的,可王母一再说你偷看她沐浴,有欺君之罪。佛祖确实是无奈了。"斗战胜佛言罢,大势至菩萨再次面西而拜,说:"我佛顾全大局,明察是非,大势至毫厘都不敢对我佛有怨!"

大势至话音才落,忽地一侍童进报:"天书洞比丘尼求见。"大势至菩萨笑逐颜开地说:"快快请进洞来。"

你道这比丘尼是哪位?她就是和尉迟迥将军合建了拉梢寺的将军情妹。前面言道,拉梢寺修建完工,大势至将其安置在天书洞内守洞护经。今日她见大势至菩萨苦难已尽,降坛于此,特来求见的。

只见比丘尼进得洞来,将斗战胜佛、南海观音、大势至菩萨一一拜过。此时,粉团侍萨也走了进来,大势至让她俩相见,说明根由,各自都好不欢喜。末了,大势至菩萨又说:"粉团侍萨捡到了猪八戒丢掉的经典藏入洞内,又造粉潭寺护经守洞,吃尽了苦头。后来,比丘尼又修造拉梢寺,把天书洞护了个严实。这些年,她又寸步没离天书洞,同样的是护经有功。如今,天书洞与水帘洞相对峙,有我等在此,我佛经典是万无一失的。我的意思是,要比丘尼到这水帘洞来，陪我左右，看众位意下如何？"她用慈善的目光扫视了一周。比丘尼此时万分高兴，她苦尽甘来的时候到了。

只见南海观音慈眉善脸，笑嘻嘻地开口道："你与我想到一起来了，当年，我将粉团仙姑带到南海去，后来就封了她个粉团侍萨。如今，你收比丘尼在身边，有何不好。"

斗战胜佛眨了几下眼睛，向前跨一步道："依俺，就让这比丘尼在大势至左右做个侍萨得了！"

比丘尼一听斗战胜佛佛口圣封，忙忙跪下去，叩个头，谢过斗战胜佛。

大势至菩萨见大家想到一块儿了，好不欢喜，便让侍童们端上花果山水果，摆开素宴，喜庆一番。

莲花山水帘洞的喜祥之气，使过路神仙张果老生了好奇，他原是要去温泉沐浴，再到棋盘山过把棋瘾的。可他掐指一算：这水帘洞今日是佛菩萨聚会，我既已到此，何不将驴儿拴在乱石峡石洞中，也去热闹一番。主意定了，张果老将驴儿一拴，平步蹬云，去了水帘洞。

水帘洞内的和祥瑞气，很快就被张果老推到了高潮，"既然是欢聚一堂，庆贺大势至菩萨降坛，光吃水果没味，何不将那渭河岸边的民间素斋弄一些来品尝品尝！"斗战胜佛是赫赫有名的馋嘴儿，想当年他大闹天宫时，啥东西没尝过？他听张果老这么一说，便乐哈哈地要张果老快些弄来吃吃。只见张果老并不动身，只将手伸出去乱抓。他伸出左手，一笼热气腾腾的乐善镇干面馒头出现在眼前。又伸山右手，同样一笼千层百页的鸡蛋油饼油腻腻、黄葱葱、溢着葱花香味，在他手中提着。他就这样一手提一笼食品，站在水帘洞口大喊一声："来张桌子！"随着这一声喊，眼前峙立的石山、石峰，便哗啦啦撤开，又组合成一张大团桌。张果老将食物往桌上一摆，大势至菩萨让侍童侍女运来水蜜桃、歪嘴桃、尖嘴桃、无嘴桃、猕猴桃、花果山毛桃，还有野葡萄、雪梨、红杏、桃核等，堆了满满一桌。斗战胜佛嫌美中不足，便将千佛洞、拉梢寺里供着的野山梨果汁和野李子汁全都弄了来。张果老一看，道："我给忘了，那乐善镇的酿皮天下第一，待我弄它一盘大家享用。"说着，又一手抓去，一大盘子酿皮盖着油泼辣子摆在了桌上。大家围着石桌坐下。斗战胜佛坐上首，南海观音在左，大势至菩萨在右，下首是张果老，粉团侍萨在南海观音身边，比丘尼在大势至菩萨跟前。吃吃喝喝，共话水帘洞风光，好不热闹。

诸看官，请不要埋怨在下在此瞎编乱造，当你走进响河沟，经花果山时，馒头山、油饼山、桌子山会神情激昂地跃入你的眼帘。那时那刻，佛菩萨与众仙共欢的场面你也就能想象得历历在目了。

你道张果老为何要度用乐善镇市面的馒头、油饼和酿皮呢？这不是神仙俗气，而是因张果老时常深入民间，体察民情，也用惯了当地农人的家常便饭，特别是和农人的深厚情感所致。张果老对这渭河流域，可谓是轻车熟路，每每到此，都要调一碗酿皮，来几个馒头或者几张葱花饼加酿皮吃，吃上了瘾。今日之聚，便用自家胃口调度大家胃口，将这乐善镇地域的民间美食推荐给了大家，果然是别具风味，使大家交口称赞。

正在热闹之际，莲花山上空忽现出一团云朵。斗战胜佛孙悟空睁开火眼金睛一看，见来者正是那死对头杨戬，身后紧跟着哮天犬。孙悟空马上振作起来，抖擞当年威风，走出水帘洞，去迎接这位不速之客。在座的都大眼瞪小眼，捏着一把冷汗，生怕这两个好斗之徒相见后生出祸端。

"呔，二郎神，你来此又有何干，莫非是又要将俺水帘洞移到别处去不成？"孙悟空出言不逊，二郎神这回却是彬彬有礼。向孙悟空双手合十，道："有斗战胜佛在此，谁还敢再动水帘洞一草一木！我是来故地看看的。当年，我担山赶日，路过此间，见花果山已破败不堪，就将水帘洞移到这莲花山蕊峰间，自那之后，我也从未到过此地。今日过路，见此地一派祥和瑞气，便情不自禁地落下云头来看看，你就不必再多心了。"

孙悟空见二郎神态度和善，又听他这么一说，细想：也是，花果山已败，我老窝在那儿也没啥意思，移到此间，有大势至菩萨守着，也没什么不好。相互见礼寒暄，便将二郎神请进水帘洞与大家一一相见后，邀二郎神入座。既然来了，二郎神也就和大家欢快了一番。

这个和祥欢快的场面，是开天辟地以来罕见的。佛、菩萨和仙、神共聚。同时当年震惊宇寰的死对头孙悟空和二郎神杨戬化敌为友，一切都为了这块风水宝地，为了大势至菩萨的降坛。

正当二郎神入座品尝纯美的食果佳肴时，水帘洞东南角上冉冉飘来一朵彤云。南海观音睁开慧眼，轻轻叹道："是因我而来的！"

张果老问："这又是谁呢？"

南海观音答："玉皇大帝赐封的木匠祖师鲁班到了。"

斗战胜佛和大势至菩萨一听，便明白了，也就和南海观音一同迎了出去。

可是，鲁班的彤云只在莲花山上空飘来荡去，并不降落。斗战胜佛孙悟空便冲着他喊："鲁祖师爷，下来吧。俺老孙在此请你歇歇脚再去！"那云儿便定在莲花蕊峰上空，传来鲁班憨厚洪亮的声音："谢你了，斗战胜佛，有南海观音在，我不会去的。"

南海观音一听，真是痛心疾首，这杨柳枝怎的惹出这等事端，得罪了上界憨厚勤劳、德行最佳的鲁班祖师，给自己的清白名分招染了尘垢。她想趁着这个机会给鲁班讲明事由，赔个情，道个歉，便急忙应道："鲁班祖师，斗战胜佛请你，还是歇个脚的好。我南海观音很想寻你赔个不是，却无相逢良机，今日既然在此遇面，怎能这样就去？"

鲁班一听，更是火上泼油，怒气冲霄了，"莲花山被你占去了，你就在水帘洞内享清福吧！"

大势至见鲁班不肯落下云头，就说："今日，是我大势至菩萨做东。

鲁班听了，掐指一算，便知了其中缘由，这才将云头徐徐落下。到了水帘洞洞口，他向洞内一看，只见张果老和二郎神也在，很觉奇怪也就进了洞去。

南海观音见鲁班还是来了水帘洞，很是欢快。便让粉团侍萨给他摆了座儿，斟上果酒，这才道："从前之事，都因我管教不严，让杨柳枝趁我禅坐之时逃出南海，来到此地，假我之名，充我之貌，将你从这莲花山水帘洞逼走。多亏了斗战胜佛火眼金睛，辨出真伪，才将她劝回南海。这是我不慎引出的祸端，让杨柳枝狐假虎威，胡作非为，得罪了祖师。今日也是缘分，借此机会，我向你请求宽恕。"经南海观音这么一说，再有斗战胜佛和大势至菩萨在旁作证，良言相劝一番，鲁班也就消了怒气，说："我也细细思量过一番。你南海观音向来做事谨小慎微，慈悲为怀，先前之事，定有出入，但一直未能明白过来。今日你这样道来，我方明白了真相。也是我错怪了你，我当请求你的宽恕才是。"

南海观音和鲁班相互通融一番，也就都消了之前的怒气。斗战胜佛见此情景，欢欣鼓舞，邀大家同坐。莲花山水帘洞内一团和气，千年万年的怨恨在此化解，张果老也是少有的欢快，解下背间的酒葫芦，邀斗战胜佛、鲁班祖师、二郎神共饮。原来孙悟空自封为佛后，已是滴酒不沾了，只有鲁班、二郎神与张果老对饮，也喝了个痛快淋漓，一醉方休。

斗战胜佛、南海观世音菩萨、鲁班祖师、张果老、二郎神与大势至菩萨在莲花山水帘洞整整欢闹了十天才各自散去。这十天，凡夫俗子们也都纷纷来到水帘洞拜佛烧香，敬仰这位从李家沟走出的麻线娘娘，敬奉成了大势至菩萨的李真秀。

后来，每年农历二月十九日起的十天，便成了水帘洞永远不变的庙会祭日。每到此时，四乡百姓相聚于此，热闹一番。这是实话，不必多表。

话说大势至菩萨送走了众佛菩萨和神仙，回到水帘洞中，她就将此洞细细地布置一番，把做了侍萨的比丘尼忙了个不亦乐乎！

收拾完毕，大势至菩萨便思量，居住在此水帘洞中，必当为尘世众生做些着实的善事。菩萨本原是洗涤民心，除邪劝善的。她见脚下这一三角形泉水清澈无底，便生了奇心。遂将怀中一块丝帕抛了进去，打发侍萨比丘尼到山脚沟底去寻，看这无底三角泉水流向何方。

侍萨比丘尼遵循菩萨之命，走出水帘洞，过渡仙桥，沿着山脚沟涧直向沟外找去。经粉潭寺、火烧岇、黄蜂洞，闯乱石峡，在显圣池左侧一眼水泉内发现了菩萨扔进三角泉的那块丝帕。她将丝帕捡起，去回报菩萨。菩萨听言，见物，慧眼一睁，道："此泉既然直通显圣池，此三角泉就叫它菩萨泉吧。侍萨，快快唤过龙王来。"

侍萨比丘尼便遵从菩萨吩咐到菩萨泉边唤出龙王，领到了大势至菩萨面前。

菩萨对龙王说："此泉生于水帘洞，与显圣池相通，我便叫它菩萨泉。你既为菩萨泉守泉龙王，就要忠心耿耿，为我佛效力，以此清纯晶美之水，洗涤邪恶，广施善良。"

龙王听菩萨吩咐，遵命而去。欲回泉，忽见一位乡间老太婆，老态龙钟，领着一个年轻媳妇叩拜着进了水帘洞。跪在菩萨泉边，点燃一炷香，虔诚地求道："麻线娘娘，你是从我们农家走出来的佛菩萨，深知民间疾苦，更知农人对儿女的渴求。我老婆子三代单传，如今在我孙媳身上，却连个娃也没生，我婆孙今日跪在你的殿下，请你赐给我儿孙吧！佛菩萨开恩，佛菩萨开恩！"

大势至菩萨平心静气地听完这老婆婆的祈祷，沉思良久，对菩萨泉守泉龙王说："这菩萨泉深不见底，水清如玉液。我在泉内设制有青石、玉瓦，日后如有求儿女者，可从泉中自己去捞取。如是善良人家，在尘世无任何恶事，捞得青石者生儿，捞得玉瓦者生女；如是为非作歹之人，心地不纯之徒，不孝父母，不尊老爱幼者，伸手入泉，就有毒蛇、蛤蟆咬断他们的手指。对于从前有恶事，虐待父母谋财害命之人，如有改过自新之心，安做善良之人者，可别当论处！"龙王听命，旋即入泉，将大势至菩萨李真秀之言，书于绵帛之上，传向四野苍生。

自此之后，水帘洞菩萨泉边善男信女络绎不绝，求子得子，求福降福。那些个心底不纯之人一到泉边，便胆战心寒，生怕毒蛇、蛤蟆伤其性命。如是这般，就这一眼泉，不知教化了多少人改掉了恶习，从善如流。

你道这大势至菩萨李真秀为何要在这菩萨泉中做如此手脚，原来她是以自己在尘世十二年之目睹耳闻众苍生，发现有一些人私欲缠身，唯利是图，不孝父母，谋财害命，而且自己就是从这样一位嫂嫂的掌心中逃出来的。为了教化世人，她便用这菩萨泉，以求男女为饵，洗涤民心，广施慈悲，使人间充满良善，遍布着爱心。

如今这菩萨泉被人们称作菩萨池，就在莲花山水帘洞菩萨殿旁。大势至菩萨继续用这玉液洗涤万民寸心，救苦救难。有池前一副楹联为证：

洞口卷晶帘看菩萨放开慧眼总不忘救苦救难；
池中涌玉液愿下民洗涤寸心却自得佳儿佳孙。

诸位看官，这水帘洞的传说奇闻，讲到此处也该画上一个句号了。那笤刷树和火棍树历经风雨千年，却长生不老，如今看去，枝干交叉盘绕，千枝百态，盘根错节，妙趣横生，为麻线娘娘的故事做着旁证，教化着后人。有陇上板桥弟子守道先生诗曰：

笤刷、笤刷，
荡涤人世沉渣。
火棍、火棍，
勾起乡魂如梦。

然而，这个世界是物质的，贪欲、权力、战争、灾难，不但影响着物质支撑的人群，也同样左右着精神和信仰的空门。水帘洞也同样在劫难逃，这又是怎样的劫难呢？看下回便会知晓。

第三十回　抗流贼县衙招兵勇
　　　　　　救饥民水帘洞舍粥

　　话说大势至菩萨李真秀降坛水帘洞，四野乡民称她麻线娘娘。从此，水帘洞香火鼎盛，广施善良，启迪民心，教化世人，成为陇西、通渭、甘谷、武山四县民众朝贡的圣地。
　　冬春叠替，斗转星移，沧桑世事，变化万千。到了崇祯初年，水帘洞佛门净地却被道家占领，这也许和当年张果老逗留此间有着关联吧。道士们敬奉的是佛、菩萨，历任道长都从李家沟李氏家族中产生，也就承继着麻线娘娘的脉络。
　　神话至此，传奇人间。崇祯七年，被朝廷称为"流贼"的闯王李自成势力磅礴，扩展到这西陲贫壤，地方官府极力抵抗，但那汹涌之势锐不可当。这一日，袁宗第率义军已至天水关，他派参军贾连为先锋，率领一队人马绕道甘谷，直取宁远县城。
　　这是宁远县连遭大旱的第三个年头，百姓生活甚为艰难。渭河北岸山干地裂，麦子的长势让人心寒，麦穗就像莠草，烈日炎炎，农人们挥汗如雨，却浇出这空洞洞的收成。有些人家破了麦苗种大荞、小荞，有些人家种些耐旱的谷子。水是庄稼的命根，干旱无雨，种什么还不都是白劳苦。洋芋是渭河两岸的主要农作物，没了洋芋就没了半年粮，眼前的洋芋地看不见一丁点儿绿色，洋芋苗晒成了旱烟叶子。辛苦一年的庄稼汉们也就没了指望，没了指望的庄稼人只有一条路可走，那就是下四川、走陕西逃荒要饭。

如今，百姓们连逃荒的指望也没有了。大明朝内有"流贼"猖獗，外有"东虏"犯境，真是外忧内患，连年饥荒，国库空虚，百姓苦难重重。而崇祯皇帝又施行对"东虏"暂缓挞伐，先安内的政策，暴征急敛，招募丁勇，决心歼灭闯王义军，这条逃荒的路也就不好走了。

农历五月，正是青黄不接的日子，水帘洞放舍十日，从五月初五开始到五月十五日。连年灾荒，寺院里也没多少存粮，舍饭只有小米粥，方圆百姓能够赶得上的无疑都要来喝。响河沟和鲁班沟人流潮涌，老的少的，男的女的，面黄肌瘦，无精打采，看上去和这姹紫嫣红的水帘洞山姿山色极不相宜。

李道长瘦高个儿，一身青衣道袍，一头霜色的长发顶着道冠，三须胡子雪白雪白的，在暖风中飘摇。他站在山门前的亭子里，望着涌向山门的饥民们，目光严峻，双眉紧锁着，一副忧国忧民的样子，让人敬佩。山门口临时搭起一间草棚，棚里支起十口大锅。这大锅第一天只有三口，到了第三天就加成了六口，过了第五天就成了十口了。赶来喝粥的饥民一天比一天多，最让李道长伤心的是通渭这一路饥民为了赶一碗粥，竟有饿死在半道上的。他就叮嘱管伙房的雪儿，一定要让来的人都喝饱了才去。这样的荒年，又兵荒马乱，真是天灾人祸集聚而来。

"流贼"攻克天水关的消息也传入了水帘洞，这块佛门净地就更加热闹了，有些人甚至拿了铺盖卷儿，住在了山沟里，躲兵荒，度饥荒。

袁宗第兵临城下，宁远知县郭照便惶惶不可终日。这一日，他将监军道张曾请进县衙，商议守城事宜。

这知县郭照，曾拜在首辅周延儒门下，也花了些银子疏通打点，就要升任六品知府时，周延儒被罢免，升迁之事未能得逞。周延儒二十岁中状元，三十岁任首辅，崇祯皇帝很重视他。所以，郭照不灰心，他知道周延儒被罢免是暂时的，迟早还得起用，自己的六品知府说不定要授五品呢！

俗话说：乱世出英雄，时势造英雄。如今国家千疮百孔，正是表现自己才华的好时机，他要抓住这一机遇，堵住"流贼"，守护好宁远城。宁远城北临渭水，南有武城山，是通往巩昌府的要道，易守难攻之地。

"张兄，请书房用茶。"郭县令请监军道张曾进了书房。

"老爷今日相邀，是为了县城防御之事吧？"张曾坐下品一口茶后，单刀直入切入正题。

"莫非张兄已有了好的主意了？"

"主意还没想好的，不过，以兄弟看来，袁军既已取了天水关，攻咱县城是火烧眉睫的事。咱只有一营的兵力，要防御兵力不足呀！当务之急是招募丁勇，加紧操练，要不然'流贼'杀来，咱就来不及了。"

"是呀，要守护城池，兵力确实弱了些，一营官兵，不足千人。而'流贼'有三万之众，步兵营、骑兵营、火器营，都是身经百战之勇士，从河南克潼关，一路厮杀而来，让人听来都心寒呀！"

"县太爷，未免长'流贼'志气，灭我军威风了吧！"张曾一介武夫，哪能耍得过郭照的弯弯肠子，只几句话就把水给烧开了。

"不是兄弟我长'流贼'志气，你好好想一想，袁军一路长驱直入，难道我大明官兵都是泥捏的，就没一个挡得住的？"

"那是'流贼'狡猾，官兵无能，兄弟我就不信朝廷的军队斗不过一群乌合之众。你就看本监军的吧！"张曾拍着胸脯吼。

郭照暗自欢喜，他要张曾死守县城，守住这进入巩昌的要道，知府大人给他立下军令状，要他和宁远县城共存亡。他怕监军道张曾也向被"流贼"攻破的其他县城守军一样贪生怕死，不战自溃。现在他悬着的心落了地，便说："张兄有如此英雄气概，是宁远县百姓的福呀！那就速速招募兵勇，储备军粮吧！"

"挂起招兵旗，必有吃粮人。更何况时下荒年，这个不愁。愁的是兄弟手中没有银子，粮饷如何解决呀？"张曾也有他的想法，这乱世荒年，谁不乘机捞一把呢，你要我阻拦流贼，那你给银子呀！

"这……好说，我会派人送过来的。"郭照这些年也捞了不少的银子，除了朝廷规定必征的税目，他还规定养牲畜的要交"骡马银"、赶大车的要交"车船银"、猎人要交"猎银"、磨坊要交"粮食加工银"、进山砍柴要交"进山银"，等等，名目繁多。在这关键时刻，出几两银子换个平安，他拿得出来也舍得拿。

张曾回到道衙，吩咐手下去招募兵勇，自己到春香楼快活去了。

监军道衙门团练陈玖带着一队兵勇出了县城南门，在东郊丁字路口挂起招兵牌，敲锣打鼓吆喝着："县衙监军道招募兵勇，每月三块大洋的饷银，愿意吃粮的快来报名吆……"

"流贼已经打过来了，抢劫奸淫，无恶不作，'国家有难，匹夫有责'，为了保家卫国，有志气的男儿们快来吃粮当兵啦……"

"募招兵勇，每月三块大洋军饷……"

一张长条木桌后面，陈玖正襟危坐，兵勇们的呼叫声让他心寒。过往行人没有几个，但都是一些老弱孺妇，偶尔有一个半个男丁，也是菜色脸，怎能上阵杀敌。陈玖带着兵勇们一直到日影西斜，路上的行人寥寥无几时才收兵回营。

第二日，张曾令陈玖兵分两路，在城东和城西各设一个点，继续招募兵勇。一天下来，来了不到十个壮年男子，也没一个是有精神的。他们本来是要去水帘洞喝粥的，看到募招处放着几个谷面馍馍，就报了名。宁远的老百姓对县衙失去了信心，听说流贼就要打来，跑得动的都携家带眷的逃到南山去了，走不动的去水帘洞喝粥了。不是百姓们不爱家，大旱三年，兵荒马乱，官府又重重搜刮，百姓是榨干了油的芝麻，顾着性命才是最要紧的。

　　第三日，陈玖就带了一百来号兵勇去了水帘洞。这一日是水帘洞舍粥的第九天，李道长望着露宿在沟底等着喝粥的饥民，对身边的两位弟子福来和禄存说："罪孽呀罪孽，寺里的粮食已所剩无几，放舍还有一天时间，这一天过去，这么多人将去哪里寻找食物？想来，本寺施善，反而造孽了。阿弥陀佛！"

　　"师父不必伤感，各人各有造化，该活着的会活下来的，不该活的救也救不了的。更何况咱们寺里是自己吃野菜咽谷糠，把小米粥饭施舍给了大家呢！我佛慈悲，会保佑这些饥民的。"福来说。

　　"你去把雪儿叫来。"道长说。福来就急忙去了伙房。

　　雪儿是位二十出头的姑娘，她被李道长收留进寺院，已有十余年光景了。道长捡到她的那一天是个大雪纷飞的日子，这位可怜的女娃饥寒交迫，昏睡在渭河滩头。她没有向道长诉说自己的身世，道长也没多问，就连她原先的姓名也不要了，唤她雪儿。

　　雪儿一身道姑装束，来到菩萨殿，向道长行过师徒礼，站在一旁，只等师父发话。

　　"咱舍粥十日，你怎么看？"师父慈眉善脸，手捻胡须说。

　　"回师父，弟子以为，师父菩萨心肠，救众生于饥饿灾难之中，是天大的善事，既为水帘洞增光添彩，又让世人感受我佛慈悲。"

　　"非也，非也！我们造下孽了。"师父踱着步，一脸的愁苦。

　　"弟子这就糊涂了，放舍救命，怎么就造下孽了呢？望师父明示。"雪儿睁着疑惑的眼睛问。

　　"白鹭立雪，愚人看鹭，聪明观雪，智者见白。"师父念着诗句，若有所失，痛苦万分。

　　"弟子更加糊涂了。"雪儿又说。

"舍粥十天，让饥民活了十日。这些人坐在水帘洞，只顾一日三粥，而忘了自寻生路，此罪孽一也；闻通渭饥民为奔一碗米粥，有赶到中途亡命了的，要是咱不施舍粥饭，那中途亡命者剥榆树皮、挖野菜也许还能活下去的，咱施舍了，反而害他们丧了命，此罪孽二也；十日期满，饥民将去何处寻找食物，他们一走出这水帘洞响河沟，也许就趴在渭河滩头起不来了，此罪孽三也！"

"依师父所见，如何才能消除这么多的罪孽呢？"雪儿问道。

"寺院粮仓里的存粮现在还有多少？"师父问。

"舍粥期满，估计寺院里还能熬过生月。"雪儿说。

"继续舍粥，再舍五天！"师父一挥手，斩钉截铁地说。

"师父……"雪儿惊骇了。

"不必多言，贫道自有办法。从今日起，喝过粥后，你就组织饥民到荒野去剜野菜，剥榆树皮，添补粮食不足。"

"弟子明白了。这就照师父的吩咐去做。"

话说，陈玖带着兵勇来到水帘洞时，雪儿正把饥民们领上山野寻找野菜呢，老弱妇女们剜野菜挖草根，男子们剥榆树皮。

这个法子好，弄些野菜树皮和在粥里，粥也稠了，量也多了，省出点小米多坚持一两天。大家感谢李道长和寺院里的僧、道们，只要能熬到五月，六月头上就能收庄稼了，尽管不会有多少收成，但那是希望。

兵勇们在莲花山脚所能见到的是破衣烂裳和柳篮子竹篾背篓装着的粗瓷大碗。旁边要么是孩童堆石子玩耍或者揪草芽儿往嘴里填，要么是老态龙钟者在捉虱子。他们失望地摇着头，陈玖想："四县各乡的人都来这里喝粥，明明有几百号青壮年男子奔那碗粥来了，怎么就一个不见了呢？怪哉，莫是寺院里搞的鬼，把身体强壮的男子给散了或者藏了起来，有意和官府作对不成？"想到这里，他调转马头，朝上山的林间小道驰去，兵勇操着家伙，跑步尾随，他要进寺院问个明白。

山门打开后，李道长走了出来，念声"阿弥陀佛"，说："不知施主带兵来本寺有何见教？"

"李道长！"陈玖是认得李道长的，前些年，他领着妻子到菩萨泉求过儿子，果真还应验了，之后他每年都要来烧香拜佛。他下得马来，还个礼道："我贸然来访，是有要务在身，还望道长见凉。'流贼'打过来了，据可靠消息，他们想逆渭河而进，先攻宁远城，再打巩昌府。郭县令和张监军商议要招募兵勇，紧急操练，以抵御'流贼'攻城，可是兄弟我将招兵牌挂了整整三日，所招兵勇不足十名，贵寺舍粥，倒有一些青壮年男子奔着粥饭而来了，我就贸然前来，想招募这些人当兵吃粮。"

"阿弥陀佛，善哉，善哉，施主一番苦心，是为了国家。出家人不理政事，但有一点是可取的，那就是这些青壮年男子去当兵吃粮，可填饱肚子，免除饥饿之灾难，只要他们愿意，贫道无话可说。"

"多谢道长。只是在这莲花山，没见着一位男子呀。"陈玖说。

"去寻找可供充饥的野菜、树皮了，晌午就能回来的。"李道长答。

"那我们就等等，还望道长能帮我们一把，阻击'流贼'是为了国泰民安。"陈玖言罢，命手下兵勇不准进入寺内，原地休息。

水帘洞、千佛洞、拉梢寺如今是僧道合一，听命于水帘洞道长。平日里大家除了念佛诵经之外就是耕种寺院里的百余亩田地，晨起晚眠之时也练练武功来强身健体。李道长的九环鞭在陇上驰名，他常常训诫弟子，习武的目的是强身健体，保寺护佛，绝不可去争强斗胜，欺辱他人。今日见陈玖领兵进山，众弟子个个拿了武器，以防发生不测之事。

临近午时，饥民们三三两两从四山八岔向拉梢寺前的谷地聚集而来，篮子里、背篼里都装着质量不一数量不等的野菜树皮。俗话说："大旱不过一月半。"都两个月没下滴雨了，草干了、山黄了，野菜着实不好找呀！雪儿让妇女们摘菜洗菜，准备午饭，老者和孩子也都聚拢来，有些孩子见了野菜就往嘴里填。不知是哪一位妇女竟然摘了一把野草莓，红红的，可爱极了，娇小极了，它在此时却是难得的美食，而她竟没舍得吃，拿回"家"里，分给妇女和孩子们享用了。

看着此情此景，兵勇们流出了眼泪，他们的亲人也是这样和荒年抗争着的。

午粥就要做好的时候，男子们下山了，他们的收获也不大，那么多的榆树皮早已被人剥了去，荒年，人难活命，树也难以保生呀。男人们一到，陈玖就出现了，他让兵勇们敲响了铜锣，还喊着他们在县城郊外喊的话。

陈玖喊道："各位兄弟们，大家在这里等着喝粥，不如跟着本团练去吃粮当兵。一则可以吃饱肚子，二则可以把水帘洞的粥饭省下一些给老人和娃娃们吃！"

男人们便交头接耳，议论纷纷。片刻后，有人站出来让陈玖写上他的名字。有人却说："我们得听一听李道长怎么说。"

李道长念声阿弥陀佛，说："活命乃人之第一大事，各位想去吃粮，这也是活命的一条路。但吃粮是要打仗的，贫道不敢妄言，请各自自作主张吧。"

"活命要紧。"

"流贼确也该打，崇祯爷好好的，造哪门子反呀！"

……

这步棋陈玖是走对了，光从水帘洞就带出了近四百名男子。日头落山时，他们从县城南门进了城。

欲知后事如何，请看下回再细细表述。

第三十一回　守城池县令中箭
　　　　　　攻东门先锋坠河

话说这一天，水帘洞道士僧侣们正在寺院西北坡的山地里收大麦，喝过粥的饥民们还有住在寺院里没走的也都来帮忙收割。大麦紧贴着地皮，大家就像揪猴毛那样一苗一苗地拔着，一把一把地堆起来，再用背筥背回寺院里。

烈日当空，晒得人头皮发痒，胸口发闷。尽管歉收，却给了人们希望，大家干得很起劲。太阳偏西了，有微风拂来，这是一天中最舒服的时间，也是最出活儿的时间。两位小道士从山沟里背来凉水，大家喝一口，解解渴，消消乏。有人饿了，就搓大麦穗往嘴里填，再用凉水冲下去，也没人说是偷吃什么的。这年月，就剩下没把人肉煮着吃了，能熬到有大麦穗吃，是多么的不容易啊！

沟底传来了马蹄声，由远而近，渐渐地，人的脚步声也听得见了。有人放下手里的凉水罐子站起来看，看着，就惊恐地喊了起来："过兵了，快看，过兵了！"

这是一支庞大的队伍，最前面一队骑兵，不多，有十来骑。马队后面黑压压一队步兵，在这曲曲折折的山谷里，望不到尾。他们打着黄底红边的旗帜，上面一个大大的"袁"字。

"不好，是流贼袁宗第的队伍。火速回寺，保护寺院。"李道长急声道，话音刚落，地里的道士、僧侣和饥民们就朝各自选中的方向跑走了。

207

队伍来到水帘洞沟底停了下来，他们并没有进寺院，而在山沟里埋锅造饭。顿时，炊烟滚滚，人声鼎沸，似乎身边的寺院并不存在。

水帘洞里，李道长握着九环鞭的手慢慢地松开了，对身边的福来和禄存说："福来去千佛洞通知马三脚，禄存去拉梢寺通知牛四晃，要他们守住寺院，千万不要贸然行事。如果流贼不骚扰咱们，咱们绝不可先出手。"

福来和禄存各自带上武器走了。李道长就慢慢品味袁军，觉着他们和传说中的不一样。不是说"流贼"烧杀抢掠，奸淫强暴，无恶不作吗？怎么今天在外面埋锅造饭而不入寺，就连马背上的头目也在拾柴烧火呢？他觉得蹊跷，就安排好守门的道士，将九环鞭往腰里一系，一个人独自出了山门。

李道长到了马队间，对着喂马的兵士念声阿弥陀佛，说："请问施主，哪位是你们的首领，贫道想见一见。"

"好吧，跟我来吧。"马兵说着，就转身朝一位中等个儿，披件黑战袍的人走去。

"先锋将军，这位道士要见您。"马兵行个礼，报。

先锋将军转过身来，李道长细细看时，只见他圆盘脸，络腮胡，两道扫帚眉下一双豹眼压着一只蛤蟆鼻，二十五六岁的年纪，头扎一块英雄巾，好英俊、威武的先行官呀，怎么就做了流贼了呢？

"是这位道士吗？"先锋将军问。

"正是贫道。"

"我正要拜见水帘洞道长呢，见山门紧闭，不好打扰。这下好了，就烦您领见吧。"

"贫道便是道长，施主有事，请赐教便是了。"

"这下更好了，免得我再跑腿了。"先锋将军一副孩子样，倒使李道长生了疑心：这样的人怎能领兵打仗呀？

"我是袁将军帐前先锋，姓贾名连。想必道长姓李了？"

"贫道姓李,将军是怎么知道的?"

"李道长,这你就小看我了。谁不知道水帘洞历任道长、住持都是李姓,和麻线娘娘同族。"

李道长心里一热,看来流贼对水帘洞知道得还不少,是祸还是福呀?但他此时心里平静如水,至少到此为止,这支队伍还没做过对水帘洞不利的事情。

"道长,我们借贵寺这条山沟休整,你可别赶我们走哟!"

"贫道怎能赶你们走呢,你们来到寺前,没进山门,没做对不住佛菩萨的事,就连林子里的树木也没砍一棵,我是头一遭见这样的队伍呢。"

"那就烦劳道长告诉大家别怕,别东躲西藏的了,出来一起做饭吃。我知道你们的粮食给饥民放了舍,我贾连今天就给水帘洞舍一顿面条!"

"贫道替水帘洞众生谢过先锋将军的好意,饭就不吃了,水帘洞的野菜和米粥还能吃饱。"李道长还是不放心,乱世年间,谁能猜得透他是什么用心呢?

"我知道道长是听信了传言,说什么闯王的兵士是'流贼',吃人肉、喝人血,杀人放火,奸淫抢掠。这全是些废话,我们都是地地道道的庄稼汉,'官逼民反,民不得不反',我们反了!"

"将军息怒,贫道要是有这样的想法,死一百回都行的。"李道长被贾连说得羞愧了。这时,福来和禄存见师父独自进了兵营,便慌慌忙忙赶来了。

"那就让大家一起吃饭吧,"贾连很干脆,转过身传令:"各队锅里多加一碗水,咱们和水帘洞共进晚餐!"

李道长虽有戒备之心,但这顿饭是非吃不可的了,他便让福来和禄存再去千佛洞和拉梢寺传话,让大家都出来,在渡仙桥集中。

三处道士、僧人和没离开的饥民近百人都集中在渡仙桥下。大家不知道是怎么回事,神情慌乱,但没人敢说话。

"请大家不必惊慌,先锋将军带兵有方,军纪严明,不但不会骚扰本寺,还要请大家一起吃饭呢。咱水帘洞舍粥的事他也知道了,这顿饭是对咱舍粥的回报。"李道长说完,大家才把心放了下来,有了叽叽咕咕的说话声。

看着这些兵士的装束和农民没啥两样,挺亲近的,饥民们和僧人、道人就都分散到各队的灶旁去了。李道长又多了个心眼,他请贾连到水帘洞厨房用斋饭,他要稳住头目,万一有什么不测,也可擒贼先擒王,稳住局面。

雪儿听李道长吩咐,拿寺里最好的食物下厨,极为利索地端上了饭桌。饭间,李道长和贾连闲谈,李道长说:"观将军英俊年轻,必是前途无量,光耀祖宗了。"

"别提祖宗了,我生下来父亲就没了,无依无靠,母亲带着我给人做长工打短工,寻吃讨要,在我十二三岁时母亲生病了,无钱可医,惨死在了一间破庙里,是袁将军把我从破庙里带出来,埋葬了母亲,收养了我。无牵无挂,省心啦!"贾连不无伤感地说。

"你也是孤儿呀!"伺候大家吃饭的雪儿听了贾连的叙述,心里一热,就喊出口了。

"是啊,奇怪吗?"贾连抬头望着雪儿,问。

"不……不……一点儿也不奇怪,我也是孤儿呀,也是十一二岁时被师父救进水帘洞来的。"雪儿说。

相似的命运把两个年轻人之间的距离缩短了,他俩互望着,好一阵子没说话,就那么瞅着。但是,各自不同的身份又把两个人推开了。

"你叫什么名字呢?"贾连问。

"雪儿。"

"我会记住的,雪儿,多么靓丽的名字。"

先锋将军贾连这时疏忽了一件事,一件犯了兵家大忌的事。他没有怀疑水帘洞会有人去宁远县城报信,也不知道留在这里的饥民有亲人被陈玖招去当了团勇。就是一位团勇的父亲悄悄地离开了山谷,朝县城方向拼命奔了去。

太阳落山时，战鼓敲响了，队伍集合了，整整齐齐，等待出发的命令。贾连带领着大大小小的头目和大家告别，跨上了战马。"袁"字旗下，这支队伍步伐整齐地向前方开去。

宁远城北靠渭水，他们要在上街子渡口过渭河，攻打县城东门。选择这条行军路线是经过周密计划的，顺渭河北岸走，城里的守军不防备，有渭河阻拦着，北面攻城是不可能的。在上街子渡口，义军的一小队人早晨就到了，已准备好了渡船。由北而进，再转向东攻城，让守城的官兵猝不及防。

话说从水帘洞跑出来的老父亲在太阳落山时到了县城，他见了儿子，一把拽住胳膊就走。儿子不想走，说："这里吃得好，吃得饱，你拉我上哪里去？我不走。"

"你不走就没命了！"老父亲就是不放开儿子。

"好好的能没了命？走了才饿死了呢。"儿子吼。

"你知道吗，流贼已到水帘洞了，就要攻城了。"老父亲说。老父亲这一声把四百多名兵勇都说呆了，正在操练兵勇的头目走过来，喝令把这父子俩捆绑了，送到陈团练那儿去。

老父亲说："我说的是实话，那么多人，队伍长得看不见尾，撒了一条沟，正做饭吃呢。听他们说，今晚要攻打县城，我儿子在这里吃粮，我放心不下，就偷偷地跑来报信了。"

"既然是跑来报信的，为啥要拉儿子走呢？这是临阵脱逃，杀头的罪。"陈玖说。

"大人饶命，我说的全是实话呀！"老父亲磕着头求饶。

"那好，是真是假，今晚过后再定论吧。先把这父子两个押进大牢。"陈玖说。

这一消息很快就由陈玖传给张曾再传给郭照了。于是郭县令调集全城兵勇，和张曾在东、南、西三道城门上部署阻击,就连临渭河的城北也部署了兵力。

黄昏时,贾连的队伍到了上街子渡口。早期到达的兵士化装成商人,说有大量的药材要过渡,把渡口仅有的十余条木船都租了下来。木船不大,一条只能坐十来个人。旱情严重,渭河水位下降,河岸也窄了许多,一个时辰后全部人马才过了河。义军列好了阵势,准备好了火把,浩浩荡荡向县城疾驰而去。在离宁远县城不到一里路的红峪沟口,贾连传令点燃火把,攻打东门。

这个夜晚,没有月亮,满天繁星眨巴着眼睛,观望着这场战争的胜败。县城东门地势低洼,南北地势高,西门更高,义军选择东门是利用地势。东门的守军是张曾,郭照守着南门,陈玖守着西门兼顾北面。张曾有一队弓箭手,一支火铳队,义军无法接近。

两个时辰过去了,贾连不得不调整部署,他让副将率领一半人马,每人手举两个火把去攻打南门,调走东门守军;自己率一半人马熄灭火把,在东门前埋伏。在南门顶楼上为东门的防守攥着一把汗的郭照见义军向南门蜂拥而来,下令弓箭手放箭,又令火铳手瞄准目标,等走近了再打。他居高临下,又有火把指引目标,弓箭和火铳的命准率都很高。郭照接连两次打退了义军的强攻,高兴得不得了,他站在城墙上举着一杆火铳喊:"弟兄们,狠狠地打呀,守住南门,人人有赏,赏大洋一……"他还没喊完,举火铳的手就不见了。义军射准了他的右肩,他"啊呀"一声,栽倒在城墙上。有兵勇急忙上前扶住了他,要他进城楼医治箭伤。他不,伸长左手一把把箭拔了出来,交给身边的弓箭手,吼:"把它射回去,射回去!"

护卫郭照的兵勇要背他回县衙,他不,他喊道:"我不会死的,弟兄们,守住县城,我还要做六品……不,是五品、四品……直至一品宰相呢,到时候大家和我郭某一起共享荣华富贵!"

张曾见那么多的火把全向南门而去,他怕郭县令守不住，准备去增援。可他转而一想贾连有勇有谋，怎么就像小孩子游戏，攻不下东门一下子全力去攻南门呢？一定另有所谋。他便命传令兵去西门传令陈玖小心提防，自己按兵不动，静等其变。贾连没再让兵士们点火，他命云梯队将云梯悄悄地运到城墙东北角，这里临着渭河，仗着渭河天堑，敌人兵力会弱些。果然不出所料，十几架云梯竖在了城墙上，大刀队匍匐到了城墙脚，爬上了梯子。贾连传令大队人马做好攻击准备，可是，一架架云梯上的兵士还未到达墙头，就坠落下来。一队、二队……一次次地攀登，一次次地失败。

这位一路杀来所向无敌的年轻将军再也等不下去了，他左手握杆火铳，右手提把大刀，冲向了云梯。身后有兵士紧跟着，他低声命令道："我一登上城墙，你们就发起冲锋；假若我失利了，马上全军撤退。"

贾连选择了最北边那架云梯，只见他猴子一样地登了上去，其余各梯子上也都有人头攒动，潮水一般奋力向上涌动着。就要到城墙头上了，二阶、一阶……贾连听得左耳门有冷风飕飕而来，急将头一偏，一把大刀就砍在了他的肩胛，他强忍着剧烈的疼痛，举起火铳向头顶的黑影射击，随着一声响，黑影倒下了。但是，他的梯子被人掀翻了，整个身子就像一只折了翅膀的宁远城的燕子，在空中划了一道弧线落在了清凉的渭河中。

城外，义军见主将坠河，急忙鸣金收兵，攻击南门的队伍也撤向了红峪沟。副将列队点兵，队伍少去了四成。

话说贾连坠入渭河后昏了过去，被河水冲到了鲁班沟口，抛到了北岸的一片泥洼里。他醒过来时天已麻麻亮了，侧耳听去，县城方向平静极了，他知道弟兄们已经撤了，这才放下心来。他挣扎着站起来，辨清了方向后向鲁班沟走去，他知道撤回来的弟兄们会从这里经过，他要追赶自己的队伍。

贾连在河边柳树上掰了根树枝当拐杖，吃力地走在鲁班沟里，伤口一阵紧似一阵地作疼，他浑身泥巴，腿子发软，倒在了路边的草丛中。

贾连醒过来时，躺在一块干草地上，伤口也被包扎好了。他挣扎着坐起来，发现了在沟底小溪边生火为他烤衣服的雪儿。

"你醒了？"雪儿高兴地问。

"怎么是你呀？"贾连很吃惊的样子。

"不是我还能是谁呢！吓死人呢，你昏倒在草丛里，伤口有五寸长，血流得那么多。不过不要紧的，没伤着骨头，我用白齜格水给你止了血，又挖了点三七正熬着呢。"

"谢谢你，雪儿！"

"只要你没事儿就好，谁要你谢呀！"

"你怎么会在这儿呢？"

"昨天你们走后，我一夜没睡好觉。天才麻麻亮我就出了山门，想看看你们怎么样了，谁知道上街子路口被官兵把守着，谁也过不去，我就回来了。正巧就在这里拣到了你。"雪儿羞赧地说着。

"怎么，你没看见我那些弟兄们？"

"没看见。"

"糟了，他们走南路了。南路危险，有官兵把守着，他们会被甘谷驻兵堵截的。"贾连说着就要起身走，可他站不起来。

"你就别操弟兄们的心了，他们那么多的人，一定能走好的。咱先照顾好你吧！"雪儿把他按在地上坐好，去熬三七汤了。

"我说先锋将军，我带你去水帘洞疗伤怎么样？"

"水帘洞？不会收留我的。"

"会收留的。"

"不会的！"

"师父慈悲，一定会的！"

"得有个收留的理由呀……我与水帘洞无交无往的，凭什么呢？"

"我雪儿就是理由呀！"

"你？"

"我！"

"这又是为什么？"

"你和我命运相同，"雪儿讲了他的过去，说，"师父救了我，把我当亲女儿看待。我呢，也算疼你吧，所以水帘洞你能去的。"

欲知贾连去水帘洞了没有，李道长是否收留他呢？看下回便知分晓。

第三十二回　藏贾连道姑多情
　　　　　　　疼弟子道长伤心

　　话说宁远县令郭照在夜战中肩胛中箭,被亲兵抬进县衙,清洗包扎了伤口。这一箭使他和义军结下了不共戴天之仇,他咬牙切齿地说:"传本县话,让陈团练从西门抽调一队人马,着一得力头目率领,潜出西门,去上街子渡口把所有船只都毁了。"亲兵得令去了,他这才躺回病榻呻吟起来。他相信张曾虽狡猾,但县城失守的罪名是不想背的,一定会和"流贼"决一死战的。

　　再说贾连被雪儿救起后,队伍找不着了,只好听从雪儿的话,向水帘洞走去。半道上,细心的雪儿在一家农舍里找了一件粗布衣裳给贾连换了,把那件血迹斑斑的征衣埋在了沟涧里。她扶着贾连,看上去就像是小媳妇搀扶着病弱的丈夫去水帘洞拜佛消灾呢。

　　"雪儿,今天多亏遇到了你,不然的话我要么在那草丛里永远睡着了,要么被官兵抓去关进了大牢。"

　　"你明白就好。"雪儿低声说着,脸蛋儿却红了。

　　"救命之恩,我贾连怎么会不明白呢。我不明白的是你为什么要这样做,我俩只见过一面,我也没有为你做过什么,我羞愧呀!"

　　"你一定要弄明白吗?"

　　"你得让我明白呀!"

　　"那我告诉你吧,在我相识的人中,只有你和我同是孤儿，被人收养。不同的是我被师父收进寺院里，念佛诵经，平平安安；你被袁将军收养，征战沙场，吉凶难卜，让人担心。"

"雪儿，你知人心底……"贾连一员虎将，竟然流泪了。在他的生命中，雪儿是唯一一个担心着他安危的女子呀。

"别傻了，还是想想怎样对付我师父吧。"雪儿为他揩去脸颊的泪水，说。

水帘洞还和往日一样平静，不平静的是李道长的心。他黎明即起，提了九环鞭，来到风雨亭练了一百个踵吸法后耍了一趟九环鞭，再打一路太极拳，晨钟才敲响，道士、僧侣们才急急忙忙涌向大殿去做早课。李道长来到大殿，打坐在蒲团上，他的心咯噔一下，"雪儿去哪里了呢？"这么多年来，雪儿从没缺过课，更没有过有什么事不向他说的先例。在他的心里，雪儿就是女儿，他不愿意雪儿有点滴差错呀。

"你过来，"李道长招招手，把正在敲磬的福来喊到身边，附在福来的耳朵上嘀咕说："去，找找雪儿。"

福来风风火火地跑到雪儿住处，门关着，他喊，没人应他。他又去了僧膳房，也不见人影。福来多了个心眼，会不会去了饥民们的住处呢？他就去找，那些老者弱妇们还都没有起床，雪儿也不在里面。他回到了大殿，还是附着师父耳朵复了命。

完全不知道早课是怎么做完的，李道长神慌心乱。雪儿长大了，这清净之地太寂寞，不适合姑娘家住的。"阿弥陀佛，可不要有啥事情发生呀。"

"师父，"他刚要走出大殿，禄存拦在了他的面前，说："雪儿说她有要紧的事，今儿的早餐托我做了。"

"给你说的？"听见雪儿的消息，李道长一喜一惊，"啥事情不跟我说一声呢，这孩子。"但是抱怨后他心里还是亮堂了许多。

"做啥事去了，没说清楚。"禄存说。

"这兵荒马乱的，怎能让人放得下心呀！"李道长迈着沉重的步子出了菩萨殿，他心里乱七八糟的。

六月的骄阳火辣辣地注满了山沟。寺里的禾田已经收完，麦子都黄透了，满山的蚂蚱叫得人心烦意乱。马三脚和牛四晃领着各自的弟子上了地，水帘洞里，李道长让福来带着还没散去的饥民和僧道一起去抢收麦子。这几年旱涝交加，尤其是暴雨袭击严重，"麦黄一时，龙口夺食"，事关寺院的生计，谁也不敢偷懒。整个水帘洞除了禄存负责做午饭，再也找不到一个多余的人。

雪儿扶着贾连走进水帘洞时，院子里静悄悄的。她打开后门让贾连歇着，自己脱去农家衣服，换上道姑服饰，赶紧去了厨房。

厨房里，禄存正在用榆树皮和谷面做窝头，两名小道士一个摘野菜，一个在劈柴。"师兄。"雪儿在门口喊一声。禄存扭过头，见是雪儿，说："来了？天没亮你就去哪儿了，可把师父急死了呢。上早课时在大殿里直打转转，险些儿连我也挨了骂呢。"

"对不起，师兄！"雪儿很有分寸地撒了个娇，禄存的脸红到了脖子根。"有啥顺口一点的吃的吗，饿死我了！"她掀开蒸笼，又揭起锅盖。两名小道士见她这般样子，咏咏咏地笑了，说："师姐今儿个是咋的了，真那么饿吗？"

"真饿呀！"她并不顾及师兄师弟笑话她，最要紧的是贾连急需食物。

"雪儿师妹，你可是从不挑食的呀！你这样子，我确实没啥顺口食物给你了，要不去菩萨殿如何？"禄存向来很在意雪儿的，他是暗示她去吃供品。

"嗯，好主意，"雪儿明白禄存的意思，不过她又不想让人说是她偷了供品，就说："师兄，是不是该换供品了呢？"

"是的，我准备好了谷面点心，让菩萨尝尝鲜呢！"禄存说，其实他啥也没准备，这是说给两个小道士听的。

雪儿提了一壶开水,把菩萨殿供桌上的食物各自匀了点,打了个包拿回房间里。一夜激战,又受了伤落了水的贾连太困乏了,他一躺上道姑床就酣然睡去了。雪儿见他睡得那么香甜,没打搅他,把水和食物放在床头,就轻轻地掩上门,去厨房帮禄存做饭去了。

午饭是小道士和禄存送到地里去的,在大家吃饭的时候,禄存告诉师父:"雪儿回来了。"

李道长"嗯"了一声,没再说话,不过他悬起的心落了地。

雪儿见寺院里只有自己了,这才放心地把贾连叫醒。他伤口疼得厉害,饭也不能吃,雪儿就喂他吃。在这饥荒年月,能吃到油炸的面果,很难得了,贾连不停地感激雪儿。雪儿满心欢喜地笑,幸福地伺候他吃完了饭。

伤口疼得越来越厉害,贾连强忍着,额头的汗珠还是不停地滚落。"你忍着点,我想办法给你弄药去。"雪儿说。

"水帘洞深山老林的,你就别费心了,我能撑住的,过一阵子就没事了。"

"嗨,有了!我去求麻线娘娘的仙药去。"雪儿给贾连把被子压实了,叮嘱他别动,就风风火火地跑出门去。

麻线娘娘在菩萨大殿二层木楼的后洞里,洞门的钥匙是道长拿着的,不过她知道师父把钥匙放在啥地方。她推开师父的房门,很快就找到了钥匙,进了菩萨殿。

洞门是单扇,不大,但很重的。一把黄铜锁锁着一个美丽的故事,这个故事就是水帘洞的一切,历任道长都视这把钥匙如命,决不轻易打开黄铜锁。雪儿跟着师父经常打扫后洞,她对洞里的事物清清楚楚,对那个美丽的故事烂熟于胸,对麻线娘娘顶礼膜拜。所以,她从没敢动过洞里的任何东西。今天,她跪在麻线娘娘塑像前,对着高高在上的麻线娘娘祈求着。

"大慈大悲的麻线娘娘,雪儿今天求您了。雪儿遇到了一个男人,他和雪儿一样命苦,雪儿喜欢他。可是他负了重伤，雪儿将他救回了寺院。娘娘您救苦救难，雪儿求您施舍给他良药，保佑他早点康复。雪儿这就拿药了！"祈求完毕，雪儿走到莲台前，从麻线娘娘塑像那微举的手中取下一只一寸来长的药葫芦。师父曾经说过，葫芦里装的是本寺绝门跌打损伤药，不见血时内服，见了血的贴在伤口上，损骨的接骨，伤筋的续筋，伤着皮肉的愈合伤口。这药葫芦是寺院里的内用品，以备万一的，从不向外人说起，只有道长亲近的一两个人知道。雪儿拿了它，飞也似的奔回道姑房。

一阵紧似一阵的剧疼使贾连无法忍受了，他只觉得胳膊从肩头断了下来似的，豆大的汗珠不住地滚落。他挣扎着坐起来，用那只没受伤的手压着受伤的肩。

雪儿回来时，见贾连的样子，怔住了，她心里想了很多很多。本来是想让他来寺院疗伤的，但她没想好怎样让他在众师父师兄弟面前露面。太阳已经西斜了，上地干活的人就要回来了，而他的伤势竟然这样厉害。怎么办呢？把他藏在自己的房里吗？片刻，雪儿缓过神来，问："疼得厉害吗？"

"疼……"贾连从牙缝中挤出这么个音，又摇摇头，强装着笑，望着雪儿。

"快躺下吧，药我拿来了，这就给你贴。"雪儿扶他侧身躺下，解开肩头缠裹着的布条，用温开水擦洗了伤口，把药粉敷在那五寸长的伤口上，再用干净布条重新包扎好。她又进了师父的房间，从酒葫芦里倒出一茶杯酒，让贾连以酒作引子喝了那跌打损伤药。

贾连酣然睡去，看上去舒坦多了。雪儿坐在床边，用热手巾擦着他的额和脸，一双眼睛水汪汪地瞅着贾连。她感到平生从未有过的幸福。这些年来，都是大家照顾她，而今天是她照顾着别人。这种幸福感使她一下子觉得自己长大了许多，成大人了。守着喜欢的人儿默坐，也是幸福，幸福的时光总是短暂的。

"咯吱吱"一声响，山门被推开了，福来的脚步声很响地踏进了山门,这是雪儿熟悉的声音。她一个人住着这间道姑房,女儿家那种特有的谨慎使她对周围的任何动静都很敏感,久而久之,她就能从脚步声中分辨人了。夜深人静,刮风下雨,听到熟悉的脚步声,她就踏实,不再害怕。然而,此时此刻,福来的脚步竟如重锤一样震撼着她的心,她害怕极了。但她不能叫醒熟睡的贾连,她赶紧拉住帐子,站在门口,手按着心窝等待着什么。她默默地祈祷:"菩萨保佑,福来师兄千万别进这个门来。"

福来是师父打发来叫雪儿的。大家都在拉梢寺前的院子里吃晚饭,还有石滩坪的俗家弟子送来的旱地西瓜,开园瓜,大家都得尝一口。

"雪儿师妹,雪儿师妹!"这个在山涧寺院里长大的粗野汉子边走边喊。

"怎么办呢?这下完了,全完了……"雪儿就要哭出声来了,她强硬地镇静着自己,拉开门,才把身子放出去,就背身把房门闭上了。

"雪儿师妹,师父叫你去麦场上吃西瓜呢!"福来说。

"啊……我正要去厨房呢。"雪儿惊慌地说。

"禄存把晚饭都送到麦场上了,你不知道?睡着了吧?懒虫!"福来说。

"睡着了。禄存师兄怎么就没喊我做饭呢?"雪儿说了个谎。

"师兄,是你们几个把我给惯坏了呀!"雪儿镇定了很多,也高兴起来了。的确,大家都把她当亲妹妹一样,她觉得很温暖。

穿过树林,绕过凉亭,过了渡仙桥,雪儿和福来说说笑笑地到了麦场上。各位师父师兄弟们都和她招呼着,有的把自己咬了一口的西瓜牙儿给她,她都调皮地谢绝了:"我要师父的那一牙儿!"

"自己去拿!"李道长今天显得格外严肃,雪儿吐了一下舌头,自己拿了一牙西瓜,退到师父身边坐下。

221

"师父,我这一牙你吃了。"

"瓜不多,开园瓜,尝尝鲜,各吃各的吧。"师父说。

雪儿没敢再说话,乖乖地吃了起来。她吃得很慢,很想拿给贾连吃。这样想,她就心跳加速,脸也发热,便偷眼看师父。师父冷若冰霜,霜白的胡须上粘着西瓜瓤儿。她知道师父这个样子一定是在生气,便讨好地伸出手,把师父胡须上的西瓜瓤儿捋了下来。师父把她的手轻轻地拍了一下,说:"少溜须,回去和你算账!"

"算啥账呀,弟子知错就是了嘛!"她撒娇。师父不理,起身走了。雪儿努了努嘴,心里却慌成一团。

西瓜是切成牙儿放在麦捆上的,拉梢寺主事牛四晃摇晃着身子走过来,拿起最后一牙儿送给雪儿,说:"雪儿,你最小,这尾巴牙儿归你了!"

"还是师叔吃了吧!"雪儿推让着。

"这就是你的,吃了吧!"牛四晃说。

"那……谢谢师叔啦!"雪儿谢过牛四晃,把西瓜牙儿用手帕包好,乐滋滋地走了。

晚课过后,大家都各自回房休息了。雪儿也回到了房中,她很高兴师父师兄弟们没发现贾连,就连她拿贡品和葫芦药、偷师父酒的事也没被发现。

贾连醒了,雪儿给他西瓜,他很高兴地吃了。他要说话,雪儿不许,他便用手势和眼神说话,谈论晚上怎么睡觉。争来争去,贾连还睡床上,雪儿就在蒲团上打坐睡,她有这功夫。

月亮翻过了莲花山,从试斧峰的间隙中跳了出来,照得寺院如同白昼一般。李道长睡不着,他提了九环鞭来到大院里,白天的劳累似乎没把他弄乏,雪儿一天的变化倒让他的心困了。"女儿家,长大了呀,"他这样想着,便想着她的将来,"总不能让她和我一样吧,她可以找个平常人家过日子的!"想着他就心乱。他亮开九环鞭,痛快淋漓地耍了一路。身上有汗了,决心也下了,他收住鞭,来到雪儿门上,他要和雪儿认认真真地谈谈。

李道长敲门,喊着:"雪儿,雪儿,是我,开门。"

"师父?"雪儿一惊,睡意蒙眬中,不小心把蜡烛弄翻了,她慌乱地摸着蜡烛。月光透进窗户,照在地上,她颤抖着手点燃蜡烛,硬着头皮没给师父开门。

"磨磨蹭蹭干啥呢?"李道长在门口想,接着喊:"开门,我睡不着,和你聊聊。"

"我睡觉了,师父。"她撒谎说。

"睡了就起来。"雪儿从来没对他这样说过话呀,李道长疑惑了。

看来门非开不可了,雪儿便蹑手蹑脚地走到床边,低声对贾连说:"千万别出声!"

"别瞒了,瞒不住的。"贾连说。

"别出声!"雪儿颤声说,就去给师父开了门。

李道长进了门,坐在长桌边的一条木凳上。烛光跳跃着,雪儿的心也狂跳着,"师父,我给您倒杯水。"她慌手慌脚地去给师父倒水,可是双手抖得厉害,将瓷壶盖儿弄翻在桌子上,滚了一个半圆,在要落地的当儿被师父伸手接住了。

"雪儿,你今儿个是怎么了?"师父面带笑容,问,"是不是身体不舒服?跟师父说说。"

"师父,您喝水。我……我没啥,就是头……头……有点晕。"雪儿吞吞吐吐地说。

"难怪你睡得这么早。把手伸过来,师父给你号号脉!"李道长又逼近一步。雪儿越发胆战心惊了,但她不能不听师父的话。

雪儿才把胳膊伸到师父面前,床帐就轻轻地晃荡了一下。雪儿没注意到,师父却看见了,他心里咯噔一下,"难道床上有人?"他的手也抖了起来,"万一真是这样,我这老脸就无光呀,水帘洞也名声不保呀!"他心里怕极了,"这孩子,怎么就这样耐不住寂寞呢!"雪儿察觉到了师父的心态，不住地扭头朝床上看，她也觉到了贾连在动。当她的目光再一次朝着师父的脸时，她看清了师父的嘴唇在打战。

"师父，"雪儿抽回手，双膝跪在了师父面前，"请师父恕罪，雪儿不该瞒着师父。"

"你何罪之有，又有啥事儿瞒了师父呢？"李道长正襟危坐，口吻平静地说。

"贾连受了重伤，雪儿将他救了回来，就在床上躺着呢。"

"贾连是谁？"李道长问。

"就是带兵从水帘洞经过的那位将军。"雪儿说。床上的幔子被揭开了，贾连挣扎着要下床。雪儿慌忙给师父磕了个头，转身到床边，把贾连扶下床来。

李道长的目光停在了贾连身上，像一尊神像呆坐在那里。贾连把雪儿紧紧拉在自己身边，那双机灵的眼睛似乎要穿透李道长，看清他此时的思想。

时间停止了，雪儿等待着师父开口，骂也好，打也罢。然而，李道长什么也没说，吃力地站起来，捏着九环鞭，缓缓地走出了道姑房。雪儿推开贾连，哭喊着"师父"追了去。

李道长虽对雪儿亲如女儿，但这里是寺院，雪儿的举动终究是寺规不能容忍的。李道长将如何处理此事呢？看下回便知分晓。

第三十三回　水帘洞为女择婿
　　　　　　　乐善镇密议攻城

　　话说雪儿紧追着师父直到师父的睡榻前，李道长一言未发，他的心情异常复杂，雪儿私藏贾连，这是他怎么也想不到的事。要是雪儿爱上的是善良百姓家的男子，他会同意她还俗成婚的。贾连是谁？他是被朝廷称作"流贼"的闯王部下袁宗第的先锋官呀！尽管皇帝昏庸，官员贪污，民不聊生，李自成揭竿造反，"流贼"全是些走投无路的庶民百姓，可是他们是和朝廷作对。出家人跳出三界外，怎么能和贾连结为姻亲，要是被官府知道，水帘洞的灾难就大了！

　　"师父，雪儿知道错了，您就按寺规处罚吧。"雪儿跪在师父面前哀求着。李道长还是不说话，呆坐着。这一打击太重了，让他心痛。

　　古寺青灯，木鱼敲击的日子确实太凄凉，对于一个青春少女来说，耐得住这种凄凉着实不容易，只有像雪儿这样的苦命孩子才把这儿当作自己的家。鸟儿总是要飞进森林的，女儿迟早是要出嫁的，李道长明白这一道理，却无法原谅雪儿。他让雪儿起来，回道姑房去，其余的事等天亮后和千佛洞、拉梢寺的师父们商议后再说。

　　雪儿回到房里时，贾连端坐在木凳上发痴，他不知道此时该怎样做，怎么做才能于雪儿有益，不伤害她。

　　"雪儿，我这就走，离开水帘洞。"贾连说。

　　"离开这里你会没命的，知道吗！"雪儿带着怒气说，

"县衙在四处搜查义军残部，百姓们十家有九家没吃的，不被县衙抓住也会饿死的，我能让你半夜三更的走吗！"雪儿不想顾及什么了，她把贾连扶到床上，强逼着他躺下休息，自己坐在木条凳上打起盹儿来。

天亮了。

早课一如往常地进行着。李道长的眼睛干巴红肿，一夜没睡着觉，尽管强装严肃，却怎么也掩饰不住心灵的困乏。整整想了一夜，他也没能想出一个好的办法来解决贾连与水帘洞的牵连。

早课结束后，李道长把马三脚和牛四晃留在大殿旁侧的议事房里，让雪儿沏了茶。他要把这件事摆给大家，也许这是最好的解决办法，让大家对寺院负责，对雪儿负责。

牛四晃是个火暴性子，遇事摇晃着脑袋，总有他的理由，他的轻功练得甚好，能走几脚凌波微步，步伐轻盈如燕，你只能看见人影儿在眼前晃动，一晃就是四下，人们就干脆称他牛四晃。

马三脚练的一路腿法，正三脚，背三脚，左三脚，右三脚，三四十二脚踢得风卷云涌，使对手防不胜防。这三脚功夫，也就给他挣下了马三脚的美名。他为人耿直，老成厚道，遇事不慌不忙，总能以不变应万变，就如他踢三脚似的，站稳脚跟，一路踢踏下去，握个胜券在手。

雪儿端上茶，在师父师叔们面前各奉上一碗，就退了下去。她心中有事，不敢正眼看大家。"雪儿，你别走远了，等会儿师父要问你话呢。"李道长说。

"知道了，师父。"雪儿答。

"前天流贼攻打县城，可热闹了。听说郭县令挨了一箭，伤得不轻。打咱水帘洞经过的那位年轻先锋官受伤坠入了渭河，死活不明呢！"牛四晃品一口茶说，"据县城里的百姓讲，多亏咱水帘洞，派一俗家弟子进城报信，张监军才早得布防，要不县城就落入流贼之手了。"

"是咱派人报信吗？我怎么不知道，"马三脚瞅着李道长,"师兄高人一等,办事隐秘,我明白了。"

"胡说些啥呀,"李道长惊讶得站起来说,"这'流贼'是朝廷叫的,他们都是走投无路、不得不反的百姓,我怎能做通风报信,伤害生灵的事呢?荒唐!"

"不管怎么说,'流贼'也罢,'义军'也好,他们是败了,败得好惨,撤回营地的不足百人。可怜呀,天底下又多了百千名孤儿寡妇。"牛四晃说。

"怪哉,怎么会有如此传言,让我水帘洞落下这么个名声来呢?"李道长寻思着。

"说怪不怪,我知道其中缘由了,"马三脚说,"昨天早上有个人不见了。"

"是谁?"李道长慌忙问,心里想,"昨天早上不见了的只有雪儿,不会吧?要是她,怎么又会带贾连来水帘洞呢?"

"你们记得不,十日舍粥,第一日就和儿子来的麻老汉?他的儿子参加了陈玖的团勇。先锋将军贾连在沟底埋锅造饭时,麻老汉是第一个凑到跟前的人。一定是他探得军情,怕这仗打起来儿子吃亏去报的信。"马三脚分析得很有道理。

"我也想起来了,队伍走后我去找麻老汉到麦场巡夜,没找到他。这个麻八辈子的老东西,送了上千号人的性命!"牛四晃将手中的茶碗往桌上一蹲,骂着,"哪一天碰着了他,我不会轻饶的。"

"阿弥陀佛,贫道设斋饭相待贾连,没想到让麻老汉得了去报信的时间,罪过呀,罪过!都是贫道考虑不周全,让贾将军损兵折将。"李道长愧疚万分。

"师兄留我们,不光是说说闲话吧?"马三脚见牛四晃生气,李道长伤感,想把话题引开。

李道长忖量片刻,说:"没啥要紧的事,和两位师弟随便说说话而已。"又喊雪儿说:"雪儿,你回去吧。"刚才一番话,他改变了主意,贾连是遭人暗算了,水帘洞对不起他们，外界人都这么说了，自己还能不给他养伤康复的机会吗！

牛四晃为贾连哀叹，都是些平民子弟，走上造反的路，各有各的疼处。就如自己出家念佛一样，好端端一个人，为啥就不过正常人的生活而要出家呢。他想起了往事：那一年，父亲摊上一桩官事，只为一堵墙根，邻家要占，父亲不让，闹了起来。邻家是村里的大户，有钱，告到了县衙。县官收了邻家的银子，就把父亲的半个院子判给了邻家。父亲不服，再上告，卖了家里的牛羊和田地去告状，县官又收了父亲的钱，判邻家是强占。就在县衙大堂上邻家又塞给县官一张银票，父亲就又输了，一气之下父亲就碰死在了大堂口。母亲领着他无家可归，就把他领进了拉梢寺。他憎恨官府，走的是躲避之路；义军举义旗，反官府，争天下，也为他出这口恶气。"那先锋官贾连真的就坠河身亡了吗？"牛四晃悲伤地说，并不需要谁回答他。

马三脚截住他的话茬说："我看没那么容易，跟着袁宗第刀光剑影里滚爬出来的先锋将军能那么容易就损了吗？"

"菩萨保佑，愿他活着。阿弥陀佛！"牛四晃说。

"假若他还活着呢？"李道长问。

"咱就救了他，以弥补麻老汉的罪过。"牛四晃说，马三脚也赞同地点点头。

"如果他就在咱水帘洞呢？"李道长又问道。

马三脚已经听出了师兄言语中的真谛，瞅着师兄，要从他的表情里探知究竟。牛四晃没能听出师兄的音韵，说："咱就收留他，让他恢复元气，再去带兵打仗，杀了那些贪官污吏。"

"那好，请二位师弟跟我来。"李道长起身走出议事房，到大殿里给菩萨行过礼后就朝道姑房走去。马三脚和牛四晃尾随着，牛四晃觉得蹊跷，悄悄对马三脚说："师兄今儿个是糊弄你我吧，去雪儿房中做啥呢？"

马三脚不说话，朝他笑笑。

雪儿正在给贾连擦洗伤口，准备换药，见师父师叔都来了，显得慌乱了些。

"贾将军真的在水帘洞呀？"牛四晃惊喜地喊，急忙上前看他的伤口。

"三位师父，对不起，贾连这里有礼了！"贾连举起一只手行个礼说。

"别动，别动！"马三脚还礼说，"实在抱歉，贾将军。"

"贾将军，昨晚之事请你见谅，刚才我和二位师弟商议过了，你就留在水帘洞养伤吧。"李道长说。

"多谢师父，多谢师叔！"雪儿高兴得不得了，连连向师父师叔致谢。

"雪儿，快去麻线娘娘莲台前求那神药吧！"李道长说着把洞府门上的钥匙交给雪儿。

"请师父见谅，雪儿背着师父已把麻线娘娘手中的药葫芦求来了。"雪儿说。

"真正的药在莲台正中向右数第五瓣花瓣里，快去求来！"李道长说。

雪儿拿着钥匙奔跑着去了。贾连被留了下来，经李道长精心地治疗，雪儿细心地护理，伤势好得很快，不到半个月就行走自如，肩胛上能承受一担水的压力了。

话说贾连伤好后，装束成道人，出了响河沟去探访义军的情况。这一天，他来到乐善镇，碰见了将军帐前参军小伯温扮成货郎侦探县城防御情报。两人相见，分外亲热，来到一家小酒馆，要了一碟蕨菜拌粉丝、一盘猪头肉、两碗黄酒，谈起夏末那场攻城之战。

"将军以为你阵亡了呢，痛不欲生，传令全军将士吃素三日。"小伯温说。

"我这命是将军拣的，正要为将军效力呢，怎能轻易战死呢！"贾连说。又将她被雪儿相救，在水帘洞养伤之事一五一十地讲了一遍。

"妙啊，我夜观星相，见西北方群星拱着北斗，料定宁远县城必克。今日八月初十，咱月圆之时攻城。"小伯温将脸贴着贾连，如此这般的嘀咕一番，说："你按计行事，我这就回营报告将军去。"商议已定，两人举碗痛饮，将碟碗中的菜打扫得干干净净。这么多日，贾连没沾着腥荤了，今日既遇到了小伯温，又酒足菜饱了，他脸上的阴霾一扫而光，精神振奋，和小伯温道别回水帘洞去了。

再说宁远城内虽戒备森严，城内军民这么多日没见流贼攻城，已不那么紧张了。只有县令郭照惶惶不可终日，草木皆兵的样子，每日要过问监军道张曾城防情况，督促团练陈玖训练团勇。右肩胛那一箭射到了他的心上，他唯恐流贼攻城，毁了他的前程。从朝廷探得的可靠情报，曾任首辅的周延儒又得皇上宠信，官复原职只是迟早的事，他必须要守住宁远城，有一番政绩，为升迁做好铺垫。

这一日，郭照带着师爷和两名衙役到城北察看河堤。中秋一过，秋雨连绵的日子就会来临，旱了一春一夏，不能不防"久旱有久雨"。他们沿着河堤指指画画地走着。城墙根有一名道士和一名道姑缓缓而行，像是闲游，又像是在寻找着什么。

郭照忽然想起，前几日巡城的兵勇来报，说是有人挖城墙土做镇宅的用物，把南城门右侧挖了个窟窿。这道士道姑贴着城墙走，是不是要挖城墙土去降妖捉鬼呢？便停住脚步大声喊："前面道者听着，本县有令，谁人再偷挖城墙土，杖二十，罚银十两。"

道士没有理会，继续走他的路。道姑停下来，扭身瞅了一眼，说："县老爷放心，贫道是过路之人，不挖城墙土的。"

"鬼鬼祟祟做什么，快走！"师爷也吼了一声。

这道士是贾连装束的，道姑便是雪儿。

雪儿说："河堤上指手画脚的那便是县令。"

贾连说："除掉县令，破宁远城不就省事多了吗？"

雪儿说:"县令手中无兵勇,驻防县城的兵权在监军道张曾手上。没了县令,城未必就不攻自破。"

贾连说:"我得抓住这上天赐予我的机会。"

贾连手握飞刀,转身朝郭照走去。两名衙役见道士朝他们走来,便疾步上前,抽出腰间佩刀,喊:"站住,别过来!再向前一步,刀口不认人。"贾连无奈,停住脚步,装作拣渭河石子的样子,衙役还是不放心,直逼到他身边,喊:"快走,走得远远的!"贾连还是控制住了自己,嘀咕着说:"走远就走远,啥人活得这般小心。"他未能得手,便继续察看地形。他俩从城北走到城南,寻找到了早已选好的城南客栈,要了间客房住了下来。

月到中秋分外圆。天黑了,满月爬上了城墙,把皎洁的月光洒向城池。贾连和雪儿下榻的这家客栈是郭照的远房侄子开的,仗着叔父欺行霸市,明为客栈,实则开着一间赌房,养着六七个烟花女子,城里百姓敢怒而不敢言。道士道姑,客栈里出出进进的人很少搭理,只有店小二送茶送水,问是不是要点食物。贾连给雪儿丢个眼色,雪儿就要了一盘月饼,店小二送月饼的时候又问:"客官,本店规矩,男女不能同住一房,二位是不是该另开一间女客房呀?"

雪儿瞅一眼贾连,贾连犯难了,不知道该怎么做才好,一下子脸就红到了脖子根,雪儿便掏出些碎银子,给店小二,说:"小二哥今夜中秋节,这点碎银子喝酒去吧。我师兄妹就要这一间房子!"

"这个嘛……"店小二掂量着手中的碎银子,狡黠地笑笑,"不是不可以,不过……"他将碎银在手掌中颠簸几下,向贾连"嘿嘿"一笑。贾连就从怀中摸出五钱银子抛给他。小二唱声:"好哩!"退出房门,将门轻轻掩上了。

中秋月挂在槐树梢头,天空没有云,真是个难得的十五夜。贾连和雪儿面对面坐了,月亮照着他们。多么相配的一对呀,要是没有战乱,在十五的满月下,赏月、品茶,那将是多么的幸福啊!这时贾连的心像兔子一样蹦跳,依小伯温之计,他必须在夜静时分放一把火将这城南客栈烧着,造成混乱,趁救火之机,义军从南门攻入。放火之地他已选好了,就是客栈厨房旁的柴火棚。他心神不定是因为没把行动告诉雪儿,只哄她说到城里探探城防情况,住一个晚上,过个中秋节。贾连带她逛县城,雪儿很高兴,他就借水帘洞道士的身份进了城,有雪儿在,百姓知道道姑雪儿,也没人盘查他们。

"连哥哥,喝茶呀!"雪儿撞了一下贾连的手说。

贾连有点慌乱地端起茶碗,说声"喝",就咕咚咕咚一气喝干了一碗茶。

雪儿笑他牛饮,那哪儿是在喝茶呀!又将月饼给他,说:"十五赏月吃月饼,过俗家中秋节,我还是头一回呢,真高兴!"

"高兴就好!"贾连说。

"你不高兴,我一个人能高兴嘛!"雪儿说。

贾连镇静了一下,拿了月饼给了雪儿一块,红枣、花生仁、蜂蜜馅儿,多么难得的好吃的,雪儿咬一口,看着贾连吃,她幸福极了。

贾连的脑海里在计划着放火之后怎样打开城门,让义军攻进城来。他弄清楚了城门上那大铜锁是城楼上守城的头目掌管的,钥匙就挂在那头目住着的房子的墙壁上,怎样才能把它弄到手哩?他思来想去,还得让雪儿去拿。

"雪儿,今晚咱要做一件大事。"贾连说。

"啥大事呀?"雪儿问。

"义军夜静时攻城,以城南客栈起火为号。等火烧起来了,你去城楼把城门钥匙弄到手,打开城门。"贾连说。

雪儿惊呆了,好一阵子才说:"你咋不早和我说呢!"

"这是军机,不可泄露的。"贾连说。

"我以为你在水帘洞住下了,就不再去打仗了,没想到连我都牵扯进来了。"

"我是一名义军,这是我的职责。把你扯进来这不稀奇，义军中有一支健妇营，全是女的，闯王的夫人带领着，可勇敢了。"

"是吗，她们是女人，为啥要打仗？"听着有妇女队伍，雪儿有了兴趣。

"为着自己能够堂堂正正地做人，为百姓们不受官府的欺压，过上好日子呀。"

"我还是不明白，"雪儿说，"不打仗有多好，打仗要死人的，我怕。"

贾连见说服不了雪儿，有些着急，又想不出说服她的言辞来。"怎么办呢，也许兄弟们已在城外埋伏好了，只等咱俩的行动呢！"他说，"要是不按计划行事，我得受军法惩处。"

"连哥哥，看把你急得，为了你，我干！"雪儿偎在他的身边，瞅着窗外的月儿说，"只要和你在一起，死都能行。"

"你真是我的好妹妹！"贾连搂住了她。

欲知后事如何，请看下回细表。

第三十四回　城南遭火殃寺院
　　　　　　渭北遇水解祸端

话说贾连和雪儿在城南客栈的一间客房中住了下来，青春男女第一次尝到了爱情的甜蜜。

夜静了，并不热闹的中秋进入了梦乡，只有客栈赌馆里还有喧闹之声。贾连摸出客房，蹑手蹑脚地来到柴草棚，将一捆麦草点燃，塞进木柴堆里，看着火着起后关紧柴棚门，飞快地回到客房。

"连哥哥……"雪儿惊恐万状地拉住他。

"不怕，不怕，等客栈混乱起来，大门打开后你就混出去，依计行事。"贾连镇定自若地说。

"你呢？"雪儿放不下心来。

"我要制造混乱，把城南的官兵引过来。"贾连说着，打开窗户，柴房已经是浓烟滚滚，不一时便火光冲天了。怎料这客栈竟是那么平静，赌房里的喧哗还在继续。等待竟是这么的难熬，似乎过了一袋烟工夫，才听得有人喊："不得了了，着火了！着火了！"

贾连便跟着大喊："着火了！"做了贼喊捉贼的勾当。紧接着是噼噼啪啪的爆响，原来柴棚背面是一家临街的鞭炮店，火苗子蹿过去，点响了鞭炮。这爆响那还了得，整个城南都惊慌失措了。在这兵荒马乱的年月，人人提心吊胆，唯恐流贼攻城。这一响，有些人家关紧了大门，哪管你院外之事。

城南客栈热闹起来，逃命的客人，救火的主人，乱作一团。雪儿趁着混乱出了客栈，朝南城门飞也似的去了。

城楼上的守城兵勇听到爆响，看到火光，知是城南客栈着火了，便派人去监军道衙门报告。张曾听报，急忙来到城南，登上城楼，见没有什么异常情况才对兵勇们说："留几个守城门，其余的去救火，城南客栈可有县老爷的股份。"兵勇们挑着水桶，端着脸盆朝火光奔去。留在城楼上的四个人从瞭望孔监视着城外的动静。雪儿已来到城楼，她无法拿到钥匙，只能贴着城墙等待四名兵勇走出那间房子。

郭照睡得正香，是爆响声把他吵醒的，他衣服还没穿整齐就有人来报，说城南客栈起火，火光冲天，连旁边的房子都着了。郭照听报，传令团练陈玖加强县城的防卫，县衙其余人马去救火。他想，中秋节着火烧了他的客栈，这事儿蹊跷，他要去现场看看。

再说小伯温领着一营人马，化装成百姓，天黑时在红峪沟口集结之后又化整为零，埋伏在了南门前的树林里，等城内火起，贾连打开城门后杀将进去。

火越烧越旺，整个客栈成了一片火海。偏偏老天爷又刮起南风来，风助火势，直向南烧。张曾和郭照都在现场指挥救火，贾连混在救火的人群中接近了县令郭照，他的心情异常激动，"趁这场大火，杀了郭照再说！"他从腰间摸出飞刀，刚要甩开胳膊飞出去。突然，听得一声"报——"，一军士飞驰而至，向郭照禀道："大火烧至城墙根了，火苗已爬上城楼。张监军请示老爷，是否打开城门取护城河河水灭火？"

"不！"郭照说，"城墙是土打的，烧不着的。城门绝对不能打开。传令张监军，让全城百姓统统救火，违令者打入大牢。"

军士得令，飞也似的去了。

贾连手中的飞刀收了回来。城楼着火，雪儿怎么样了，钥匙到手了吗？他回身向南门疾去。

235

城外，小伯温见城内火光冲天，听人声鼎沸，知贾连已造成混乱，便集结兵力向城池靠拢而来，只等城门打开，冲杀进去。他的眼睛越睁越大，等来的是城楼火起，烧了个噼里啪啦，浓烟滚滚，笼罩了城门。不能再等了，必须冲进去，攻克城门。

"兄弟们，攻下宁远城，上！"小伯温一声令下，仪军列队整齐，向南城门冲了去。

城楼上的四名兵勇被大火封在城楼里，虽然生命没有危险，却也心惊胆战。忽然间，明亮的月光下一队人马向南门杀来，有聪明的便大喊起来："流贼攻城了！流贼攻城了……"

被火封住，无法上城楼寻找钥匙的雪儿听得喊声，便寻得一颗石头向南门奔去，她举起石头，使劲砸那把黄铜大锁。就在这时，贾连赶到了，他听得那很响的砸锁声，便钻进浓烟，摸向南门。"雪儿！……"他喊。雪儿应了一声，说："钥匙无法得手，快来把这锁子砸开，兄弟们已经攻城了！"

这城门锁也太坚固了，任凭你砸，它就是不开。也就在这时，听得一声"给我拿下！"就有兵勇把他们俩围在了中间，个个手端兵器，不是长矛就是火铳，外围几名兵士拥着一员武将，全身披甲，手握一杆钩镰枪，贾连认得他，他就是宁远县监军道张曾。

"中秋佳节，城内火烧，城外'流贼'攻打，莫非你们俩是内应？"张曾厉声道。

"我们是水帘洞道士，将军说话可要负责，出家人不染俗事！"贾连回道。

"既然是水帘洞道士，砸这城门，居心何在？"张曾怒问。

"城里火烧得这么大，我们想逃出去。"贾连回道。

"不管你俩说得天花乱坠，你们形迹诡秘，拿下！"张曾话音才落，兵士就一拥而上，将贾连和雪儿用一条绳子捆了。贾连没有抵抗，他怕抵抗对雪儿不利，既然说出水帘洞来，就绝对不能抵抗的。

再说城外小伯温率兵冲至南门，城门无法攻克。因城内救火，城楼被烧，城墙上的兵力也很弱。他绝不会放过这一机会，便命令兵士到树林里砍伐树木用以冲撞城门。

然而，皓月如昼的天空，忽然间暗了下来，风越刮越紧，一袋烟的工夫，乌云就把圆月隐去了，只听得几声闷雷响，又见几道闪电，倾盆暴雨就泼洒而来。小伯温还没组织起强攻的阵势，就被这雨困在了树林里。

雷鸣，闪电，狂风，暴雨。雨滴幻化成冰雹，敲打得树叶落地，树枝折裂，砸在人身上生硬硬的疼。城南的大火被浇灭了，城南客栈周围的民房农舍成了废墟。郭照不得不对天长叹："天损我也，天救我也！"他站在暴雨中，对着全体官兵喊："流贼在城南攻城了，按照防守区域，各自火速占领要地。违令者斩，失职者军法从严！"兵勇们刚刚受到了烈火的炙烤，又遭暴雨的冲洗，却又都疲惫不堪地去承受刀光剑影的攻击去了。

小伯温和义军将士们被困在树林里有半个时辰了，雨还没有停下来的意思，那冰雹已铺了厚厚一层，一脚踏去，淹过了脚踝，不要说抬着大树去撞城门，空身走路也显得吃力。

"风助我也，雨败我也！"小伯温望天长叹一声，下令兵士："撤！"

暴雨转成条雨，整整下了一夜，下得山地滑坡，渭河涨水，连城北河堤也冲毁了一大截，水刷洗着城墙。两岸的秋庄稼全被淹没了，杜家塄有十几户民房被水冲走了，庆幸的是无人员伤亡。

太阳出来了，照耀着火烧雨打的城池，县令郭照站在西门城楼上，无限地伤感，他要提审水帘洞道士，寻找南门失火的原因。

贾连和雪儿被带上了大堂，郭照将惊堂木一拍，大吼一

237

声:"大胆人犯,见了本县为何不跪?"

"出家人跳出三界之外,只跪佛、菩萨。"雪儿说。

"好个道姑,既为出家之人,为何昨日在城内闲逛,夜间又放火烧城?"县令问。

"白日逛城是真,夜间放火无据。请老爷不要冤枉了贫道。"贾连说。

"好个道士,你们是不用重刑不肯实招。大刑伺候!"随着郭照一声吼,衙役们已搬出刑具来。

"出家人就是犯了佛法,违了戒律,也是佛法处罚,不能用刑的。"雪儿说。

师爷见县令不能下台了,就贴耳朵边说:"水帘洞有的是银子。你杀了他俩,烧了的客栈从何而来呀?"他如此这般一番。郭照点点头,将惊堂木一拍,说:"本县就依了你们,"他背着手踱着步,到贾连和雪儿身边,笑嘻嘻地说:"我让师爷带二百兵士送你俩去水帘洞,让佛法处罚。要是李道长的处罚不合本县之意,兵士们会一把火烧了寺院,然后再杀了你们这对狗男女。"

贾连听了,气不打一处来,就要发作,被雪儿拦住了。郭照唤一声:"师爷,就麻烦你了!"

"遵老爷命。"师爷应了一声,就去点了二百兵士,由团练陈玖和两个班头带领,随了师爷,押解贾连和雪儿去了水帘洞。

水帘洞内,李道长早晨一起床就去各处查看昨夜大雨是否有损于寺院,他才到千佛洞,就有弟子来报,说:"昨夜县城南门遭火灾,又遇流贼攻城,雪儿被抓进县城大牢了。"

李道长听罢,为之一震,他说:"水帘洞的灾祸来了。请马三脚、牛四晃二位师弟到水帘洞议事房。"福来听命去了。还好,昨夜虽雨大,寺院并无损害,禄存就陪着他进了议事房。

议事房里,李道长和马、牛二位师兄弟苦着脸喝茶,没人先开口说话。他们知道，县衙这些年变着法儿榨取百姓，谁摊上官司，原告也好，被告也罢，都得倾家荡产。雪儿是经他同意才和贾连下山进城的，中秋节，是个团圆的日子，他让雪儿和贾连去县城逛逛，体味一下人世的欢悦，促成这桩婚姻，了却他让雪儿成家立业的心愿，没想到会生出事端来。义军攻城，城南起火之事，他不认为是贾连和雪儿所为，他俩应该不会生出如此大的祸端来的。

"二位师弟，这些年我做道长，也积攒了些银两，是准备维修寺院用的。今天，我想把它交给二位保管，以备日后维修时用。"李道长说，像在安排后事，语调很凄凉。

"师兄，你为何说出这等话来。雪儿是咱们的弟子，弟子的事儿，大家扛着，看他郭照想干啥！"牛四晃说。

"郭照贪得无厌，新婚要交喜银，生育要交添丁银，养牛养马要交畜牧银，修了县城一截路收了三年的路捐银，渭河南面那条水渠在全县摊派了引水银……摊上官司想救人，就得花银子！"马三脚说。

李道长并不理睬他俩的话，问禄存："那银子总共是多少？给二位师叔报个数，把钥匙交给千佛洞，账单交给拉梢寺。"

"回师父的话，总共是八千六百五十两，账单上也是这个数。"禄存说着把钥匙交给了马三脚，账单交给了牛四晃。

"二位师弟，贫道拜托了。我知道雪儿这回闯下大祸了。但不能连累寺院，由我一人来承担吧。阿弥陀佛！二位师弟，请回吧。"李道长起身行礼，送两位师弟。

就在这时，有弟子来报，官兵押着雪儿和贾连向寺院来了。"是福不是祸，是祸躲不过。师兄，你不必如此伤感，水帘洞的事情就由水帘洞集体承担吧。"马三脚说，"还是我们一起下山，看他们想要做什么！"

水帘洞六七十名道士和官兵在拉梢寺前的空地上形成了对峙，道士们各自拿着家伙，一字儿排在李道长和马三脚、牛四晃的身后。官兵们成方阵，两名班头把贾连和雪儿押在前列，师爷和陈玖站出来说话了。

"李道长，这两个人你认识吧？"师爷狡黠地笑着问。

"他两个是我水帘洞弟子，为何被捆绑至此呢？"李道长说。

"好啊，弟子，"师爷向前几步，说，"水帘洞为本县大寺院，为何豢养着和流贼一路之人？半夜放火烧城，砸城门锁，趁火和流贼里应外合。"

"师父，别听他胡言乱语。"雪儿说。

"你无凭无据来侮辱我寺！"李道长厉声道。

"人都抓住了，还要什么凭据。这样吧，我是奉县太爷之命和你清算昨夜的账来的。你说，该怎么算呢？"师爷后退几步，摆开了架势。

"你说呢？"李道长反问道。

"好说，我先砸了拉梢寺和千佛洞，再放把火烧了水帘洞，来抵偿城南火烧之事。然后，杀了这双狗男女，来偿救火中死去的弟兄们的命！"师爷说。

"放狗屁！先问问我牛四晃，水帘洞是你想要怎样就能怎样的地方吗？"牛四晃一个纵步冲上去，就要动手了。

"师弟！"李道长喝住了他。

"牛道人，你当我是说着玩的吗！兄弟们，去一百人砸了拉梢寺。"师爷话音刚落，方阵的后一半就向拉梢寺奔去。

"慢！"李道长大喊一声，说，"寺院把你怎么了？有啥话和人讲？"

"既然李道长愿意讲话，那好商量，好商量呀！"师爷油腔滑调地说，"兄弟们，再歇一会儿吧。"兵士们就停了下来，退回到原来的位置。

"想怎么着，说吧！"马三脚说。

"要想保住寺院，保住两名弟子的命，只有两个字——银子！"师爷说。

"要银子？"马三脚惊问。

"不多，一万两！"师爷竖起一根指头说。

"我水帘洞乃清净之地，一钱银子也没有的。"李道长说。

"那就砸！"团练陈玖一喊，就有士兵闯进了拉梢寺山门。

"谁敢！"随着一声喊，牛四晃的凌波微步已拦在了士兵面前，双方就交起手来。

"师兄，银子乃身外之物，别损了寺院，伤了弟兄们！"马三脚央求李道长。李道长"哎"了一声，点了点头。

"我们商议商议再说？"马三脚对师爷说。

"可别变卦了。"师爷说着，给团练陈玖挥挥手，陈玖就收了兵。

"一万两，不多吧，李道长？你想想，昨夜一场暴雨，山体滑坡，毁坏房屋，冲毁良田。渭河北岸的秋庄稼全完了，那里有多少灾民，不下一万吧？每人才摊得一两银子呀。水帘洞向来慈悲为怀，这赈灾之事都要刀枪相见吗？"师爷找来了个最为稳妥的理由。

"实话实说吧，是赈灾，水帘洞愿意。不过，银子没那么多。"马三脚说，李道长把寺院里的全部家当都交给了他，看来道长是未卜先知的。救人要紧，护寺要紧，银子是什么东西呢！出家人怎么能看着生灵遇难，寺院被毁，而抱住钱袋子不放呢？

"水帘洞香火旺盛，不会连区区一万两银子也没有吧！"师爷说。

"师爷不信，也没有办法。只有八千两，多一钱也没有的。"马三脚把底给亮了，他怕出事，他对钱向来不看重。

"那好吧，差两千两，我可要你这位弟子的一条胳膊啦！"师爷抓住雪儿说。

"师父，一钱银子也别给他们，让他们杀了弟子吧。"

雪儿喊。

"就砍我一条胳膊吧！"贾连说。

"嗯，有情有义。凭道姑对师父忠，道士对情爱忠，就免两千两吧！不过那八千两呢，一手交钱，一手放人。"师爷说。

李道长强忍着满腔愤恨，没吱声。马三脚让福来和禄存去库房搬银子，牛四晃守着拉梢寺没再下来。

不一会儿，八千两银子放在了师爷面前，马三脚要求放人。就在此时，响河沟进来了一大群人，衣衫褴褛，走得无精打采。官兵和道士们都愣住了。这群人直走进两军阵前，他们是响河沟口渭河两岸几个村子的人，渭河涨水淹没了田地，冲毁了房屋。正在他们望着毁坏的田园伤感的时候，有人从响河沟来，告诉他们官兵押着雪儿和另外一名道士去水帘洞闹事儿了。大家一听火了，灾情这么严重，不赈灾救民，却要和水帘洞生事端，就都来了。

见了这群百姓，知道他们遭了水灾的消息，李道长心生一计，说："师爷，银子你看过了，放人吧！"

"去，把银子抬过来。"师爷喝令兵士。

"先放人，说好的，一边放人，一边拿银子！"李道长说。

"放人！"师爷一挥手，贾连和雪儿就都被松了绑，走了过来。就在此时，李道长几个箭步，将九环鞭一亮，喊声："弟子们，拦住官兵。他们说这些银子是赈灾的，就让这些灾民们拿走吧！"随着他一声喊，道士们成一堵墙，把官兵们堵在了后面，贾连也顺手夺得一杆长枪摆出了大将虎威。

"大家快拿银子，快走人！"李道长喊。

灾民们不动，不知道发生了什么事儿。

"大家是来帮助水帘洞的，这就是最好的办法，还愣着干啥呀！"李道长狠命地喊着。

灾民们便打开银箱子，瞬时间，箱子就被翻了个底儿朝天，在众道士的劝说下，灾民们离开了水帘洞。师爷见煮熟的鸭子飞了，恼羞成怒，下令："杀！"

水帘洞就遭受了一场腥风血雨的袭击。

欲知后事如何，看下回细细表来。

第三十五回　贾连大战水帘洞
　　　　　　道士开戒报仇怨

　　话说宁远县衙师爷见八千两银子散入灾民之手，下令："杀！"道士和兵士们好一场恶战。牛四晃轻飘飘如凌空浮云，西杀东挡，折抢夺刀。马三脚一根棍似出水蛟龙，劈架扫戳。李道长九环鞭恰如行云流水，刚柔并济，攻守自如。霎时间佛道净地，刀光剑影，死伤流血，哭爹喊娘，一幅惊心动魄的场面。

　　贾连一杆枪，南杀北挑，护住了雪儿，将她交给李道长，说："师父，这一切皆由我贾连而起，您带着雪儿和众位师父退回水帘洞吧，这儿就交给我！"

　　"师兄，马师弟，你们撤吧！把受伤的弟子送回寺院，我牛四晃今日要为父报仇了！"

　　李道长略一察看，水帘洞已有十余名弟子受伤，只好对马三脚说："师弟，传弟子们撤！"

　　"师兄，你带弟子们走，我断后！"马三脚将那条棍往手中一提，挡在了渡仙桥头。

　　只听得贾连一声吼："闯王部下袁大将军帐前先锋贾连来也！"这一声吼叫非同小可，终日守着城池惶恐至极的兵勇一听贾连在此，便有倒戈而逃者。师爷听喊，哈哈大笑道："贾连早已坠入渭河喂了王八，借一个死人的名字来叫阵，不是好汉！二位班头，擒住这囚犯！"

　　贾连并不搭话，一杆枪疾风涌云，只两个回合就将高个儿黑脸班头刺翻在地，另一个班头见伙伴倒地，抡着大刀斜刺里朝他杀来，只见他一个鹞子翻身，将刀架住，枪头划了个半圆，直刺班头的胸膛。就在枪头离胸前只有一拳头时，忽然一声喊："留一个给我！"牛四晃已挡在中间。贾连收了枪，寻找师爷时，发现师爷已被陈玖护着逃出了四五十步，他提了枪追赶时，兵勇们的火铳向他齐发，他不得不匍匐在地。这时牛四晃已结果了班头，闪电般轻盈而至，他没有把火铳放在眼里，三晃四晃就一把提了师爷的衣领，喊："团练陈玖听着，让兵勇放下武器，要说半个不字，师爷这人头就要搬家了！"

陈玖见势不妙，命火铳队放下火铳，贾连趁机冲到阵前，将吓趴在地的师爷一把提起。牛四晃要为父报仇，抡圆了拳头朝师爷天灵盖砸来。

"慢！"贾连说，"他只是郭照的一条狗，杀条狗是很容易的，留着他，给郭照去送个信吧！"

"求英雄饶命，饶命……"师爷叩头如捣蒜。

"把上衣脱了，翻过来平铺在地上！"贾连说。师爷颤抖着脱了上衣，反铺在地上。贾连提起枪，朝师爷右腿一刺，师爷一声惨叫，那血就喷涌而出。只见贾连蘸了血在铺展的衣服上写下一行字：

今日之事，为我贾连所为，与水帘洞无关。要想报仇，来闯王部下袁大将军军营找我。

崇祯八年八月十六日

写毕，贾连对着兵勇说："我知道你们都是为了活命才去吃粮的平民兄弟，你们就不要为官府卖命了，要想活命，就去投袁大将军吧！"

师爷还趴在那里，如一摊烂泥，牛四晃见杀不了他，便大喊道："穿好衣服，滚出水帘洞，别再让贫道看见！"

贾连和牛四晃退进了寺院，陈玖这才让兵勇抬了死者的尸首，扶着伤者离开了水帘洞。

再说水帘洞内，李道长和马三脚从麻线娘娘莲台前求了神药，雪儿给受伤的弟子们包扎好伤口，福来、禄存和其他的弟子们把伤者一个个送回房中去休息。之后，大家都聚集在了菩萨殿前。

有风雨亭前探信的弟子来报："牛师父和贾将军各杀一名班头，将师爷捉了又放了。官兵抬着死伤者已离去，牛师父和贾将军正向山上走来。"

李道长听报，心中生出无限伤感。这水帘洞是他小李庄李氏家族祖祖辈辈守着的清净之地。自麻线娘娘李真秀降坛，万人朝拜，世代敬仰，求福消灾，常宜子孙，从未招惹过事端。没想到这块慈悲宝地在自己手上竟刀光剑影，死伤流血呀。他觉得对不起圣祖麻线娘娘，便跪拜在大殿上，祈求佛祖的宽恕。

众弟子见师父跪拜，便都跪了。顿时，水帘洞钟鼓齐鸣，钵鱼鼓磬之声交杂，似在祈祷，又像是在超度亡灵。牛四晃和贾连进得山门，循声赶往大殿，牛四晃在他的位置跪了，双手合十念"阿弥陀佛"。贾连没跪，在众道士身后站立着。

李道长起身，对众弟子说："今日一战，是我水帘洞灾难的开始，伤了十多个弟子，又与县衙树了敌，他们是不会放过咱们的。我佛慈悲为怀，赏善罚恶，弘扬正义，佛祖是能宽恕咱们的，麻线娘娘也会原谅咱们。问题是兵荒马乱，灾难重重，咱们只剩四五百两银子了，六七十个人要生活，大家得有守护寺院的决心，做好准备，和寺院共存亡。"

"我们听师父的。"众弟子齐声道。

"牛师弟，马师弟，拉梢寺和千佛洞就交给你们二位了。我们不能滥杀无辜，但是对敌人绝不心慈手软。"李道长说。

"请师父放心，我已让县衙师爷带信给郭照了，今日之事与水帘洞无关。要报仇找闯王部下袁大将军帐前先锋贾连，我决不做连累水帘洞的事。"贾连说。

"这不能怪贾将军的，县衙那些贪官污吏，暴征巨敛，欺压百姓。义军是除恶济世，为穷苦百姓出气，痛快！今日贾将军一杆枪横扫官兵，枪挑班头，擒师爷令其在衣衫上写下血书，让郭照知道这场厮杀是他一人所为，与咱水帘洞无瓜葛，实为义举，让贫道佩服！依贫道之见，贾将军还没能与义军取得联系，就住咱水帘洞吧！"牛四晃一番话，说得众道士直点头。

李道长长叹一声，说："贾将军是去是留，你自己决定吧，贫道怕在水帘洞会误了将军前程。"

雪儿暗自欢心，她一直担心师父会赶贾连走的。给寺院带来这么大的祸端，她也觉得无颜面对水帘洞。听师父们这么说，见众师兄弟持赞扬的态度，她悬着的心落到了实处，恰到好处地站出来说："众位师兄师弟们诚心待你，你就留下来吧。一来是你我两个人给寺院带来了灾难，让这么多师兄弟受了伤，假若师爷和陈玖回去后郭照、张曾再派兵来，谁去迎敌？总不能闯下祸端一走了之吧！二来你还没找到义军，去哪里呀？去哪里也都有危险，大家放心不下。三来……三来怎么说你走都是不妥的。"

大家都看出来了，雪儿是喜欢上贾连了，师父又着意撮合他俩，有意成全这桩姻缘，便都挽留贾连。

贾连思前想后，拿定了主意，暂时留下来保护水帘洞。其实他没法和袁将军联系，要攻宁远城，水帘洞是个紧要关口，在这里可以联络百姓，壮大队伍。

"众位师父，我贾连就住下来了。"他双手抱拳，行礼道。

雪儿偷偷溜到院子里，听着大殿里的话语，她的心咚咚直跳，她来到菩萨殿后洞，跪在麻线娘娘像前，祈祷着："大慈大悲的大势至菩萨麻线娘娘，雪儿求您了，请您保佑雪儿能和连哥哥永结百年之好。雪儿知道您也是为逃婚才成麻线娘娘的,您一定会保佑雪儿促成美满婚姻的。"

再说宁远县衙内,知县郭照暴跳如雷,他骂师爷无能,出的这个馊主意,白白放走了贾连不说,还损了两名班头。八千两银子一钱也没拿到,让百姓抢走了,又给水帘洞添了好名声。"师爷,你说该怎么处罚你呢?"他冷冰冰地问出这么句话来,让师爷胆战心惊。

"老爷,看在老朽跟随您多年的份儿上,饶了老朽吧。再说,老朽这条腿都残了,也能抵过错的呀。"师爷拉着麻木了的伤腿,趴在地上一个连一个地磕着头。

"受伤了吧,你这伤不值!被贾连刺出血给本县写血书吓唬本县,你说值吗?"郭照大吼着。

师爷一听,郭照要严惩他了,刚才这话是鸡蛋里挑骨头。刺伤腿子放出血来写字,这是他情愿做的事吗?这也成了罪证?这样一想,他反而镇定了许多,说:"那就请老爷惩罚吧!"

"惩罚?你放走朝廷要犯,又损兵折将,按律当斩!"郭照拍响惊堂木,厉声说。

师爷听到一个"斩"字,险些晕了过去。就在这时,监军道张曾到了,见师爷这副模样,说:"郭大人,今日之事,师爷无过,何必动怒呢!"

"银子,你知道吗?八千两,一钱也不见了,被灾民们抢了!"郭照大声吼着。

"我听说了,那是水帘洞道士和饥民们捣的鬼,与师爷无关。师爷伤得这么重,还是疗伤要紧,其余之事,等伤好了再行论处不迟。"张曾一番话,郭照这才放了师爷去疗伤。

"水帘洞到了认真清理一番的时候了,道士们竟然勾结流贼造反,敢和官兵作对,长此下去,后患无穷呀!"郭照说。

张曾有他的说法,他说:"我认为,稳民心,赈灾是眼下的首要任务,要不然百姓都会靠到流贼那一边去的,县城的防卫就会困难重重。"郭照一想，在这混乱时刻，人人丢城失地，自己守住了县城，就是最大的功劳，便说："就依你说的，水帘洞之事就暂缓一步吧。"

半个月过去了，水帘洞风平浪静，没见着官兵的影子，大家都松了一口气。九月初一这一天，贾连去见李道长，说要去打探义军的下落，李道长同意了。早饭过后，贾连就打扮成道士，别过雪儿和众位师父，出响河沟，过渭河来到了乐善镇。

乐善镇是个旱码头，商贾云集。尽管兵荒马乱，民不聊生，那些做国难生意的商贾还是忙忙碌碌。贾连来到镇子上，拣一家茶馆坐下，要一壶茶喝着。店门口停下一辆马车，进来几位回族客人，小二给他们沏了茶，回族客人们掏出随身带的烙饼，狼吞虎咽地吃了起来。贾连看一眼门口的车，是三匹马拉的，车篷好大，盖得严严实实，看样子是拉着什么要紧的货物。贾连就一声不吭地听这几位回民们说话。

年轻的那位回民说："总算到地方了，想一想一路也够危险的了！"

另一位说："过秦安梁碰着袁军，我是服了，是一支百姓的队伍，没动咱一根毫毛。要是知道咱的皮货里有火铳，那就玩完了。"

"烂罐子擦屎了不是？闭嘴你！"年长的偷看一眼贾连，气汹汹地骂两位说话的。

"大哥，怕了一路了，三天三夜没说话了，就让我俩活动活动嘴巴吧！"一个说。

"等货交出去了，随便你们怎么说，现在给我闭嘴！"年长的一拍茶桌，喊："小二，结账。"

小二结了账，唱声："客官慢走！"回民们就出了茶馆门，赶了马车向南去了。

贾连也结了账，尾随了马车。他高兴的是从这些人口中知道了义军在秦安梁上，又吃惊他们运军火，运往何处去呢？必须要弄清楚。

　　大篷马车顺大南河而上，走了约五里路，停在路旁一家茶亭旁。赶车的下了车，站在路边唱起了山歌：

苦啊，黄连水里泡着哩，
南山苦啊，没吃没穿地活着哩。

　　只这么两句，就听到茶棚里间一个声音咳了两下，也唱了起来：

大南山，南山大，
鬼哭狼嚎怪害怕，
种地交租又纳税，
娶个媳妇要纳新婚税，
生了儿女要交添丁税，
养猪养羊要纳牲畜税，
修房造屋还有修建税。

大南河啊，流不尽的苦难，
生不逢时遇了个兵荒马乱，
苦日子还要提心吊胆，
逃荒路也被挖断，
倒不如学了那李闯王举旗造反。

　　赶车人哈哈大笑，喊一声："猴精子，别唱那么多了，来验货吧！"

　　茶棚里走出一个人来，这人身高七尺，瘦得皮包骨头，脸膛焦黑却透出精敏机智，一双眼睛圆鼓溜溜的，充满了自信。他走向赶车人，相互击掌以示欢迎："大哥，讲信用！"他满脸得意地笑。

　　"准备好，十杆火铳，我给你十颗麝香，另加一个熊胆、四只熊掌。够了吧？"猴精子说。

"大度，成交！"赶车人说。

贾连躲在路边的大柳树下，看着他们成交了生意，回民们赶着大篷车原路返回了，猴精子走进了茶棚。他心里早已打好了算盘，把这叫猴精子的拉过来，投在袁将军的帐下，也不枉他在水帘洞里住了这么多日。

贾连进了茶棚，一位年轻农妇出来招呼他，尽管他心不在焉，还是要了一碗茶，喝了两口。正要和农妇说话，就觉得头晕，不一时，就迷迷糊糊进入了梦乡。这时，从里间出来几个男人，把他的手脚捆了，装进一条毛口袋里，往驴拉的车上一放，这驴车就吱吱悠悠地向南山深处走去。

要知贾连性命如何，请看下回详表。

第三十六回　苦南山猂人暴乱
　　　　　息战事鞭打贾连

　　话说雪儿在水帘洞等着贾连的消息,半月过去了,贾连连个信儿也没捎进洞来,她既担心又慌恐。担心他是不是出啥事儿了,恐慌的是他如果不回来了,她将依靠谁去?火烧城南那个晚上,爱火也烧到了她的身上,水帘洞大战之后,她更是情难自制。为了守护住这份人间最美好、最幸福的情感,她心甘情愿地把女儿家最珍贵的东西给了他,同时把一个道姑的信念也给了他。半个月的甜甜蜜蜜让她幸福,让她期盼,她觉着自己离做母亲的日子不远了。眼下贾连杳无音信,她能不恐慌吗?水帘洞终究是不能容纳一位抱着婴孩的道姑的。

　　这些话,雪儿无处去诉说,她就求麻线娘娘:"大势至菩萨,雪儿求您保佑贾连平平安安地回来。您已经保佑过雪儿,让雪儿成了他的女人。如今雪儿孤独无助,再次求您了。菩萨保佑,阿弥陀佛!"

　　雪儿只顾着跟麻线娘娘说话,忘记了这寺院里还有其他的人在。禄存是来打扫麻线娘娘洞府的,见雪儿苦苦求助,就没惊扰她。他喜欢雪儿,只是身在寺院,戒色欲,没敢表露。现在听雪儿说已经成了贾连的人,他便心神不安,恨贾连,又怨自己。处在这样一种心境里,他手中的马尾掸子就"啪"的一声掉在了地上。

　　正在向麻线娘娘敞开心扉的雪儿被这突如其来的响声惊

着了，连忙磕了个头，四下里张望。她没看见禄存，以为是菩萨显灵了，便诚惶诚恐地又跪了下去。这时，有秋风从洞顶的天眼吹来，带着些微细雨，洒向她的脸。她再次向菩萨磕头，心中想："有菩萨保佑，连哥哥会平平安安的。"

禄存蹑手蹑脚地出了洞门，他魂不守舍，像做了贼似的生怕碰到谁。他回到自己房中，福来正在清扫房间，问他："这么快就打扫完了，一定是偷懒了吧！"

"别瞎说，打扫洞府谁敢偷懒！"禄存顶了这么一句就又出去了，他还得去洞府，要是被师父知道没打扫，那可真要受罚的。

雪儿在洞口拣到了马尾掸子，她想，一定是师兄偷懒，把它丢在这儿上山坡吃野果子去了，就拿了掸子扫起洞府来。禄存来时，她正在莲台前擦献果子的盘子呢。

"师兄，拿来！"她伸手向禄存要野果子。

"啥呀？"禄存莫名其妙。

"山核桃呀，师父让你打扫洞府，你上山坡采野果子去了，还不分点儿给我？"雪儿说。

"哪里呀，我……我上了趟茅房。"他结巴着，撒了个谎。见雪儿信了，就边干活边窥视雪儿，他发现成了女人的师妹比以前温柔多了，还有三分清雅。"女人呀！"他轻轻地哀叹了一声。

"师兄，这几天，你听到过义军的消息吗？"

"好像没听到过啥，不过，模模糊糊地听说南山十垒子梁上聚集了好几百猓人，举旗造反了。"

"南山猓人？没听到贾连哥哥？"

"好像没有他的事。不过，也难说。"

雪儿的心一下子跳得不能自制了，没有义军的消息，贾连去哪儿了呢？南山猓人反了，和他有啥关系？她对贾连多少有点了解，他憎恨官府，一心想打天下，坐江山。没有义军的消息，他会不会进南山去呢？

再说那贾连一觉醒来，眼前的一切全变了。这是在哪里呀，石头垒成的房子，篱笆门窗，我怎么躺在这阴湿的草棚里？他揉了揉眼睛，使劲地想，自己不是在乐善镇南五里的道旁茶棚里吗？那是一位善良温和的农家妇女，穿一件粗布对襟蓝上衣，一条麻布裤子，她到哪里去了？他从草铺里爬起，去开那筛进阳光的篱笆门。外面有脚步声朝这边走来，说着话："这龟孙子睡了半天一夜了，是不是兰花的药下过量了，再不醒来就要死人了。"

"兰花？肯定是那茶棚里的农妇，是她在茶里下了药把我弄到这里来的？记起来了，那位赶车的好像叫了一声猴精子，就有人出茶棚里间和他进行交易。"想着，贾连就大喊一声："猴精子，快放我出去！"

随着这声喊，有杂乱的脚步声响了进来，边跑边说："这龟孙子命大，没死。喊大王的名号，是不想活了！"

"猴精子，放我出去！"贾连再喊。

篱笆门被推开了，进来两名壮汉，头发乱作一团，脸好像从没洗过，油亮油亮的。衣衫破烂不堪，脚上是用兽皮串的鞋，荷包似的。"喊，喊啥！我家大王的名号是你能喊的吗？"

"这是什么地方？"贾连问。

"这龟孙子，口音和咱不一样。你先说，你是啥地方人，做啥生意的？"一个问。

"我这身打扮，你难道看不出来吗！"贾连说。

"人变鬼时鬼亦人。这乱世年间，穿身道袍就是道士了吗？"一个说。

"贫道确实是水帘洞道士，不知犯了何法，被你们弄到这里来了？"

"你，不像是道人，倒像是官府的探子。连我们大王的名号都知道，难道不是吗？"又一个说。

"少跟他废话了，送他去见大王吧。"另一个说。

贾连被带进一个山洞里。洞很大，能容百十号人。洞内有木桌木椅，每条凳子都用野兽皮包着，最上首一把是原木做的大靠背椅，靠背上包着一张金钱豹皮，座处是一张熊皮。上坐一个人，正是贾连在茶棚里见到的叫猴精子的汉子。

"跪下！"两旁站着的二三十条汉子齐声对他喊道。

"贫道只跪佛菩萨。"贾连说。

"不跪也罢，本大王问你，你身为道士，不在寺院修行，为啥鬼鬼祟祟刺探本大王机密？"

"贫道确实发现了你和回民用麝香换火铳。"贾连毫不隐瞒地说。他想，猴精子既然是占山为王，必能促成他举旗造反，走上正道。

"你还算诚实。出家人不问俗事，那你告诉本大王，你知道了又能怎样？"

"知道了，就想跟你来，见识见识大王想用火铳做啥。"贾连说。这位身经百战的将军见过的世面大着呢，这占山为王的绿林之地也闯过几回，对付猴精子全然不在话下。

"本大王用火铳做啥，与你有何干系！"猴精子说。

"干系大着呢，如果大王用它拦路抢劫，打家劫舍，这火铳就白买了。如果大王用它扑杀森林野物，那就是造孽了。"贾连说。

"大胆的道士，到本大王洞府来侮辱本大王。推出去，埋了！"猴精子一声喊，就有两旁猛士按着他的手臂，往洞外拖。

"慢着！你愧为大王，方圆几十里百姓尊你为王，难道仅仅是看着你杀富济贫吗？南山人为啥被官府称作猓人，当野人看？是官府不把大家当人看。天灾，让百姓广种薄收；官府，那些贪官污吏又榨取百姓仅有的食粮，逼得大家衣不裹体，食不饱肚，卖儿卖女。你应该用那火铳去杀贪官污吏，去杀崇祯皇帝！"贾连一通喊叫，猴精子从熊豹椅上走了下来，来到贾连面前，示意手下将贾连放开。

"请问道士贵姓高名？"猴精子换了一副笑脸。

贾连将姓氏隐去，取个连字，顺口答道："贫道莲花道士是也。"

"好啊，好，本王的压寨夫人叫兰花，今日又得一莲花，实属十垒子梁之幸事！小的们，"说着他大叫一声，"给莲花道士看座，上茶！"

猴精子不光是人长得精瘦如猴，还是狡猾如猴精。今日一听贾连说杀贪官污吏，打天下，暗合了他的心愿。他占山为王，其主要目的就是学那闯王李自成造反！可惜的是南山太苦，千军易得，一将难求，缺个有勇有谋的将才呀！这莲花道士自己送上门来，难道是天意？"天助本王也！将莲花道士拜为军师，先取龙台和中梁，再攻滩歌，扩大地盘，招兵买马，谋大业也！"猴精子一眨眼的工夫就盘算好了千秋伟业。

"小的们，从今日起，莲花道士就是咱的军师，位在本王之下，众弟兄之上。有不听从军师者，山规重罚。"猴精子发令，满洞齐声应道："愿听军师调派，为山寨效命！"

贾连连忙向猴精子行礼，说："承蒙大王厚爱，委以重任，贫道甘愿效力。"

"免礼了，请军师坐第二把椅子，请！"猴精子说。

大家按排次各自坐下，贾连算是如愿以偿了。但是，山寨里原来的老二就怒气冲天，对贾连排在自己前面不服气，说："大王如何这般草率，凭啥对道士如此信任？请大王赐教！"

只见猴精子哈哈一笑，说："就凭莲花道士的一番言语，那可不是等闲之辈能说出来的。众位弟兄和我占据着十垒子梁已有三五年了吧，请问，谁有过如此谋略？没有的！此其一；莲花道士进得洞来，毫无惧怕之色，谈笑自如，大将风范也！你们想想，有哪个豪绅恶霸在咱洞中不是哭爹喊娘，磕头如捣蒜的，眼前的莲花道士却没喊一个饶字，就和进了自家门一样坦然，此其二也。"

"大王说的也是，不过他无功，不该受禄吧！"又有喽啰小头目说。

"无功不受禄，这个自然，"贾连说，"大王，道士这就为大王训练火铳队，指导弟兄们制造火药吧。"

"好，痛快！"猴精子兴高采烈，有点手舞足蹈了。他立马喊贾连二当家的，从各村精壮勇猛的弟兄中挑选五十名来组成火铳队，五人一杆火铳，进行训练。

原来，猴精子占据十垒子梁，手下喽啰都是方圆各村的穷苦汉子，常住山寨的不到二三十个人。山寨里有啥大的事，发出号令，大家才集中到一起，行动一结束，各自又都回到家，做正经的营生。这已是九月秋播的季节，乡间百姓正准备着种冬麦呢。那些有牛无种子的，正在想着法儿找种子；那些有种子无耕牛的，又在和人商量着借牛耕种的事；而那些个既无种子又无耕牛的，则在等着别人种完了再想法儿自己种。尽管农活忙，猴精子大王的命令传下去时，还是一呼百应，集中到了山寨里。

贾连佩服猴精子的号召力，对众弟兄们听从命令更加赞赏。其实，他也知道，这些被称作猱人的庄稼汉们，种地才能得一季的口粮，其余的三季吃的全靠着山寨。十垒子梁是一条官道，从漳县过武山和礼县的商队的必经之道，吃山寨比租种土地靠得住。

话说，贾连在山上训练火铳队，整顿队伍纪律，教导这支农民军如何布阵，如何冲锋，他把袁将军的治军策略搬用到了这里。半个月后，这支二百余人的农民军扯起一杆绿色大旗，号称"南山绿林军"。第一仗，他们攻下了龙台，第二阵就取了中梁。两仗下来，队伍已增至一千余人。就在他们编整队伍，谋划攻打滩歌镇的时候，县衙派监军道张曾率一个步兵营和县衙团练陈玖的团勇入南山，从四门镇取道龙台。只一个围歼战，就将贾连留在龙台的一百守兵全部灭了，收复了龙台。接下来张曾兵分两路，派陈玖率团勇翻越魁子山，向南斜插中梁山，收复中梁。他自己率步兵营扎在十垒子梁和滩歌镇的中间，距南山绿林军只有十里路程。

这一日，猴精子大王正和贾连在山寨洞府商议如何出兵滩歌镇。有探信的兵士来报，龙台已失守，被监军道张曾和团练陈玖来了个偷袭，一百名守卒全部战死。

　　猴精子听报，一巴掌拍下去拍坏了桌子，破口大骂："张曾恶贼，一百条命要你血债血还！"他嗷嗷直叫，这一打击对他太大了。做了三五年山大王，还没死过一个弟兄呢，一下子死了一百人，他承受不了，"传下令去，全营集合，和张曾恶贼拼了！"

　　"慢！"贾连说，"大王，两军对阵，不能凭意气用事，要讲战略。张曾的步兵营是训练有序的朝廷官兵，这些年和闯王义军作战，精得很。咱们得冷静商议对敌之策。"

　　"一下子死了一百人，大南山又多了几百名孤儿寡母，少了一百名勇士，让我如何向乡邻们交代呀！"猴精子说。

　　贾连并没有回答他，而对身边的一名小头目说："放出探马，探清官兵动向，速速来报！"

　　小头目得令走了。贾连满头大汗，在洞里踱来踱去，他在思考官兵怎么来得如此迅猛。看来是自己轻视了官府，被小胜利冲昏了头脑，没有布防好兵力，才落得个首尾无法照应。他停了下来，喊声："大王！"

　　"军师，有办法了？"猴精子忙问。

　　"眼下最为重要的是驻守中梁的一百名弟兄的性命。让老二带领二百名勇猛弟兄火速前往中梁乡，能守住就守，守不住就撤回山寨来，尽量减少不必要的牺牲。"贾连话音刚落，洞口就晃进一个人来，接了他的话说："军师真乃神机妙算，据本夫人探知，陈玖的团勇已翻魁子山向中梁去了，咱可不能怠慢呀！"

　　"夫人，你回来了？回来就好，回来就好！"猴精子见了兰花，惊喜异常。原来，占领龙台后，兰花硬是看上了当街一家酒馆，要在那里开馆子，猴精子拿她没办法，只好由了她。刚才听龙台失守，他的心里是说不出的惊怕。

　　"夫人，"贾连见过礼，说："大王，既然夫人带来了可靠消息,就下令火速增援中梁。"

"请老二进洞议事。"猴精子发话说。

十垒子梁从胜利的欢悦中醒来,进入了防御的恐慌中。这些刚刚拿起了武器的农民,借助大南山的崇山峻岭,动用了他们跟野兽抗争的全部家当,在林间路口安置了套野兽的套杆,夹狼和鹿的夹镂,捕野鸡的踏爪,捉熊捆豹的绳子。又挖了散马坑,垒石墙,堆滚木,所有能够御敌的办法都想到了,把整座山梁弄得草木皆兵,只等着官兵往这扎好的圈子里钻。

再说水帘洞,大家一如既往地播种好冬小麦,正要伐木烧炭,为过冬准备取暖的燃料,就有县衙捕头带着十来个捕快闯了进来。在拉梢寺门口,牛四晃挡住了捕快们的路,不让他们过渡仙桥。捕头就拿出县令郭照写给李道长的信,晃一晃说:"县太爷给李道长的信,不让我们送上山,就劳驾你送去吧。不过,我们要等着李道长的回话。"

牛四晃就拿了信件,一阵风晃上山去。李道长正在大殿里禅坐,这些日子雪儿精神不振,食欲不佳,他给号了号脉,发现雪儿有喜了。他便生了心病,这贾连出去也有些日子了,一个信也不捎来,去哪儿了呢?义军的消息也时而传来一些,说是袁宗第率部在陇东作战,贾连不会是去陇东了吧!雪儿还未出嫁,身先染喜,这是坏事还是好事,他拿不定主意。该让雪儿怀着这个娃还是把胎打掉呢?他感到迷茫,要是这件事儿传出去,水帘洞就丢脸了,道姑有了身孕,这寺院还是无欲之地吗?

"师兄,师兄!"牛四晃风风火火地闯了进来,将手中的信展给李道长,说:"县衙捕快们送来的,被我挡在山下了。"

李道长打开信,只看了一眼,就神色慌张地说:"有这等事?有这等事?"

"啥事你说吧,急死人了。"牛四晃说。

李道长就将信念了一遍。

水帘洞住持：

  近日南山猓人暴乱，杀龙台、中梁两乡乡爷，抢其钱粮，扩充兵力，乌合之众已有千人，打起"南山绿林营"的反旗，正谋划攻打滩歌镇。本县已派监军道张曾和团练陈玖平叛，所失两乡皆以收复。只是猓人山寨十垒子梁防守严密，已围困数日无法拿下。据张监军报，猓人头领猴精子手下有一军师，号称莲花道士，实为水帘洞道士，此人谋略高强，武艺超群，使一杆钩镰枪，和你所收留的"流贼"先锋贾连一模一样。本县以为猓人军师是水帘洞道士也好，是贾连也罢，都和水帘洞有脱不了的干系。限你五日内将猓人军师拿下，以洗寺院耻辱。如其不然，拿水帘洞问罪，到那时，你可别怪本县血洗寺院，有辱佛菩萨圣地。

宁远县县令 郭照
崇祯八年九月 × 日

  "师兄，贾将军真的做了猓人军师吗？"牛四晃问。
  "也许吧。师弟，随我下山去见县衙捕快。这事千万保密，别让雪儿知道了。"李道长说。
  牛四晃点点头，随师兄向山下走去。
  捕头原是认识李道长的，见了面，行过礼，便问："道长，县老爷的信看了？"
  "贫道看过了。请回县老爷，就说贫道这就去南山查个究竟。如果真如信中所说，贫道自有办法。"李道长说。
  "我们就按道长的意思回话去了。"捕头领着捕快们走了。
  李道长念声"阿弥陀佛"，闭了目，静在渡仙桥下。此时，他的心里极不平静，贾连生性逆反，义军去了陇东，他却操动南山绿林汉子造反。县令如此说，军师就是贾连无疑了。只是苦了雪儿，好端端一个女儿，自遇着贾连，灾难就接二连三，水帘洞也没安宁过。要是贾连有个三长两短，雪儿和腹中的孩子怎么办呢?为雪儿着想吧,他得去见贾连。

"牛师弟,劳你陪我走一趟吧。"李道长对牛四晃说。

"师兄,我听你的。贾连这小子,行!天生的将才,两次攻县城失利,绕个弯子,拉起了队伍,是条汉子,咱得去救他呀!"牛四晃说。

"咱这就动身吧。"李道长一声"阿弥陀佛",转身去水帘洞收拾行装了。

天当中午的时候,李道长将寺院交给了马三脚,带了禄存和福来,与牛四晃匆匆上了路。

此时,十垒子梁被张曾一营步兵和陈玖的团勇围得像铁桶一般。龙台、中梁得而复失,南山绿林军已是士气低落,眼下又有官兵围困,山寨里的兵卒们有些已经逃离寨子。大家都是有妻儿老小的平民百姓,为了讨一口饭吃,跟了山大王,这口饭吃不上了,活命就是最要紧的。也有一些兵卒是铁了心跟着大王造反的,反是死,不反也是死,战死总比饿死强。

这也是被围困的第七天,贾连集合人马清点一番,山寨还有四百余人,而粮食却只有从中梁运过来的二十来担。龙台的粮草他们没往山寨运,囤积在原来的粮库里,准备攻打滩歌时用,没料到失守得那么快。

猴精子此时已有些慌乱,虽然做了几年的山大王,却头一次遭遇这样的阵势。他问贾连:"要是山寨守住了怎么办?"

贾连说:"那就号令南山民众,扩大地盘,谋大业!"

"要是守不住了怎么办?"他又问。

"留得青山在,不怕没柴烧。"贾连答。

"那么多山民们被战死,对家人如何交代?"他又问。

"反是死,不反也是死。战死比饿死有骨气,家人们会理解的。"贾连说。

他说:"张曾这恶贼,太毒辣了。"

贾连说:"战场就是你死我活,无毒不丈夫。"

他说:"我明白了。"

这时有探马来报,张曾和陈玖从南北两面包剿了过来,设在山林里的暗器被他们排除了许多。

"传令下去,南山绿林军的弟兄一定要守住大旗!"猴精子说。

"报!"又有探马来报,"张曾的营地上来了四名道士,指名要见军师。"

"好!"贾连听报高兴起来,说,"大王,救星到了。如果我没猜错的话,是水帘洞道长来了。"

"来了也和官兵是一路的,将军为何说是救星呢?"猴精子说。

"军师是要随道长逃了,把咱山寨丢下不管了?没门!"兰花说着,一把刀已拦在贾连面前,说,"要走留下人头来!"

"夫人,你误会了,道长来定有妙计的。依我之见,咱们先会会他,再作定论。"贾连并不畏惧,将面前大刀轻轻挡过。

"就依你吧。"猴精子说。

敌我双方摆开阵势,那边是张曾和水帘洞四道士,这边是猴精子夫妇和贾连。山寨仅有的人马分成两队,一队由老二领着去抵抗陈玖的团勇了。只见对方阵营里李道长和牛四晃出阵,直向南山绿林军而来。贾连对猴精子说:"大王,我去迎敌。如果失利,你和弟兄们化整为零,突围出去。留得青山在,不怕没柴烧。我本是闯王旗下袁大将军帐前先锋贾连。水帘洞有一女子名叫雪儿,是我未婚妻,托你照顾吧。"说完,他将手中钩镰枪一抖,吼一声,向敌营冲去。

只见李道长和牛四晃耳语了几句,牛四晃就动起凌波微步,一阵旋风似的。李道长抖开九环鞭,量个蛟龙出海势,向贾连疾驰而来。九环鞭似龙腾虎跃,钩镰枪如银蛇翻舞,鞭打枪刺,抢挑鞭架。执鞭的白鹤展翅,舞枪的雄鹰捕食,好一场厮杀。只听得两军兵卒的号叫声,却不见两军火铳的轰响。

"只许败，不许胜。"李道长架住刺来的枪说。

"师父，为啥？"贾连斜刺里一枪问。

"我来救你！"李道长左三步一个怀中抱月，答。

"怎么个救法？"贾连右三步一个鹞子翻身，问。

"退到悬崖边，有你牛师父接你走。"

"弟子知道了！"

就在此时，猴精子见贾连和李道长打得难舍难分，也冲了过来。官兵中张曾舞一把关公刀迎敌，两军兵卒就混战在了一起。

贾连急退，李道长猛追，来到了十垒子梁的绝崖顶，只见李道长一鞭打去，贾连的身子晃几晃就无影无踪了。

"军师！"猴精子大吼一声。

"道长，要活的！"张曾见了也喊一声。

"反贼已坠入沟涧，不可能活命了。"李道长收了鞭，立在崖上答。张曾疾步奔来，低头一看，万丈深渊，深不见底。只有崖壁间的古木在秋风中摇摆着身子，将秋叶雪花般抖落。

猴精子见军师坠入沟涧，打个口哨，山寨间的兵卒们一闪间就无影无踪，没入了森林。

欲知贾连性命如何，看下回再作详述。

第三十七回　闯王军攻占宁远
　　　　　　水帘洞星夜嫁女

　　话说袁宗第帐前参军小伯温自贾连火烧城南，攻城未克后，退兵回营，也把贾连在水帘洞之事告知了袁将军。袁将军知义子贾连还活着，甚是高兴，便和众将领商议进兵巩昌之事。就在这时，接到闯王令，要他率部进入陇东筹集粮草运往宝鸡。袁将军得令，将取巩昌之事缓后了一步。

　　现在，筹粮之事已经结束，时节也到了秋末冬初，正是克宁远、取巩昌的好时机。袁宗第便率领大军从通渭入宁远北山，兵分两路，一路由小伯温率领出鲁班沟逆渭河北上至红峪沟对岸强渡渭河，将县城东南围了个严严实实。另一路由将军亲自率领，从城西北下一涌而出，抢占杜家塄渡口，将城西围了个水泄不通。整座县城被三面包围，只留北面靠着渭河，渭河也被寒冬冻得瘦成了一绺儿。宁远县城内，张曾的步兵营在南山平叛时已元气有损，陈玖的团勇多是来吃粮活命的庄稼汉，对打仗毫无兴趣。义军包围县城，里三层、外三层，黑压压布满了渭河谷，城内便乱作一团，千余名官兵加县衙捕快、衙役，勉强能够布防三个城门。郭照将城北完全交给了渭河。

　　义军黎明围城，直到黄昏只围不攻。紧张了一天的郭照摸不透义军的真实目的，只能小心翼翼地防守。

　　冬天的夜晚冷风刺骨，城外的义军燃起篝火饮酒作歌，而城内的守兵却胆战心惊，唯恐是袁宗第的迷魂阵。到了半夜，义军的营帐鸦雀无声，只有巡夜的士兵在星辉月光中走来走去，毫无半点攻城的迹象。

郭县令和张监军传来团练陈玖，共商敌情。他们都明白，宁远城已经朝不保夕了，如果照此围困下去，城内的给养支持一个月是没有问题的，可是义军的千万大军不会将这么个县城围守一个月的。郭照就急忙修书一封给巩昌知府，请求出兵增援。张曾选一精勇之士，将书信藏入怀中，趁着夜深人静从城北墙头放下一根绳子，将送信勇士吊下了城墙。

然而，就在此时，城东喊声震天，火把齐明，亮如白昼，小伯温接到袁将军号令，假意攻城，以掩护他的大刀队从城北渡河登城。袁宗第选初冬破城，就是要借渭河封冻，现在两岸冰层已能行人，只有中间一小部分水流哗然，用三二只木船就能将两岸连接。就在袁将军命令士兵将木船从杜家塄渡口划向城北，准备浮桥的时候，城墙上吊下一个人来，这人双脚才落地，就被义军所俘。

张曾赶往东门，命兵士将城门用原木石头顶了个丈余厚的墩，又浇了水，冻结在了一起。义军只在城外叫阵，向城头放冷箭，却攻不开城门。郭照和陈玖守着的南门和北门也效仿张曾的法子，冰冻了城门。

三更时分，义军各营帐点起了火把，军士穿上了盔甲，摆出攻城的架势来。一千名大刀队员已从城北浮桥过了渭河，将云梯架在了城墙上。霎时间，官兵在城北的一个巡逻队已成了刀下鬼魂，挥舞大刀的义军已占据了县衙和监军道府，给陈玖一个意想不到的打击，团勇死的死，伤的伤，活着的全做了俘虏，义军占据了城北，从城墙放下云梯，接应袁将军进城。

东方破晓时，义军的一半人马已攻进了县城，只是那城门被冰冻了个严实，无法打开。张曾手提关公刀负隅顽抗，被火铳营乱枪打死。郭照见城已破，自知性命难保，还不如自作了结来得快活，只可惜那无限的仕途欲望落得个壮志未酬身先死，一切都随着南门城楼的一道剑影挥之而去，只留下那热腾腾的血迹诉说着一位儒生的悲哀。

宁远县城破，义军打开了攻取巩昌的门户，抚兵安民，为攻克巩昌做着准备。

再说贾连被牛四晃用轻功携到悬崖侧面的平地上，救出了包围圈。牛四晃很赏识贾连的武功，敬佩贾连的才智，夸他把绿林贼寇组建成一支绿林军举旗造反。贾连却一副失望相，说："师父，这一次我输得太惨了！"

"惨啥，不惨，不惨！轰动了整个县城呢，惨啥，给庄稼汉出了口恶气！"牛四晃说。

"我是想在袁将军取巩昌前拉一支队伍，没料到拉得容易散得快，白白送了那么多弟兄的命，我贾连是走了败运了呀！"贾连对天长叹。

"你说过的嘛，留得青山在，不怕没柴烧。走，会合道长，回咱水帘洞去。"牛四晃说着，一把拉贾连向预定的会合地点走去。

水帘洞内，突然间来了十来个县衙捕快，之后就有道长带了贴身弟子，由牛四晃师叔陪着出了山。这不能不使众弟子疑惑。大家议论纷纷，一定是出啥大事了，和水帘洞有脱不了的干系。当马三脚从千佛洞走进水帘洞大殿时，众弟子便接踵而至，挤满了大殿，问马三脚："师叔，师父和牛师叔去啥地方了，有啥要紧的事儿那么匆忙？"

"我也不知道，师兄匆匆交代了几句，说是去一趟南山，别的没再说啥。"马三脚说。

"去南山？县衙派人让师父去南山？"雪儿的脑海起了疑团，就胡思乱想开了。"一定和连哥哥有关系，举旗造反，还拉起啥南山绿林营，听上去很正规的。连哥哥说过的，闯王部下有火铳营、健妇营啥的，这绿林营就是连哥哥拉起的队伍。"

"是不是南山猂人暴乱的事儿呀？"有弟子说。

"啥叫猂人，那是官府把百姓当野人，当兽类的说法，你也学说官腔呀！"有弟子训斥道。

马三脚说："不许胡乱猜测，各做各的事去吧。师兄不在家，大家要多加小心，这乱世年间，佛门净地也不是太平的，可不能有啥闪失。"

大家就都散去，磨斧磨锯，修理炭窑，准备第二天伐木烧炭。只有雪儿忧心忡忡，对马三脚说："师叔，明天我想出山去。"

"没啥要紧事就别乱跑了，雪儿。"

"我……我……"她想不出个好的理由来，就说，"我去乐善镇买点女儿家用的物件。"

"能等你师父回来了再去吗？"马三脚不放。

"师叔，那是等不得的嘛！"雪儿娇羞羞地说。马三脚似乎明白了点什么，但对于一个没娶过女人的男人还是啥也说不清楚，就说："那就去吧，早去早回来。"

第二天天一亮，雪儿就下山上路了。要买东西，马师叔给了她一些碎银子，是师叔攒的私房钱。她不要，师叔硬塞给她的。在乐善镇，雪儿吃了一碗担担面，买了几张饼子装好当干粮。她顺大南河而进，走了一整天到了四门镇。街面很寂静，各家铺子都关着门，只有山货市场旁董家客栈的灯笼是亮着的，她想，就在此投宿吧。

"请问店家，有单间吗？"雪儿问。

店家是个中年男人，高个子，黑脸膛，蛤蟆鼻，面相很厚道的样子。他打量了雪儿几眼，笑着说："房间有，可我不敢开给你。"

雪儿问："那是为啥呀？"

"客人道家装扮，莫非是水帘洞的？"店家反问道。

"正是。"雪儿说。

"这我就越发不敢收留你了，前边的三台山佛殿宽敞着呢，你去那里投宿吧，我要关门了。"店家说着就要关门。

"店家，你给我说出个缘由来，我自然不会烦扰你的。"雪儿越发疑闷了，硬要店家说出个不肯收留的缘由来。

"你一定要我说,我就说给你听,"店家一副无可奈何的样子,让出一条长条木凳来。雪儿坐了,店家站在一旁神秘兮兮地说开了:"大南山上的猴精子大王竖起了一杆南山绿林营的反旗,前些日子攻下了龙台、中梁,听说要攻打滩歌和四门两镇呢。这几天呀,闹得街面上人心慌乱,生意都要停了呀!今儿一早,又传来消息,县衙派了一个步兵营、一队团勇,把失去的两个乡给收复了,猴精子也被困在了十垒子梁上。那个帮猴精子大王举旗造反的军师就是你们水帘洞道士,叫啥来着?想起来了,就是莲花道士。是县衙贴出告示榜文,凡见水帘洞道者,一定要报官的。你说,我哪有胆子收留你呀!"

雪儿一听,心就像兔儿一样乱蹦了,"一定是连哥哥,啥莲花道士,一定是连哥哥!"她迫不及待地问店家:"那十垒子梁被官兵围了后又怎样了呢?"

"听说绿林营在林子里安置了对付野兽的家伙,官兵被吊死勒死的不计其数,有踏了散马坑的夹坏了脚踝的……玩得可热闹了!"店家说。

"那再后来呢?"雪儿刨根问底。

"后来嘛,后来……不怎样,还围着呢。客家,反正我是不敢收留你的,你就住三台山佛殿去吧。"店家央求着说。

"佛殿上都是些啥人住着?"雪儿看着店家,知道是不肯收留自己,就问。

"一个不老不小的和尚。"店家说。

"就一个?"雪儿说。

"就一个。"店家答。

"那贫道就住你这儿了,啥地方也不去了。"说着,雪儿把包裹往炕上一撂,躺下了。

店家可急坏了,抓起包裹就往外推,这一抓一推一提一撕,包裹散开了,一件农家女儿家的衣裳掉在了地上。

雪儿生气了，大声地吼："你开啥店呀，不让人住，开店做啥呀你！"

店家看见衣裳，先是一惊，接着眼睛一亮，换副笑脸说："别急着骂人，这不有办法了吗！"

雪儿赶紧捡起衣裳，说："你欺负一位弱女子，不是好东西，我还不住你这脏店了呢！"

"别、别……走呀，你误会我了，我不敢收留你，是怕你这身道家装饰，你把它给脱了，穿上你这件平常衣裳，不就没人知道你了，注意你了吗！"店家赔着笑脸说。

"我就是不住你这店了。"雪儿执意要走。

就在这时，内屋传出一个女人的声音来："是谁呀，这么啰唆的？"

"一位姑娘，住店的，"店家答，又对雪儿说："是我婆娘。"

"世道这么乱，天也黑了，一位姑娘家，去哪儿呀，让她住下吧。"那女人的声音又响了起来。

"住下吧，姑娘，我屋里也有女人呢。"店家说。

"住下就住下！"雪儿听得屋里有女人，就答应住下了。

一夜无话，睡得还安宁。次日黎明，雪儿就出了店门上了路。从店家嘴里她知道了自己的道装会招来麻烦，就穿了那件农家女儿衣裳，背着包裹，向十垒子梁急急而去。寒风凛凛，她却走得满头大汗，在太阳升起来的时候，进入了大南山林地。觉着饿了，就停在一眼山泉旁喝凉水，吃饼子。歇了一会儿，她再走时，林密山大，迷了路。她就听着山脚的水流声向前走，她知道这条河是从十垒子梁流过来的，顺着河走，就一定能找到连哥哥的。

然而，意想不到的事情发生了，在一处险恶悬崖下的沟涧里，雪儿听到了动物行走的声音。"是碰着狼虫虎豹了？"她赶紧躲在了一棵大树背后。然而，她看见的却是一男一女两个人，像在寻找啥东西，走来走去的很仔细。那男人瘦高瘦高的,女人是地道的南山妇女。雪儿就直起腰来,试探着咳嗽了一声,这声咳不打紧,却将眼前的男女吓坏了,赶紧躲在了一块大石头后面,男的问:"是谁?"

"过路的,迷了路,"雪儿答,"请问大哥大嫂,这路怎么走才能出这林子?"

听着是女人的声音,那妇女便说:"我们也是迷了路的,正找路呢。"

"那咱搭个伴儿吧。"迷了路的雪儿像看到了灯塔,赶紧朝他俩走去。的确,在这深山老林里,雪儿看到了人,就像他乡遇知己般高兴。

农妇打量了雪儿一阵子,目光就落在了她的包裹上,对男人说:"死猴子,我饿死了,看有什么吃的!"

男人的眼睛一亮,一把夺过雪儿的包裹,提到农妇面前。农夫打开包裹,翻找着,手就停在了雪儿的道姑衣装上,"死猴子,这女子是个道姑!"

"道姑?"男人也将道装瞅了几眼,再细细地端详雪儿,问:"你,哪个寺院的?"

雪儿被问怕了,店家说过的,到处在提防水帘洞道人,可不能暴露了身份。便说:"我不是道姑。"

"你这道袍哪里来的?"农妇问。

"捡的。"雪儿说。

"死猴子,捡的道袍,不会是从军师身上脱的?这女子一定见到军师了。说,人在哪里?"农妇刷的亮出一把剑来,架在了雪儿的脖子上。

雪儿听到说军师,心中已有几分猜测,便问:"你们是做啥的,叫啥名字,先说了我再告诉你们。"

"问它吧!"农妇将剑用了用劲,雪儿就感到钻进肉里去的疼。

"不回答我的问话,杀了我也不会说的。"雪儿并不怕。

"放开她,"男人一把将剑拨开,说,"一个女人,谅她也不敢有啥鬼花样的。你可听好了,本大王左不改名,右不调姓,这十垒子梁上的猴精子便是我。这位是我的压寨夫人兰花。"

"大哥,嫂子,雪儿可找到你们了,连哥哥呢?"雪儿向前一步,急切切地问。

"雪儿?你就是水帘洞里莲花道士的未婚妻子?"猴精子将信将疑。

"是我,我就是呀!"雪儿点着头说。

猴精子看着雪儿的眼睛,满含着忧伤说:"军师在阵前交代过,要我照顾好你的……"

"连哥哥……他人呢?"

猴精子背过脸去,泪珠就唰唰地滚落了。兰花拉住雪儿的手,两个女人坐在落满落叶的地上,把贾连战死之事细细说了一遍,"就是这悬崖,我们夫妇找军师找得好苦。"

雪儿放声痛哭起来,哭着,满沟满涧地找着。

再说牛四晃、贾连、李道长和两个弟子会合后星夜向水帘洞赶去。路途中,李道长向贾连说了雪儿有了身孕的事,要他回到水帘洞后带着雪儿去陇东或者宝鸡寻找义军,宁远地界是不能再逗留了。贾连想着也是,就这样商议定了。他们才到拉梢寺门口,就有弟子说,雪儿在他们走后的第二天也走了,已经三天了,还不回来,马三脚快急死了。

李道长说:"这孩子,一定是去了南山。"

贾连说:"我这就去找!"

贾连山门也没进,就折转身子出了山。在水帘洞他只有雪儿,雪儿去找他了,还怀着他的骨肉,他心急如焚。顺着入南山的路,一路打听下去,他白跑了两天,一点儿消息也没打听到。在这样的环境中,雪儿会有危险的。他想到了猴精子,找到他,大家帮忙一起找比他一个人强得多。猴精子曾对他说起过兰花的娘家,如今他一无所有,只能到兰花的娘家去了。贾连就寻到了兰花娘家的村子,好不容易打听到兰花家,家里没有人,只留一个八九岁的男孩看门。那男孩

271

告诉他:"姑姑和姑父领着个大姐姐到水帘洞去了。"终于有了消息,他提着的心"咚"地落了地。

贾连向男孩讨得一碗水,咕咕咕一饮而尽,就转身踏上了回水帘洞的路。

冬日昼短夜长,贾连披着霜露,踏着星月,行走了一夜,第二天黎明回到了乐善镇。他到常去的那家茶馆要了些饼子,沏了一壶茶,凑合着吃了一顿。这时,他才感到眼皮子直打架,身子靠着墙就打起了呼噜。

朦胧中,他听到茶客们喝茶的吱吱声,又听到昨夜过队伍了什么的话,很想坐起来打听打听,却又睡着了。不知过了多久,店小二推了他一把,说:"醒醒,醒醒,县城被义军围了,镇子上的人都躲起来了,我也要关门逃难去了!"

"啥,啥大军呀?"贾连被惊醒了,问。

"说是闯王的大军,袁大将军挂帅!"店小二说。

"是袁大将军的队伍,还躲啥呀!不骚扰咱百姓人家的。"贾连说,"别打扰,让我再睡一会儿吧。"

"败兵,见过败兵吗?烧杀抢掠,奸淫妇女,无恶不作,你就快点走吧!"店家把他拖了起来。

贾连伸个懒腰说:"好香的一个觉呀,队伍来了,天亮了,贫道去了!"走出茶馆,贾连想,找队伍去呢,还是找雪儿?他抓耳挠腮,一拍脑门儿,队伍既然来了,又围了城,找起来容易。可是雪儿万一没到水帘洞,那不就危险了吗?还是先回水帘洞,找到雪儿再去找队伍吧!

贾连便渡渭河,入响河沟,直到水帘洞。好险呀,险些又来个阴差阳错。雪儿正和师父犟着要去县城找贾连呢,她说贾连找队伍找苦了,现在听到队伍围了县城,一定是去了,去了就有危险,有危险,她就要在身边。

李道长硬是把雪儿给拦住了,说:"贾连知道你有了身孕,在南山找不到你,一定会来水帘洞的,贾连是个有情有义的男人。"

正争吵时,贾连来了。雪儿当着众师父的面,忍不住扑在了贾连的怀里,一言未发,就哭了个酣畅淋漓。猴精子夫妇见贾连真还活着,高兴不已。

　　李道长想,义军来了,贾连定要走的,雪儿的事得立马办了,不然,跟了贾连名不正言不顺的。他就向全寺院发出话:"马上准备,星夜给雪儿完婚!"

　　水帘洞在遭了这么多的灾难后举行嫁女仪式,道姑庵张灯结彩,充盈着家庭的温馨。

　　婚礼素宴上,猴精子夫妇向李道长说:"我们夫妇已无家可归,水帘洞就收留我们吧!"

　　"你做大王,拉队伍,和官府结怨太深,水帘洞留你不得呀!"马三脚先言推辞。

　　"放下屠刀,立地成佛。只要你心存善良,其余的不做计较。只是你和贾连将军拉南山绿林营,举旗造反,胸怀大志,水帘洞会误了你的前程。不如这样吧,你就随了贾将军投袁将军去吧。"李道长说得好听,倒也推了个干净。

　　欲知山大王猴精子去向如何,看下回再做表述。

第三十八回　山大王就任知县
　　　　　　巩昌府贡生守城

话说袁将军攻克宁远县城，那东南西三面城门被积木填石灌水冰冻后已无法打开。城内百姓见义军纪律严明，爱惜百姓，就消除了戒备之心，弄来了麦秸干柴，堆放在城门口燃火融冰开门。

袁将军端坐在县衙大堂，升堂的第一件事就是张贴榜文，安抚百姓，打探义子贾连的下落。话音刚落，堂口就有一跛脚的书生跪了，说："贾连将军的下落，小的一清二楚，就不必张榜寻找了。"

"堂下何人？"袁将军问。

"小的是前县衙师爷李进田。"

"大胆！前县衙师爷竟敢在本大帅堂口说话，推出去斩了！"袁将军惊堂木一拍，怒目圆睁，吼道。

"大将军，小的是听说您宽厚仁慈，杀贪官污吏，从不侵害百姓才敢来堂口说话的！看您不问青红皂白，一个'斩'字，小的怕是听走耳了。"李进田说。

袁将军一听李进田的话，被说了个哑口无言，便略一思索，说："本帅就问你个青红皂白。你做了几年的师爷？"

"崇祯二年起，整六年。"李进田答。

"六年时间，你出谋划策，残害过多少黎民百姓，难道罪不该斩吗？"袁将军说。

"不能斩的，我知道贾连将军的下落，曾在贾连将军火烧南门被抓时救过他一命,我这一条腿还是贾将军给郭照写信时取血而残的。"李进田说。

"火烧南门,被抓,又被放,确有此事。本帅姑且饶你不死,一命抵一命,你和我义子的人情两清了。我儿现在何处,如实说来!"袁将军说。

"贾将军火烧南门,大战水帘洞后入大南山,拉起南山绿林营……"李进田将贾连的事儿说了个仔细明白,"有人见他和水帘洞李道长回水帘洞去了。"

再说水帘洞欢闹了一夜,次日起得晚了些。做完早课,吃过早饭,弟子们都上山烧炭去了。只有三位师父陪着贾连和雪儿,猴精子和兰花征得贾连同意,等着和贾连一道去投袁将军呢。

福来下厨做了几个素菜,三位师父陪着雪儿吃最后一顿送别饭。大家都悲悲戚戚的,看着雪儿长大成人了,三位出家人确有那种嫁女的滋味,难以割舍。

李道长说:"有水帘洞以来,佛也好,道也罢,雪儿是它出嫁的第一个女儿。"

马三脚说:"再往大点说吧,雪儿的婚事是寺院办的第一桩婚事。我们犯戒了,我们高兴,让女儿有个好的归宿,佛祖也不会计较的。"

牛四晃说:"贾将军,不。女婿!我就爱你的人品,爱你敢闯敢干的性子。不过,今日我给你叮嘱一句话:有了雪儿,以后干事情可要三思了。现在不是你一个人的事了,你有了婆娘,是一家子人的事呢!"

"师父、师叔,你们的话是掏心窝子的话,我贾连记住了。这些日子来,我在水帘洞连累了大家,在此就不说谢字了,日后假如我随闯王干出一番事业,一定和雪儿一起回娘家,报答今日之恩!"贾连行个英雄礼,说得情真意切。

说话间,饭已吃完了,就在贾连他们动身欲去县城时,有弟子来报:"袁将军差参军小伯温来寺院寻找贾连将军来了。"

"小伯温在哪里?"李道长问。

"在风雨亭等候。"

"快快请来!"李道长说。

贾连在水帘洞躲过了劫难,觅得了佳人,才寻得失散的义军,这一段曲折就好像是上苍特意为他安排的,为的是让他和雪儿结成连理。小伯温一到,贾连就带了雪儿和猴精子夫妇进了县城。

兵贵神速,袁宗第找到贾连后,就下令取巩昌府了。宁远据巩昌府就八九十里路程,如果行动迟缓,让巩昌府有时间做防备,战争就会变得残酷了,百姓的苦难就会加大。

贾连一到,袁将军就问守宁远取巩昌之事。他说:"连儿,你在宁远也有一段时日了,这里的情况你也熟悉了,就说说吧。"

"义父,孩儿身为先锋,第一次攻宁远城强攻硬取,损失惨重,孩儿理应受罚;后又与小伯温施计攻城,奈何天时不利,刮风下雨,再次失算,是罪上加罪。孩儿为了将功补过,入南山,拉起南山绿林营,怎奈散兵游勇不堪一击,未能得逞。孩儿是屡屡失利,败兵之将,甘愿受罚,怎敢和义父商议军机!"贾连跪在一旁说。

"我儿快快起来,起来说话。"袁将军搀一把贾连,说,"孩儿,你受苦了。当初命你率兵攻打宁远,是为父声东击西之计,目的是迷惑敌人,让敌人误以为我军攻宁远取巩昌尔!是你宁远之战牵制了西线敌人,我才攻下了天水郡的,你是有功之臣。至于城南放火,里应外合之失利,是为父要征粮运粮,怕受官兵干扰,让小伯温四处游击,制造混乱,使各地官兵固守地盘,不能集结,互不援助尔!你南山绿林营,损伤了宁远驻兵的元气,为我一举攻克宁远城打了先锋。你何罪之有,受何处罚!"

"孩儿谢义父不罚之恩!"贾连说,"孩儿今日能和义父相见,全靠了水帘洞相助之力。"

"为父知道的,水帘洞把女儿都送给我做儿媳妇了。为父已决定从郭照、张曾狗官们缴获的赃银中拨一万两给水帘洞,以补偿你大战水帘洞时丢失的银子。"

"孩儿替水帘洞谢过义父。"

"不必多礼了,咱言归正传吧!"袁将军说。

贾连就把他所熟悉的宁远县情细细说了一遍,并将猴精子推荐给了袁将军。袁将军对这名山大王早有耳闻,就又问了些猴精子的情况,之后传猴精子觐见。

猴精子和兰花、雪儿在县衙后院正等得着急,揣测着袁将军会不会收留他们,就有兵士传话,说袁将军要见他们。

猴精子一下来了精神,和兰花整理衣装去见袁将军了。

"南山猴精子参见大将军!"

"南山民妇兰花参见大将军!"

"起来说话。"袁将军说。

"谢大将军!"猴精子夫妇起身,站直了身子。

"侯金子,挺富贵的名字呀!兰花是你女人?"袁将军问。

"回将军,我本是一名庄稼汉。这些年,天灾人祸,民不聊生,庄稼人逃荒、讨饭,过着猪狗不如的日子。官府又暴征聚敛,欺压百姓。我看不惯贪官污吏的所作所为,就拉弟兄们上山,劫富济贫。后来遇到了贾连将军,我知道了做山大王不能解救百姓的苦难,就举旗造反,拉起了南山绿林营。可是,我做得不好,失败了,让么多的好弟兄丧了命……"猴精子说得伤心欲绝。

"说得好!我再问你,如果让你做宁远知县,你能不能做个爱护百姓的好官?"

"小的没想过。"猴精子一时不知如何回答好。

"不用想,本帅今日就让你做个知县!"袁将军说。

"这……这个……"猴精子张口结舌,说不出话来。

"还不快快谢过袁大将军!"兰花捅他一拳,低声说。

"谢过大将军!"猴精子这才如梦初醒,连忙叩头谢过。

277

"做了知县,你这名字就得改改了,就叫侯金吧。"

"猴精谢大将军赐名!"

"侯金,不是猴精。"贾连纠正说。

"知道了,叫侯金。大将军,我侯金识字不多,怎么做知县呢?"

"本县替你安排好了,"袁将军说,"传李进田!"

李进田一到,贾连就大吃一惊,说:"这不是前县令的师爷吗,这怎么行!"

袁将军说:"他做了六年的师爷,有经验。县城攻克时,他被关押在牢里。就是他向我告诉了你在宁远的好多事,这人还能用的。"

"是,义父。"贾连没再敢多言。

"好了,宁远的事就这么定了,"袁将军一拍桌子说,"明日辰时出发,攻打巩昌府。贾连听令!"

"孩儿在!"贾连向前一步,吼一声。

"令你为宁远督军,清理县衙余孽,整顿社会秩序!"

"孩儿尊令!"贾连虽然服从了命令,但是他心里还是个疙瘩,"为什么义父不让我上阵杀敌呢?"他的脸上就露出了异样的神情。袁宗第看出了他的不乐意,说:"连儿呀,你已成了家,小两口就过几天安稳日子吧。一个巩昌府,用不着你去攻打的。打天下之后,还要学习守天下,治理天下呢。让你留守,是给义军建立一个稳定的后方,责任重大呀!"

"孩儿听从义父的教诲。"贾连细一想,义父是疼爱自己的,结了婚,过一段甜甜蜜蜜的幸福日子,雪儿一定很开心的。戎马生涯,虽然充满乐趣,但和新婚是不能相提并论的呀!

次日辰时,义军大举进攻巩昌府,宁远县城内只留了一千人马组成一个营,由贾连统领,清理官府残余,建立新的义军政权。

猴精子一夜之间成了宁远县令,坐上了县衙大堂。他按袁将军的授意，请来了李进田做师爷。李进田出身于贫寒之家，二十二岁中秀才，一直未能中举，就这进田的名字也寄托了贫寒之家美好的愿望。前几年他给郭照当师爷，也出过不少的歪主意，帮郭照捞了不少的油水，这只是幕后的，寻常百姓是不知晓的。郭照太自私，不体贴下人，李进田做师爷的日子只能养家糊口。尤其是水帘洞那八千两银子没到手，郭照竟然把他放在了牢里。是义军攻克城池救了他，他就把县衙包括郭照和张曾的财产、账务全都告诉了袁宗第，保住了命不说，又做了义军政权的师爷。

这一天，下了一场雪，群山披上了银装，战乱中的百姓躺在家里闭门暖热炕。贾连督促后续部队将军队给养送出县城后，去了县衙。侯金正和兰花在暖阁里得意呢，听报说贾将军来见，侯金就慌慌忙忙穿了官服来到客厅。

"贾将军！"侯金说。

"侯县令！"贾连和。

"这样子怪别扭的，你还是叫我猴精子吧，听起来舒服。"侯金说。

"这不是大南山山寨，是县衙，能胡喊乱叫吗！"贾连说，"为官的规矩你要学着点，不要乱了套。闯王的律条可给了你了，让师爷教你，要记熟了。"

"我这是胡萝卜上了倒金铺了，真的成金了。"侯金说。

"不瞎说了，我是和你说正事来的，"贾连言归正传，说，"解往巩昌的粮草已经启程了，我今天和雪儿去水帘洞，把大将军给寺院的银子送过去，这里的事儿全托给你了，要加倍小心，咱的新政权刚刚建立，一定要稳住民心，提防前朝残余捣乱。"

"贾将军，我虽然不会做官，我可会管人，你就放一百个心去吧。"侯金说。

贾连用辆驴拉车装了银子，点一百兵勇护着，雪儿坐着县衙那顶漂亮的轿子，他骑着战马，提了那杆钩镰枪，出了门从孟家庄渡口过了渭河,浩浩荡荡向水帘洞而去。

侯金送贾连出城后,就和兰花得意扬扬地逛县城了。城里百姓虽然知道义军是造反的百姓,和自己一样的人,但还是很难接受。各家店铺半开半掩,街上的行人也神色慌张,心绪不宁。他们知道方圆诸县还没有被义军控制,要是朝廷的军队打过来,义军能不能坚守,县城会不会还是朝廷的,谁也说不清楚。所以,县城并不热闹,给人一种病兮兮的感觉。侯金夫妇于此是没有察觉的,不热闹的县城也比大南山繁华,他俩还是逛得很开心。身后两名亲兵远远地跟着,百姓也能够猜出他的身份来。

兰花要去逛文昌庙,侯金就陪着到了庙门口。庙前的街道上围了一圈人,在一面"鼠仙"的招牌下挤挤攘攘。兰花要挤,侯金便站住了。如今是县令,一方父母官,怎能随便挤进百姓堆里去呢!他尽量做出正襟的样子来,可是骨子里头那股山野之民的劲儿在不停地萌动,他就竖起耳朵听。

"过往客官,请算一卦吧。我这是鸟鼠山祖师密授的鼠仙卦谱,能卜未来福禄富贵、四灾八难,知前五十年,知后五十年。时下乱世,鼠仙能告诉你避祸求福的灵方!算一卦吧,过往客官,占卜吉凶,占卜婚嫁聚娶,膝下子嗣!"侯金听这声音很耳熟的,就贴在别人背后看。兰花已经挤进了人群,从人家胳肢窝下瞅呢。的确很稀奇,一只老鼠硕大如南山人冬天进林子穿的牛皮生鞋那么大,毛都成了烟黄色,九个木头匣子大小恰能让老鼠打个转身,匣子上排着号。谁要算卦,就亲自打开鼠笼,老鼠就挨着木匣挑,它钻进几号匣,就从卦书的几号上去解卦。

"老二?"侯金正看得有趣,就听兰花喊了一声。

算卦先生抬头瞅见了兰花,喊一声"夫人"就站了起来。侯金也认清楚了眼前这位道士装束的人竟是大南山山寨的二当家的,就大喊一声:"老二,收摊,跟哥回县衙!"

围观的人见是县老爷,就都散了去。老二一见猴精子,扑过来,抱着他痛哭了一场,说:"弟兄们死的死、伤的伤,逃的逃,和我在一起的不到十个人,都在附近村镇靠老鼠吃饭呢。"

"不伤心了,兄弟,现在好了,义军打下了县城,大哥我做了县令,咱回县衙去!"侯金也落泪了。

"我们听说了,不相信这是真的,我就来县城探消息了。"老二说。

"现在总相信了吧!"侯金拍拍官服说。

"老二,你从哪里弄来这么大的一只老鼠,怪吓人的。它真的能占卜吉凶吗?"兰花好奇地问。

"夫人,老鼠会占卜啥呀,骗人的!那九个木匣子,四个里面装有鼠粪,五个是干净的,我把匣子隔着摆好,老鼠闻着粪便就钻,不知道的人看着就觉得奇了嘛!"老二说。

"不谈这些了,把老鼠放了,木匣子也扔了吧!你说跟着你的还有几位兄弟,就把他们找回来吧,在县衙给我做衙役,我正缺人手呢!"侯金说。

老二随侯金回到县衙,饱饱地吃了一顿,换上班头的衣裳,招拉旧部去了。

再说贾连和雪儿回到水帘洞,早有探子将消息告诉了李道长,李道长派牛四晃和马三脚领着众弟子在山门口举行了隆重的欢迎仪式。钟鼓齐鸣,放了十八响礼炮。贾连携着雪儿在礼炮声中走进了寺院,来到菩萨殿,拜了佛菩萨。雪儿请求师父开了麻线娘娘洞府,她拉着贾连去拜麻线娘娘。

"夫君,你我能有今天,全凭麻线娘娘保佑。前些日子,我天天来洞府祷告娘娘保佑咱俩能够走到一起,这不,麻线娘娘显灵了!"雪儿叩着头说。

"南无大势至观世音菩萨是位爱情的叛逆之佛,看着咱俩受苦受难,一定会出手相助的。麻线娘娘,我贾连随着闯王如有一日能够夺得天下,让百姓过上好日子,一定给你修殿造宇,重塑金身的!"贾连许下了愿心。

水帘洞设下了素宴,招待贾连夫妇及护送银两的兵士。李道长不无感激地说:"火烧南门,暴雨灭火,是天行正道；渭河涨水，毁田伤民，又成百姓疾苦。行正道、造疾苦，佛来解之，是本寺之责任。那八千两银子分给了渭河灾民，怎能让将军送还呢！"

"师父，您这样说就让弟子无地自容了。是非皆由弟子而起，被散落灾民之手的银子原是郭照要你来赎弟子的，灾民们是来帮寺院对付官兵的，是师父慈悲为怀，宁肯把银子给了灾民，也不让贪官污吏拿去。今日弟子奉袁大将军之令，给寺院送来万两白银，其实这是物归原主了。"贾连说。

"此话怎讲？"李道长说。

"这一万两银子，是从查封的郭照、张曾的家产中拨出来的。他俩的银子哪里来的？还不都是搜刮的民脂民膏吗，袁将军把它给了水帘洞，这银子转了个圈儿，还不是回到了百姓手中！"贾连说道。

"如此说来，贫道只能收下了！"李道长念声"阿弥陀佛"道。

贾连把银子送到就该回县城去的，可是，雪儿想住两日再走，说："如今不比从前了，天下是义军的，就住两日吧。说不定这次来过后要再来水帘洞就不容易了。有一日袁大将军一声令下，让你转战南北，到了那时我要回一趟娘家就是难上加难的事了。"

贾连一想也是的，县城有侯金在，说好的有事派人来水帘洞的。他就答应雪儿住两日再走，让随行的兵士赶着毛驴车先回了县城。

县城里，侯金让老二召回了旧部，人不多，就八个，都是大南山洞府里的亲兵。侯金把他们安置在大堂做衙役，这些部下对他忠心耿耿，他觉着躺在县衙里安全多了。老二做了班头，寸步不离地跟着他，他们兄弟算是做到了有福同享、有难同当。

贾连带去的兵士在天黑时回到了县城，向侯金禀报了贾将军在水帘洞要住几日才回来。侯金一听，觉着轻松愉快了，在这个县城里再没有人来约束他了。他问老二："兄弟，你觉着这时候咱做啥才快乐呢？"

老二说："有嫂子在，我说不好的。"

"说不好？我早知道你的花花肠子，春香楼上的灯笼已经亮了呀！"兰花说，"甭想。要快活，去唱班叫戏去，咱看戏。"

侯金生怕兰花说他去逛窑子，就对老二说："夫人都吩咐下来了，快去办吧。"老二就出了县衙朝城西的戏园子走去。那里有从陕西来的一班秦腔戏班，有两名唱花旦的女子很有姿色的。

老二也是三十来岁的人了，家境贫寒，后来跟了猴精子做了山寨的老二，就更难娶上妻子了，侯金想着给他抢一位上山，却一直未有合适的。现在得天下了，做县老爷了，得让老二快活快活了，可是兰花却管束极严，她把找女人说成是"干那不正经的事"。还在山上的时候，他曾和老二在滩歌、马坞镇上逛过窑子，都被兰花知道了，每一次都闹个鸡犬不宁。现在做了知县，得洁身自好，不能再丢人现眼了。

再说袁宗第率本部人马进攻巩昌府，第一仗不费吹灰之力就拿下了文峰镇，在文峰镇埋锅造饭，再围攻巩昌城。巩昌知府和守城总兵听说袁宗第一路扫来如入无人之境，东邻各县均已被义军占领。再一想朝廷对满洲属夷订立和议之约，暂缓挞伐而先事安内。闯王义军越战越强大，张献忠等也日益壮大起来，要是这三支义军合力一统，大明朝危在旦夕。且东房满洲在和议之下养兵蓄锐，静观国内之变，在等待时机侵吞中原。死守巩昌只能是损兵折将，如羔羊对虎狼也。于是，巩昌总兵一面布置防御，一面给朝廷急书奏章，一面又做着撤离的准备。

巩昌府有一武贡生叫温元春，他一心想要报效朝廷，却怀才不遇，吏治腐败，贪官污吏当道，就在街面上开了一家武馆，门下百余名弟子甚是勇猛。文峰一失手，总兵在布防时想起了温元春，临时授他巩昌团练之职，带领门下弟子，组织城内百姓抗击义军。

这是腊月初的天气，只落过一场雪的冬日干冷异常，袁将军组织队伍布置围攻战役。义军节节胜利，士气正旺，三更时已经从巩昌北门地道穿过城墙，从一家药材店的门前出了地面。这是一片宽阔的空场地，小伯温率部下一千余人从地道进入了这片空地，以迅雷不及掩耳之势占领了北门，放下吊桥，袁军大队人马杀入了巩昌城。

知府和总兵已在天黑时潜逃出城，朝陇南方向去了。城内只有总兵手下一员副将和温元春把守。两军混战，火光通明，好一场厮杀呀！至天亮时，副将被火铳打死，温元春只好领着门下弟子及随从团勇不到二百人突出东门。

欲知温元春去向，看下回细细表述。

第三十九回　宁远侯县令遇刺
　　　　　　巩昌温贡生自刎

　　话说贾连和雪儿在水帘洞住得很是快活，每日里李道长、牛四晃、马三脚三位师父陪着贾连谈古论今，研习武学。雪儿和福来、禄存几个小师哥坐在一起回味往昔的时光，也说些长大后的事。满是亲情，满是欢乐。侯金也没派人来禀报县城里有什么事儿，贾连也觉得这是他一生中最快乐的日子，没有厮杀，不见军营，存在的只是欢乐祥和的寺院。

　　县城里，侯金这两日也无拘无束地逍遥自在。县衙里啥事也没有，从他做了县令，还没有一个案子报上堂来，他就和弟兄们听戏、喝酒，尽享快活。老二还偷偷地去了一趟春香楼，银子是侯金背着兰花给的。

　　贾连走后的第三日，侯金正在书房里围着炭火听师爷李进田给他讲读闯王律令。他虽读书不多，记性却很好，听一遍就能记住七八分。但他心不在焉，听着听着就不想听了，说："这些你弄通就行了，有了案子，你也要在旁边的。"

　　"这个自然。只要老爷信得过我，我李进田甘愿死心塌地为老爷效力。"

　　"好了好了，你们读书人是头上顶筛子——百眼开着。信不过你，让你做什么师爷？别多心了，只要你好好干，我侯金不会亏待你的。"说着话，侯金已经收拾起了书案。

　　"老爷，今儿个去啥地方呀？"李进田殷勤地问。

285

"这么冷的天,野鸡、兔子在山上待不住,必定要下山来觅食,我和老二他们打猎去。"过惯了山野生活的侯金想大山里的日子了。

就在他喊了老二,带上弓箭动身要上武城山时,县衙大堂口有人击鼓了。侯金不知发生了什么事,李进田就风风火火地跑了进来,说:"老爷,有人击鼓喊冤,该升堂了。"

"喊冤?升堂?……这……"侯金猛然间心里一阵慌乱,做了县令,他是第一次听这堂鼓响,也是第一次要升堂。他赶紧更衣,班头老二也慌慌忙忙地喝令衙役们装束升堂。

击鼓鸣冤的一群年轻的男子,个个紧绷着脸,一言不发,只是一个劲儿地击鼓,直到侯金慌忙坐上大堂,鼓声才停止了。只听得喊班的大声道:"堂下何人在击鼓?老爷传击鼓人上堂!"

随着这一声喊,就有三四十名男子一起涌向大堂,来到堂上并不下跪,齐整整站着,只有前边领头的男子上前一步问道:"堂上可是义军县令侯金?"

"大胆!"侯金一拍惊堂木,暴跳如雷,说:"何处刁民,上得堂来跪也不跪,还直呼老爷的名姓!"

"本人巩昌府贡生温元春,击鼓上堂并无冤屈,是特意给老爷送一样东西来的。"温元春说着话,手持一个并不大的红绫包向侯金走去。

"呈上来!"侯金说。

老二就去接包,温元春说:"我要亲手呈上去。"

侯金觉得奇怪,是啥东西要用红绫包着呢?他站起身来,探头过去,只见温元春唰地从红绫包里抽出一把尖刀,刺进了侯金的胸膛。

大堂里顿时乱作一团,随温元春来的那一群男子在眨眼间就将衙役们全部活擒了。而那师爷见势不妙,一头钻进了桌子底下,大气都不敢出一声。

温元春轻而易举地占领了宁远县衙,可怜侯金只做了三天半县令，就糊里糊涂地一命呜呼了。

话说温元春带领二百多名团勇突出巩昌后，想向通渭方向去，才到半道上，有消息传来，说通渭早已被义军占领，他就转向了宁远。在义军还未攻巩昌前他就听说义军让大南山山大王猴精子做了宁远县令，这倒是个可乘之机，你攻取巩昌，我去夺宁远。他就设计了杀县令夺县衙的计谋，果不其然，这位占山为王的县令，傻呵呵地被贡生刺死。

温元春封锁了县衙被占的消息，率团勇打开宁远县牢房，释放了被义军关押的百余名犯人，其中大多数是被俘虏的官兵和团勇，团练陈玖也在其中。牢门打开后，温元春对着囚犯们训话，说："宁远县衙已被我巩昌团勇占领，'流贼'知县侯金已被我处死。大家都是被'流贼'关押的大明朝官兵，请拿起武器，随我去剿灭'流贼'残余，收复失地！勇士们，建功立业的时刻到了！"他话音才落，整个牢房就沸腾起来，囚犯们砸开了锁链，跟随温元春打开兵器库，穿上盔甲拿起武器，和巩昌团勇组成了一支三百余人的队伍。

前宁远县衙团练陈玖拜见了温元春，温元春向他讲了巩昌被占的经过，陈玖听后有些惶恐，说："温团练，知府和总兵都不知了去向，咱们这样的抵抗会有结果吗？再说宁远县令虽然已死，可那先锋将军贾连还留守在此，他手下一千兵勇英勇无比，我们能斗得过吗？"

"这个你就放心吧，据可靠消息，贾连在水帘洞住着，监军道衙门里只留着个副将。这几天，一千兵勇有五百押粮草去了巩昌，县城里只有五百人，他们还不知道县衙内的变化，只要我们抓住这好时机，包围监军道衙门，他们就是插翅也飞不出宁远城的。"温元春说。

陈玖听着有了信心，对温元春说："温团练，要干，我还有二三百名弟兄被'流贼'散开了，都在城里住着，我去召集他们一起干。"

温元春便领了现有人马，包围了监军道衙门。同时，陈玖去集结散开来的团勇，占领城门，宁远县城又处在慌乱和恐惧之中。

再说那师爷李进田趴在桌子底下喊了两声饶命，见没人太注意他，就用桌裙掩罩了自己，等大堂平静下来后，偷偷地从后门溜出了县衙。他想，这温元春又是谁的部下呢？巩昌府团练怎么领兵来袭击宁远城，莫非是义军在巩昌失利？不会的，巩昌知府和总兵能有几名将士，那义军几万人马还不把它给踏平了！得拿稳些，不能再左倒右倒了，大明朝内忧外患，气数已尽，这天下迟早是义军的，我既然降了义军，又委以重任，就得做一回人，必须把县城的危急情况告诉给贾连。李进田想到这儿，就匆匆出了县城，雇了匹马，朝水帘洞奔去。过几天就是农历腊月初八了，水帘洞为腊月八的祭祀活动做着准备。雪儿留恋寺院，贾连也没接到侯金的报告，也就没提回县城的事。谁又能预料到侯金遇刺，才到手的县城已被温元春占领。当李进田上气不接下气地跪在贾连面前说出如此变故时，贾连气得额头上的血管就要爆裂了。他辞过李道长，将雪儿托给寺院就跨上战马，随着李进田向县城飞驰而去。

这温元春围了监军道衙门，并不急于攻夺，而是写了封信拴在箭上射了进去。那副将听从贾连的指令，将五百兵士集中在教场上进行操练。只听得嗖的一声响，响箭就钉在了旗杆上。副将一个箭步，拔下箭，取下书信，展开看时，却出了一身冷汗。只见上面写着：

宁远县令侯金已成我刀下鬼魂，县衙已在我军控制之中，你们只有一条路，那就是缴械投降。大家都是平民弟兄，不忍刀刃相见，书信相告，速做决定，不然一炷香后，我军将围攻监军道衙门。

巩昌府团练　温元春

副将看毕，大吃一惊，他无法相信书信上的话是真的，但是,监军道衙门的的确确已经被包围得水泄不通了。他将书信展给身边的小头目,说:"你看,这可能吗?"

小头目看完信,眼睛也绿了,对副将说:"咱们在教场练兵,啥事也没听见,县衙就没了,县令也死了,这可能吗?"

"咱们真的被包围了,冲杀出去?"副将说。

"按兵不动,以不变应万变。衙门内的粮草还能吃个三五天的。"另一位小头目说。

"可是一炷香后他们就要进攻了!"先前那位小头目说。

"那就打吧!咱随大将军南征北战,从河南打到甘肃,啥阵势没经过呀!"副将说。只见他手举战刀对着五百名将士说:"全体将士听令,我们已被巩昌府团勇包围了,敌人要围歼我们。大家做好突围的准备,奋勇突围!"

再说侯金的妻子兰花出去听戏,这几天城里风平浪静,就有那些富家子弟耐不住寂寞,来戏园子寻乐了。戏唱的是秦腔《别窑》,兰花看得动了情,不住地用丝帕揩泪水。忽然,台下骚动起来,眨眼间戏就散了场。兰花也随着人流涌出了戏场,她竖着耳朵仔细听,究竟发生了什么事。有人说城门已被团练陈玖领着人马占领了,兰花心里着实地慌了,她记得侯金说过的,陈玖被关押在牢房里,怎么能领兵占领城门呢?这事蹊跷,她就急急忙忙地打听,想知道个究竟。一位卖冰糖葫芦的老者告诉她:"巩昌府团练领兵占领了县衙,侯县令死了。现在巩昌和宁远团勇合兵一处,正在围攻监军道衙门呢。"

兰花一听,险些昏倒在地,"不,这怎么可能呢!"她甩开大步向县衙奔去。然而,她所看到的和卖冰糖葫芦的老者所讲的一模一样。"怎么办?"她得找到侯金,活要见人,死要见尸。可是,她进不了县衙。好在守门的团勇不认识她,把她当成了普通百姓,对她说:"大嫂,今日县衙不理事,回家吧。"

"我要找侯县令告状！"她心生一计。

"找侯县令？到阎王爷那儿去找吧！"把门的团勇说。

"夫君，我一定要给你报仇！"兰花忍住悲伤，转身走了。她从西关出了城，到城外的村子里雇了辆驴车，直向巩昌方向奔去，她要去找袁大将军。兰花坐在车上，道路不平，车颠簸得厉害，而她的泪水也随着驴拉车的吱吱悠悠声哗哗啦啦地往下掉。车过广龙坡，快到鸳鸯镇时，兰花和押粮草回来的贾连部下相遇了。领头的是位年轻的红脸将军，兰花拦住他，将县城里的变故详细地讲了一遍。红脸将军一听，传令队伍："宁远有变，火速前进！"他劝兰花不要去巩昌了，随他杀进宁远城，并告诉她，袁大将军已经占领巩昌府，义军如入无人之境，这帮团勇是从巩昌逃出来的残兵败将，不堪一击的。兰花一听，就掉转驴头，随军返回宁远城，为夫君报仇。

话说，温元春领兵打仗的经验不足，取了县衙又没仔细清理战场，放走了李进田，又让兰花混出了城。这两个人把消息带给了义军，对他造成了重大的威胁。

一炷香的时间很快就到了，温元春送进监军道衙门的书信没有回应，他要用心计取胜，看来义军是不会轻易动摇的，根本没把那封信放在眼里。不过他达到了另一个目的，为布置围攻争取了时间。

监军道衙门北面是大门，南面靠武城山有一道后门，东西两面是房屋建筑，西北角是教场，周围均是过丈高的土围墙。要想攻进去，只能从前后门或者教场围墙攻打。温元春将三百兵勇分成三队，两队佯攻前后门，吸引守兵，掩护另一队人马掘墙而入。

义军副将也将五百人分成三队，前后门只留少许人马把守，把主力安置在教场上，等待时机从这里突围，进入武城山。两军相持到冬阳落山时，温元春将土墙挖开了一道四五丈宽的口子。但是，没等团勇冲杀进来，义军却冲杀了出去，两军混战，杀声震天。正在热闹处，从巩昌返回的五百义军夺了北门,直向监军道衙门杀将过来。温元春受到了内外夹击,团勇死伤惨重。他想撤兵却撤不出去,兰花和红脸将军一把刀、一杆枪,前砍后刺,好不威风,温元春处在重重包围之中。

"刀下败将可是巩昌温元春?"兰花挥刀大喊道。

"是又怎样?"温元春回道。

"你杀我夫君,拿命来偿还我!"兰花吼叫着,尖刀直指温元春。

温元春一看,自己孤零零一个人被困在重敌之中,他不想死在这个女人的刀下,就冷笑一声,说:"你就是南山贼寇的压寨夫人兰花?看镖!"只见温元春一个老鼠倒托猫,随手摸出一支飞镖投向兰花。兰花没提防有暗器,猝不及防,那飞镖直刺她的前额,只见她仰面朝天,一股股红的鲜血喷向落山的太阳。而这温元春在投出飞镖的同时,将手中的利剑架在了自己的脖子上,挥剑自刎了。

这是何等悲壮的场面,周围的义军都看呆了,定在那儿回不过神来。是喊杀的团勇把他们惊醒,他们才重新握紧了手中的武器,与团勇开始了新一轮的厮杀。

欲知胜败如何,看下一回再作表述。

第四十回　报师仇张杰兴兵
　　　　　　救水帘贾连弃城

话说那陈玖见温元春自刎,便带了宁远团勇逃出了县城。义军和巩昌团勇残部还在拼死血战。如血的残阳坠落于武城山巅,黄昏中,喊杀声不绝于耳,团勇余部被逼出城门,退进了红峪沟。义军以数倍之兵力将他们团团围住,红脸将军见兰花死得那么惨,杀青了那张红脸,疯子般追杀着。就在这时,只听得背后一声喊:

"慢!"

红脸将军回头看时,是贾连手握钩镰枪立在那儿。红脸将军便收住刀,来到贾连面前。

"放下武器者,免死!负隅顽抗者,杀!"贾连厉声吼。他不忍目睹这死尸遍野、血流成河的场面,袁大将军向来禁止杀掠,对缴械投降者从宽处理,这一点,贾连做得很好。

巩昌团勇二百余人此时活着的只有红峪沟口这二十来个人了,多么雄壮悲烈!一天一夜,行程八十里,连续两次恶战,战死二百多兄弟,战争的意义是什么?

贾连率部回到县城,清理战场,挖了个大坑将巩昌团勇的尸骨埋了,把侯金和兰花的尸体停放在县衙。这时,贾连部下一千人马还剩八百余人,教场混战中,一百余名义军勇士战死了,他将战死的弟兄们停放在教场上,给他们擦洗了身体,换上新衣,让县城内几家寿材铺子连夜赶做棺材。一切处理停当时已是后半夜,贾连坐在监军道衙,对着寒夜残月,伤心涕零。是己之过,还是侯金之过?听李进田讲,侯金是乡下人进城昏花了眼享福,而自己呢?马放南山,把正事丢开陪着雪儿在水帘洞享清福了。自己和侯金所犯的是同一条错误,细说下来他贾连之错大于侯金之错了。于是,贾连让亲兵笔砚伺候,向袁将军写宁远城失而复得的情况报告。

寒风猎猎,冷月惨淡,衙门内静得出奇,是贾连内心凄凉还是这夜色凄凉了,他感到无限悲凄,提笔时,那些战死的弟兄就在眼前晃动,在他铺开的纸上活灵活现了。宁远是保住了,但代价太高的胜利和失败又有什么两样呢?巩昌团勇全军覆灭,他们可都是些平民子弟呀,和自己一模一样的农民的儿子,就那么糊里糊涂地死了。他经历过的战斗数不清,这一次的感受和以往任何一次的都不一样,打扫战场时,他泪流满面,那些粗布缀满补丁的衣衫裹着的尸体,这就是他自己呀!这一仗打的是自己的弟兄呀,这份战报,他写得很是吃力,他不能让死去的侯金背负着责任去地府,他自责的是自己掉以轻心、渎职。

也就在这个夜晚,巩昌团勇全军覆灭的消息传到了温元春的家,年过花甲的温老爷和老太太,温夫人和一双未成年的儿女,老老小小五口人哭得死去活来,老太太昏死了好几回,两个孩子拽着母亲的衣角要父亲,这景象让人痛心疾首。然而,巩昌府已被义军占领,温贡生一家只能将悲伤关在家里,不能外传。温元春有一位叫张杰的青年徒弟,是巩昌首富张员外的儿子,在巩昌私塾里读书,拜温元春为师习武。张杰那杆枪耍得是龙飞凤舞,尤其是"七星枪"远近闻名。张杰听到师父和众弟兄都没了,悲伤不已,便下决心要承师父之志,再拉一支队伍和义军对抗,为死难的师父、师兄弟们报仇。张员外家财万贯,他怕世道混乱,极力地想维护稳定,以保护自己的利益,他不顾朝廷外忧内乱的大气候,挣扎着控制巩昌的动荡,保持这一小小区域的安宁。让儿子张杰拜师温元春，正是他这一动机的体现。现在城被义军攻破了，温元春又兵败自刎，他对义军刻骨仇恨，张杰要拉队伍反义军，他极力支持。为此，张员外将租出去的千亩良田免了地租，让佃户们到张杰的旗下当兵。张杰竖起一杆蓝边黄旗，三五天时间就拉起了一千多人的一支队伍。张杰自封为元帅，在城西郊的一片树林里举行了祭旗仪式。

袁宗第的义军驻扎在巩昌城里，义军以宁远事件为前车之鉴，防守非常之严密。张杰要攻巩昌，张员外不同意，他主张避实就虚，去夺宁远城。他说："温贡生的想法很对，夺取宁远，断'流贼'之后路，让他们首尾不能相应，然后慢慢地歼灭他们。'流贼'都是外地人，孤军深入，天时不说，地利人和不如咱们，只要组织起乡邻，再联络周围各县的百姓，咱们就能和'流贼'抵抗到底。"

俗话说"腊月的穷人比马快"，巩昌城里的百姓急急忙忙地奔波着，寻米找面，求衣乞裳。然而，天灾人祸，城里城外能够供人生存的什物已经很少了。张员外借此收拢人心，打开粮仓，救济贫困百姓。没了食物的鸟儿也要向有谷子的地边飞，便有很多男人把粮食背回家，让婆娘娃娃们过个饱年，自己投到了张杰军中，好坏能吃个饱肚子。很快，张杰手下就有了一支五千余人的队伍。

这天是腊月十六，是出兵的好日子。张家军在这吉日良辰集中，在巩昌城西郊整编成五个营和一支元帅护卫队，悄悄地开拔。护卫队全是骑兵，跟随张杰左右，浩浩荡荡向宁远城进发。

宁远城内贾连军政大权一手握，这是他上书袁将军后，将军对他的"惩罚"，要他治理好宁远做好向西挺进大军的后盾。李进田还做他的师爷，上次报信，贾连对他信任有所增加。腊月十六，刚过望日，既望之夜月亮好圆，月光照着遍体鳞伤的县城。县城冷冷清清，百姓们大都躲进了南北两山，留在城里的只是些食不饱肚、衣不遮体的穷困人家。他们无产无业，逃荒饿死在外，还不如死在家里的好。

陈玖逃进南山后，队伍又壮大了许多，他收留了千余名和义军对抗的百姓，就在这个夜晚逼近了宁远城，在武城山下扎营，准备夜袭城池，赶走义军，在家里过个年。将近三更的时候，陈团练派出去的探子来报，有一支队伍，前队人马已经到达令家川，后边的还在广龙坡上，阵势庞大。是谁的队伍，眼下还不明白。陈玖听报后说："火速探明真相，假若是'流贼'咱就撤。"

陈玖在焦急中做着撤退的准备。可是，探子却领着一位农民装束的青年来见他，这青年自称是张家军，来攻打宁远县城的。陈玖听了不大相信，这青年就将张家军的来龙去脉细说了一遍，并自称是张家军第一营头目，叫张虎，是张杰的堂弟。"我奉元帅之令来和团练接头，合攻宁远城。"

"此乃天助我也！"陈玖仰天长叹一声，说："张元帅怎么个合攻法？"

"元帅要你负责攻打东门，我们攻打西、南两门，"张虎说，"今夜五更，听三声火铳响，发起进攻！"

"请你传告元帅，我陈玖就静等五更了！"

张虎跃马扬鞭，没入了寒冷凄凉的月夜。

宁远城内，各城门口把守的兵士都住在城楼上，城墙上有佩刀扛抢的兵士在不停地晃荡着。城内又增加了夜间巡逻队，不停地在各条街道上巡视。

五更的梆子敲响了，伴随着"五更了——五更了——"的吆喝，这声音给寒夜增添了几分安详。

"砰、砰、砰"三声火铳响，宁远城就被张、陈合兵包围了，火铳声、喊杀声、弓箭响混杂着，把宁静的夜给搅醒了。城里住着的人家都慌慌忙忙顶紧了房门，谁都想活着过这个年。尽管天灾人祸，活得艰辛，但还是要活下去的。这城池今日是你的，明日又被他攻破，谁对谁错，老百姓分不清楚，有句老话说"胜者王侯败者寇"。

贾连睡得正香呢，就被三声火铳惊醒，他才穿齐了衣裳，就有兵士来报："报将军，城外有大批的军队围攻。南边的黄旗上书一个'张'字,不知是谁的人马,黑压压将城围了个严严实实。"

"张字旗?"贾连纳闷,摇摇头,自言自语地说,"张献忠?不会吧!他与闯王有摩擦,也不到派兵来打袁将军的地步吧?"排除张献忠,他挺进西北还没听说过"张"字旗下的千军万马。便命令探子:"火速查明敌军所属及相关情况!"

"是,将军!"探子火速离开了监军道衙。

话说,张、陈合围宁远城,从五更到天亮没有攻克一座城门。这宁远城东临红峪沟,北靠渭河,南依武城山脉,北边地势低洼,是个易守难攻之地,更何况贾连戴罪守城,身经百战,初出茅庐的张杰哪是他的对手呀!

陈玖曾驻守过宁远,知道城池的虚弱之处,他告诉张杰,城西北有一条水沟,在他防守北门时加固过,城南城北的污水全从这条沟排放到渭河,如果没结冰的话,可容单人猫身进去的。这固如铁壁的城池既然有这么个缺口,张杰是绝不会放过的,他挑选了百名精悍的士卒,由张虎带领着,组成了大刀队,命他们从污水洞潜入,夺取北门。

这水洞贾连是不知道的,也许他看到过,并没注意到罢了。是天意吧,太冷了,出水口结了冰,只能容一个人平着进去。他们用大刀砍碎冰往里钻,进到洞里,冰没了,洞底的污泥油腻极了,那么厚,能淹到脚踝。几丈深的洞黑漆漆的,士卒们一个拉一个往前走。看见光亮了,可是进水口被封冻得只有碗口那么点光亮,士卒们就又用大刀砍冰。然而,大刀砍冰的声音只响了那么几下,就被义军发觉。几声火铳响,最前边的兵勇就成了冤魂,外面还在不停地射击,躺在最前边的尸体就成了筛子。

张杰在出口焦急地等待着,可是,在火铳的砰砰声中,污水就变成鲜红的了。他不得不传令:"撤!"

到午饭的时候了,五六千人的一顿饭要多少米面?而军中的粮食又能支撑这样的几顿呢?张杰望着营中炊烟,他的内心十分焦急，必须要快速拿下城池，他没有力量和贾连相持下去，不光是粮食不够，最要紧的是如果巩昌之敌回师解宁远之围，他就要受内外夹击。他就带了张虎去陈玖营中商讨破敌之策。

陈玖说："贾连和水帘洞有割舍不断的瓜葛，他娶了道姑做妻子，这道姑已经有了身孕，就住在水帘洞里。咱来个'围魏救赵'，占了水帘洞，引贾连去解水帘洞之围，然后夺取县城。"

张杰听了，连声道："好、好、好！好主意，就这么办！"

"主意是好主意，可是，谁去占寺院，谁来夺城池呢？"张虎说。

"陈团练，我带五百精骑去夺水帘洞，宁远城就交给你了，"张杰说。他报仇心切，温贡生是他的人生楷模，文武双全，忠孝皆备，能在义军攻打巩昌的时候振臂一挥，保家卫国，是何等的壮烈呀！他要为师父报仇，让那逃走的总兵和知府看一看，陇原皆壮士，平民百姓要比贪官污吏强得多。

炊烟熄灭后，就有一队精骑离开围城的阵营，跃马扬鞭向东北方向奔去。

城楼上的守城兵卒把这一幕看得清清楚楚，飞报了贾连。天亮后，贾连才知道攻城的队伍是巩昌农民军和陈玖的团勇。他感到苦闷难受，这仗怎么打着打着就和自己的兄弟们打起来了，就不能不打了吗？他传令下去："固守城池，不战。"

忽然间，有探马来报，敌军马队向东北方向去了有一个多时辰了。他觉得蹊跷，去东北方向做什么了？就在他左思右想苦闷不堪的时候，李进田来了，说："张字旗下的敌军撤了阵势，好像要做长期困守似的。东门外陈玖的阵容整齐，又像是要攻城。而那马队从史家庄渡口过了渭河像是去水帘洞了。"

贾连闻之一惊，巩昌张家军是假乱阵营，陈玖又做攻城之势，这一虚一实难道是掩盖马队出去的目标？"师爷，这张杰是晃了一枪，去水帘洞了！"

"我看是围魏救赵之术，目标在于攻城。"师爷说。

"攻城与水帘洞有何相干呢？"贾连说。

"夫人住在水帘洞的消息可能被敌军知道了。"师爷说。

"好狠的张杰！"贾连的心悸颤动，雪儿有孕在身，千万不能有任何闪失。他命李进田："速派人去水帘洞探个究竟。"

李进田领命去了。贾连如坐针毡，他这半生出生入死，才有了家的温暖，怎么就遇上了这样的战事，领着忍受不了官府欺压的农民兄弟和这些愚忠于朝廷的农民兄弟打仗，他难过极了。

半晌，有探马来报，去水帘洞的是张杰。贾连觉着不妙，这张杰是何许人也？温元春的徒弟，来报师仇的呀！这人哪，一旦是铁了心要报仇，啥事都做得出来，那雪儿的危险就大了，水帘洞的灾难就更深了。试着想一想，如果张杰的目的是要抓雪儿来威胁他，李道长他们又视雪儿为女儿，怎能轻易让雪儿落入敌手呢，必然会全力保护雪儿的。张杰抓不到雪儿，水帘洞必然会有一场恶战的。

"备马！"贾连想到这里，心急如焚，决定去水帘洞解围。没有人能拦得住他，他将守城的重任交给副将，自己只带了三百兵士，从南门冲杀出一条血路，赶往水帘洞去了。

话说，宁远城兵弱城危，贾连出城，无异于放弃了城池。身为主将，儿女情长，贾连犯了兵家之大忌。

要知水帘洞安危，看下回再做表述。

第四十一回　千佛洞兵困张杰
　　　　　　　宁远城二次失守

　　话说，张杰率五百精骑来到莲花山山脚，好一幅战马嘶鸣、尘沙滚滚的腥杀场面。转瞬间，水帘洞大难临头。
　　李道长吩咐福来和禄存保护好雪儿，其余弟子随他到水帘洞山门口守卫山门。还了俗的雪儿更出脱得水灵可爱，既有道姑的飘飘欲仙，又有少妇的妩媚动人。她对李道长说："师父，让我也去吧，我是水帘洞的女儿。"
　　李道长疼爱地说："是女儿，就和两位师兄在这里守护好大殿。别看这些佛菩萨不说话，他们可比咱任何一个活着的人都有价值。历经千百年，阅尽人间沧桑，是一代一代人的心血铸成的，可不能在咱的手上有任何闪失呀！"
　　"听师父的话，咱守护大殿。"福来说。
　　"师妹，你今非昔比，不是你一个人的事，外面腥风血雨的，于胎儿不利。"禄存想得更细密些。
　　李道长带了三十来个弟子，各自操着家伙，去了山门。雪儿感到心惊胆战，这些兵勇来水帘洞做啥呀？莫非是宁远城又有祸端，连哥哥怎么样了呢？身为守城主将，怎么能放过这么一支人马来水帘洞胡闹！雪儿面对佛菩萨想起了心事，几经磨炼才和心上人走到了一起，好不容易呀，能从佛门禁地走进爱情的殿堂，多亏遇着了这么一位父亲般的师父，可是这幸福也太短暂了，才几天工夫，夫君就被李进田接走，是祸？是福？

张杰将五百人马摆成三角连环阵，三角对三寺，连环牵制，互相照应。拉梢寺内，牛四晃师徒正在准备年节之事，忽然间重兵压寺，又不能和李道长、马三脚他们联系，只好上紧寺门做好应敌的准备。马三脚被困在千佛洞峡谷之中，更是着急，这千佛洞只有南面一个出口，其余三面悬崖峭壁，算是进了个死胡同，弟子们都慌了，不知外面发生了什么事。马三脚以他特有的冷静安慰众弟子，做好誓死保卫千佛洞的准备。

　　半个时辰过后，张杰向水帘洞提出了要求，他命士兵给李道长通话：只要交出流贼贾连的妻子，就马上撤兵，不然踏平水帘洞三寺。

　　大家这才明白，原来是冲着雪儿来的。既然这样，宁远城必定未失，贾连暂无危险。李道长清楚了敌军意图后心里稍微宽敞了些，他就回到大殿，和大家一起策划起退敌的办法来。

　　腊月的水帘洞冰清玉洁，光秃秃的树林将寺院裸露着，殿檐的风铃在寒风中悦耳地响着。李道长想，这队骑兵不像是官兵，又是谁的部下呢，为啥要捉拿雪儿？李道长唤过福来，吩咐说："你去一趟敌军阵营，摸清楚敌军底细，问他们为啥要拿雪儿。"福来听命去了。

　　雪儿得知祸端因她而起，便对师父和众师兄弟们说："就让我下山，只要水帘洞平平安安，我啥都愿意做。"

　　"不行！"李道长很坚决。他仗着地利条件，派弟子和拉梢寺、千佛洞联系，坚守各自的寺院，一有紧急情况，听钟声与来敌决一死战。之后，他把雪儿领进麻线娘娘洞府，这可是水帘洞最坚固的地方，没有本寺弟子引路，任何人也别想进去。他让雪儿好好地守着麻线娘娘，雪儿不愿意，他就强行封闭了洞门。

　　很快，福来探来消息，山下队伍是巩昌反义军的农民军，捉拿雪儿，是为了贾连。李道长听后，长叹道："本是同根生，相煎何太急？既然是农民军，咱就以守为攻，守护好寺院，不要再伤及无辜了。"说完，李道长只领了福来和禄存去了山门，其余弟子听从师令，去了各自的位置。

话说山下张杰等了约摸一个时辰，不见李道长送雪儿下山，恼羞成怒，他三路人马同时开始了对水帘洞、拉梢寺、千佛洞的进攻。

攻打水帘洞的是张杰。李道长亮出九环鞭，似一尊罗汉挡在山门口，两旁的弟子们手握棍棒，个个虎视眈眈。见张杰率部下向山门冲来，李道长对福来和禄存说："守住山门，可不能轻易杀生！"

"弟子明白！"两个人齐声应道。

张杰的兵勇看似威武，却无攻击之力。乌合之众，怎能与久经磨炼的水帘洞僧兵力拼呢！李道长还未出手，冲将上来的二三十人已被福来和禄存他们几个用棍棒击溃。张杰出兵，这是第一次正面迎敌，不免有些慌乱，他在教场上习得的"七星枪"此时已乱了套数。

"不可追！"李道长捋了一把胡须，喝住弟子。

张杰这才喘过气来，操起枪，吼一声，刺向山门。李道长一个鹞子翻身，只听得"哗"的一声响，九环鞭如蛟龙出水咬住了七星枪。使枪的左刺右挑，英俊洒脱；使鞭的甩打绞缠，苍劲雄风。张杰一心想着攻进山门，擒拿雪儿去宁远城；李道长稳扎稳打，固若泰山镇山门，两下里直杀了个七七四十九回合，胜败难以定论。

这水帘洞本是清净所在，三清宫也好，菩萨殿也罢，本都发着慈善之念。今天，这五百兵勇和五六十名僧道的混战激怒了苍天，一时间，狂风怒吼，大雪纷飞，莲花山被笼罩在了银灰色的雪雾之中。老天爷暂时遏制住了这场残酷的厮杀。

张杰退至山脚，这才觉得出击水帘洞未免也太鲁莽了些，没能做到知己知彼也就罢了，竟连粮草也未带足。眼下大雪纷飞，兵困马乏，是退是攻，他乱了方寸。退走鲁班沟吧，雪儿未能擒拿，破城之计就要落空；继续攻打水帘洞，又无破寺之良策，李道长一条鞭可谓以一当百。拉梢寺的牛四晃和千佛洞的马三脚虽然还未领教过，但是部下攻打了半响也没能踏进山门半步。举头望着纷飞着鹅毛大雪的天空，张杰感到渺茫，一股伤感之情油然而至，他想起了师父温元春之死。山河破碎，民不聊生，这悲惨的现实，他一个凡夫俗子改变得了吗！师父是家破人亡了，那自己呢？

"置之死地而后生"，这是谁说的话，他不清楚，可是就一下子从他心头闪过。他振作精神，一声令下："众将士听令：合兵一处，各个击破。千佛洞兵力最弱，先攻下千佛洞，再攻取拉梢寺，断水帘洞手臂而后取之！"他知道自己粮草不足，又遇这鬼天气，不能坐以待毙。

千佛洞内，马三脚遵李道长之令，坚守寺院，只等那水帘洞钟鼓楼钟声响起，与来犯之敌决一死战。他未能听到钟声，就迎来了一场恶战。已经一个时辰了，张杰的骑兵两次进攻，未能攻破马三脚的防御。马三脚稳稳当当地站在谷口望风台上，望着被风雪遮掩了的天空，倾心静听，生怕误过了决战的钟声。这么恶劣的天气，正是厮杀的好时机，来敌孤军深入，地理不熟，天时不利，还等何时！他焦急地张望着，等待着。

话说就在马三脚在等待中煎熬的时候，飞雪弥漫的山谷马蹄声起，接着是一阵紧似一阵的喊杀声。他喝令众弟子做好迎敌的准备，誓死守住七佛沟，宁可战死，也不能让寺院佛像受损。然而，背水一战的张杰五百精骑在刹那间就涌了满满一峡谷，坚固的山门终未能挡住想置之死地而后生的巩昌张家军。马三脚手下十八名武僧虽有十八罗汉之勇，但是被五百精兵裹在其中，如狼群中奔突的羔羊，没有多大工夫就已死伤过半，马三脚不得不退进洞里，紧闭洞门，任凭外面怎么叫阵也不应战。

张杰率部进入山门后，首先打开了厨房门，饥饿过度的兵卒见到了食物，一阵哄抢，千佛洞的食物就一扫而空了。张杰命一班兵卒生火造饭，其余的攻打洞门，灭了千佛洞后揭锅开饭。食物的诱惑此时是最为强大的，兵卒们听张元帅号令，扑上了洞口，刀砍斧劈，那历经了千百余年的千佛洞府门被打开了。可是，闯进府的兵士们却被惊呆了，马三脚和身边仅有的七名武僧齐刷刷禅坐在佛像前，自断经脉而亡。

张杰得知这一消息，心中为之一振，千佛洞已经攻下了，又有了食物，一鼓作气，取拉梢寺易如反掌。他大吼一声："开饭了！"为了活命而跟着他的兵士们雀跃着冲进了伙房。

水帘洞内，李道长听得张杰攻打千佛洞，当即带领众弟子增援。未能料到的是才进七佛沟就与张杰部下相遇，两下里好一阵厮杀，巩昌农民军哪里是水帘洞僧道们的对手，只一阵就退进了千佛洞山门。拉梢寺牛四晃见李道长进了七佛沟，也率本寺僧人尾随而至。当他们站在山门前时，李道长的心颤抖不已，隐隐约约他感到，马三脚惨败了。他疾呼牛四晃快进山门探个究竟，一定要想办法解马三脚之围。

牛四晃应声而去，就像飘扬的雪花，转眼间已无影无踪了。他从崖壁间轻摇而过，看到的是一派惨败景象，还好，佛像未被破坏。他借助飘飞的雪花躲过了敌军的视线，进入千佛洞，眼前的画面让他呆若木鸡：马三脚端坐涅槃，其余弟子围着他，就像平日里讲经说法。他走过去，搬一把这个，捏一下那个，没有谁回答他一声。他不相信这是真的，大声呼喊，也没人应他。刹那间，满腔的仇恨从这位口念善哉、普度众生的佛家弟子心中升腾而起。

"张杰，拿命来！"他大喊一声，拔出平时很少出鞘的佩剑，踏着凌波微步向仇敌扑去。敌军发现有僧人闯进了他们的阵地，有些慌乱，当弄清楚只有一人时才放松下来，摆开了阵势将牛四晃围在了大殿前的空地上。牛四晃只见无数的刀光剑影齐齐刺杀而来，他感到被重兵重围的危机，寡不敌众，得给李道长报个信。

千佛洞以它的奇险独秀于莲花山，怎能料到这被引以为

303

骄傲之处在生死关头却成了牛四晃毙命的根源。只见他轻轻一个纵步，走出包围圈，斜刺里朝着左边的崖壁而去，那景致甚是美丽，好像一只翻飞的燕子在朦胧的雪雾中寻找巢窝。就在他快要冲上悬崖时，眼前一黑，一棵白皮松横在眼前，挡住了他的去路。他一个蜻蜓点水，调头向悬崖右壁而去，然而，沟涧竟然是那么宽，前脚还未能触到崖面，就双腿一软坠了下去，他拼命挣扎着，妄想有个支撑点，哪怕是崖面横着的一根枝条也好，他都能重新凌空，走出险地。然而，没有，灰蒙蒙的雪雾遮挡了他的视线，只觉得耳畔冷风飕飕，就一头扎进了七佛沟沟底。

山门外，李道长等得心急如焚，就是不见刺探消息的牛四晃回来，他对弟子们说："牛师弟一去不还，看来马师弟也凶多吉少啊！"众弟子面面相觑，谁也想不出个好的营救办法来，"这可怎么办呢？"

就在这时，只听得有马蹄声疾驰而来，这又是谁？李道长思忖片刻，刚要派人去打探，贾连的人马就涌进沟来。

"师父！"贾连翻身下马，向李道长施一礼。

"来得正是时候，张杰的人马全在千佛洞，你牛、马两位师叔也在里面。"李道长说。

贾连急于想见到雪儿，他从人群中寻找，怎么也不见雪儿的影子，就问福来。福来把雪儿在水帘洞麻线娘娘洞府的消息告诉了他，贾连这才叹一口粗气，说："这我就放心了。"

有了贾连这支生力军，李道长的心里踏实了许多，他重新布置兵力，解救困在千佛洞的众弟子。

话说就在这时，宁远县城也被张虎和陈玖占领了，守城的义军四散逃去，只有李进田带着二三十个人马突围出城，如丧家之犬向水帘洞奔来。

大雪还在飘飘扬扬地下着，莲花山雪染玉洁，似一朵白莲花在乳白色的浓雾中斗艳。李进田和那二三十骑人马在拉梢寺山门前停歇下来，打听贾将军去向，有牛四晃的弟子说:"贾将军和众位师父都在七佛沟,正要剿灭张杰呢!"

李进田一听,翻身跃上马背,转向七佛沟。他放马来到贾连面前,丢开缰绳,下马,跪在贾连面前,说:"将军,宁远城已被攻破,将士们走的走,逃的逃,只剩下我们几个了!"

贾连听罢,大吼一声:"气杀我也!"就昏倒在雪地里。

欲知后事如何,看下回细细表来。

第四十二回　煮豆燃萁七佛沟
　　　　　　水帘悲歌千古留

　　话说，贾连听得宁远县城失守，兵勇俱散，昏死了过去。李道长见状，急忙从药葫芦中取出一粒起死还阳丹喂进贾连嘴里，命弟子将贾连抬进僧房，他把过脉后说："没啥大碍，伺候将军休息。"拉梢寺弟子留了两人来看护贾连，其余弟子跟着李道长返回了七佛沟。

　　天近黄昏，雪停了下来，张杰忧心忡忡，策划着夜间突围。五百人马挤在这样一个弹丸之地，二十来个僧人的斋饭支撑不了他们的食粮，最要紧的还是马没有草料，沟底的野草树叶被积雪盖得严严实实，饥饿了的战马嘶鸣着、咆哮着，张杰不得不下令将僧房储藏不多的苞谷等粮食用来喂马，攻占千佛洞时昂扬的士气已经不见了。

　　一弯残月钩住了光秃秃的峰巅，凛冽的风卷起雪花，拍打着将士们单薄的征衣。等战马饱食后，张杰将人马列成了三级梯队，第一梯队挑选的是强悍之士，由副将率领，攻打山门，为全军突围杀出一条血路来；第二梯队作为补充兵力，协助第一梯队开路；第三队由张杰亲自率领，肩负着保护伤员和护押财物的任务。

　　话说张杰手下的副将在半个时辰后打开了山门，喊杀声震荡着山谷。然而，他们只知道有僧兵，不知道贾连来增援，副将一马当先，使一杆长矛冲将出去，就被僧兵和贾连的义军团团围困起来，追随他的张家军没人恋战，放下武器的有，掉头逃跑的有。缴械投降的被僧人放出七佛沟，退逃的拥在沟口出不去，山门已被贾连的义军封闭。张杰手下这员副将原是巩昌城内一亡命之徒，被张员外收为门客，帮张员外收租讨债，出尽了风头。这时，他见身后兵士软弱得如此不堪一击，便大吼道："弟兄们，拿起武器，给老子杀出去！"没有人响应，他就破口大骂："混蛋，王八蛋！张家给了你们粮食，养活着你们的妻子儿女，就如此报答恩人吗？等我杀将出去，一个个宰了你们！"还是没人响应，张家军的士卒们确实是为了张员外的粮食和免了的地租而聚集来的，他们中没有人刀口见过红，冲锋陷阵哪里是贾连手下将士的对手！

李道长迎战张家军副将，只两三个回合就手起鞭落，将副将打下马来。那副将就地一滚，手托长矛，使出十二分力气向李道长刺来。只见李道长将身子稍稍一斜，躲过长矛，顺势来个鞭绕长矛，副将就两手空空，一个马叉扑倒在雪地中。几名武僧扑上去，将他拿了，正要用绳子捆了送往拉梢寺，可这副将性子刚烈，从腰间拔出一把匕首，刺进了一名武僧的小腹。众武僧见状，亮出各自的家伙一齐向副将扑了过去。可怜这员副将在眨眼间就被武僧打得头破血流，去地府见了阎王爷。

李道长一声"阿弥陀佛，罪过，罪过"就差人将受伤武僧送往拉梢寺去了。被俘的张家军列队走出七佛沟，缴获的战马由贾连部下收拢了。

张杰的第二梯队也被贾连部下和僧人堵在七佛沟，军心涣散，张杰更是急火攻心，暴跳如雷了。他将所剩兵力集中起来，摆成一个方队，自己跃马扬鞭，撞开了山门，张家军就像冲开闸门的山洪咆哮而出。李道长率领众僧人迎战，好一场厮杀，只杀得天昏地暗，雪飞满天，把宁静的七佛沟搅得鬼哭狼嚎，血染白雪，死尸遍地。张杰招架不住了，看着自己的部下溃不成军，再一次退进了山门。

山门重新紧闭了，贾连部下围在山门口欲乘胜攻取千佛洞。李道长双手合十，念声"阿弥陀佛"说："不可，不可，穷寇莫追！"

李进田上前一步说："道长，机不可失呀！只要一鼓作气，千佛洞就是张杰的墓地了！"

"差矣。千佛洞乃佛天净地，怎么就能随便埋葬一个生灵呢？更何况我们还能让张杰放下屠刀的。"说着，李道长唤一声福来，说："我去劝说巩昌的弟子们。"

"师父，您不能再去了，马师叔、牛师叔下落不明，您这一去凶多吉少啊！"福来扑通一跪，拽住李道长的衣襟，就是不放手。其余弟子也都跪在雪地中，苦苦哀求，李道长无法脱身，他默默地仰起头，望着雪后夜空，心中充满了忧伤。是呀，两位师兄弟是死是活也都不知道，怎么对得起他们两个呀！

李进田走到李道长面前，说："道长。以我之见，问问被俘的兵勇也许能够得到两位师父的消息。"

"是啊，那就去问问吧！"李道长摆摆手，让福来起来，又躬身对跪着的弟子们说："都起来吧，贫道不去就是了。"众弟子这才起来，将他围在中间，七嘴八舌，让他快去审问被俘的张家军，看能不能得到两位师父的下落。

李道长答应了弟子们，叮嘱他们在这里等候，千万不能轻举妄动。又对李进田说："师爷，这里暂时交给你了。只做围困，不能进攻。"

李道长带了一名弟子才出七佛沟，千佛洞内就又骚动起来，张杰绝对不会坐以待毙的，他组织残兵败将再次发起突围。霎时间，千佛洞火光冲天，把腊月末的夜燃烧得红彤彤的了。张杰的这一手实在是恶毒，他命士卒放一把火将千佛洞周围的野草枯木点燃，自断后路，逼使部下突出山门。兵勇们为了活命，蜂拥着冲至山门口，打开山门，又是一场恶战厮杀。只见那窄窄的一条沟，地舞雪，刀流红，枪滴血，直杀得残月颤抖，松柏落叶。贾连部下越战越勇，水帘洞僧人越战越凶。张杰的人马死的死、伤的伤，哭爹喊娘，恨不得雪地生窟窿,将自个儿隐藏进去。千佛洞的火越烧越旺,直烧进大殿,石洞内的古殿亭楼被大火舔着,殿内塑像被浓烟包围着,只有崖壁上塑着的七尊佛像心胸宽广,含笑俯视着膝下这群凡夫俗子无畏地相残。

李道长进得关押被俘张家军歇着的拉梢寺前院,才要审问,就有降者向他说:"千佛洞内的师父自刎了。那位武功绝世使凌波微步的师父自坠沟涧,也丢了性命。"李道长听后,两腿酸软,站立不稳,瘫倒在了雪地上。

半晌,李道长才缓过神来。这时,贾连已从昏迷中醒来,得知李道长的消息,赶紧出来将他扶起,说:"师父,这场灾难因我而起,就让我去收拾残局吧!"

"贾将军,别太自责了,一切皆是定数。你要保护好雪儿,她怀着你的骨肉!去水帘洞找禄存接她走吧,离开这是非之地,放弃你的功名利禄,过平常人的日子去吧!"

"师父,您放心好了,雪儿有我呢!"可是,这种时刻贾连是不会走的,"我要平息这场厮杀,还水帘洞一块平静的净地!"贾连正说着,就有兵士来报:"千佛洞火光冲天,张杰率部杀出了山门!"

"照顾好师父,我去也!"贾连披甲上马,直冲七佛沟。李道长听得千佛洞火光冲天,心中一急,便一骨碌翻身起来,提了九环鞭也随贾连去了。

贾连催马跃进乱阵之中,迎住张杰,两杆枪如蛟龙出水,你刺我挡,你钩我挑,大战二十余个回合不分胜败。就在这时,李道长赶到阵前,大声喊着:"水帘洞弟子,冲进千佛洞救火!"随着这一声喊,众弟子一个个跳出阵,把这厮杀的任务留给了贾连和他的部下,随着师父飞也似的向千佛洞去了。

张杰点着的是洞内弟子割来烧火的木柴堆,这木柴一着,火势向四周蔓延,那厚厚的枯叶和光秃秃的树木虽然盖着雪被,穿着雪衣,也阻挡不了烈焰的燎烤,在风的鼓动下燃烧起来。眼看着先辈师父们一代代守护留传下来的寺院建筑和绘画雕塑就要被毁了，李道长的心火比眼前这烈焰还要烧得旺。他让弟子们拿了能拿的工具，把积雪往火苗上弄，可是火已经烧到了人力不及的地步，众弟子就像火海中的一叶叶扁舟，被浪花吞噬着。

李道长的心被卷进了大火，无论如何也不能让先辈们留下的精神财富和文化遗产受损！他大喊一声："福来，随我进大殿！"然而，当他和福来奔到大殿前时，那雕梁画栋已经烧着了，气味浓烈的松香刺着他的鼻孔，他的心在滴血。只见他脱下道袍，使劲地摔打着火苗。福来也学着师父，脱了衣裳摔打起来。

风呼啸着在马蹄形的穴沟间旋转，助着火势，直烧到了崖壁间。李道长冲进大殿，想抱出那尊释迦牟尼佛像，它可是从唐朝传至今天的宝贝呀！就在他刚刚摸到佛像前，还没来得及抱起，大殿的一根檩条掉了下来，一头砸向佛像，又一个反弹将李道长压在下面，之后就再也没听到他的声音。当福来摸进大殿，呼唤师父时，师父已经头颅开花，去了他一生追求的极乐世界。

再说七佛沟，贾连和张杰大战了五六十个回合，仍然胜败无定。贾连心生一计，倒提了枪，佯装败退而逃。张杰见贾连要逃，大吼一声："流贼，你休想逃走！"就向贾连扑去。就在张杰穷追不舍时，贾连猛地勒住马，一个回马枪，直刺张杰咽喉。沟窄月高，张杰只是狠命追赶，未曾提防这回马枪，只觉得一股冰凉，就翻身落马，一腔热血洒在雪地上，待随后赶来的兵勇扶起来时，已经双目圆睁，眼皮子不眨了。

张杰阵亡，巩昌兵勇弃械投降，水帘洞内的这场恶战结束了。

贾连率部进千佛洞去救火时，福来抱着全身焦黑的李道长哭得死去活来。贾连立刻扑上去，然而，疼他爱他的李道长再也不会和他说话了，就那慈善的面容他也见不着了。

"这到底是怎么回事呀？"贾连咆哮着问福来，福来哭着道："师父要去大殿救火，没料到檩条被烧断，砸在了师父的头上，他老人家就……"

"是救火吗？"贾连自言自语地说，而后大喊起来，"救火！救火！救火——呀……"兵士们听到将军这样喊，就冲向了熊熊烈火。兵勇和僧人全力以赴，大火被扑灭了。然而，千佛洞已面目全非，呈现着焦黑倒塌的惨相。

天亮了，贾连和雪儿带着存活下来的僧人、兵士，把李道长、马三脚、牛四晃的尸体安葬在七佛沟。在这三座新坟茔前，贾连放走了那些被俘的巩昌团勇，给了他们回家的盘缠，让他们和亲人过团圆年去。而后，他将自己的部下召集起来，分发了路费，让他们也各自回家去。他要和雪儿留在水帘洞，守护着师父，为他老人家做伴，替他老人家守护这水帘洞圣地。

话说麻线娘娘的娘家听说了水帘洞的变故，也再没派人来洞府住持，在战乱年月里，有贾连守护水帘洞，比谁都合适。

从此，贾连和雪儿在水帘洞诵经修身，福来住持千佛洞，禄存住持拉梢寺。

就在水帘洞劫难的第三天，袁宗第挥师宁远，将张虎、陈玖擒拿斩首，其余兵勇愿意留下的加入义军，不愿意留的释放回家。袁宗第念贾连随自己出生入死，南征北战，屡建战功，就没再叨扰他，随他而去吧。

贾连化名李思袁，带着对义父袁宗第的思念在水帘洞做起了道长，这一年的盛夏，雪儿生下了个漂亮的女儿。

斗转星移，日月如梭，昔时的一切恩恩怨怨都如烟荡去。如今，当你过渭河，入响河沟，经莲花山时，你会看到显圣池、拉梢寺、水帘洞、千佛洞雄壮而立，其间凝聚着渭河流域人民的无限智慧。它们如舟承载着渭河的千年文化，成为丝绸古道上一颗耀眼的明珠，永远放射着奇异的光芒。

传奇至此，我沏一碗清茶，欲作休息，脑海中就生出一片云来，云端坐着个人，高高的鼻梁上架着副近视眼镜，在向我颔首微笑。我伸手拉他，他就飘然而至了，从茶碗升腾的热气清香中走来，坐在了我对面。

他是一个诗的精灵，虽然与我阴阳两界，我们却常常交谈，谈生活的酸甜苦辣咸，谈生命的脆弱与坚强、阴险与憨厚，而后凝固成活人的歌互相吟唱。

精灵说："水帘洞是物质的，但是物质的石窟里洋溢着精神的光华。"

我说："是啊。就说二十年前的那个冬日吧，我们四人同行，进响河沟，过水帘洞，去李家沟寻找麻线娘娘之根。雪花飘落，独步跋涉，天冷路滑，有人怕了要半途而废。就是那精神的光华招引着我们，走了整整一天的羊肠小道，寻到了麻线之根。"

精灵说："麻线娘娘是佛，又是真实的存在，是人，是反抗封建礼教的女人。"

我说："是的。当你我坐在李真秀娘家的火炕上，借着那盆熊熊的柴火取暖、煮罐罐茶时，我就像面对自己的父母一样坦然。夜幕降临了，那盏煤油灯是何等的光亮，何等的光亮呀！照着老李家人的脸，还有那杆旱烟锅子和大大的烟袋，跳荡在我的笔尖。李家老人的话我还记着，他说麻线娘娘是他老李家的女儿，有家谱为证，是他的父亲亲手交给他的家谱，'文革'中被抄了出来，半部被烧了，半部流落到了陇西，他真想找回来。"

精灵说："是呀，找回来？失去了是永远也找不回来的！就如我，你找得回来吗？"说着他就吟唱起来：

诗云：
萧风悲歌涕思危，
相逢无语泪先盈。
云暗天低寸肠断，
茫茫夜际闪孤星。

二云：
艳阳钟贫入莲门，
紫燕含情写碧空。
回媚笑慰三秋梦，
玉笛春歌醉清风。

三云：
初温春意堪笑慰，
山村沧桑披新妆。
幼女妙语惊四海，
胸中韬略露锋芒。

四云：
泪雨遗训日月鉴，
摇曳沉浮几度搏。
情系韶光征途远，
淘浪挽澜又三叠。

五云：
日沉月坠春色远，
雏雁逆风寒空间。
一根麻线寸寸心，
两行泪水滴滴咸。

六云：
半边苦雨人世冷，
一夜霜色映雪开。
明月作证神灵气，
春色自爱快哉风。

七云：
蓬门户外碧柳摇，
岂肯静受苦海潮。
情丝一尽心肠续，
轻踏洞天赏新桃。

八云：
乐道有意曙色浓，
血肠无言自天功。
千古莲台著此身，
万世慈悲辞芳尘。

九云：
跨凤驾云下九霄，
笙箫韵调叶低高。
林泉幽邃修菩提，
功圆大罗天宫标。

十云：
一支笔含情高歌，
千古风催树生花。
传奇传世间奇事，
水帘缀丝路文化。

吟罢，他一拂袖，随着一缕清香凌空而去。我狠命地抓他，然而，我的手中只有他这一纸诗稿。我仰望着天空的云朵，呼唤着："建新——臧兄——啦……"然而，冥界的兄弟已不屑应我一声了。

我只有将他的诗文一字不落地奉给爱他的人们。